H. K. ANGER

EIN BISTRO IN DER BRETAGNE

H.K. ANGER

EIN BISTRO IN DER BRETAGNE

Sophie Vidal ermittelt

GMEINER

KRIMINALROMAN

Immer informiert

Spannung pur – mit unserem Newsletter informieren wir Sie regelmäßig über Wissenswertes aus unserer Bücherwelt.

Gefällt mir!

Facebook: @Gmeiner.Verlag
Instagram: @gmeinerverlag
Twitter: @GmeinerVerlag

MIX
Papier aus verantwortungsvollen Quellen
FSC® C083411

Besuchen Sie uns im Internet:
www.gmeiner-verlag.de

Im Ehnried 5, 88605 Meßkirch
Telefon 07575/2095-0
info@gmeiner-verlag.de

1. Auflage 2022

Lektorat: Christine Braun
Herstellung: Mirjam Hecht
Umschlaggestaltung: U.O.R.G. Lutz Eberle, Stuttgart
unter Verwendung eines Fotos von: © Bernard GIRARDIN / stock.adobe.com
Druck: CPI books GmbH, Leck
Printed in Germany
ISBN 978-3-8392-0127-5

Personen und Handlung sind frei erfunden.
Ähnlichkeiten mit lebenden oder toten Personen
sind rein zufällig und nicht beabsichtigt.

1. KAPITEL

Sophie blinzelte, weil ihr ein Sonnenstrahl, der zwischen den dicken grauen Wolken aufblitzte, direkt in die vom Weinen geröteten Augen schien. Sie überlegte, zum Auto zurückzulaufen und ihre Sonnenbrille aus dem Handschuhfach zu holen.

Zu spät. Die sechs Angestellten des Beerdigungsinstitutes strafften die Schultern, hoben die Seilenden an und ließen den mit verschlungenen Blumenornamenten geschmückten Eichensarg in die ausgehobene Grube ab. Alwena, Mados Tochter, trat ein paar Schritte vor, bis ihre Fußspitzen beinahe den Rand des Grabes berührten. Ihre Augen waren zum Boden gerichtet und ein Zittern durchlief ihren schmalen Körper. In dem Moment sah sie nicht wie eine erfolgreiche Geschäftsfrau aus, die in Rennes ihr eigenes IT-Unternehmen leitete, sondern wie das kleine Mädchen, das Sophie oft auf den Knien geschaukelt hatte. Sophie unterdrückte den Impuls, zu ihr zu eilen und sie in die Arme zu schließen. Stattdessen biss sie sich auf die Unterlippe und lenkte ihre ganze Konzentration darauf, aufrecht stehen zu bleiben. Ihre Beine fühlten sich weich wie Wackelpudding an. Simon Ollivier, Mados geschiedener Ehemann, legte fürsorglich seine Hand unter ihren Ellbogen. Sophie schenkte ihm zum Dank ein wässriges Lächeln.

Alwena hob den Kopf und atmete tief durch. Dann stimmte sie die erste Strophe von Édith Piafs »Hymne à l'amour« an, das Lieblingslied ihrer Mutter. Ihre helle Sopranstimme erhob sich über den Friedhof des nordbretonischen Hafenstädtchens Erquy. Die Töne wurden vom Wind zur sichelförmigen Bucht des Strandes von Caroual und von dort auf das an diesem Tag smaragdfarbene Meer getragen. Als Alwena bei der letzten Strophe angekommen war, schluchzten zwei Drittel der Trauergemeinde.

Auch Sophie konnte die Tränen nicht länger zurückhalten. Ihre beste Freundin war zwar erst vor wenigen Tagen gestorben, doch sie fehlte ihr schon jetzt schrecklich. Obwohl Sophie im Gegensatz zu Mado keine bekennende Christin war, hoffte sie inständig, dass sich die letzte Zeile des Chansons bewahrheiten und ein gütiger Gott sie später wieder vereinen würde. Der verdammte Krebs, den sie besiegt geglaubt hatten und der nach fünf symptomfreien Jahren mit tödlicher Macht zurückgekehrt war, sollte nicht das letzte Wort haben. Sophie reihte sich in die Schlange derer ein, die mit einem Blumengruß oder mit einem Schäufelchen feinen Sandes, der von Mados Lieblingsstrand stammte, Abschied nehmen wollten.

Sophie beobachtete, wie Arthur Tangi, der vor ihr stand, von einer jungen blonden Frau gestützt wurde. Tangi war bis zu seinem schweren Herzinfarkt Direktor der Grundschule gewesen. Die mit einem eleganten schwarzen Hosenanzug gekleidete Frau kannte Sophie nicht. Tangi und die Frau standen eng nebeneinander am Grab. Tangis Schultern zuckten, so als ob er weinte, doch Sophie konnte keinen Laut vernehmen. Die Frau streichelte mit den Fingerspitzen tröstend über seinen Rücken. Es dauerte eine ganze Weile, bis er endlich die Hand hob und die mitgebrachte zartgelbe Rose auf den Sarg warf. Sophie wusste, dass Tangi schon als Schüler heimlich in ihre Freundin verliebt gewesen war. Dass er sich nach der Trennung von Simon und Mado Hoffnungen auf eine gemeinsame Zukunft gemacht hatte. Vergeblich. Denn die lebenslustige und gesellige Mado und der Lehrer, der bis zum krankheitsbedingten Ruhestand nur für seinen Beruf und das Wohlergehen seiner Heimatregion gelebt hatte, passten so gar nicht zusammen. Dennoch hatte Mado ihn als treuen Freund geschätzt, und als solcher sagte er ihr nun für immer Adieu.

Die blonde Frau hatte es, wie Sophie verwundert feststellte, dagegen deutlich eiliger. Sie warf die einzelne Sonnenblume mit Schwung in die ausgehobene Grube, drehte sich auf der Hacke um und schob den offensichtlich noch nicht zum Gehen bereiten Tangi energisch vor sich her, hin zum Friedhofsausgang und zum Parkplatz.

Sophie wäre jetzt an der Reihe gewesen, ans offene Grab zu treten. Doch sie überlegte es sich anders, machte ein paar Schritte zur Seite und wartete geduldig, bis sie allein an Mados letzter Ruhestätte stand. Sie wollte beim Abschiednehmen nicht gestört werden. Die beste Freundin zu verlieren, traf sie hart. Ihre Hände zitterten so heftig, dass sich ein paar Blüten von dem Strauß weißer Tulpen, den sie fest umklammert hielt, lösten und auf den Boden fielen. Einen Moment blieben sie wie Schneetupfer auf dem feinen Schotter aus rosa Sandstein liegen, bevor eine Windböe sie davontrieb. Sophie fröstelte. Der schwarze Baumwollmantel, den sie aus einer der Umzugskisten hervorgeklaubt hatte, war viel zu dünn für Ende Februar. Außerdem spannte er über der Brust. Was Sophie dadurch zu kaschieren versuchte, dass sie einen dunkelblauen Ponchoschal um die Schultern geschlungen hatte. Ihre Füße steckten in anthrazitfarbenen Stiefeletten, die an den Spitzen abgeschabt und ursprünglich für die Altkleidersammlung bestimmt gewesen waren. Sie hatten herhalten müssen, weil es die einzigen dunklen Schuhe waren, die Sophie auf die Schnelle gefunden hatte. Alwenas Anruf hatte sie zu einem Zeitpunkt erwischt, in dem bei ihr alles drunter und drüber ging.

Verdammt noch mal, Mado! Musst du mich ausgerechnet jetzt im Stich lassen, fluchte Sophie innerlich. Ich brauche dich doch. Mehr denn je. Du bist die Einzige, die mir Halt bieten könnte. Die mir in dem Schlamassel, in dem ich stecke, beistehen könnte. Mit dir an meiner Seite würde ich es schaffen. Aber so … Trotz aller Vorsätze, es nicht wieder zu tun, brach Sophie in Tränen aus. Wie Sturzbäche rannen sie an ihren vom Wind geröteten Wangen hinunter und durchnässten den Rand ihres Schals. Ihre Nase tropfte. Was Sophie unter normalen Umständen höchst peinlich gewesen wäre. Doch in dem Augenblick war sie der Tränenflut hilflos ausgeliefert, nicht imstande, ihr Einhalt zu gebieten. Erst als Simon herbeieilte und sie kurz an sich drückte, konnte sie sich beruhigen.

»Es ist für uns alle nicht leicht«, sagte er.

»Warum sie?«

Simon zuckte hilflos mit den Schultern.

»Ihre langfristige Prognose war gut. Sie war gerade mal 50. Das ist doch kein Alter, um zu sterben. Wir hatten noch so viele gemeinsame Pläne«, klagte Sophie.

»Ja, es ist unfair.«

»Merde. So was von.« Sophie schniefte. Simon reichte ihr ein Papiertaschentuch, mit dem sie sich die Nase putzte.

»Mein Leben wird ohne sie nicht mehr dasselbe sein.« Sophie merkte, wie sie erneut feuchte Augen bekam. Das Schicksal hatte es im letzten Vierteljahr nicht gut mit ihr gemeint: Erst hatte sie ihren besten und treuesten Auftraggeber an die Konkurrenz verloren. Dann hatte Gerd sie quasi über Nacht verlassen. Bei der Gelegenheit hatte er die Konten geplündert und das gemeinsame Haus für sich beansprucht. Obwohl Sophie sich mit Händen und Füßen gewehrt hatte, hatte sie ihr geliebtes Zuhause kurzfristig räumen, sich nach über 20 Jahren eine andere Bleibe suchen müssen. Beruflich und finanziell stand für sie alles auf der Kippe. Um in die Bretagne zu fahren und an der Beerdigung ihrer Freundin teilzunehmen, hatte sie ihre letzten Euros zusammengekratzt. Ihre bis dahin heil geglaubte Welt war wie ein Kartenhaus in sich zusammengestürzt.

»Was mache ich jetzt nur?« Sophie sah Simon mit tränennassen Augen an.

»Fürs Erste kommst du mit ins ›Chez Leon‹. Alwena hat dort ein Menü bestellt. Mado hätte nicht gewollt, dass wir jetzt alle auseinandergehen.«

»Nein, das hätte sie nicht.«

»Soll ich dich mitnehmen?«

»Nein danke. Ich bin mit dem Auto hier. Das ging schneller als mit dem Zug.«

»Bist du etwa die ganze Nacht unterwegs gewesen?«

»So ziemlich. Ich wollte früher los, aber mir ist in letzter Minute etwas dazwischengekommen.« Sophie verschwieg tunlichst, dass sie vor ihrer Abreise das Wenige an Hab und Gut, das ihr geblieben war, in das schäbige Mansardenapartment an der S-Bahn-Haltestelle geschleppt hatte. Ihr neues Zuhause war eine Bruchbude mit einer altersschwachen Küchenzeile im kombinierten Wohn-/Schlafzimmer und einem winzigen Duschbad. Sophie befürchtete schon jetzt, dort klaustrophobische Anfälle zu bekommen. Für eine Frau ihres Formats war das Mikrobad eine echte Herausforderung.

»Du musst ja völlig kaputt sein«, sagte Simon mitfühlend.

»Es geht. Ich habe mich mit Kaffee gedopt.«

»Davon gibt es im Bistro sicherlich Nachschub.«

»Gib mir ein paar Minuten«, bat Sophie. »Damit ich mich, ohne zu heulen, von Mado verabschieden kann.«

»Bon, à tout à l'heure.«

»Ja, bis gleich.« Sophie zwang sich, sich erneut mit dem ausgehobenen Grab zu konfrontieren, und schluckte schwer. Dann gab sie sich einen Ruck und warf den Tulpenstrauß zu den anderen Blumen, die auf der Sargoberfläche verstreut waren.

»Du fehlst«, sagte sie und griff in ihre Manteltasche, aus der sie eine hellrosa Jakobsmuschelschale hervorzog. »Die hast du mir bei unserem ersten gemeinsamen Strandspaziergang geschenkt. Vor fast 35 Jahren. Ich habe sie nie weggeworfen. Jetzt gebe ich sie dir zurück.«

Die Muschelschale landete auf den Blumen.

»Kenavo, mach es gut, ma chère amie.«

2. KAPITEL

Dafne Riwal war nervös. Zum dritten Mal in Folge überprüfte sie, ob die mit weißen Leinentischdecken versehenen Tische korrekt eingedeckt waren. Waren die Platzteller richtig positioniert? Standen das Wasserglas, das Weißweinglas und das Glas für den Rotwein oberhalb des Bestecks auf einer vertikalen Linie? Lag bei jedem Brotteller auch das dazugehörige Brotmesser? Hatte Mikaela, die ihr manchmal im Bistro und dem angeschlossenen kleinen Hotel aushalf, das Vorspeisenmesser zwischen den Suppenlöffel und das größere Menümesser gelegt? Ein weiteres Mal schritt Dafne Tisch für Tisch ab. Rückte hier ein Glas zurecht, zupfte an einer Serviette und polierte da eine Gabel mit einem Geschirrtuch. Die Kirchenglocken schlugen dreimal hintereinander.

»Zut, schon Viertel vor eins«, murmelte sie. Die Gäste würden in Kürze eintreffen. Dafne eilte in die Küche, wo Filip

Rosec mit einer angezündeten Zigarette vor dem geöffneten Fenster stand.

»Bon sang! Wie oft habe ich dir gesagt, dass Rauchen hier verboten ist?«

Filip zuckte nonchalant mit den Schultern. »Was regst du dich denn auf? Die Gäste sind noch nicht da.«

»Zum Glück!«, konterte Dafne.

Filip nahm einen letzten Zug, drückte die Zigarette auf der Fensterbank aus und warf die Kippe hinaus auf den kleinen Hinterhof. »Jetzt reg dich mal ab. Hier ist alles im grünen Bereich.«

»Sind die Jakobsmuscheln ausgelöst?«

»Liegen fertig im Kühlschrank.«

»Hast du die Sardinenrillette aus dem Kühlschrank genommen?«

Filip setzte einen gelangweilten Gesichtsausdruck auf. »Klar, schon vor einer halben Stunde.«

»Und die Suppe? Wo ist die Suppe?« Dafne schaute gehetzt um sich.

Filip wies mit dem Kinn nach rechts. »Steht doch da. Hast du Tomaten auf den Augen?«

Dafne eilte zum Herd und nahm den Deckel vom Kochtopf. »Und du meinst, dass das für 22 Leute reichen wird?«

»Locker.«

»Also ich weiß nicht …« Dafne blieb angesichts des Fassungsvermögens des Topfes skeptisch.

»Ich rühre vor dem Servieren einen Becher Crème fraîche unter, das wirkt sättigend.«

Dafne öffnete die Besteckschublade und zog einen Löffel heraus. Tunkte die Spitze in die lauwarme Suppe, kostete und verzog das Gesicht. »Was ist das denn?«

Filip ließ sich nicht aus der Ruhe bringen. »Hummersuppe à la bretonne. Hatten wir so abgesprochen.«

»Das soll Hummersuppe sein?«

»Bien sûr.«

»Die von Leon hat total anders geschmeckt«, beschwerte sich Dafne. »Viel samtiger und aromatischer. Nicht so fade.«

»Kann schon sein«, musste Filip einräumen. »Leon hatte halt sein Rezept, ich habe meins. Aber wenn dir etwas Pep fehlt, nun, das lässt sich schnell beheben.«

Ehe Dafne ihn daran hindern konnte, griff er nach dem bauchigen braunen Fläschchen mit der Flüssigwürze, schraubte die Verschlusskappe ab und gab einen kräftigen Schuss davon in die Suppe. »Das sollte ausreichen, um die Geschmacksnerven unserer Gäste ordentlich zu kitzeln.«

Dafne wusste nicht, ob sie lachen oder weinen sollte. Sie öffnete den Mülleimer und beäugte die Gemüse- und Lebensmittelreste. »Wo hast du denn die Hummerschalen hingetan?«

»Ich habe keinen Hummer gebraucht.«

»Wieso? Meines Wissens ist Hummer ein wesentlicher Bestandteil von Hummersuppe.«

»Frischer Hummer wird total überbewertet. Man muss das arme Vieh in einen Topf mit kochendem Wasser werfen und warten, bis es keinen Mucks mehr macht. Dann das umständliche Herauspulen des Fleisches und das Auskratzen der Schalen. Kann man alles einfacher haben.«

»Nämlich wie?« Dafne schwante Böses.

»Nun ja.« Filip senkte den Blick. »Ich bin gestern auf dem Heimweg am Supermarkt vorbeigefahren. Habe mir dort mein Feierabendbier geholt und ein paar Dosen Hummersuppe eingepackt. Die dazugehörigen Croûtons lagen im Regal daneben. So wird das Kochen zum Kinderspiel!«

Dafne japste nach Luft. »Das ist doch nicht dein Ernst!«, schrie sie, als sie wieder normal atmen konnte.

»Eh bien.« Filip wirkte alles andere als schuldbewusst. »Du wolltest Hummersuppe fürs Menü und voilà«, er wies mit der Hand in Richtung Herd, »du bekommst deine Hummersuppe.«

»Ich habe dich als Koch eingestellt. Nicht als Panscher, der ein paar Dosen öffnet oder Pülverchen mit Milch oder Wasser anrührt.«

Filips Gesicht verdüsterte sich. »Ich habe dir nie versprochen, dass ich hier einen auf Gourmetküche mache. Bei mir musst du dich mit dem zufriedengeben, was in den meisten Bistros auf der Karte steht. Unkomplizierte Gerichte, die schnell gemacht sind: Moules frites, gefüllte Galettes, Burger, Pizza, Croque-monsieur – darin bin ich spitze.«

»Aber Leon hat ganz andere Speisen serviert.«

»Ich bin nicht Leon.«

»Nein«, musste Dafne zugeben.

Leon war ein begnadeter Küchenchef gewesen. Der im Handumdrehen die erstaunlichsten Gerichte zubereitet, die Gäste mit seinen hausgemachten Köstlichkeiten verzaubert und sich so eine treue Stammkundschaft erarbeitet hatte. Ein Großteil der Besitzer von Zweitwohnungen und Ferienhäusern von Erquy bis hin zum Cap Fréhel hatte sich stets zu Weihnachten und zu Ostern sowie in den Sommerferien im »Chez Leon« kulinarisch verwöhnen lassen. Sechs Jahre lang hatten die Gäste ehrliche bretonische Gerichte genossen, die mit einer Prise von Leons speziellem Können verfeinert worden waren. Bis zu jenem schicksalhaften Tag im Oktober, an dem sich für Dafne und das Bistro auf einen Schlag alles geändert hatte. Sie plötzlich allein klarkommen musste. Als Folge dessen waren Leons ehemals treue Gäste nach spätestens der dritten enttäuschenden Mahlzeit auf Nimmerwiedersehen verschwunden. Mittlerweile musste Dafne mit wenig anspruchsvollen Tagestouristen oder ausländischen Feriengästen vorliebnehmen, die Miesmuscheln mit Pommes frites als Highlight der bretonischen Küche erachteten. Doch was hätte sie tun sollen? Dafne hatte Anzeigen geschaltet, sich an der gesamten Smaragdküste umgehört, Kollegen von Leon angebettelt. Niemand konnte oder wollte der verwaisten Küche im »Chez Leon« neues Leben einhauchen. Dafne selbst war, was das Kochen betraf, eine komplette Niete. Sie brachte es nicht einmal fertig, ein simples Spiegelei zu braten, ohne dass sie die Pfanne danach in den Müll werfen musste. Ihre Spezialität waren Zahlen, Abrechnungen, finanzielle Transaktionen. Je mehr davon und je komplizierter, desto lieber. Sie und Leon hatten eine klare Arbeitsteilung gehabt. Er war für die Küche und für die Gäste, sie für die Buchhaltung und die Verwaltung zuständig gewesen. Keiner von beiden hatte jemals versucht, den Part des anderen zu übernehmen, sich auf fremdes Terrain zu wagen. Als Filip eines Abends im Bistro gestanden und nach einem Job gefragt hatte, hatte Dafne das als Zeichen des Himmels gewertet. Ohne auf Zeugnisse oder Empfehlungen vorheriger Arbeitgeber zu bestehen, hatte sie ihm die Herrschaft über den Herd und den Kühlschrank überlassen.

Das hast du jetzt davon, murmelte eine kleine fiese Stimme in ihrem Inneren. Dafne gab sich alle Mühe, den berechtigten Vorwurf zu ignorieren. Dafür war keine Zeit. In fünf Minuten würden die Gäste vor der Tür stehen. Ein flaues Gefühl machte sich in ihrem Magen breit. Sie wusste, dass Simon und Alwena das Menü für das Trauermahl nur deshalb bei ihr gebucht hatten, weil Mado Leon ins Herz geschlossen hatte. Ausschließlich bei ihm beziehungsweise bei Dafnes Schwiegervater Teofil fangfrischen Fisch direkt vom Kutter gekauft hatte. Aber auch das war jetzt passé, für immer vorbei. Dafne hörte Stimmen vor der Eingangstür.

»Reiß dich von nun an bitte zusammen«, zischte sie Filip zu. »Nicht dass hinterher jemand behauptet, wir wollten unsere Gäste vergiften.« Mit diesen Worten atmete sie einmal tief durch, zupfte die weiße Bluse zurecht und setzte ein professionelles Lächeln auf. Sie war fest entschlossen, wenigstens den äußeren Schein zu wahren.

*

Sophie steckte eine Gurkenscheibe in den Mund und kaute lustlos darauf herum. Die Gurken und der in Streifen geschnittene Eisbergsalat schmeckten wie Pappe, die Tomaten waren wässrig. Nur die Salatsoße, in der, wie Sophie herausschmeckte, eine ordentliche Portion Öl gepaart mit viel Glutamat steckten, sorgte dafür, dass wenigstens ein bisschen Geschmack an das Grünzeug kam. Normalerweise hätte Sophie den Salat zurückgehen lassen und sich ein Käsesandwich oder eine Galette bestellt. Doch unter diesen Umständen sah sie davon ab. Sie schob ihr Salatschälchen zur Seite und hoffte, dass die Bedienung es gleich abräumen würde.

Den anderen Gästen schien es dagegen zu schmecken. Sie langten munter zu und häuften Sardinenrillette auf Baguettescheiben. Sophie griff nach einer Scheibe, brach ein Stückchen davon ab und steckte es in den Mund. Wirklich lecker, dachte sie erfreut. Das Baguette war genau so, wie gutes Baguette sein sollte: außen braun gebacken und knusprig, innen weich und fluffig. Es konnte nur aus der Boulangerie LeGall stammen, die bei Einheimischen wie Feriengästen einen ausgezeichneten Ruf hatte. Mikaela, die Tochter der LeGalls, eilte von Tisch zu Tisch und schenkte Wasser oder Weißwein ein. Sophie griff nach dem Messer und verteilte feine Meersalzbutter auf ihrer Baguettescheibe.

Simon, der ihr gegenübersaß, zog fragend die Augenbrauen hoch. »Nur Brot? Hast du keinen Hunger? Die Rillette ist super. Besser, als ich zu hoffen gewagt hatte.«

Sophie rieb sich einen Baguettekrümel von den Lippen. »Ich bleibe beim Brot. Das ist köstlich.« Sie widerstand der Versuchung, den Brotkorb an sich heranzuziehen und sich den gesamten Inhalt auf den Teller zu laden. Bei Stress oder Aufregung schrie ihr Körper geradewegs nach Kohlehydraten. Am besten in Kombination mit einer gehörigen Portion Öl oder Butter. Das war ihr Soul Food, ihr Garant für rasche Stimmungsaufhellung. Doch Sophie wollte nicht unhöflich sein. Oder – schlimmer – als verfressen gelten.

Simon stutzte. »Mon Dieu, entschuldige bitte! Das haben wir in unserer Trauer total vergessen.«

»Was vergessen?«, mischte sich eine brünette Frau, die sich als ehemalige Nachbarin von Mados Eltern vorgestellt hatte, in das Gespräch ein.

»Dass Sophie keinen Fisch isst.«

»Oje, eine Allergie?« Die Stimme der Frau klang mitfühlend.

»Nein, ich bin Vegetarierin.«

»Nun ja, dann lassen Sie diesen Gang einfach aus und gönnen sich gleich eine doppelte Portion von den Jakobsmuscheln. Die kommen direkt aus der Bucht auf den Teller.« Die ehemalige Nachbarin fuhr sich mit der Zungenspitze genüsslich über die Lippen.

»Ich esse auch keine Meeresfrüchte«, erwiderte Sophie leise.

»Nein?« Die Stimmlage der Frau hatte sich verändert, drückte weniger Verständnis aus.

»Nein.«

Die Frau musterte Sophie unverhohlen. »Eh bien, am Hungertuch scheinen Sie deshalb aber nicht zu nagen«, sagte sie mit einem falschen Lächeln.

Instinktiv zog Sophie den Bauch ein und schielte schuldbewusst auf die mit Butter bestrichene Baguettescheibe. Dann besann sie sich eines Besseren. Sie hatte sich schon vor Jahren entschieden, gehässige Kommentare zu ihrem Gewicht oder zu ihren Körperrundungen an sich abprallen zu lassen. Zu sich und zu jedem einzelnen Kilo, das sie auf die Waage brachte, zu stehen. Komme, was wolle. Nur in extremen Krisensituationen, und davon hatte sie in den letzten Wochen reichlich gehabt, gewann das schlechte Gewissen mitunter die Oberhand. Da poppten die alten Vorurteile, die man ihr in der Kindheit und als junge Heranwachsende eingebläut hatte, wieder hoch. Machten sie unsicher und verletzlich. Sophie nahm einen Schluck Wasser, um sich zu sammeln. Dummes, arrogantes Weibsbild, schimpfte sie innerlich und beschloss, die Schmach nicht auf sich sitzen zu lassen. Sie schenkte der Frau ein ebenso falsches Lächeln.

»Ich frage mich gerade …«, flötete sie. »Haben Sie schon mal Linsenkaviar auf geröstetem Baguette gekostet? Oder mit Honigapfel und Camembert gefüllte Galette? Knusprige Tomaten-Ziegenkäse-Tarte? Lauch-Kartoffel-Suppe mit Apfel-Confit?«

»Nein, ich glaube nicht.« Die Frau wirkte verunsichert. »Wo gibt es denn so etwas?«

»Bei mir«, erwiderte Sophie mit Stolz. »Ich verwöhne meine Familie und meine Freunde gern mit Köstlichkeiten ganz ohne Fleisch.«

»C'est vrai.« Simon nickte. »Mado hat immer geklagt, dass sie nach Sophies Besuchen mindestens drei Kilo mehr auf den Rippen hatte.«

»Eh bien, wenn Sie es sagen …«, erwiderte die Frau spitz und wandte sich abrupt ihrem Tischnachbarn auf der anderen Seite zu.

Simon machte ein Handzeichen, das Sophie als »Schenk der Schnepfe keine weitere Beachtung« deutete. Mit Appetit biss sie in ihr Baguette.

»Soll ich in der Küche nachfragen, ob sie dir etwas anderes servieren können?«, bot Simon an.

»Ach, lass mal«, winkte Sophie ab. »Ich halte mich an die Beilagen.«

»Die werden nicht mehr so gut wie früher sein«, warnte Simon. »Der neue Koch hat nicht den besten Ruf. Viele im Ort fragen sich, wie lange das Bistro weiterbestehen kann.«

»Laufen die Geschäfte so schlecht? Ende September, als ich das letzte Mal hier war, schien alles in Ordnung. Da war das Bistro immer rammelvoll.«

»Leon kann niemand ersetzen.«

»Nein, Leon war einmalig.« Sophie spürte, wie sich erneut ein beklemmendes Gefühl in ihrer Brust breitmachte. Erst Leon und jetzt Mado. Der Tod hatte beide viel zu früh ereilt.

»Leon war ein Künstler am Herd, obwohl er meines Wissens keine Ausbildung zum Koch hatte. Er war ein genialer Autodidakt.«

»Mado und ich, wir sind immer gern zum Apéro hierhergekommen, haben viele schöne Stunden hier verbracht.«

»Deshalb haben Alwena und ich auch entschieden, Dafne ein wenig unter die Arme zu greifen. Sie kann jeden Euro gebrauchen.«

»Weißt du«, Sophie berührte kurz Simons Hand, »im Herbst hat Mado noch zu mir gesagt, dass Leon ihr zu ihrem 55. Geburtstag eine riesige Meeresfrüchteplatte zusammenstellen soll. Zu der wollte sie sich ein Fläschchen Weißwein vom Mont Garrot gönnen.«

»Ich hätte es ihr so gewünscht.« Simons Stimme klang belegt.

»Ja, sie hätte es genossen«, meinte Sophie wehmütig. »Wir waren im Sommer vor zwei Jahren zusammen in Saint-Suliac. Du kennst doch diesen kleinen idyllischen Ort direkt am Ufer der Rance, oder?«

»Ich erinnere mich dunkel, dass Mado mich mal dort hingeschleppt hat. Das muss schon Ewigkeiten her sein. Damals war Alwena auf dem Lycée, also noch Jahre vor unserer Scheidung.«

»Mado liebte die verwinkelten, malerischen Gassen in Saint-Suliac. Und sie war ganz verrückt nach dem Weißwein, den sie dort keltern. Aus Chenin-Blanc-Trauben.« Von Mado wusste Sophie um die Besonderheit dieses Weines, denn die Rebsorte stammte eigentlich aus der Tourraine. In der Nordbretagne unter ganz anderen klimatischen Bedingungen angebaut, entstand ein vorzüglicher Wein.

»Wie schmeckt er denn, dieser außergewöhnliche Tropfen von der Rance?«

»Oh, das kann ich dir nicht sagen«, bedauerte Sophie. »Bei diesem Wein gibt es nämlich einen Haken.«

»Der da wäre?«

»Er ist nicht frei verkäuflich. Das Ganze ist mehr ein Hobbyprojekt von ein paar Leuten aus Saint-Suliac. Die sich, wenn ich mich richtig erinnere, 2003 zusammengetan und den ursprünglich von Mönchen im Mittelalter kultivierten Weinberg neu angelegt haben. Alles in Eigenregie. Die Freizeitwinzer teilen den Wein nach der Abfüllung unter sich auf. Manchmal verschenken sie ein Fläschchen an besonders gute Freunde.«

»War Mado mit einem von ihnen befreundet?«, wunderte sich Simon.

»Nicht direkt. Aber einer von diesen Winzern war ihr wohl noch was schuldig. Und das wollte sie an ihrem 55. Geburtstag gehörig auskosten.«

»Warum sie? Es ist alles so ungerecht«, presste Simon zwischen zusammengebissenen Zähnen hervor.

Alwena, die mit ihrem Ehemann und ihrer Patentante an einem benachbarten Tisch saß, kam zu Sophie und Simon herüber. Sie legte ihre schmalen, feingliedrigen Hände auf die gebeugten Schultern ihres Vaters.

»Ich denke, es ist an der Zeit, dass jemand ein paar Worte zu Mamans Tod sagt. Soll ich das machen oder möchtest du das übernehmen?«

Simon warf die Serviette, die er auf den Knien platziert hatte, auf den Tisch und stand auf. »Ja, lass mich das machen.«

Er hob sein Glas und klopfte mit dem Dessertlöffel an den Rand.

»Liebe Familie, liebe Freundinnen und Freunde! Ich bin, wie ihr wisst, kein Mann vieler Worte.«

Die Gäste hoben die Köpfe und hörten auf zu reden. Erwartungsvolles Schweigen machte sich breit.

»Dennoch würde mir Mado die Ohren langziehen«, fuhr Simon fort, »wenn ich euch nicht, wie es sich gehört, willkommen heiße. Und euch danke, dass ihr gekommen seid, um von Mado Abschied zu nehmen. Alwena und ich, wir wissen es zu schätzen, dass ihr uns in diesen schweren Stunden beisteht. Merci à toutes et tous.« Simon führte die Handflächen auf Brusthöhe zusammen und neigte kurz den Kopf. »Danke euch allen«, wiederholte er lächelnd. »Mado hätte nicht gewollt, dass wir nur Trübsal blasen. Dass wir vergessen, zu leben, zu lieben und zu feiern. Mado war nie ein Kind von Traurigkeit.«

Oh nein, das war sie in der Tat nicht, dachte Sophie und musste trotz ihrer Trauer lächeln.

»Deshalb schlage ich vor«, Simon setzte zum Ende seiner Rede an, »dass wir uns an die schönen Momente, die wir mit ihr geteilt haben, erinnern. Daran, wie sie uns zum Lachen gebracht hat. Uns ihre ganz eigene Art, die Dinge zu sehen, vermittelt hat. Unser Leben bereichert hat.« Simon hob sein Glas. »Auf Mado.«

»Auf Mado«, echoten die Gäste.

»Möge sie im Himmel ein zünftiges Fest-noz abhalten«, sagte Alwena, die ihre Passion für die typischen bretonischen Tanzveranstaltungen von ihrer Mutter geerbt hatte.

»Ja, unsere Mado, die war beim Fest-noz eine ganz Wilde. Ich sag euch, die wird bei der Gavotte sogar den Teufel aus der Puste bringen«, rief Loïc Ellien, der mit seinem Bruder am Hafen das Centre Nautique betrieb.

»Mais non. Mado hat nichts mit dem Teufel zu schaffen. Sie ist jetzt bei den Engeln«, protestierte Arthur Tangi weinerlich. Die blonde Frau, die Sophie schon auf dem Friedhof aufgefallen war, stand hinter seinem Stuhl. Sie beugte sich zu ihm hinunter und flüsterte ihm etwas ins Ohr.

»Hast du eine Ahnung, wer das da bei Tangi ist?«, fragte Sophie Alwena leise.

»Das ist Lona Perrot. Die neue Freundin von Gael.«

»Von Leons älterem Bruder?«

»Ja. Sie ist erst vor einem halben Jahr hier in die Region gezogen. Man munkelt, dass die beiden große Pläne haben.«

»Ich hätte eher vermutet, dass sie was mit Tangi hat.«

»Nein, Tangi ist doch viel zu alt für sie, der könnte glatt ihr Vater sein.«

»Na ja, wo die Liebe hinfällt …«

»Tangi schätzt Lona sehr. Sie ist heute auf seinen Wunsch mitgekommen. Er hat mich fast angefleht, dass ich sie auch zum Essen einlade. Sie gehört ja nicht zu Mamans Freundeskreis. Aber in so einer Situation, da wollte ich nicht kleinlich sein.«

»Woher kennen sich Tangi und Lona denn?«

»Soviel ich weiß, haben sich die beiden bei einer Versammlung der Umweltschützer kennengelernt. Die kämpfen gegen den Offshore-Windpark in der Bucht von Saint-Brieuc. Maman war von dem Projekt übrigens ebenfalls nicht angetan.«

»Mir gefällt es auch nicht.«

»Maman hatte Angst, dass Tangi deswegen einen zweiten Herzinfarkt bekommt. Die Vorstellung, dass die Bucht mit 62 über 200 Meter hohen Windkrafträdern verschandelt wird, hat ihm schwer zugesetzt. Deshalb war er bei den Protesten immer ganz vorne mit dabei. Auch als die Fischer direkt in der Bucht protestierten und es dort heftig zur Sache ging.

Da ist Tangi auf Gaels Boot mitgefahren, hat die Besatzung des Sondierungsschiffes der Baufirma übelst beschimpft und stinkende Fischkadaver auf das Deck geschmissen. Maman erzählte mir am Telefon, dass er im Anschluss fix und fertig gewesen sei und ein paar Tage im Bett bleiben musste. Kein Wunder, bei seinem angegriffenen Gesundheitszustand.«

Sophie warf dem ehemaligen Grundschuldirektor einen verstohlenen Blick zu. »Heute sieht er auch ziemlich mitgenommen aus.«

»Ja, wie ein Häufchen Elend. Aber er ist wenigstens nicht allein. Lona ist ihm eine große Hilfe. Sie hat Übung in so Sachen, ich glaube, sie hat einen sozialen oder medizinischen Beruf. Und die zwei da drüben«, Alwena wies mit dem Kinn auf die Plätze schräg gegenüber von Tangi, »kümmern sich ebenfalls um ihn. Das sind seine ehemaligen Kollegen Trevor und Paskal.«

Lona schien zu spüren, dass Sophie und Alwena über sie redeten. Sie setzte sich neben Tangi und beugte den Kopf ein wenig vor. Das blonde Haar fiel ihr wie ein seidener Vorhang vor die Augen, verbarg jede Regung, die sich auf ihrem Gesicht widerspiegelte.

In dem Moment ging ein leises Raunen durch die Menge.

»Eh voilà! Die Jakobsmuscheln«, sagte Simon erfreut.

Ein paar der Gäste applaudierten.

»Die Muscheln sind übrigens nach einem Rezept von Mado zubereitet, das ich Dafne gegeben habe«, wandte sich Simon an Sophie. »Ich hoffe inständig, dass der neue Koch sie nicht vermurkst hat.«

Sophie wusste, dass sie erneut mit Brot und Butter vorliebnehmen würde. Dennoch musterte sie die kulinarische Kreation neugierig. »Ist das Blätterteig, dieser Streifen ringsherum, mit dem die Muschelschalen zusammengehalten werden?«

»Richtig. Er wird im Ofen mitgegart.« Simon löste behutsam mit dem Messer den Teigstreifen und klappte die obere Schale nach hinten. Aromatisch duftender Dampf entwich aus dem Inneren. Das runde helle Muschelfleisch lag auf einem Bett aus gedünstetem Lauch.

»Sieht lecker aus«, musste Sophie zugeben.

Simon tauchte die Gabelspitzen in den Lauch und kostete. »Ein bisschen zu viel Pfeffer für meinen Geschmack, aber ansonsten ist es okay. Mal schauen, wie der Koch das Nüsschen hinbekommen hat. Mit dem Rezept sollte es zart bleiben und nicht wie Gummi schmecken.«

Sophies Magen grummelte protestierend und sie erwog, in die Küche zu gehen und sich eine Portion von dem Lauchgemüse zu holen. Da hörte sie ein lautes Klappern.

Tangi hatte Messer und Gabel fallen lassen. Mit der rechten Hand fasste er sich an die linke Brustseite. Sein Gesicht war aschfahl.

»Arthur? Was ist mit dir, Arthur?«, schrie Lona Perrot und schnellte von ihrem Stuhl hoch.

Tangi wirkte wie zu Eis erstarrt, stierte mit weit aufgerissenen Augen über den Tisch. Sophie hatte das Gefühl, als ob er sie direkt ansähe, ihr etwas mitteilen wollte. Seine Lippen bewegten sich, doch sie konnte keinen Ton vernehmen. Aus seinen Mundwinkeln traten weißliche Schaumbläschen. Ein Speichelfaden tropfte ihm vom Kinn.

»Schnell, einen Arzt!« Sophie löste sich von dem Furcht einflößenden Anblick.

Simon griff zum Handy und wählte die 15, um den Rettungswagen herbeizurufen. »Der SAMU wird gleich hier sein«, sagte er beruhigend.

Tangi saß derweil regungslos in derselben Haltung. Schwieg. Auf einmal neigte sich sein Oberkörper in Richtung Tisch. Ein Laut wie ein Röcheln oder Rasseln entwich seinem Mund. Der Kopf mit dem spärlichen hellbraunen Haar gehorchte dem

Gesetz der Schwerkraft und kippte nach vorn. Tangis Stirn landete auf der leer gegessenen Muschelhälfte, die durch den Aufprall vom Teller katapultiert wurde. Tangis Körper zuckte noch einmal, als ob er von einem Stromschlag getroffen würde, dann rührte er sich nicht mehr. Entsetztes Schweigen machte sich im Bistro breit.

Mikaela, die mit einem Nachschub an Getränken aus der Küche gekommen war, blieb wie vom Donner gerührt stehen. Das Serviertablett glitt ihr aus den Händen. Die Gläser zerbrachen klirrend auf den Bodenfliesen, Wasser und Wein spritzten auf die Schuhe der Gäste. Niemand war in der Lage, sich zu regen.

3. KAPITEL

»Lassen Sie mich durch!«, herrschte eine Stimme die wie zu Stein Erstarrten an.

»Sind Sie der Notarzt?« Sophie hatte sich als Erste wieder gefangen. Sie schaute den Mann mit dem schlohweißen dichten Haar, dem Bart und den buschigen Augenbrauen in derselben Farbe verwundert an. »Wieso haben Sie Ihren Notfallkoffer nicht dabei?«

»Ich bin Docteur Bonnet, Allgemeinmediziner im Ruhestand, und wohne ein paar Häuser weiter«, erwiderte der Mann. »Dafne hat mich angerufen. Der Notarzt wird sicherlich noch einen Moment brauchen, bis er hier ist.«

»Wenn Sie Arzt sind, dann stehen Sie nicht so rum! Machen Sie was!«, zischte Lona.

Bonnet eilte zu Tangi und tastete mit dem Zeige- und Mittelfinger nach der Halsschlagader. »Kein Puls«, stellte er fest.

»Ich habe auch keinen gespürt.« Lona hatte sichtliche Mühe, die Tränen zurückzuhalten.

»Helfen Sie mir, ihn auf den Boden zu legen«, sagte der Doktor zu Simon, der an seine Seite geeilt war.

Behutsam hoben die beiden Männer Tangi vom Stuhl. Sophie rollte geistesgegenwärtig ihren Ponchoschal zu einer Art Kissen zusammen und legte ihn unter Tangis Kopf.

»Zur Seite!« Bonnet ließ sich etwas schwerfällig auf die Knie sinken, knöpfte Tangis dunkelgraues Hemd auf und begann mit einer Herzdruckmassage. Nach etwa einer Minute stoppte er und wischte Tangis Gesicht mit einer Serviette ab, die ihm Simon gereicht hatte. Dann neigte er den Kopf des Bewusstlosen nach hinten, wobei er gleichzeitig dessen Kinn ein wenig anhob und die Nase mit Daumen und Zeigefinger verschloss. Er legte seine Lippen dicht um den leicht geöffneten Mund und blies Luft ein, wodurch sich Tangis Brustkorb nach oben bewegte und kurz darauf wieder nach unten senkte. Ein weiteres Mal beatmete der Doktor Tangi, bevor er erneut zur Herzdruckmassage überging. Die Wiederbelebungsmaßnahmen setzte er fort, bis der Notarzt eintraf.

»Ich fürchte, Sie kommen zu spät.«

Der Notarzt stellte seinen Koffer ab und unterzog Tangi einer kurzen Untersuchung. »Sie haben leider recht. Das sieht alles andere als gut aus.« Er winkte den Sanitäter mit der Krankentrage herbei. »Herzkreislaufstillstand.«

Die beiden Männer hoben Tangi auf die Trage und der Sanitäter schob ihn in den Rettungswagen, wo er ihn umgehend an verschiedene medizinische Apparaturen anschloss.

»Was ist passiert?«, wollte der Notarzt wissen.

»Er hat sich an die Brust gefasst und ist vornübergekippt«, erwiderte Lona unter Schluchzen. »Es war bestimmt wieder ein Herzinfarkt.«

»Wieder ein Herzinfarkt?«, hakte der Notarzt nach. »Das heißt, er hatte bereits einen erlitten?«

Lona nickte, schien aber nicht imstande zu sein, weitere Fragen des Notarztes zu beantworten.

»Arthur hatte vor drei Jahren mitten im Unterricht einen Herzinfarkt«, mischte sich sein ehemaliger Kollege Paskal in das Gespräch ein. »Danach ist er nicht mehr richtig auf die Beine gekommen und wurde in den Vorruhestand versetzt. Aber in den letzten Monaten hatte ich den Eindruck, dass es ihm deutlich besser ging. Er hatte noch so viel vor. Und jetzt das …«

»Mados Tod hat ihm das Herz gebrochen«, sagte eine ältere Frau.

»Jetzt sind sie wenigstens im Himmel vereint«, warf eine zweite ein und bekreuzigte sich.

Der Arzt klappte den Notfallkoffer zu. »Wir bringen ihn ins Centre Hospitalier nach Saint-Brieuc. Bei wem sollen die Kollegen sich melden? Bei Ihnen?«, fragte er Lona, die sich wieder ein wenig gefangen hatte.

»Nein, nein. Ich bin nur eine Bekannte«, wehrte sie ab. »Arthur hat Familie in Dinan. Ich glaube, eine Schwester.«

»Haben Sie die Telefonnummer?«

»Nein.« Lona schüttelte den Kopf.

»Ich kümmere mich darum«, versprach Tangis ehemaliger Kollege.

»Bon. Mein Patient wartet.« Der Notarzt verließ eilig das Bistro.

Ein paar der Gäste schlüpften in ihre Jacken und machten sich ebenfalls zum Gehen bereit.

»Tut mir leid, aber unter den Umständen ...«, entschuldigte sich die Frau, die sich eben bekreuzigt hatte.

»Ich kann euch verstehen«, erwiderte Simon und drückte ihre Hand.

»Wir gehen auch.« Einer nach dem anderen verabschiedete sich, bis nur noch die Hälfte der Trauergäste im Bistro verblieben war.

Simon ließ sich schwerfällig auf einen Stuhl fallen und vergrub den Kopf zwischen den Händen. Alwena befingerte nervös den silbernen Anhänger ihrer langen Halskette. Eric, ihr Ehemann, stand bedrückt neben ihr.

Simon stieß einen lang gezogenen Seufzer aus und richtete sich wieder auf. »Bon sang, so einen Abgang hat Mado weiß Gott nicht verdient.«

»Nein, das hat sie nicht.« Sophie berührte kurz tröstend seinen Oberarm. »Aber es war auch nicht Arthurs Schuld.«

»Nein. Trotzdem – warum musste er ausgerechnet hier und jetzt einen Herzinfarkt bekommen?«

»Darauf kann nur der Herr da oben eine Antwort geben«, sagte Loïc und wies mit der Hand in Richtung der Zimmerdecke.

Dafne und Mikaela machten sich schweigend daran, die zerbrochenen Gläser aufzusammeln und die Scherben zusammenzufegen.

»Ich weiß nicht, wie es euch ergeht«, sagte Sophie. »Aber ich könnte jetzt gut etwas Hochprozentiges vertragen.«

»Gute Idee«, stimmte Simon sofort zu.

Dafne legte die Kehrschaufel zur Seite. »Ich bringe euch eine Flasche Lambig und Gläser.«

Bonnet schlüpfte in sein Jackett, das er vor den Wiederbelebungsmaßnahmen abgelegt hatte. »Ich gehe dann auch mal.«

»Mais non!«, protestierte Simon. »Trinken Sie doch ein Gläschen mit uns, Docteur.«

»Wenn Sie meinen …«

»Setzen Sie sich!« Simon klopfte einladend auf den freien Stuhl neben sich. Die verbliebenen Gäste nahmen ebenfalls wieder an den Tischen Platz.

»Ich weiß, dass sich das eigenartig anhört«, sagte Bonnet, als er an dem Apfelbrand genippt hatte. »Aber ich habe meine Zweifel, ob Tangi tatsächlich einen Herzinfarkt hatte. Als ich eintraf, habe ich keinen der typischen äußerlichen Hinweise erkennen können. Die Schaumbläschen um seine Mundwinkel passen auch nicht dazu. Wirklich seltsam.«

»Aber er hat sich vor seinem Zusammenbruch an die Brust gefasst«, widersprach Alwena. »Das ist doch ein typisches Zeichen, oder? Wir haben es alle gesehen. Madame Perrot kann das bestimmt bestätigen.« Alwena suchte den Raum mit den Augen ab. »Wo ist sie denn?«, fragte sie perplex.

»Keine Ahnung«, sagte Sophie verwundert. »Ich habe gar nicht gemerkt, dass sie gegangen ist. Ohne sich zu verabschieden. Das finde ich nicht gerade höflich.«

»Ja, aber ich kann es verstehen«, erwiderte Simon. »Sie war total geschockt und wollte bestimmt so schnell wie möglich nach Hause.«

Bonnet ließ sein Glas nachdenklich zwischen den Handflächen kreisen. »Ich werde morgen mal in Saint-Brieuc anrufen und bei den Kollegen nachfragen«, sagte er mehr zu sich selbst als zu den anderen.

Sophie musste plötzlich an Tangis Gesichtsausdruck denken, kurz bevor er kollabiert war. »Seine Augen waren so eigenartig«, sagte sie. »Und ich hatte den Eindruck, dass er uns etwas mitteilen wollte. Er ist jedoch nicht mehr dazu gekommen.«

»Er war in Panik. Wahrscheinlich wollte er uns signalisieren, dass er Hilfe braucht«, vermutete Alwena.

»Ja, bestimmt. Doch ich glaube, da war mehr als nur Panik, weil ihm die Luft wegblieb. Für mich sah das nach grenzenlosem Entsetzen aus«, widersprach Sophie. »Und von einem Moment auf den anderen erschlaffte sein ganzer Körper. Dann dieses fürchterliche Röcheln, und es war aus.«

»Was hat er denn vor dem Zusammenbruch gegessen?«, fragte der Doktor in die Runde.

»Das Gleiche wie alle anderen. Zuerst eine hausgemachte Sardinenrillette. Anschließend eine Jakobsmuschel«, antwortete Dafne. »Die Menüfolge war mit Simon und Alwena abgesprochen.«

»Eh bien, das ist interessant.« Der Doktor lehnte sich auf seinem Stuhl zurück. »Die Symptome, die er gezeigt hat, könnten meiner Meinung nach auch auf eine Muschelvergiftung hinweisen.«

»Leidet man dabei nicht eher unter Übelkeit, Erbrechen und Durchfall?«, wunderte sich Alwena.

»Es kommt darauf an, welches Gift die Ursache ist«, erklärte der Doktor. »Die diarrhöische Form einer Muschelvergiftung entsteht durch Okadasäure. Die Folgen dieses von marinen Algen verursachten Toxins sind zwar unangenehm, aber davon stirbt man nicht. Anders sieht es bei der paralytischen Form aus. Die wird durch Saxitoxin ausgelöst. Durch das Nervengift kommt es zur Steigerung der Herzfrequenz, zu Brustschmerzen und Speichelfluss. In schweren Fällen stellen sich schlaffe Lähmungen mit ausgeprägter Ateminsuffizienz ein. Man wird also bewusstlos und verstirbt in kürzester Zeit.«

»Wie schrecklich.« Alwena suchte die Hand ihres Mannes, der die ihre tröstend drückte.

Loïc, der aufgrund seines Berufes meist eine frische und gesunde Gesichtsfarbe hatte, wurde bleich. »Wir haben alle Jakobsmuscheln gegessen. Heißt das etwa, dass wir alle krank werden?«

»Woher stammten die Jakobsmuscheln?«, wollte Bonnet wissen.

»Sie sind gestern Nacht in der Bucht gefischt worden. Ich habe sie von einem Freund meines Vaters gekauft, bevor dessen Fang in der Fischauktionshalle versteigert wurde«, sagte Dafne. »Die Qualität war ausgezeichnet.«

»Ja, sie schmeckten ganz zart und frisch«, versicherte Simon, um Dafne zu entlasten.

»Eh bien, dann gehe ich davon aus, dass sich das Toxin lediglich in einer einzigen Muschel gesammelt hat. Ich an Ihrer Stelle würde mir keine Sorgen machen«, versuchte der Doktor, die Trauergemeinde zu beruhigen.

»Aber wie kann das sein? Ich meine, unsere Muscheln haben nicht nur in Frankreich, sondern weltweit einen guten Ruf. Warum sollten sie mit einem Mal giftig sein?« Dafne wirkte völlig aufgelöst.

»Vielleicht war es einfach nur Pech«, meinte Alwena.

Dafne fuhr sich mit dem Handrücken über die Augen, in denen Tränen glänzten. »Wenn es sich bestätigt, dass einer meiner Gäste an einer Muschelvergiftung gestorben ist, bin ich ruiniert.«

Sophie ließ nachdenklich die hellbraune Flüssigkeit in ihrem Glas kreisen. Dabei rief sie sich die letzten Sekunden von Tangis Leben in Erinnerung. Dieser Blick, dieses plötzliche Erschlaffen. Irgendetwas stimmte da nicht. Wo war ihr eine Beschreibung dessen, was sie vor einer halben Stunde erlebt hatte, schon einmal untergekommen? Hatte sie darüber im Studium gelesen? Oder hatte es in einem der Texte gestanden, die sie als Freelancerin übersetzte? Jedenfalls wusste sie ein paar Dinge über das Nervengift.

»Was ist, wenn es weder ein Herzinfarkt noch eine Muschelvergiftung war?«, gab sie zu bedenken. »Ist es nicht so, dass sich Saxitoxin primär in Venus- und Miesmuscheln und in

Austern anhäuft? Und das vorwiegend in warmen Gewässern? Wir haben jetzt Ende Februar. Hier in der Bretagne dürfen Jakobsmuscheln nur von Oktober bis Anfang April gefischt werden. Also in einem Zeitraum, in dem die Wassertemperatur schätzungsweise zwischen zehn und zwölf Grad Celsius liegt. Wie hätten sich unter diesen Bedingungen die Toxine bilden sollen?«

Der Doktor nickte anerkennend mit dem Kopf. »Sie haben ein erstaunliches Fachwissen. Sind Sie Biologin?«

»Nicht wirklich. Ich habe ein paar wenige Semester Biologie studiert. Inzwischen verdiene ich meine Brötchen damit, dass ich englische und französische Texte ins Deutsche übersetze.«

»Deshalb Ihr perfektes Französisch.«

»Ich glaube, das habe ich eher Mado zu verdanken«, sagte Sophie und merkte, wie sie erneut schwer schlucken musste. »Wenn ich Mado nicht vor 35 Jahren bei einem Schüleraustausch kennengelernt hätte und wir nicht Freundinnen geworden wären, wären meine Sprachkenntnisse deutlich schlechter.«

Alwena schenkte Sophie ein herzliches Lächeln. »Ich bin froh, dass es damals so gekommen ist. Maman war immer total happy, wenn du hier warst. Und ich erst! Du bist die beste Köchin, die ich kenne! Ich könnte mich glatt in deine Zuckerschotentarte mit der Camembertkruste reinlegen. Oder dieser Käse Brot-Auflauf, den du mir immer gemacht hast, wenn ich von der Schule heimkam. So lecker bekommt das kein Chef de Cuisine hin.«

»Das Kochen und die französische Lebensart liegen mir in denen Genen«, tat Sophie bescheiden ab. »Mein Uropa hat im Ersten Weltkrieg als deutscher Soldat die schlimmsten Grabenschlachten an der Somme miterlebt. Und doch hat er sich, als er verletzt in einem Lazarett lag, in eine Französin verliebt. Ich trage übrigens ihren Namen.«

»Sophie – ein schöner Name.« Der Doktor nickte. »Hatte die Liebe eine Chance?«

»Mein Uropa hat den Rest des Krieges relativ unbeschadet überstanden und heiratete seine große Liebe, meine Uroma. Weil die beiden in Frankreich bleiben wollten, nahm er ihren Familiennamen an. Aus Peter Claußen wurde Pierre Vidal. Auch ich bin eine geborene Vidal. Sophie Louise Vidal. Louise war die Mutter meiner Uroma«, erklärte Sophie.

»Das wusste ich alles nicht«, wunderte sich Alwena. »Für mich warst du immer Sophie Kaufmann.«

Sophie lächelte. »Als du auf die Welt kamst, war ich schon verheiratet. Deshalb steht Kaufmann in meinem Personalausweis. Aber nicht mehr lange, dann heiße ich auch amtlich wieder Vidal.« Den Antrag auf Namensänderung hatte sie schon ausgefüllt. Sobald die Scheidung durch war, wollte sie ihn einreichen. Und damit zu ihren Wurzeln zurückkehren. Sich selbst wiederfinden.

Kurz herrschte betretenes Schweigen, denn alle wussten, was die Rückkehr zum Geburtsnamen bedeutete. Keiner wollte etwas Falsches sagen.

Schließlich beendete Doktor Bonnet das Schweigen. »Was ist mit Ihren Urgroßeltern geschehen? Ich gehe doch recht in der Annahme, dass Sie nicht in Frankreich aufgewachsen sind?«

»Nein, in einem Vorort von Frankfurt«, bestätigte Sophie. »Das Glück meiner Urgroßeltern war nicht von langer Dauer. Meine Namensgeberin starb bei der Geburt ihres zweiten Kindes. Mein Uropa kam mit einem Sohn und einer Tochter zurück nach Deutschland und eröffnete in Frankfurt eine Gastwirtschaft. Die mein Opa später übernahm. Doch mein Vater und meine Tante hatten anderes im Sinn. Als meinem Opa im Alter alles zu viel wurde, verkaufte er die Gaststätte an eine griechische Familie. Seitdem haben wir beruflich nichts mehr mit der Gastronomie zu tun. Auch für mich ist das Kochen nur ein Hobby.«

»Trotzdem. Quelle sacrée combinaison! Klug im Kopf und geschickt in der Küche. Sie verstehen es, einen Mann glücklich zu machen.« Doktor Bonnet schmunzelte.

»Nun, wie man es sieht …« Sophie lachte verlegen auf. Bis vor wenigen Wochen hätte sie dem Doktor vollumfänglich recht gegeben. Mehr als 25 Jahre war sie fest davon ausgegangen, dass sie Gerd und umgekehrt auch er sie glücklich mache. Dass sie zusammen alt werden würden. Und dass wahre Liebe durch den Magen gehe. Bis Gerd sie plötzlich als »Heimchen am Herd« betitelt und sich flugs eine Jüngere gesucht hatte. Die jetzt in ihrem Haus wohnte und in ihrer Küche kochte. Sofern man die Zubereitung von grünen Smoothies und Salaten als Kochen betiteln konnte. Seitdem Gerd von der fixen Idee besessen war, einen Angina-Pectoris-Anfall erlitten zu haben, hatte er sein Leben komplett umgekrempelt. Ballast abgeworfen. Dieser »Säuberungsaktion« war auch sie zum Opfer gefallen. Sophie spürte, wie erneut eine Mischung aus Wut und Verzweiflung in ihr aufstieg. Sie versuchte, die Gefühle mit einem Mundvoll Lambig hinunterzuspülen. Es half nichts. Sie fröstelte und schlang den Ponchoschal um ihre Schultern.

»Ich glaube, es wird für mich Zeit zu gehen«, sagte sie. »Ich habe eine lange Nacht auf der Autobahn und einen anstrengenden Tag hinter mir. Jetzt sehne ich mich nach einem heißen Bad und ein wenig Ruhe. Ich habe im ›Le Neptune‹ ein Zimmer reserviert.«

»Du schläfst nicht bei uns, ich meine, bei Maman? Ich habe extra das Gästezimmer für dich hergerichtet.« Alwena wirkte verwundert und verletzt zugleich.

Sophie hauchte ihr zwei Küsse auf die Wangen. »Bitte sei mir nicht böse. Heute ist es besser, wenn ihr unter euch bleibt.«

Und ich allein um Mado trauern kann, fügte sie im Stillen hinzu.

»Warten Sie! Ich begleite Sie nach draußen«, rief der Doktor und sprang für einen Mann seines Alters erstaunlich leichtfüßig vom Stuhl auf.

Sophie hob die Hand zum Abschied und verließ eilig das Bistro. Auf dem Bürgersteig wandte sie sich dem Doktor zu. »Es war nett, Ihre Bekanntschaft zu machen. Trotz der Umstände.«

»Es hat mich auch gefreut. Doch ich bin mir sicher, dass dies nicht unsere letzte Begegnung war.«

»Leider muss ich spätestens übermorgen wieder nach Hause fahren. Obwohl ich lieber hierbleiben würde. Aber es geht nicht anders.« Sophies Stimme zitterte ein wenig.

»Ein kleiner Rat von mir.« Der Doktor berührte kurz ihren Oberarm. »Stehen Sie sich nicht selbst im Weg. Folgen Sie den Offenbarungen, die sich in Ihrem Innersten auftun. Dann werden Sie Ihre wahre Bestimmung finden.«

Sophie zog die Mundwinkel nach unten. »Danke für den Hinweis. Aber ich habe es, ehrlich gesagt, nicht so mit Esoterik und pseudopsychologischem Gerede. Ich halte mich lieber an die Realität. Und die sagt mir, dass ich leider nicht immer das machen kann, was ich möchte. Eh bien, c'est la vie.« Sophie zuckte resigniert mit den Schultern.

»Es steht Ihnen selbstverständlich frei, mir zu glauben oder nicht«, erwiderte der Doktor gelassen. »Aber Sie sollten mal darüber nachdenken. Vielleicht ergibt sich dann eine andere Perspektive.«

»Wollen Sie etwa behaupten, Hellseher zu sein?«

»Mais non.« Der Doktor hob abwehrend die Hände in die Höhe. »Das, was die Zukunft bringen wird, bleibt auch mir verschlossen. Aber manchmal spricht eine andere Stimme zu mir. Sie würden es ›Bauchgefühl‹ nennen.«

Sophie lachte kurz auf. »Sie sind Mediziner. Da sollten Sie sich an die Fakten halten und nicht auf Emotionen und Vermutungen setzen.«

»Ja, ich bin Arzt«, stimmte Bonnet zu. »Aber ich bin auch Hüter des alten Wissens und der alten Traditionen. Deshalb sehe ich die Welt und das, was auf ihr geschieht, manchmal aus einem anderen Betrachtungswinkel.«

Sophie starrte Bonnet mit offenem Mund an. »Sie meinen, Sie sind so etwas wie ein Druide?«, brachte sie schließlich ein wenig atemlos hervor.

»Et bien, pourquoi pas? Warum sollte ich das nicht sein? Ich stamme zwar ursprünglich aus Paris, aber die Bretagne ist meine Heimat, der Ort, wo sich meine Seele am besten aufgehoben fühlt.«

Sophie wusste nicht, was sie darauf antworten sollte. Der Tag war das reinste Gefühlskarussell gewesen, hatte sie in vielerlei Hinsicht gefordert. Sie fühlte sich leer, ausgepumpt.

Der Doktor schien sich an ihrem Schweigen nicht zu stören. »Au revoir«, sagte er. »Oder besser, à bientôt. Auf ein baldiges Wiedersehen.«

4. KAPITEL

Linh Nguyen saß in ihrem winzigen Studentenapartment und starrte grübelnd aus dem Fenster. Eine Zeitverschwendung, die sie sich eigentlich nicht leisten konnte. Sie hätte dringend für eine Klausur lernen müssen. Bis jetzt war sie eine sehr gute Studentin und zuvor eine ausgezeichnete Schülerin gewesen. Sie besaß eine schnelle Auffassungsgabe und war ausgesprochen talentiert in Mathematik und in den Naturwissenschaften. Die Aufnahmeprüfung für die Highschool für Hochbegabte in der Provinz Hà Tĩnh hatte sie mit Bravour bestanden. Nach dem Schulabschluss war sie an die University of Science and Technology in Hanoi gewechselt. Dort war ein Auslandsaufenthalt fest im Studienprogramm verankert, weshalb Linh nun vom dritten Stockwerk des Studentenwohnheims aus in den bretonischen Himmel über Brest starrte. Sie wickelte eine Strähne ihres langen pechschwarzen Haars um den Zeigefinger und zog heftig, so als wolle sie sich die Lösung für ihr Problem aus dem Kopf zerren. Aber außer dem Schmerz, der von ihrer Kopfhaut ausstrahlte, passierte nichts. Linh hörte auf, ihren Schopf zu malträtieren, sprang vom Stuhl auf und begann, nervös im Zimmer auf und ab zu gehen. Dabei warf sie alle halbe Minute einen Blick auf ihr Handy. Das Display blieb schwarz und leer.

»Verdammt, warum meldest du dich nicht?«

Linh war den Tränen nahe. Hung hatte hoch und heilig versprochen, dass er sofort Bescheid geben würde, wenn er in Paris angekommen wäre. Anhand der Textnachrichten, die er ihr seit seiner Abreise aus Nordvietnam regelmäßig gesandt hatte, hatte Linh seine Route genau nachverfolgen können:

Hung hatte zuerst den Bus nach Hanoi genommen, von wo aus er sich im Auto von Leuten, denen er vertrauen konnte, nach China hatte fahren lassen. Dort war er in ein Flugzeug gestiegen, das ihn nach Frankreich gebracht hatte. Ihr Plan war gewesen, dass sie sich in Paris treffen und einen Tag zusammen verbringen würden. Am darauffolgenden Tag wollte Hung entweder mit dem Flugzeug oder dem Zug nach London reisen. Wo ihn eine Schar Cousinen und Cousins schon ungeduldig erwartete. Sie waren vor Jahren auf demselben Weg in die britische Hauptstadt gekommen und hatten es dort zu etwas gebracht. Die Geldbeträge, die sie monatlich an ihre in Vietnam zurückgebliebenen Angehörigen sandten, bewiesen es. Hung wollte es ihnen gleichtun, um seine Eltern, die bettlägerige Großmutter und den jüngeren Bruder zu unterstützen. Denn Hung stammte nicht wie Linh aus einer wohlhabenden Familie. Seine Großeltern hatten als Tagelöhner auf den Reisfarmen der Umgebung gearbeitet, seine Eltern hielten sich mit verschiedenen Jobs finanziell über Wasser. Seine Mutter war jeden Morgen um Punkt 6 Uhr in das Haus von Linhs Vater gekommen, um das Frühstück zuzubereiten, die Betten zu machen, die Wäsche zu waschen und zu putzen. Als Hung noch nicht zur Schule gegangen war, hatte ihn seine Mutter manchmal zur Arbeit mitgenommen, wo er Linh kennengelernt hatte. Trotz ihrer unterschiedlichen Lebensbedingungen hatten sich Linh und Hung gleich verstanden und waren Freunde und Verbündete geworden. Selbst als Linh ihr Studium in Hanoi begonnen und Hung eine Arbeitsstelle in einer Autowerkstatt angenommen hatte, hatten sie sich regelmäßig gesehen, hatten nie den Kontakt zueinander verloren. Hung war wie ein Bruder für sie. Deshalb war sie von Anfang an in sein Vorhaben eingeweiht gewesen und hatte ihm sogar ein bisschen Geld überwiesen, um ihm die weite Reise und den Neustart zu erleichtern. Zu Beginn hatte alles so einfach ausgesehen. Und Linh hatte sich darauf gefreut, von der Atlantikküste in die Hauptstadt zu fahren und dort ein paar Stunden mit Hung zu verbringen. Ihm noch einmal ganz nahe zu sein, bevor er nach London aufbrechen würde und sie sich nur noch auf dem Computerbildschirm sehen würden.

Doch seit zehn Tagen hatte Linh keine Neuigkeiten mehr von Hung erhalten. Ihre Textnachrichten blieben unbeantwortet. Sein Handy war aus oder ohne Empfang.

»Was ist mit dir los? Wo steckst du?«, fragte sie laut. Ihre Sorge wurde mit jeder Stunde, in der sie Hung weiter im Ungewissen ließ, größer. Sie ahnte, dass Hung von seinem geplanten Weg abgekommen und irgendetwas gehörig schiefgegangen war. Aber was könnte das gewesen sein?

Linh merkte, dass es nichts brachte, ruhelos hin und her zu gehen. Sie beschloss, mit Vernunft und System zu agieren, so wie man es in ihrem Bachelor-Studium täglich von ihr verlangte. Sie setzte sich an ihren Schreibtisch und erstellte eine Liste. Dann griff sie nach ihrem Handy und rief alle Kontakte an, von denen sie vermutete, dass sie etwas von Hung gehört haben könnten.

Als sie sämtliche Telefonate erledigt hatte, war es Abend geworden. In den benachbarten Wohnblocks brannten die Lichter hinter den Fenstern. Aus dem Apartment nebenan drang laute Rap-Musik zu ihr herüber. Linh massierte ihre Schläfen, hinter denen es schmerzhaft zu pochen angefangen hatte, und versuchte, sich von dem, was sie erfahren hatte, ein Gesamtbild zu machen. Konnte das, was sie soeben vernommen hatte, wahr sein? Lebte sie etwa so in ihrer eigenen Welt, ihrer persönlichen Blase aus Wohlstand und Behütetsein, dass sie die Wirklichkeit total ausgeblendet hatte? Wie hatte sie nur so naiv, so blind sein können? Doch in einem hatte sie von Anfang richtig gelegen: Ihre Sorge um Hung war begründet.

Linh fuhr ihren Laptop hoch und rief die Seite mit den Zugfahrplänen auf. Nachdem sie die frühestmögliche Verbindung gebucht hatte, packte sie ihren Rucksack und sorgte dafür, dass in ihrem Zimmer alles tipptopp aufgeräumt war. Die anstehende Klausur und das Tagesseminar, für das sie sich bei Ifremer, dem französischen Forschungsinstitut für die Nutzung der Meere, im nahe gelegenen Plouzané angemeldet hatte, waren fürs Erste vergessen. Es gab Wichtigeres zu erledigen: Sie würde morgen früh in die Nordbretagne fahren und dort Erkundigungen einholen. So wie es aussah, hatte Hung einen großen Fehler gemacht.

*

Sophie öffnete den Kofferraum ihres betagten Opels und lud ihre Reisetasche hinein. Der Wind zerrte an ihrer Kleidung und ihrem Haar. Gestern hatte es fast den ganzen Tag Bindfäden geregnet. Dennoch fiel Sophie der Abschied schwer. Sie zögerte, den Parkplatz des kleinen Hotels zu verlassen. Wehmütig verfolgte sie mit den Augen, wie sich ein blau-weißes Fischerboot der Hafeneinfahrt näherte. Das Boot kämpfte sichtlich gegen die hohen Wellen an, schlingerte von links nach rechts und zurück. Fast glaubte Sophie, den Dieselmotor stampfen und die Schiffsplanken knarzen zu hören. Sie vermutete, dass die Besatzung unter diesen Bedingungen viel Mühe hatte aufwenden müssen, um die Netze ins Wasser zu lassen und den Fang einzubringen. Der Beruf des Fischers war alles andere als ein leichter Job und verlangte neben technischem Know-how eine gehörige Portion Kraft, Durchhaltevermögen und Widerstandsfähigkeit. Außerdem die Bereitschaft, bei Wind und Wetter sowie zu jeder Tages- und Nachtzeit aufs Meer hinauszufahren und sein Leben den Gezeiten, dem ewigen Kommen und Gehen von Ebbe und Flut, anzupassen. Dennoch hätte Sophie in dem Moment liebend gern alle Unbilden und Beschwerlichkeiten in Kauf genommen, um ebenfalls auf dem Schiff sein und Erquy als ihren Heimathafen bezeichnen zu können.

Nach Deutschland und in ihre schäbige Mansardenwohnung zog sie nichts. Samuel und Selena, ihre Zwillinge, waren alt genug, um auf eigenen Füßen zu stehen, ihr Leben so zu gestalten, wie sie es für richtig hielten. Samuel verbrachte fast das ganze Jahr auf Fuerteventura, wo er mit seinem Lebenspartner eine Surfschule betrieb. Selena lebte mit ihrem Mann, den zwei Pferden, drei Hunden, Hühnern, Katzen und einem bockigen alten Traktor in einem Dorf in der Uckermark. Sophie telefonierte zwar regelmäßig mit den beiden, doch gesehen hatten sie sich schon fast ein Jahr nicht mehr. Wenn Sophie jetzt nach Deutschland zurückführe, täte sie es aus Pflichtgefühl und finanzieller Notwendigkeit.

Das Leben ist nicht fair, dachte sie und kickte mit dem Fuß wütend gegen den Hinterreifen. Voller Groll setzte sie sich auf den Fahrersitz, ließ den Motor an und legte den Rückwärtsgang ein. In dem Moment wurde die Tür mit Schwung aufgerissen.

»Dieu merci, dass ich Sie noch rechtzeitig erwische!« Dafne Riwal rang hörbar nach Luft.

Sophie schaute die Bistrobesitzerin verwundert an. Sie hatte nicht die geringste Ahnung, was sie von ihr wollte. »Oui Madame?«, fragte sie ein wenig lahm.

»Sie haben vorgestern doch gesagt, dass Sie Köchin sind«, brachte Dafne keuchend hervor.

»Nein, habe ich nicht. Ich habe gesagt, dass ich Übersetzerin bin.«

»Ich habe eben mit Simon gesprochen. Der hat gemeint, dass …« Dafne war sichtlich verunsichert.

»Dass ich gut kochen kann«, führte Sophie den Satz zu Ende. »Nun, da hat er recht.«

»Wie gut können Sie denn kochen?«

»Ziemlich gut. Ich habe sogar schon Kurse gegeben.«

»Macht es Ihnen was aus, für eine größere Anzahl von Personen zu kochen?«

»Ich weiß nicht, bei wie vielen Schulfesten meiner Kinder oder bei wie vielen Feiern unseres Sportvereins ich die Küche geschmissen habe«, erwiderte Sophie mit einem melancholischen Lächeln, weil dies alles lange hinter ihr lag. »Wenn das mit Ihrer Definition von ›einer größeren Anzahl von Personen‹ einhergeht, nun, dann kann ich auch für eine Menge hungriger Münder kochen.«

»Très bien. Das ist wirklich merveilleux, ganz wunderbar.« Dafnes Gesicht hellte sich auf.

Sophie wurde unruhig. Obwohl sie nicht fahren wollte, war es doch höchste Zeit, aufzubrechen. Sie hatte mehr als 1.000 Kilometer Wegstrecke vor sich. »Tut mir leid, aber ich verstehe nicht, worauf Sie hinauswollen«, sagte sie ein wenig schroff.

Dafne zog den Kragen ihrer Jacke enger. Der Wind hatte noch weiter aufgefrischt. »Könnten wir das vielleicht bei mir im Bistro besprechen? Da ist es gemütlicher.«

»Ich bin eigentlich gar nicht mehr hier«, versuchte Sophie abzuwiegeln. »Ich sollte schon seit einer halben Stunde auf der Autobahn sein.«

»Es wird nicht lange dauern«, versprach Dafne.

»Also gut. Steigen Sie ein.« Sophie gab sich geschlagen und öffnete die Beifahrertür.

*

»Hier, der Kaffee.« Dafne stellte die Tasse mit der dampfenden braunen Flüssigkeit vor Sophie auf den Tisch.

»Danke.« Sophie gab etwas Zucker hinein und rührte um. »Eh bien, raus mit der Sprache: Worum geht es?«

Dafne nahm Sophie gegenüber Platz. »Wie Sie vielleicht wissen, ist mein Mann im Oktober gestorben.«

»Ja, davon habe ich erfahren. Und es tut mir aufrichtig leid. Ich habe Leon sehr geschätzt.«

Dafne schwieg einen Moment, dann räusperte sie sich. »Seit Leons Tod läuft hier, ehrlich gesagt, nichts mehr rund. Mein Ersatzkoch ist, wie Ihnen vorgestern nicht entgangen sein dürfte, eine Niete. Er kommt nicht ohne vorgefertigte Convenience-Produkte aus und hat keine Fantasie. Außerdem raucht er ständig in der Küche.«

»Nehmen Sie ihm die Zigaretten weg«, schlug Sophie pragmatisch vor.

»Dann kriegt er vermutlich gar nichts mehr auf die Reihe«, prophezeite Dafne düster. »Er braucht das Nikotin, um zu funktionieren.«

Sophie linste verstohlen auf ihre Armbanduhr. »Ich weiß noch immer nicht, wie ich Ihnen helfen könnte.«

»Übernehmen Sie die Küche!«, brach es aus Dafne hervor.

Sophie lachte laut auf. »Ich? Hier?«

»Sie haben doch eben selbst gesagt, dass Sie gut kochen können. Auch für viele Personen.«

»Kochen ist mein Hobby.«

»Dann machen Sie es zu Ihrem Beruf!«

»Ich habe bereits einen Beruf.«

»Macht er Ihnen Spaß?« Dafne ließ nicht locker.

»Nun ja, wer kann schon von sich behaupten, dass er immer mit Freude zur Arbeit geht?«, wich Sophie aus.

»Ich.« Dafne klopfte sich mit dem Zeigefinger mitten auf die Brust. »Ich mache meine Arbeit gern. Aber das kann ich nur, wenn ich das Bistro nicht verliere. Und dazu brauche ich einen kompetenten Koch oder eine kompetente Köchin.«

Sophie erinnerte sich an das, was Simon ihr vorgestern berichtet hatte. »Ich weiß, dass es für Sie momentan alles andere als einfach ist. Doch glauben Sie mir: Ich bin nicht die Richtige, um Ihnen unter die Arme zu greifen.«

»Mais oui. Ich bin mir ganz sicher.« Dafne blieb hartnäckig. »Simon und Alwena haben so von Ihrer Küche geschwärmt. Wenn die beiden Sie nicht ausdrücklich empfohlen hätten, wäre ich nicht auf die Idee gekommen, Sie zu fragen.«

Na, vielen Dank für den Bärendienst, dachte Sophie missmutig. Am liebsten wäre sie auf der Stelle zu Mados Haus gefahren und hätte Simon ordentlich die Meinung gegeigt. Was fiel ihm ein, sie ohne Rücksprache in eine solche Situation zu bringen? Oder Dafne falsche Hoffnungen zu machen? Sophie kippte demonstrativ den Rest ihres Kaffees hinunter und griff nach den Autoschlüsseln. »Danke für das Angebot. Aber ich muss leider ablehnen.«

In dem Moment klopfte es an der gläsernen Eingangstür und Doktor Bonnet zeigte mit einer Handbewegung, dass er ins Bistro eingelassen werden wollte.

»Auch einen Kaffee?«, fragte Dafne, nachdem sie aufgeschlossen hatte.

»Lieber einen Weißwein. Einen Muscadet, gut gekühlt.«

»Kommt sofort.« Dafne eilte in die Küche.

»Es freut mich, Sie wiederzusehen«, sagte der Doktor mit einem Lächeln. »Haben Sie sich meinen Ratschlag zu Herzen genommen?«

»Nein. Ich bin auf dem Sprung. Ich muss zurück nach Deutschland.«

»On verra. Warten wir es ab.« Der Doktor schlüpfte aus seiner dicken Allwetterjacke und hängte sie über die Stuhllehne. »Ich habe interessante Neuigkeiten.«

»Voilà.« Dafne reichte dem Doktor seine Bestellung. »Was für Neuigkeiten?«

Bonnet hob das Glas und prostete Sophie damit zu. »Chapeau, Madame. Sie lagen mit Ihrer Vermutung goldrichtig.«

Sophie, die im Begriff war aufzustehen, ließ sich zurück auf den Stuhl plumpsen. »Wollen Sie damit sagen, dass Tangi tatsächlich keinen Herzinfarkt erlitten hat?«

»Nein, hat er nicht. Obwohl die Annahme aufgrund seiner medizinischen Vorgeschichte nahelag. Aber der Kollege in Saint-Brieuc hat nicht den Hauch eines Zweifels gelassen: Tangi ist definitiv nicht an Herzversagen gestorben.«

Dafne stöhnte laut auf. »Oh nein! Dann steht spätestens in zwei Stunden die DDCSPP bei mir auf der Matte. Und ich kann für immer dichtmachen.«

»Die DDCSPP?« Sophie hatte keine Ahnung, wofür die Abkürzung stand.

»Die ›direction départementale de la cohésion sociale et de la protection des populations‹, also die ›Department-Direktion für sozialen Zusammenhalt und den Schutz der Bevölkerung‹. Die ist auch für die Kontrolle von Gastrobetrieben zuständig. Sie überprüfen, ob alle Sicherheits- und Hygienestandards eingehalten werden«, erklärte Bonnet.

»Die Inspektoren werden keine Gnade walten lassen. Eine Muschelvergiftung mit tödlichem Ausgang bedeutet das Aus. Das war es dann endgültig mit dem Bistro und dem Hotel.« Dafne stand die Verzweiflung ins Gesicht geschrieben.

Bonnet blieb dagegen die Ruhe selbst. »Es war kein Herzinfarkt, aber auch keine Muschelvergiftung.«

»Was?«, riefen Sophie und Dafne beinahe gleichzeitig.

»Tangi ist erstickt«, sagte der Doktor. »Und seine Halswirbelsäule war gebrochen.«

Die beiden Frauen starrten den Doktor fassungslos an.

Dafne fing sich als Erste wieder. »Wie kann das sein? Ich meine, wir hätten doch bemerkt, wenn ihm etwas im Hals stecken geblieben wäre. Dann hätte er gehustet oder gewürgt. Aber er ist einfach nach vorn gekippt, ohne einen Laut von sich zu geben.«

»Er hat schon kurz geröchelt«, widersprach Sophie. »Vielleicht das sogenannte Todesrasseln. Das ist kein Zeichen von Atemnot.«

»Tangi ist still, mucksmäuschenstill gestorben. Weil er keine Kontrolle mehr über seine Zunge und seine Lippen hatte. Alle seine Muskeln waren zu dem Zeitpunkt bereits komplett gelähmt.« Der Gesichtsausdruck des Doktors war ernst.

Dafne schluckte schwer. »Warum denn gelähmt?«, fragte sie mit rauer Stimme. »Litt er an einer Krankheit, von der wir nichts wussten?«

Sophie beugte sich ein wenig über den Tisch. »Ihm wurde eine Art Gift verabreicht, nicht wahr?«, sagte sie leise.

Der Doktor nickte. »Die letzten pathologischen Untersuchungen stehen zwar noch aus. Aber wir können davon ausgehen, dass es sich bei dem Stoff, der zu seinem Tod geführt hat, um ein hoch dosiertes Muskelrelaxans handelt.«

»Das innerhalb von kürzester Zeit seine gesamte Muskulatur erschlaffen ließ. Wodurch auch die Atmung gelähmt wurde. Wie perfide ist das denn?« Sophie war geschockt.

Dafne sprang auf, stellte sich hinter den Stuhl und umfasste die gebogene, aus Rattan geflochtene Rückenlehne mit beiden Händen. Ihre Knöchel zeichneten sich weiß ab. In dem Moment sah es so aus, als ob der Bistrostuhl das Einzige wäre, das ihr noch Halt bot. »Du musst dich irren, Jean-Luc. Das macht doch keinen Sinn! Wie soll Tangi gleichzeitig erstickt sein und sich das Genick gebrochen haben?«

»Es ist nacheinander passiert«, erklärte der Doktor. »Zuerst ist er durch die Atemlähmung erstickt. Der Genickbruch trat danach ein. Vermutlich als Folge seines Sturzes.«

»Ein richtiger Sturz war es nicht«, gab Sophie zu bedenken. »Es war eher so, dass sein Kopf mit der Stirn auf den Teller kippte. Die Kraft des Aufpralls dürfte nicht ausgereicht haben, ihm das Genick zu brechen. Auch wenn die Muskeln an Hals und Nacken gelähmt waren.«

»Nein, wahrscheinlich nicht«, gab ihr der Doktor recht. »Es wird wohl eher so sein, dass es passierte, als er vom Stuhl gehoben und auf den Boden gelegt wurde.«

»Ihr wolltet ihm doch nur helfen«, rief Dafne aufgelöst. »Du hast doch selbst versucht, ihn wiederzubeleben.«

Der Doktor seufzte. Dafne hatte offensichtlich einen wunden Punkt angesprochen. »Wenn ich zu dem Zeitpunkt gewusst hätte, was ich heute weiß, hätte ich natürlich anders gehandelt. Das versteht sich von selbst. Die Halswirbelsäule kann ohne die stabilisierende Muskulatur schnell Schaden nehmen. Aber sei's drum. Letztendlich wird die Pathologie herausfinden müssen, ob der Genickbruch absichtlich herbeigeführt worden ist oder ein Begleitschaden der Hilfsmaßnahmen war.«

»Trotzdem verstehe ich das alles nicht. Warum Tangi? Und warum ausgerechnet in meinem Bistro?«

»Wenn ich das wüsste!« Der Doktor leerte sein Glas in einem Zug. »Ich gehe davon aus, dass die Polizei längst eingeschaltet ist und sich der Sache annimmt.«

»Wissen Sie, wie das Muskelrelaxans verabreicht wurde?«, fragte Sophie, die es mit einem Mal gar nicht mehr so eilig hatte.

»Auf der rechten Halsseite hat man oberhalb des Schlüsselbeins eine winzige Einstichstelle gefunden.«

»Von einer Spritze?«

»Sieht so aus.«

»Ich dachte, dass solche Medikamente intravenös gespritzt werden müssen, um zu wirken.«

»Wenn man Muskelrelaxanzien als Narkosemittel, also nach ihrer eigentlichen medizinischen Bestimmung einsetzt, werden sie intravenös verabreicht. Das bedeutet jedoch nicht, dass sie subkutan injiziert keinen Effekt haben.«

»Subkutan?«, fragte Dafne.

»Unter die Haut gespritzt.«

»Wie es bei Tangi der Fall ist«, meinte Sophie.

»Richtig«, stimmte der Doktor zu. »Ich vermute, dass man etwas mehr von der Substanz benötigt, damit sie anschlägt. Aber das sollte letztendlich kein Problem sein.«

Dafne ließ von der Stuhllehne ab und begann, unruhig im Raum auf und ab zu gehen. »Ich kann es einfach nicht glauben. Einem angesehenen Mitbürger unseres Städtchens wird quasi vor unser aller Augen eine tödliche Spritze gesetzt. Ohne dass es auffällt. Ganz ehrlich: So etwas kann man den Zuschauern im Film vorgaukeln. Aber wie soll das in der Realität vonstattengegangen sein? Ich meine«, Dafne wandte sich an Sophie, »haben Sie vorgestern jemanden mit einer Spritze herumlaufen sehen?«

»Nein, habe ich nicht«, musste Sophie zugeben.

Dafne machte kurz Halt. »Ich auch nicht. Vielleicht war Tangi Diabetiker und hat sich selbst Insulin gespritzt? Es muss eine andere Erklärung für diesen Einstich und für das, was geschehen ist, geben.« Dafne setzte sich erneut in Bewegung.

»Der Hals wäre für eine Insulingabe ein eher ungewöhnlicher Ort«, wandte der Doktor ein. »Aber ich kann beim Kollegen in Saint-Brieuc nachfragen, ob Tangi zuckerkrank war.«

»Wie ich schon sagte«, Dafne klang inzwischen atemlos. »Es muss anders gewesen sein. Ansonsten wäre es ja …« Sie verstummte.

»… ein kaltblütiger Mord«, brachte es Sophie auf den Punkt.

Dafne starrte sie mit weit aufgerissenen Augen an. »Wer sollte so etwas tun?«

»Das herauszufinden, wird die Aufgabe der Polizei sein«, sagte der Doktor und tätschelte Dafnes Hand. »Ich wollte dich nur schnell ins Bild setzen, damit du die Schuld nicht bei dir oder bei deinem Koch suchst. Tangis Tod hat weder etwas mit den Jakobsmuscheln noch mit deinem Bistro zu tun.«

»Aber die Leute werden seinen Tod immer mit dem ›Chez Leon‹ in Verbindung bringen«, jammerte Dafne. »Ich möchte gar nicht wissen, was hinter meinem Rücken getuschelt wird.«

»Ich auch nicht«, brummte der Doktor.

Sophie lugte auf das Display ihres Handys. Schon so spät, dachte sie erschrocken. Es war allerhöchste Zeit, dass sie sich auf den Weg machte. Sosehr ihr die Angelegenheit auch leidtat und sosehr sie sich wünschte, dass Tangi nicht ausgerechnet an Mados Beerdigungstag gestorben wäre – eigentlich ging sie die ganze Sache nichts an. Sie war eine Zeugin von vielen. Andere könnten sicherlich mehr zu Tangi und dem Tatverlauf sagen. Sie musste zusehen, dass sie schleunigst nach Hause kam und sich auf ihr neues Leben konzentrierte.

Sophie kramte ihren Autoschlüssel aus der Handtasche hervor. Ein lautes Pochen ließ sie zusammenzucken. Vor der gläsernen Vorderfront des Bistros stand wild gestikulierend Loïc Ellien.

»Habt ihr es schon gehört?«, fragte er, nachdem Dafne ihn hereingelassen hatte.

»Was sollen wir gehört haben?«, fragte der Doktor.

»Ich war eben auf der Polizeistation, da bei uns im Hafengebiet seit Tagen ein herrenloser Hund herumstreunt«, erklärte Loïc. »Ronan hat heute Dienst und war total durch den Wind. Vor einer halben Stunde sei ein Commissaire von der Polizeipräfektur in Saint-Brieuc angerauscht gekommen und habe langatmig verkündet, Simon Ollivier zum Verhör mitzunehmen. Ronan glaubt sogar, dass das Wort ›Untersuchungshaft‹ gefallen sei.«

Sophie ließ vor Schreck den Autoschlüssel fallen. »Wieso Simon? Was will dieser Commissaire von Simon?«

»Eh bien, es tut mir wirklich leid«, wandte sich Loïc zerknirscht an Dafne. »Aber sie haben herausgefunden, dass Tangi beim Essen keines natürlichen Todes gestorben ist, sondern dass da jemand nachgeholfen haben muss.«

»Das wissen wir schon«, sagte Dafne leise. »Jean-Luc hat es uns gerade mitgeteilt.«

»Ah, vraiment?« Für einen Moment wirkte Loïc aus dem Konzept gebracht. »Nun, wie dem auch sei … Für den Commissaire kommt anscheinend Simon als dieser Jemand infrage. Weil er kurz vor Mados Beerdigung einen heftigen Streit mit Tangi hatte.«

»Das ist totaler Blödsinn!«, entfuhr es Sophie. »Simon ist kein Mörder!«

»Ich kann es auch nicht glauben«, stimmte Loïc zu. »Doch dieser Commissaire hat auf Ronan den Eindruck gemacht, dass er sich seiner Sache sehr, sehr sicher ist.«

Sophie reagierte instinktiv. »Hätten Sie vielleicht ein günstiges Zimmer für mich im Hotel?«, wandte sie sich an Dafne. »Ich bin momentan wegen eines familiären Problems finanziell etwas klamm. Aber wenn es sein muss, bin ich bereit, einen Teil der Übernachtungskosten in der Küche abzuarbeiten.«

Trotz der angespannten Lage machte sich ein Lächeln auf Dafnes Gesicht breit. »Eh bien, das nenne ich einen Deal«, sagte sie und streckte Sophie die Hand hin.

5. KAPITEL

Ronan Lagad hatte seinen Lieblingstraum: Endlich war er ganz allein mit Mikaela. Die hübsche Bäckerstochter, das fortwährende Objekt seiner Begierde, beugte sich zu ihm hinunter, wodurch er einen tiefen Einblick in ihr Dekolleté erhaschte. Ein wohliger Schauder lief über seinen Rücken und er spürte, wie sich sein Puls beschleunigte. Mikaela lächelte verführerisch. Sie reichte ihm ein ofenwarmes Croissant, auf dessen Spitze sie einen Klecks Erdbeerkonfitüre gegeben hatte. Ronan biss zu. Eine Sinnesexplosion aus fruchtiger Süße, buttrigem Hörnchen und wild gewordenen Sexualhormonen führte dazu, dass seine Knie weich wurden und er sich in der Vorstufe zum Paradies wähnte. Mikaelas Zungenspitze fuhr einladend über ihre blassrosa geschminkten Lippen. Ronan schluckte und beugte sich seinerseits vor ... Wodurch seine Stirn hart auf dem Lenkrad des Streifenwagens aufprallte und er erwachte.

»Mince alors«, fluchte Ronan und strich mit den Fingern durch das kurz gehaltene braune Haar, bis es ihm an der Stirn wie bei einem Punk vom Kopf abstand. Mikaela schaffte es, ihn um den Verstand zu bringen. Seit drei Jahren verging er vor Sehnsucht nach der verführerischen Blondine, ohne dass es ihm gelungen wäre, ihr spürbar näherzukommen. Für sie war er nicht mehr als der freundliche junge Polizeioberwachtmeister, der ihr manchmal frühmorgens half, die braunen Papiersäcke mit frischen Baguettes in ihren kleinen Transporter zu heben, mit dem sie die Hotels, Restaurants und Campingplätze der Region belieferte. Das einzige Mal, dass sie ihm einen Kuss auf die Wange gehaucht hatte, war gewesen, als er ihrer Katze Minou nachgeklettert und sie aus einem hohen Kastanienbaum gerettet hatte. Die Kratzer der sich heftig wehrenden Katze hatten Ronan den Spott seines Vorgesetzten und den seiner beiden älteren Brüder eingebracht. Keine guten Erinnerungen, dachte Ronan.

Er ließ das Seitenfenster des weißen Škoda Octavia mit dem blauen Querstreifen und der Aufschrift »POLICE MUNICIPALE« hinunter, um frische Luft ins Wageninnere zu befördern. Er fragte sich, wie viele Pkws in den letzten Minuten mit zu hoher Geschwindigkeit an ihm vorbeigedüst waren, ohne dass er es bemerkt hatte. Süße, halb erotische Tagträume und eine durchwachte Nacht, in der er auf der Geflügelfarm seiner Familie bei den Vorbereitungen für den Wochenendmarkt mitgeholfen hatte, hatten ihn von der Erfüllung seiner beruflichen Pflichten abgehalten.

»Reiß dich zusammen«, ermahnte er sich selbst. Nur gut, dass Eliaz Riou, seines Zeichens Polizeihauptmeister und Ronans Vorgesetzter, durch einen quälenden Hexenschuss außer Gefecht gesetzt worden war. Dadurch war Ronan schon seit einer Woche allein unterwegs oder ohne eine Kontrollinstanz auf der Wache. Ein Zustand, an den Ronan sich durchaus hätte gewöhnen können.

Weil er vorausgesehen hatte, dass er nach einer Nacht im Hühnerstall gehandicapt sein würde, hatte er sich für seinen heutigen Einsatz mit dem Laserfernglas ein ruhiges Plätzchen ausgesucht: die um diese Jahreszeit wenig befahrene Departement-Straße D 117 zwischen der Burg Fort la Latte und der verschlafenen Ortschaft Grand Trécelin. Im Rückspiegel bemerkte Ronan, wie ein grüner Traktor, der schon bessere Zeiten gesehen hatte, auf ihn zukam. Kein Grund, dass er ausstieg und sein Messgerät in Position brachte. Ronan beschloss, die Mittagspause vorzuverlegen und sich über die belegten Baguettehälften, die ihm seine Mutter eingepackt hatte, herzumachen.

In nicht einmal zehn Minuten hatte er sein üppiges Lunchpaket verputzt und fühlte sich trotzdem nicht vollständig gesättigt. Seine Mutter behauptete, dass sie nach einem Mädchen und zwei Jungen eine vielfräßige Raupe zur Welt gebracht hätte. Obwohl Ronan mit seinen 20 Jahren die Pubertät längst hinter sich gelassen hatte, plagte ihn ständig Hunger. Was allerdings auch daran liegen konnte, dass er seine Brüder und seinen Vater um mehr als einen Kopf überragte. Zwei Meter Lebensgröße verlangten eine höhere Kalorienzufuhr, als es bei dem Rest der Familie Lagad der Fall war. Ronan spülte sein Mittagessen mit einer halben Flasche Mineralwasser hinunter und stieg aus dem Streifenwagen, um sich zu recken und die Füße zu vertreten. Der Sturm von vorgestern war zwar nach Osten abgezogen, doch die Sonne schaffte es nicht, die graue Wolkendecke zu durchdringen. Ronan zog den Reißverschluss seiner Dienstjacke hoch und überprüfte, ob das Laserfernglas einsatzbereit war.

Er musste sich eine ganze Weile in Geduld üben, bis sich die Gelegenheit bot, das Messgerät endlich zum Einsatz zu bringen. Ein weißer Renault Kangoo näherte sich aus Richtung Norden in einem Tempo, das ihm deutlich überhöht vorkam. Ronan brachte sich in Position, um den Raser zu überführen. Doch aus Gründen, die er auf die Schnelle nicht ausmachen konnte, verweigerte ihm das Laserfernglas genau in dem Moment die Kooperation.

»Merde«, fluchte Ronan. Ihm blieb gerade noch die Zeit, die Kelle zu zücken und den Verkehrssünder direkt zu stoppen.

»Bitte den Führerschein und die Fahrzeugpapiere«, spulte Ronan das übliche Programm ab.

»War ich zu schnell?«, wollte der Fahrer mit schuldbewusster Miene wissen.

Ronan stutzte. »Gael! Mit dir habe ich nicht gerechnet.«

Gael Riwal verzog den Mund zu einem breiten Grinsen. »Gute Tarnung, oder?« Er klopfte auf das verschlissene Sitzpolster des heruntergekommenen Renault Kangoo.

»Ist dein Porsche Cayenne in der Werkstatt? Konnten sie dir als Leihwagen nichts Besseres anbieten?«, wunderte sich Ronan. Seitdem sich Gael Riwal vor einem halben Jahr den deutschen Geländewagen zugelegt hatte, war er in Ronans Achtung noch einmal deutlich gestiegen. So einen schicken SUV mit ordentlich Wumms unter der Haube hätte er gern selbst besessen. Er wusste jedoch, dass ein solches Ansinnen illusorisch war. Sein mageres Polizistengehalt reichte gerade für einen gebrauchten Kleinwagen italienischer Bauart, mit dem er bei Mikaela keinen Eindruck schinden konnte. Seinem Freund Gael Riwal lagen die Frauen dagegen in Scharen zu Füßen. Im letzten Jahr war er mit einer rassigen Rothaarigen liiert gewesen, die ein echter Hingucker war. Dann hatte er Lona Perrot kennengelernt. Die war zwar mit deutlich weniger Kurven als die Rothaarige gesegnet, aber ihre zarten Gesichtszüge, die tiefblauen Augen sowie das feine blonde Haar verliehen ihr etwas Engelhaftes. Auch ihr Naturell schien dazu zu passen: Lona war stets bereit, sich um Schwache oder Hilfsbedürftige zu kümmern oder jemandem in Not ihr zartes Händchen zu reichen. Was sie an dem Fischer und Bootsbesitzer mit dem langen kantigen Gesicht und den wettergegerbten Pranken fand, war Ronan ein Rätsel. Doch er gönnte dem Freund sein neues Glück. Man munkelte, dass für die beiden schon bald die Hochzeitsglocken läuten würden.

»Ich musste ein paar frische Jakobsmuscheln und Seespinnen zu Kunden bringen. Dazu war mir der Porsche zu schade«, unterbrach Gael Ronans Gedanken.

»Meinst du die Industriebrache am Wäldchen?«, wunderte sich Ronan. »Ich wusste gar nicht, dass da noch was in Betrieb ist. Sollte dort nicht alles schon längst abgerissen sein?«

»Nein, die Hallen stehen wie gehabt. In den hinteren Teil des Gebäudekomplexes ist vor Kurzem ein Start-up-Unternehmen aus dem Gastrobereich eingezogen, das wir beliefern.«

»Find ich gut, dass der Chef auch mal selbst Hand anlegt«, meinte Ronan anerkennend. Er wusste, dass es Gael inzwischen zu beachtlichem Wohlstand gebracht hatte. Nach der Ausbildung zum »marin-pêcheur«, zum Hochseefischer, hatte er verschiedene Kapitänspatente erworben und das Familienunternehmen, das sein Urgroßvater gegründet hatte, Stück für Stück erweitert und finanziell sicher aufgestellt. Gael und sein Team fischten nicht nur nach Jakobsmuscheln und Seespinnen, sondern ebenso nach Hummer, Kaisergranat, Seezunge, Steinbutt, Merlan, Seeteufel, Makrele, Wolfsbarsch und Sardine. Jahrelang war es für die Familie Riwal nur aufwärtsgegangen. Bis eines ihrer Boote aus Gründen, die nicht abschließend hatten geklärt werden können, beim nächtlichen Fischen gesunken war. Gaels Vater Teofil und sein Bruder Leon hatten dabei den Tod gefunden. Gael hatte Ronan anvertraut, dass er schwer unter dem Verlust litt und sich bittere Vorwürfe machte. Doch auf hoher See waren sie letztlich alle in Gottes Hand. Teofil und Leon waren nicht die ersten Fischer, die dem wilden und unberechenbaren Atlantik zum Opfer gefallen waren, und würden nicht die letzten sein. Jeder, der vom Meer lebte, wusste um die Gefahren. Deshalb war es für Ronan nie infrage gekommen, einen Job auf einem der Küstenfischerkutter oder einem Hochseetrawler anzunehmen. Er stand lieber mit beiden Beinen fest auf bretonischer Erde. Was seine Hochachtung für Gael nicht schmälerte. Im Gegenteil.

»Von deiner Geschäftsphilosophie kann sich manch einer eine Scheibe abschneiden«, sagte er.

»Ach, ich springe gern mal ein, wenn Not am Mann ist.

Außerdem verliere ich so nicht den Bezug zur Basis.« Gael gab sich bescheiden.

»Na, dann will ich dich nicht länger aufhalten«, sagte Ronan. »Du hast sicher viel zu tun.«

»Da sagst du was.« Gael nickte. »Ich wünschte, mein Tag hätte mehr als 24 Stunden. Momentan muss alles verdammt schnell gehen.«

Beim Wort »schnell« entsann sich Ronan, warum er Gael mit der Kelle gestoppt hatte. Er räusperte sich. »Auch wenn ihr unter Zeitdruck steht: Sieh doch bitte zu, dass du von nun an nicht ganz so flott unterwegs bist. Hier sind 70 Stundenkilometer Höchstgeschwindigkeit. Die alte Karre wird es dir danken, wenn du sie nicht über die Maßen strapazierst.«

»Tut mir leid.« Gael sah angemessen zerknirscht aus. »Bekomme ich jetzt ein Bußgeld aufgedonnert?«

»Nein, heute belasse ich es bei einer mündlichen Verwarnung«, erwiderte Ronan mit einem Grinsen. »Aber denk bitte daran, wenn du demnächst aufs Gaspedal drückst.«

»Wir müssen uns unbedingt mal wieder zum Apéro treffen«, schlug Gael vor. »Sobald die Fangsaison für Jakobsmuscheln vorbei ist, wird es bei uns ruhiger.«

Ronan strahlte. »Das machen wir. Schreib mir einfach eine Whatsapp, wenn du Zeit hast.«

In dem Moment war aus dem Laderaum des Kangoo ein Poltern zu vernehmen.

»Hast du da drin einen Hummer vergessen, der jetzt randaliert?«, flachste Ronan.

Gael schien es plötzlich sehr eilig zu haben und ließ den Motor an. Erneut drang aus dem Renault ein Geräusch, das Ronan nicht zuordnen konnte. Er runzelte fragend die Stirn. »Ist da hinten jemand drin? Du weißt, dass dort keine Personen befördert werden dürfen.«

»Quatsch. Ich bin allein!«, beteuerte Gael.

»Aber ich habe doch etwas gehört«, beharrte Ronan.

»Du täuschst dich. Das ist nichts«, widersprach Gael und fuhr an. »À bientôt.«

»À bientôt«, wiederholte Ronan und folgte Gaels Auto mit den Augen, bis es hinter einer Kurve aus seinem Sichtfeld verschwand. Dann gähnte er herzhaft. Die durchwachte Nacht machte ihm schwer zu schaffen. Deshalb hörte er vermutlich schon Geräusche, die nicht existierten. Ronan ging zurück zum Streifenwagen und fischte einen Schokoriegel aus dem Handschuhfach. Sein Körper benötigte einen Nachschub an süßen Kalorien, um weiter zu funktionieren.

6. KAPITEL

Obwohl das Einzelbett im Zimmer von Dafnes Hotel deutlich bequemer war als das, was sie sich bei eBay für ihre neue Mansardenwohnung gekauft hatte, war Sophie vor Sonnenaufgang wach. Eine Weile blieb sie grübelnd im Bett liegen und überlegte, wie sie Simon helfen könnte. Den hatte man nach dem Verhör auf dem Kommissariat in Saint-Brieuc zwar wieder gehen lassen, ihm aber zur Auflage gemacht, dass er die Region vorerst nicht verlassen durfte. Was bedeutete, dass er seinen Urlaub zwangsläufig verlängern musste und nicht nach Bordeaux und zu seiner Arbeitsstelle zurückfahren konnte. Er nutzte die Zwangspause, um Alwena bei der Auflösung von Mados Wohnung und deren Hausstand zu unterstützen. Doch die Anschuldigungen, die Sophie völlig ungerechtfertigt fand, lasteten schwer auf ihm. Im Ort tuschelte man hinter vorgehaltener Hand über ihn. Einen Mord hatte es in dem beschaulichen Küstenstädtchen schon seit Jahren nicht mehr gegeben. Beim Bäcker, beim Fleischer, im Fischgeschäft und in den kleinen Bars mit Zeitungs- und Tabakverkauf verbreitete sich das Gerücht, dass kein Einheimischer die Tat begangen hätte. Dass nur ein Zuzügler, wie Simon es war, dazu fähig wäre. Sophie machte sich Sorgen, dass die Stimmung sich weiter aufheizen und Simon dadurch zu Schaden kommen könnte. Sie hätte ihr letztes Hemd sowie ihre heiß geliebte und sündhaft teure Küchenmesserausstattung dafür verwettet, dass Simon nichts mit Arthur Tangis Tod zu tun hatte. Das Problem war, dass sie seine Unschuld nicht beweisen konnte. Und dass der eigentliche Mörder weiterhin frei herumlief.

Sophie spürte, wie ihr ein Schauder den Rücken hinunterlief. Was wäre, wenn derjenige, der Tangi auf dem Gewissen hatte, sich bald ein zweites Opfer suchen würde? Und ein drittes und ein viertes? Wenn es keine persönliche Fehde zwischen Tangi und seinem Widersacher gewesen wäre? Sie letztendlich alle in Gefahr wären?

Sophie zog die Bettdecke bis zum Kinn hoch und kuschelte sich in die tröstende Wärme. Einen Moment wäre sie fast der Versuchung erlegen, sich das Oberbett wie ein verängstigtes Kind über den Kopf zu ziehen und die Augen zu schließen, um die Wirklichkeit mit all ihren Problemen auszublenden. Dann gab sie sich einen Ruck.

»Schluss damit!«, befahl sie sich und schwang die Beine über die Bettkante. Im Zimmer war es zu dieser frühen Stunde noch recht frisch und die Holzdielen fühlten sich unter ihren nackten Füßen eiskalt an. Sophie huschte in das kleine Bad und stieg in die Badewanne, die gleichzeitig als Dusche diente. Dort stellte sie den Duschkopf so ein, dass das heiße Wasser auf ihre Schultern prasselte.

Nachdem sie sich abgetrocknet und mit ihrer Lieblingslotion eingecremt hatte, fühlte sie sich fast für den Tag gewappnet. Es fehlte nur noch eins: ein frisch aufgebrühter, starker Kaffee.

*

Zu ihrem Erstaunen fand Sophie die Küche zu dieser frühen Stunde nicht menschenleer vor. Filip Rosec saß mit einer Zigarette im Mund an dem kleinen Holztisch vor der Fensterbank.

»Bonjour«, sagte Sophie etwas verlegen. Dafne hatte sie einander am Vortag nur kurz vorgestellt und lapidar verkündet, dass Sophie frischen Wind in die Küche bringen würde.

»Bonjour«, erwiderte Filip einsilbig und widmete sich wieder der Lektüre einer Motorradzeitschrift, die aufgeschlagen vor ihm lag.

Um ihre Unsicherheit zu überspielen, stiefelte Sophie zum Kühlschrank, der sie um mehr als einen Kopf überragte, und griff nach einem Milchkarton. Was jetzt noch fehlte, war eine Tasse. Sie öffnete ein paar Schranktüren, bis sie endlich auf das gesuchte Objekt stieß. Sie gab etwas Milch hinein und stellte den Karton zurück in den Kühlschrank. So weit, so gut, dachte sie. Doch nun steckte sie in ernsthaften Schwierigkeiten: Dafne hatte sie gestern nicht in die Bedienung der silbrig glänzenden und mit verschiedenen Hähnen und Apparaturen versehenen Kaffeemaschine eingeweiht. Sophie ahnte, dass solche Luxusmaschinen Bedienungsfehler nur schwer tolerierten und notwendige Reparaturen kostspielig wären. Aber was sollte sie tun? Ihr Körper und ihr

Gehirn verlangten nach Koffein. Viel Koffein. Und am besten sofort. Nervös trippelte sie von einem Fuß auf den anderen und musterte Filip verstohlen. Der machte keine Anstalten, ihr aus der Patsche zu helfen. Für ein paar Sekunden kam Sophie ins Schwanken. Dann entschloss sie sich, den Stier auch ohne eine Tasse ihres morgendlichen Muntermachers bei den Hörnern zu packen. Die Bedingungen für ihre weitere Zusammenarbeit hier und jetzt abzuklopfen. Ein Aufschieben der Konfrontation würde mehr Probleme schaffen als lösen. Sophie straffte die Schultern und positionierte sich Filip direkt gegenüber.

»Es ist nicht meine Art, lange um den heißen Bei herumzureden.«

Filip blickte kurz auf, zog es aber vor, weiter beharrlich zu schweigen. Er nahm einen tiefen Zug von seiner Zigarette.

Sophie ignorierte den stummen Affront. »Sie können mir glauben, dass ich über meine Anwesenheit hier genauso überrascht bin wie Sie. Eigentlich wäre ich jetzt schon zu Hause in Deutschland. Aber ich lasse meine Freunde nicht im Stich. Vor allem nicht, wenn sie in Not sind. Deshalb werde ich so lange bleiben, bis nicht mehr der Hauch eines Verdachts auf Simon Ollivier liegt. Bis sich die ganze Angelegenheit aufgeklärt hat. Wie es dann weitergeht …«, Sophie zuckte mit den Schultern, »nun, das werden wir sehen.«

Filip drückte die Zigarette in einer Untertasse aus, in der bereits zwei Kippen lagen. »Ich glaube auch nicht, dass es Simon war.«

Sophie erlaubte sich ein kurzes Lächeln. »Bon, dann haben wir ja etwas gemeinsam.«

»Sieht so aus.«

»Und das mit der Küche«, Sophie beschrieb mit der ausgestreckten Hand einen Halbkreis, »das kriegen wir auch zusammen hin.«

Auf Filips langem Gesicht machte sich ein Ausdruck des Erstaunens breit. »Zusammen? Ich dachte, Sie schmeißen mich raus.«

»Nein, dazu fehlt mir die Kompetenz. Das muss, wenn überhaupt, Dafne entscheiden. Und die hat gestern nichts davon gesagt, dass ich die Küche allein übernehmen soll.«

»Nein, hat sie nicht«, stimmte Filip zu. Dann räusperte er sich. »Wissen Sie, ich brauche den Job. Ich habe früher im Betrieb meiner Eltern mitgearbeitet. Die hatten eine kleine Crêperie am Sporthafen von Saint-Cast-le-Guildo: La Cabane du Port. Aber dann hatte mein Vater einen Schlaganfall und kurz darauf wurde die Pacht erhöht. Dreimal hintereinander in anderthalb Jahren. Das konnten wir uns nicht leisten. Meine Eltern leben inzwischen von der kleinen Rente, die mein Vater erhält, und meine Mutter putzt in der Saison die Sanitäranlagen von zwei Campingplätzen.«

»Das tut mir leid.«

»Ich kann nichts anderes als kochen. Ich muss kochen«, gestand Filip. »Wenn man mich machen lässt, wie ich es für richtig halte, und wenn man keinen unnötigen Schnickschnack erwartet, bin ich ein guter Koch«, fügte er hinzu. »Im Betrieb meiner Eltern hat es jedenfalls nie Beschwerden gegeben. Unseren Gästen hat es geschmeckt.«

Sophie glaubte, aus Filips Stimme eine Mischung aus Resignation und Trotz herauszuhören. Obwohl ihr Dafnes Worte und ihre Einschätzung von Filips Kochkünsten noch in den Ohren hallten, nahm sie sich vor, sich nicht auf dünnes Eis zu begeben.

»Dann freue ich mich auf die Zusammenarbeit«, sagte sie.

»Bon, d'accord.« Filip nickte.

»Unter zwei Bedingungen, die nicht verhandelbar sind«, legte Sophie nach.

»Welche?«

»Erstens: Geraucht wird ab jetzt nur noch draußen.«

»Aber ich brauche die Fluppen, um mich zu konzentrieren«, protestierte Filip.

Sophie ging zum Fenster und riss den rechten Flügel weit auf. »Man braucht frische Luft, um sich zu konzentrieren. Kein Gift, das man sich in die Lungen saugt.«

»Ob ich rauche oder nicht, ist ganz allein meine Entscheidung«, grummelte Filip.

»Ich sagte: nicht verhandelbar«, erinnerte ihn Sophie.

»Und was ist die zweite Bedingung?«, fragte Filip misstrauisch.

»Ich muss auf der Stelle wissen, wie man die Kaffeemaschine bedient. Ohne mindestens einen starken Milchkaffee geht bei mir morgens nichts.«

Filip entspannte sich sichtbar. »Café au Lait ist eine meiner Spezialitäten.«

Sophie lächelte. »Das trifft sich ja ausgezeichnet. So werden wir zu einem prima Team.« Dann streckte sie ihm spontan die rechte Hand entgegen. »Lassen wir die blöde Siezerei: Ich bin Sophie.«

7. KAPITEL

Linh taten die Füße weh und ihr Rücken war schmerzhaft verspannt. Sie hatte eine lange Anreise hinter sich. Vor Sonnenaufgang hatte sie sich zum Hauptbahnhof in Brest aufgemacht und war in einen Zug gestiegen, der sie nach Saint-Brieuc gebracht hatte. Dort hatte sie sich in einem Selbstbedienungsrestaurant, das zu einem riesigen Einkaufszentrum gehörte, mit einem ehemaligen Kommilitonen verabredet. Der war jetzt bei einem Unternehmen angestellt, das sich auf die Herstellung von Verbindungselementen für die Luft- und Raumfahrt spezialisiert hatte. Außerdem war er einer der Organisatoren eines Netzwerkes, das in Europa den Kontakt mit Landsleuten aus Vietnam herstellte beziehungsweise als Anlaufstelle für sie diente, wenn sie in Not geraten waren. Der Kommilitone hatte sich Linhs Vermutungen und Sorgen in aller Ruhe angehört, ihr letztendlich aber nicht helfen können. Von einem Hung aus Hà Tĩnh hatte er nie gehört. Doch er hatte versprochen, die Augen offen zu halten und sämtliche Informationen diesbezüglich sofort an Linh weiterzuleiten. Im Anschluss an ihr Treffen war sie zum Busbahnhof von Saint-Brieuc gelaufen, wo sie mehr als eine Stunde auf den Bus nach Erquy hatte warten müssen.

Bei ihrer Ankunft in dem pittoresken Hafenstädtchen kam für einen Moment die Sonne zwischen den Wolken hervor. Sie stieg aus dem Bus und streckte sich. Der Anblick des Meeres machte die Anstrengung der vergangenen Stunden wieder wett. Es glitzerte, als ob jemand Millionen winziger Diamanten auf der Wasseroberfläche verstreut hätte. Sie ging los. Vor vielen Geschäften und Cafés standen Kübel und Schalen, in denen Narzissen und Primeln Frühlingsstimmung verbreiteten. Es roch nach Salz, Tang und frisch gebackenem Brot. Linhs Magen knurrte. Sie hatte im Zug nur einen Schokoriegel und eine Banane gegessen.

Als sie auf dem Weg zum Hafen an einer Boulangerie vorbeikam, ging sie kurzentschlossen hinein und kaufte sich ein Baguette. Von dem brach sie sofort nach Verlassen der Bäckerei die Spitze ab und steckte sie sich in den Mund. Das Brot war so köstlich, dass Linh in kürzester Zeit die Hälfte davon verputzt hatte. Sie nahm einen Schluck aus ihrer Wasserflasche und schaute um sich. Der Boulevard de la Mer grenzte an die Strandpromenade und an den sichelförmigen Strand. Parkbuchten für Pkws, ein Kinderspielplatz, ein Bouleplatz und Grünflächen säumten den Boulevard, bis er in die Rue du Port mündete. Linh schlenderte an Crêperien und Cafés, Restaurants, kleinen Geschäften, in denen Strandbedarf und Souvenirs angeboten wurden, einem Sportgeschäft und einem Fischladen vorbei. Das Meer hatte sich inzwischen ein wenig zurückgezogen, sodass die im Hafenbereich verankerten Fischer- und Sportboote in Schräglage auf dem Trockenen lagen. Möwen stolzierten zwischen den von der Flut zurückgelassenen Tümpeln, auf der Suche nach Essbarem.

Linh ging weiter, bis ihr ein metallener Zaun und ein verschlossenes Tor den Weg versperrten. Wie sie einer Hinweistafel entnehmen konnte, hatten zu diesem Teil des Hafens nur die Fischer, Hafenarbeiter und die Beschäftigten der Auktionshalle Zugang. Linh stopfte den Rest des Baguettes in ihren Rucksack und überlegte, wie sie weiter vorgehen sollte.

Der Zufall kam ihr zu Hilfe. Ein mit einem blauen Overall bekleideter Mann trat aus einem Gebäude, das mit einem großen, an der Fassade angebrachten Schild »Pêcheries de la Côte« darauf hinwies, dass es zu den fischverarbeitenden Firmen der Region zählte. Linh setzte ein strahlendes Lächeln auf. »Entschuldigen Sie bitte!«

Der Mann stoppte und beäugte sie misstrauisch.

Linh ließ sich nicht beirren. »Ich dachte … Vielleicht können Sie mir helfen?«

Der Mann kam etwas näher, blieb stehen und taxierte Linh von oben bis unten. Anscheinend gefiel ihm, was er sah, denn sein Gesichtsausdruck wurde freundlicher. »Bonjour mademoiselle.«

Linh, der der Blick des Mannes nicht entgangen war, spielte mit einer Strähne ihres Haars und setzte den rechten Fuß etwas vor, damit ihre schlanken Beine besser zur Geltung kamen. »Ich wollte mich hier mit einem Freund treffen, aber ich kann ihn nirgendwo entdecken«, sagte sie.

»Haben Sie ihn schon angerufen?«, fragte der Mann.

»Ja, natürlich. Ich habe es x-mal versucht. Doch er meldet sich nicht. Dabei hat er mir fest versprochen, hier zu sein.« Linh zog einen Schmollmund.

»Eh bien.« Der Mann machte einen weiteren Schritt auf sie zu. »Wie sieht er denn aus, Ihr Freund?«

»Er ist ein Landsmann von mir«, erwiderte Linh. »Er hat ebenfalls schwarzes Haar und dunkle Augen. Allerdings ist er einen Kopf größer als ich und sehr schlank. Er trägt meistens eine graue Kappe. Eigentlich kann man ihn gar nicht übersehen.«

Der Mann schüttelte bedauernd den Kopf. »Tut mir leid. Ich habe niemanden bemerkt, auf den Ihre Beschreibung passt.«

»Kann es sein, dass er da drüben ist?« Linh wies mit der Hand auf den abgesperrten Hafenbereich.

»Da kommt man nur mit einem Berechtigungsschein hinein.«

»Ach, das ist mir gar nicht aufgefallen. Wie schade.« Linh gab sich naiv. »Aber es könnte durchaus sein, dass ihn dort im Hafen jemand gesehen hat. Wissen Sie, mein Freund studiert Meeresbiologie und macht hier ein Praktikum. Da muss er ganz dicht an die Boote und die Fische rankommen.«

»Nun, wenn er ein Praktikum macht, ist er bestimmt auf einem Kutter«, sagte der Mann. »Ein paar Fischer sind noch draußen. Die kommen erst heute Abend oder morgen früh wieder rein.«

»Aber wir waren doch verabredet. Ich warte schon über eine halbe Stunde vergeblich auf ihn.« Linh tat empört.

»Tja, das ist nicht nett von Ihrem Freund. Eine hübsche junge Frau wie Sie so lange allein stehen zu lassen.«

Linh klimperte mit den dichten schwarzen Wimpern. »Allmählich verliere ich die Geduld. Wissen Sie, was ich glaube?«

»Nein.«

»Der hat unsere Verabredung glatt vergessen! Wahrscheinlich ist er mit seinen Kumpels losgezogen. Die sind immer in einer Gruppe unterwegs. Kann gut sein, dass Sie ihnen schon begegnet sind. Eine Truppe junger Asiaten, die fällt doch auf, oder?«

»Ich kann mich nicht erinnern, so welche hier gesehen zu haben.«

»Ach, das kann ich nicht glauben!« Linh warf ihr Haar zurück. »Hierher kommen bestimmt viele asiatische Touristen. So ein hübscher kleiner Ort und so nahe an Paris. Die Kombination zieht meine Landsleute magisch an. Allein schon wegen der vielen Fotomotive.«

»Ich weiß nicht.« Der Mann wirkte merklich verunsichert. »Wir haben Deutsche, Holländer, Briten und Skandinavier, die zu uns in den Urlaub kommen. Aber Asiaten? Nein, wohl eher nicht.«

»Auch nicht zum Arbeiten?«, hakte Linh nach. »Hier im Hafen werden sicherlich Saison- und Aushilfsarbeiter benötigt. Meine Landsleute sind bekannt dafür, dass sie schnell lernen, beherzt mitanpacken und weniger Lohn fordern als die Europäer. Das ist doch für alle eine Win-win-Situation.«

»Nein. Wenn, dann kommen unsere Aushilfen auf den Fischerbooten aus Portugal oder Spanien«, behauptete der Mann. »Aber ich kenne mich, ehrlich gesagt, nicht so gut mit dem Thema aus. Ich arbeite in der Verpackungsabteilung.«

»Trotzdem danke, dass Sie mir geholfen haben.« Linh brachte nochmals ihre langen Wimpern zum Einsatz.

»Da Ihr Freund wohl nicht mehr kommt«, sagte der Mann mit einem selbstsicheren Grinsen. »Darf ich Sie zu einem Café oder einem Glas Wein einladen?«

Linh gab vor, das Angebot ernsthaft in Betracht zu ziehen. Dann schüttelte sie bedauernd den Kopf und zog ihr Handy aus der Jackentasche. »Das ist sehr nett von Ihnen. Aber ich versuche lieber noch mal, meinen Freund zu erreichen. Irgendwo muss er ja abgeblieben sein.«

»Schade«, sagte der Mann enttäuscht. »Vielleicht können wir das später nachholen. Werden Sie länger in Erquy bleiben?«

Linh zögerte ein paar Sekunden. »Gut möglich.«

»Wenn Sie mir Ihre Nummer geben, kann ich ...«

Oh nein, kannst du nicht, dachte Linh und tippte hektisch auf ihr Handy ein. Sie tat so, als ob eine Verbindung zustande gekommen wäre, und begann, auf Vietnamesisch zu reden. Dabei nickte sie mehrmals bekräftigend mit dem Kopf. Nach zwei, drei Minuten gab sie dem Mann mit einer entschuldigenden Handbewegung zu verstehen, dass sie sich nicht länger mit ihm unterhalten konnte. Der drehte sich mit einem bedauernden Schulterzucken um und trottete auf den Parkplatz zu. Linh verfolgte ihn mit den Augen, während sie munter weiterplapperte. Sie wartete, bis er in sein Auto gestiegen und losgefahren war. Dann atmete sie erleichtert auf und steckte das Handy zurück in die Tasche. Den Typen war sie los.

Das war jedoch das einzig Positive, das sie bis jetzt für sich verbuchen konnte. Die Sorge um Hung und die Ungewissheit, wo er sich aufhielt und was mit ihm geschehen war, blieben. Linh schulterte ihren Rucksack. Sie nahm sich vor, die Geschäfte im Hafengebiet eins nach dem anderen abzuklappern und sich zu erkundigen, ob dort jemand einen jungen asiatischen Mann gesehen hatte.

Und dann wäre es höchste Zeit, eine Bleibe für die Nacht zu finden.

*

Sophie hatte geahnt, dass der Moment eher früher als später kommen würde. In der Pfanne zischte die heiße Butter. Auf dem Teller lag ein Steak. Ein handgroßes und blutiges Zwischenrückenstück vom Rind, das sie für einen wartenden Gast in die gusseiserne Pfanne befördern und »medium« garen sollte. Sophie schluckte schwer. Ihr Kopf sagte: »Los, mach schon!« Doch ihre Hand weigerte sich, den Befehl auszuführen.

»Merde!« Filip zog die rauchende Pfanne vom Herd. »Pass doch auf! Die Butter verbrennt.«

»Tut mir leid. Ich nehme eine andere Pfanne und mache die später sauber«, sagte Sophie zerknirscht. Aber nichts dergleichen geschah.

»Willst du den Gast ewig warten lassen?« Filip klang ungeduldig.

»Nein, nein, natürlich nicht. Das Steak ist gleich fertig.« Sophie wischte sich die vom Schweiß feuchten Finger an der Schürze ab und griff nach der Grillzange. »Verdammt und zugenäht. In was für eine blöde Situation habe ich mich da bloß gebracht? Ich hätte wissen sollen, dass ich das nicht bringe. Verdammt noch mal, das ist Fleisch. Echtes Fleisch!«

»Klar ist das Fleisch. Vom Limousin-Rind.« Filip grinste. »Wo ist das Problem?«

Sophies Ohrenspitzen liefen rot an. »Habe ich etwa laut geredet?«

»Ich konnte dich gut verstehen.«

»Das ist so eine blöde Marotte von mir«, entschuldigte sich Sophie und spürte, wie sich die Röte auf ihre Wangen ausweitete. »Immer, wenn ich am Herd unter Stress stehe, rede ich mit mir selbst. Aber ich bin davon ausgegangen, dass ich nur ganz leise vor mich hin gemurmelt hätte.«

»Nun ja, leise ist was anderes. Sei froh, dass es zwischen der Küche und dem Gastraum eine Tür gibt.«

»Ich werde versuchen, meine Zunge von jetzt an im Zaum zu halten.«

»Was ist nun mit dem Steak? Die Pommes sind längst fertig.«

Sophie atmete tief durch und gab erneut Butter in die heiße Pfanne. Mit abgewandtem Kopf ließ sie das Fleischstück hineinplumpsen. Flüssiges Fett spritzte auf. Sophie sprang zur Seite, um sich nicht zu verbrennen. Dabei streifte sie mit dem Ellbogen einen Stapel Teller, der neben dem Herd stand. Das Porzellan fiel zu Boden und zerbrach scheppernd.

»Verdammt, verdammt, verdammt«, stieß sie hervor und bückte sich, um die Scherben aufzuheben.

»Mon Dieu, was machst du denn?« Filip riss ihr die Grillzange aus der Hand und wendete das Fleisch. Er gab die Pommes frites und die Gemüsegarnitur auf einen Teller, legte das fertig gegarte Steak samt einer Portion Kräuterbutter dazu und eilte in den Gastraum. Bei seiner Rückkehr hatte Sophie das zerbrochene Geschirr in den Mülleimer befördert und stand mit hängenden Schultern vor der Spüle.

Filip verschränkte die Arme vor der Brust. »Bon, wo liegt dein Problem?«

»Ich kann kein Fleisch braten«, sagte Sophie kleinlaut.

»Ich dachte, du bist Köchin. Warum kannst du dann kein Fleisch braten?«

Sophie ließ kaltes Wasser über ihre Handgelenke laufen, um ihren galoppierenden Puls zu beruhigen. »Glaub mir: Ich kann auf professionellem Niveau kochen«, versicherte sie Filip. »Mir gelingt wirklich alles. Alles außer Fleisch.«

»Was nicht zu übersehen war.«

Sophie stellte den Wasserhahn ab. »Eh bien, bei Fisch könnte es auch ein bisschen hapern.«

Filip stemmte die Hände in die Hüften. »Willst du damit sagen, dass du eine Köchin bist, die kein Fleisch und keinen Fisch zubereiten kann?«

»Ja, so in etwa. Meine Qualitäten in der Küche liegen woanders.« Sophie gab sich selbstbewusster, als sie es in dem Augenblick war. »Ich bin Spezialistin für vegetarische Gerichte.«

»Vegetarisch«, wiederholte Filip tonlos.

Sophie setzte ein versöhnliches Lächeln auf. »Wie sagt man so schön: Gemüse ist mein Fleisch.«

»Das glaube ich jetzt nicht«, stöhnte Filip.

»Alles eine Frage der Gewöhnung.« Sophie griff nach einer geschälten Karotte und attackierte sie gekonnt mit dem Messer. Innerhalb weniger Sekunden lag ein Häufchen von dünnen feinen Stiften auf dem hölzernen Schneidebrett.

Filip ließ sich von Sophies Kunststück mit dem Gemüsemesser nicht beeindrucken. »Weiß Dafne über deine, sagen wir mal, kleine Aversion Bescheid?«

Sophie griff nach einer weiteren Karotte. »Ich gehe davon aus, dass Simon es erwähnt hat. Dafne und ich hatten noch keine Gelegenheit, darüber zu reden.«

»Bordel de merde! Das kann ja heiter werden«, fluchte Filip.

»Nicht heiter, aber neu und innovativ. Ein bisschen hipper, ein bisschen grüner und gesünder.« Sophie gab sich alle Mühe, Zuversicht auszustrahlen.

»Ich glaube nicht, dass unsere Gäste auf innovativ stehen«, gab Filip zu bedenken. »Die verlangen typische Bistroküche.

Einfache bretonische Spezialitäten, die sie kennen und lieben. Vor allem die Feriengäste wollen keine Experimente. Für die ist entscheidend, dass das Essen schnell auf den Tisch kommt. Zu einem Preis, den sie bezahlen können. Ich sage dir, für uns sind gute Fertigprodukte, die wir fix zubereiten können, wichtiger als frisches Grünzeug und so Bio-Gedöns.«

»Aber wir machen hier keine Experimente«, widersprach Sophie heftig. »Wir stellen uns der Zukunft. Vegetarisch und vegan liegen voll im Trend. Die Bretagne steht, was die Gemüseproduktion in Frankreich angeht, mit an der Spitze. Warum sollten wir uns das nicht zunutze machen? Wir bringen das Motto ›regional und saisonal‹ auf eine ganz neue Ebene.« In Sophie war der Kampfgeist erwacht.

»Also ehrlich: Vegetarisch geht ja vielleicht noch. Aber vegan ... Uh, non merci.« Filip zog eine angewiderte Grimasse. »Linsen, Tofu, Karotten und Salate. Unsere Gäste sind doch keine Karnickel!«

»Nein. Wenn sie es wären, gehörten sie in die freie Natur und würden nicht mit Messer und Gabel in den Händen bei uns an den Tischen sitzen.«

»Haha. Witz komm raus, du bist umzingelt!«

»Du traust unserer Kundschaft verdammt wenig zu.« Sophie musste sich zurückhalten, um nicht vor Erregung mit dem Fuß aufzustampfen. Wie konnte Filip nur so uneinsichtig sein? Die Vorteile ihres Konzepts lagen klar auf der Hand. »Du wirst sehen: In zwei oder drei Monaten haben wir eine treue Schar von Stammkunden, die unsere neue, frische Küche zu schätzen weiß.«

»Und was machen wir in der Zwischenzeit? Willst du den Gästen ihr Entrecôte, ihr Steak haché, ihr Filet mignon oder ihre Moules frites verbieten? Dann sind wir noch schneller pleite, als alle gedacht haben.« Filip pfefferte einen Streifen Karottenschale, der auf dem Boden gelandet war, in den Mülleimer.

»Red keinen Quatsch«, wehrte sich Sophie. »Es steht mir nicht zu, jemandem etwas zu verbieten. Ich will Alternativen aufzeigen.«

»Tofubratlinge? Grünkernfrikadellen? Selleriesteak?« Filips Stimme troff vor Sarkasmus.

»Oh, là, là. Was für eine schnöde Aneinanderreihung von Vorurteilen«, konterte Sophie. »Ich versichere dir, dass ich mehr Fantasie habe. Bei mir gibt es keine fade Gesundheitskost. Bei mir muss es schmecken. So, dass du dir nach dem Essen am liebsten die Finger abschlecken würdest.«

»Mag gut sein, dass das bei euch in Deutschland funktioniert. Aber hier in der Bretagne? Jamais!«

»Hey, schau mich doch an!« Sophie drehte sich um die eigene Achse, wodurch ihre Schürze ins Flattern kam. »Ich lebe seit fast 40 Jahren vegetarisch. Glaubst du, ich darbe, ich verbiete mir jeglichen Genuss? Sehe ich etwa wie eine langweilige Kostverächterin aus?«

Filip taxierte sie von oben bis unten. Schwieg eine Weile. »Nein, überhaupt nicht«, musste er eingestehen. »Du siehst wie das blühende Leben aus. Wenn man dich so ansieht, nun, dann bekommt man, ehrlich gesagt, direkt Appetit auf das, was du kochst. Zum Anbeißen bist du.«

Sophie strich mit den Handflächen über ihre üppigen Konturen und lachte laut auf. »Merci bien für die nette Umschreibung. So ein süßes Kompliment bekommt nur ein waschechter Franzose hin.«

Filip wirkte verlegen. »Uh, ich weiß nicht ... Was ich noch sagen wollte: Es tut mir echt leid, dass ich anfangs so unfreundlich zu dir war. Ich hatte Schiss, dass du eine arrogante Tusse bist, die mich loswerden will. Eh bien, ich habe mich geirrt. Du bist wirklich eine total Nette.«

Sophie stellte sich auf die Zehenspitzen und hauchte ihm einen Kuss auf die Wange. »Und du bist ein total Netter. Davon abgesehen könntest du fast mein Sohn sein. Also komm, lass uns den Laden hier gemeinsam rocken!«

Filip strahlte. »Okay, ich bin dabei. Und was machen wir mit den nächsten Bestellungen? Dreimal Steak, einmal gratinierte Austern und einmal Galette complète.«

»Ich bereite die Galette und du den Rest zu«, schlug Sophie vor. »Und dann setzen wir noch meine vegetarische Cotriade bretonne auf die Karte. Die habe ich heute in der Früh zubereitet.«

»Eine Fischsuppe? Ich dachte, du kochst auch nichts mit Fisch?«

»Die Cotriade ist ohne Fisch.«

»Eine Fischsuppe ohne Fisch? Wie soll das gehen?«

»Ach, das ist kein Hexenwerk«, erwiderte Sophie nonchalant. »Für den maritimen Geschmack habe ich getrocknete Meeresalgen verwendet. Algen sind in der Küche ganz groß im Kommen. Ich habe ein paar Bio-Producteurs in der Region ausfindig gemacht. Sie freuen sich bestimmt, wenn sie uns demnächst regelmäßig beliefern können.«

»Hört sich abenteuerlich an«, meinte Filip, während er geraspelten Käse auf den Austernhälften verteilte.

Sophie lugte durch das gläserne Bullauge der Verbindungstür und entdeckte an einem der Tische Doktor Bonnet.

Nicht so abenteuerlich, wie in einen Mordfall verwickelt zu sein, dachte sie. Sie schnappte sich den Bestellblock und eilte aus der Küche.

8. KAPITEL

»Puh, endlich! Jetzt habe ich Zeit.« Sophie ließ sich auf einen Stuhl fallen. Es war kurz nach drei und die meisten Mittagsgäste hatten das Bistro verlassen.

Doktor Bonnet nippte an seinem Kaffee, den er sich nach einer üppigen Mahlzeit bestellt hatte. Sophie hatte den Eindruck, dass er das Koffein bitter benötigte. Seine Augen wirkten müde und die breiten Schultern, die von seiner früheren Liebe zum Schwimmsport zeugten, waren gebeugt.

»Haben Sie Stress?«, fragte sie mitfühlend.

Der Doktor verzog die Lippen zu einem gequälten Lächeln. »Eigentlich hatte ich mir den Ruhestand anders vorgestellt.«

»Ist es nicht so, dass gerade die Rentner nie Zeit haben?«, hielt Sophie dagegen. »Mein Vater wird im Sommer 75 Jahre alt und ist ständig auf Achse. Er will bis zum letzten Atemzug reisen, die Welt sehen.«

»Um die Welt zu gondeln, war nie mein Ding«, meinte Doktor Bonnet. »Nachdem meine Frau gestorben war und ich meine Praxis in Paris verkauft hatte, wollte ich mich ganz dem Studium der keltischen Kultur und der Heilpflanzen widmen. Aber meine Brüder und Schwestern vom Goursez Breizh hatten andere Pläne für mich. Momentan bin ich dabei, die Feierlichkeiten zum Frühlingsäquinox vorzubereiten.«

»Goursez Breizh ist genau was?«, wollte Sophie wissen. »Breizh steht wahrscheinlich für Bretagne, oder?«

»Richtig. Wir sind eine bretonische Bardenvereinigung, die sich aus Druiden, Barden und Ovaten zusammensetzt. Wir haben es uns sozusagen auf die Gwenn ha Du, die Flagge der Bretagne, geschrieben, die bretonische Sprache zu fördern und zu pflegen. Gleiches gilt für die bretonische Literatur, Kunst und Musik.«

»Hört sich beeindruckend an.«

Doktor Bonnet schmunzelte. »Ja, das ist eine Aufgabe, die mich sicherlich überdauern wird. Und auch sonst wird es mir nicht langweilig: Druide zu sein bedeutet lebenslanges Lernen.«

Sophie erwiderte sein Lächeln. »Dann passen Sie auf, dass Sie sich dabei nicht übernehmen.«

»Ach nein, das ist es nicht, was mich so mitnimmt«, gestand Bonnet. »Ein befreundeter Kollege, den die Polizei in Saint-Brieuc öfter um Unterstützung bittet, hat mich angerufen. Unterhalb der Plage de Saint-Maurice sind Körperteile angeschwemmt worden. Man kann noch nicht sagen, ob sie vom Fluss Le Gouessant aus in die Bucht von Morieux gespült wurden oder umgekehrt. Die Wasserbewegungen sind dort durch die Kombination von den Gezeiten und der Flussströmung sehr stark.«

Sophie schluckte. »Körperteile von einem Menschen?«

»Ja. Die Angler, die darauf gestoßen sind, hatten zuerst vermutet, dass es sich um Stücke von einem toten Schwein handelt. Aber leider hat sich ihre Annahme nicht bestätigt. Es müssen Teile von einem menschlichen Oberschenkel und Unterarm sein.«

»Wie schrecklich!«

»Die Tatsache, dass Fische, Krebse und anderes Meeresgetier an den Partien genagt haben, macht es nicht besser.«

»Hat man schon eine Ahnung, wer das Opfer sein könnte? Wird jemand in der Region vermisst?«

»Die zuständigen Beamten konnten nicht einmal feststellen, ob es sich um die Reste eines Mannes oder einer Frau handelt«, erwiderte Doktor Bonnet. »Das wird die Pathologie in mühevoller Kleinstarbeit herausfinden müssen.«

»Vielleicht ist es ein Fischer, der über Bord gegangen und dann von der Schiffsschraube erwischt worden ist?«

»Es wird noch eine Weile dauern, bis wir Näheres wissen.« Doktor Bonnet klang alles andere als zuversichtlich.

Ein lautes Scheppern führte dazu, dass Sophie und der Doktor erschrocken zusammenzuckten.

»Tut mir leid. Der Wind hat mir die Tür aus den Händen gerissen«, entschuldigte sich Ronan Lagad mit einem schiefen Lächeln.

»Bist du etwa so schwach, dass dich ein leiser Lufthauch umhaut?«, neckte Doktor Bonnet den jungen Polizisten.

»Mais non, ich habe nicht aufgepasst«, gestand Ronan. »Ich war ganz in Gedanken.«

»Hast du es auch schon gehört?«, wollte der Doktor wissen.

Ronan nickte. »Klar, die Buschtrommel funktioniert wie eine Eins. Inzwischen weiß es bestimmt jeder hier.«

»Ich wusste es bis eben nicht«, widersprach Sophie. »Bis in meine Küche war die Neuigkeit nicht vorgedrungen.«

»Ich habe schon immer gewusst, dass Küchen magische Orte sind«, sagte der Doktor mit einem Augenzwinkern. »Da befindet man sich mitunter jenseits von Zeit und Raum. Bewegt sich in einem eigenen kleinen Universum.«

»Ich würde eher sagen, dass man wegen des Getöses der Dunstabzugshaube und des Zischens der Fritteuse für ein paar Stunden wie von der Außenwelt abgeschnitten ist«, formulierte Sophie es weniger prosaisch.

»Apropos Küche«, sagte Ronan. »Ich weiß, dass die Mittagszeit vorbei ist. Aber hätten Sie vielleicht etwas, das Sie mir auf die Schnelle zubereiten könnten? Ich habe mein Lunchpaket zu Hause liegen lassen.«

Sophie sprang vom Stuhl auf. »Natürlich! Was soll es denn sein?«

»Ist mir egal«, winkte Ronan ab. »Hauptsache, es geht fix. Mein Magen hängt mir schon in den Kniekehlen.«

Doktor Bonnet griff nach Ronans Hand und tat so, als ob er den Puls suchte. »Oh, là, là, ich befürchte, dass wir es mit einem medizinischen Notfall zu tun haben.«

»Bin gleich zurück«, versprach Sophie.

*

Einen besseren Kunden als Ronan hätte sich Sophie nicht wünschen können. Er ließ von allem, was sie ihm auftischte, nicht einen Krümel über. Er verputzte die Fischsuppe ohne Fisch, zwei große Galettes mit Spinatfüllung, ein Brie-Tomaten-Sandwich und einen bunten Salat mit Sophies selbst gemachtem Cidre-Essig-Dressing. Zum Schluss machte er sich über ein großes Stück Kuchen her.

»Was ist das?« Doktor Bonnet beugte sich interessiert zu Ronans Teller hinüber.

»Apfel-Käsekuchen mit Streusel«, erwiderte Sophie.

»Hm, nie davon gehört.«

»Das ist eine Spezialität aus meiner Heimat. Speisequark wird mit Eiern und Zucker verrührt. Darüber kommen Vanillestreusel, bevor alles im Ofen gebacken wird.«

»Göttlich«, kommentierte Ronan mit vollem Mund.

»Um dem Ganzen eine bretonische Note zu verleihen, habe ich einen Teil des Quarks durch Ziegenfrischkäse und Crème fraîche ersetzt. Und geschmorte Apfelwürfel in die Teigmasse gegeben.«

»Haben Sie noch was von dem Kuchen?« Doktor Bonnet war anzusehen, dass ihm bei Sophies Schilderung das Wasser im Mund zusammengelaufen war.

»Ich hole Ihnen ein Stück.« Sophie stand auf.

Als sie aus der Küche zurückkam, stellte sie den Kuchenteller vor Doktor Bonnet auf den Tisch und wandte sich an den jungen Polizisten. »Wie geht es im Fall Tangi weiter?«

Ronan wischte sich mit der Serviette über die Lippen. »Ich bin da nicht voll involviert. Das fällt in den Zuständigkeitsbereich der Kollegen vom Kommissariat in Saint-Brieuc.«

»Du tauschst dich sicherlich mit denen aus, oder?«, meinte der Doktor.

»Ja klar. Ich glaube aber, dass sie mir nicht alles sagen. Ich bin schließlich nur ein Streifenpolizist bei der Police municipale.«

»Was haben die Kollegen aus Saint-Brieuc denn bis jetzt gesagt?«, hakte Sophie nach.

»Eher wenig«, musste Ronan eingestehen. »Und das meiste davon wisst ihr ohnehin schon: Es wurde ein Muskelrelaxans gespritzt, das zum Tod geführt hat. Wer die Spritze gesetzt hat, nun, diesbezüglich gibt es keinen Durchbruch. Simon Ollivier gilt weiterhin als Hauptverdächtiger, aber sie haben keine eindeutigen Beweise. Deshalb ist er auch wieder auf freiem Fuß.«

»Sie haben keine Beweise, weil Simon es nicht war!«, rief Sophie aufgebracht.

»Es entspricht leider der Wahrheit, dass Simon mit Tangi Streit hatte.« Ronan war anzusehen, dass er über diese Tatsache nicht glücklich war.

»Wenn Tangi mich so wie Simon angegangen wäre, dann hätte ich mich auch nicht zurückgehalten. Da hätte ich ebenfalls kein Blatt vor den Mund genommen und ihm ordentlich die Meinung gesagt. Aber so was von.« Sophies Augen funkelten zornig.

»Sie haben mit Simon gesprochen?«, wunderte sich der Doktor.

»Ja, sogar mehrmals. Er war der Mann meiner besten Freundin. Wir kennen uns seit Jahrzehnten. Da kümmere ich mich doch um ihn.«

»Was ist denn konkret vorgefallen? Oder möchte Simon nicht, dass es an die Öffentlichkeit gelangt?«

»Nein, ich glaube nicht, dass Simon etwas dagegen hätte, wenn ich es Ihnen erzähle. Außerdem wird es bald sowieso kein Geheimnis mehr sein.«

»Es ging um Mado, nicht wahr?«, vermutete Ronan.

»Ja. Deswegen war das Gespräch zwischen Simon und Tangi so aufgeladen.«

»Ich kannte Tangi nicht besonders gut«, sagte der Doktor. »Doch von dem Wenigen, was ich mitbekommen habe, glaube ich behaupten zu können, dass Tangi ziemlich unter Mados Tod gelitten hat.«

»Ja, er war am Boden zerstört. Das konnte jeder, der auf dem Friedhof war, erkennen. Ist auch kein Wunder.« Sophie seufzte. »Tangi war seit Langem in Mado verliebt.«

»Hat er deswegen nie geheiratet?«, fragte Ronan.

»Kann gut sein«, meinte Sophie.

»Weil er Mado nicht bekam, wollte er auch keine andere?«, schlussfolgerte der Doktor.

»Wir können ihn nicht mehr fragen. Und Mado auch nicht«, sagte Sophie mit Bedauern, »aber höchstwahrscheinlich war es genau so.«

»Ist er aus Eifersucht mit Simon in Streit geraten?«

»Nein.« Sophie schüttelte den Kopf. »Es ging um Mados letzte Tage.«

»Ich dachte, sie schafft es«, murmelte Ronan.

»Ich auch.« Sophie spürte, wie ihre Augen feucht wurden. Sie wischte die Tränen resolut mit dem Ärmel weg. »Aber Mado hatte wohl schon frühzeitig das Gefühl, dass es diesmal nicht gut für sie ausgehen wird. Sie hat Simon angerufen und ihn gebeten, sie zu unterstützen. Sie wusste, dass er beruflich in der Schweiz zu tun und dort viele Kontakte hat.«

Doktor Bonnet runzelte die buschigen Augenbrauen. »Ging es um Sterbehilfe?«

»Ja, so in der Art.« Sophie nickte.

»Aber Mado ist doch im Krankenhaus gestorben«, wandte Ronan ein.

»Letztendlich ging es schneller als gedacht«, meinte Sophie. »Was für uns Hinterbliebene schrecklich ist, für Mado aber sicherlich ein Segen war. Sie hatte Angst vor langem Siechtum, vor endlosen Schmerzen.«

»Welche Rolle spielte Tangi dabei?«, wollte Ronan wissen.

»In einem ihrer letzten Gespräche hatte Mado angedeutet, was sie, wenn es hart auf hart käme, vorhätte. Tangi muss das in den falschen Hals bekommen haben. Er hat Simon nach Mados Tod mehrfach beschuldigt, Mado umgebracht zu haben.«

»Was er definitiv nicht getan hat«, empörte sich der Doktor.

»Nein, natürlich nicht«, bestätigte Sophie. »Mado hat im Krankenhaus lediglich Palliativmedikamente bekommen. Sie ist friedlich und ohne Zutun eines Dritten eingeschlafen.«

»Das konnte Tangi nicht akzeptieren«, vermutete der Doktor.

»Nein. Zwei Tage vor der Beerdigung ist Tangi völlig ausgetickt. Er hat Simon, als der in seinen Wagen steigen wollte, aufgelauert und ihn aufs Übelste beschimpft. Er hat sogar gedroht, ihn umzubringen.«

»Oha, das ist starker Tobak.« Ronan wirkte geschockt. »Davon haben wir auf der Polizeistation nichts mitbekommen.«

»Alles in allem hat die ganze Aktion wohl nur ein paar Minuten gedauert«, erklärte Sophie. »Obwohl Tangi dann noch handgreiflich geworden und mit den Fäusten auf Simon losgegangen ist. Passanten, die auf den Streit aufmerksam geworden waren, haben eingegriffen und Tangi abgedrängt. Simon hatte den Eindruck, dass er stark alkoholisiert war.«

»Es spricht für Simons Großmut, dass er Tangi unter den Umständen an der Beerdigung hat teilnehmen lassen«, meinte der Doktor anerkennend.

»Nun ja, Alwena hatte da auch ein Wörtchen mitzureden«, sagte Sophie mit einem schiefen Lächeln. »Außerdem wusste Simon, dass Mado nicht gewollt hätte, dass Tangi ausgeschlossen wird. Das wäre nicht nur ein Affront, sondern für Tangi eine Katastrophe gewesen.«

»Ich verstehe nicht, wie die Kollegen aus Saint-Brieuc ernsthaft davon ausgehen können, dass Simon der Schuldige ist. Dafür gibt es doch gar keinen Anhaltspunkt.« Ronans langes schmales Gesicht mit dem spitzen Kinn war vor Empörung rot angelaufen.

»Nein, der Verdacht ist abstrus«, stimmte Sophie zu.

»Selbst wenn Simon eine Mordswut auf Tangi gehabt hätte«, warf der Doktor ein, »hätte er ihn sicher nicht auf der Beisetzung seiner eigenen Ex-Frau umgebracht.«

»Wer war es dann?« Ronan schaute den Doktor und Sophie fragend an.

»Genau das gilt es herauszufinden.« Sophie schlug mit der flachen Hand auf die Tischplatte, wodurch die Tassen schepperten.

»Madame Vidal und ich – ich darf Sie doch so nennen, auch wenn es noch nicht amtlich ist, oder?« Doktor Bonnet schaute Sophie fragend an, die erfreut nickte.

»Bon, also Madame Vidal und ich«, nun wandte er sich an den jungen Polizisten, »sind ja noch nicht so lange dauerhaft vor Ort. Da bleibt einem vieles, was unterhalb der Oberfläche gärt, verborgen. Aber du, Ronan, du bist von hier und kommst durch deinen Job täglich in der Region herum. Wie ist deine Einschätzung? Hatte Tangi Feinde?«

Ronan streckte die langen Beine aus und verschränkte die Arme hinter dem Kopf. »Hm, deine Frage ist nicht einfach zu beantworten. Tangi war an der Schule äußerst beliebt. Bei den Kollegen, bei den Kindern und bei den Eltern. Dass ihm jemand etwas Schlechtes wollte, halte ich eher für ausgeschlossen.«

»Wie stand es um sein Privatleben?«, fragte Sophie. »Vielleicht hatte er ja doch eine Beziehung, von der keiner etwas wusste? Und Mado war vielleicht ein Dauerthema? Es könnte gut möglich sein, dass diese Frau Rache nehmen wollte. Mord aus Eifersucht.«

»Darüber weiß ich leider nichts. Halte ich aber für unwahrscheinlich, ich habe Tangi nie mit einer anderen Frau gesehen.« Ronan ließ die Arme sinken.

»War vielleicht jemand auf der Beerdigung, der sich verdächtig verhalten hat oder von außerhalb kam?«

Der junge Polizist schüttelte den Kopf. »Nein. Soweit ich weiß, waren nur Leute aus dem Ort anwesend.«

»Bis auf Simon, Alwena, Eric, mich sowie diese ehemalige Nachbarin von Mados Eltern, die inzwischen in Lamballe wohnt«, präzisierte Sophie. »Doch die hatte mit Tangi sicher nichts zu schaffen.«

»Wenn dem so ist, wie wir vermuten«, sagte der Doktor mit ernster Stimme, »müssen wir wohl davon ausgehen, dass einer der Beerdigungsgäste Tangi auf dem Gewissen hat. Und dass er sich noch immer mitten unter uns aufhält.«

»Mon Dieu«, stöhnte Ronan. »Wer von uns in Erquy sollte denn fähig sein, vor den Augen einer Beerdigungsgesellschaft einen Mord zu begehen?«

»Der Täter muss ziemlich abgebrüht sein«, stimmte der Doktor zu. »Die meisten Kapitalverbrecher ziehen es vor, im Verborgenen zu töten.«

»Hatte jemand eine Rechnung mit Tangi offen?«, sagte Sophie mehr zu sich selbst als zu den beiden Männern. »Wer war darauf aus, ihm zu schaden?«

»Und warum?«, fügte Ronan hinzu.

»Das Windparkprojekt hier in der Bucht hat zu viel Aufregung und Widerstand geführt«, meinte Doktor Bonnet nachdenklich. »Kann es sein, dass Tangi deswegen mit jemandem so heftig aneinandergeraten ist, dass derjenige auf Vergeltung aus war?«

»Alwena hat mir beim Essen erzählt, dass der Offshore-Windpark Tangi ein Dorn im Auge war«, sagte Sophie. »Er war einer der schärfsten Kritiker.«

»Wenn es um ökologische Belange ging, hat Tangi nie ein Blatt vor den Mund genommen. Da war er knallhart, zu keinem Kompromiss bereit«, erinnerte sich Ronan.

»War einer der Befürworter der Offshore-Anlage beim Trauermahl dabei?«, wollte der Doktor wissen.

»Keine Ahnung.« Sophie zuckte mit den Schultern.

»Eh bien, das zu überprüfen, dürfte nicht schwerfallen«, meinte der Doktor. »Simon oder Dafne haben bestimmt noch die Gästeliste. Anhand der Namen könntest du, Ronan, herausbekommen, ob einer der Gäste zu denen gehört, die für die Anlage gestimmt haben oder davon profitieren.«

»Ich werde Dafne heute Abend nach der Liste fragen«, versprach Sophie.

Ronan zupfte gedankenverloren an einem Fussel seiner blauen Diensthose. »War Thierry Kerloc auch auf der Beerdigung?«

»Kerloc?« Der Doktor zog die buschigen Augenbrauen fragend zusammen. »Ist das der Patron von der Bar Tabac gegenüber der Chapelle Notre-Dame des Marins?«

»Ja, genau der.« Ronan nickte.

»Meinen Sie diesen Typen, der ein bisschen wie ein Wiesel aussieht? Kleiner Kopf mit großen runden Ohren? Spitze Nase, dunkle Kulleraugen und kurze, stämmige Beine?«, erkundigte sich Sophie.

Ronan grinste. »Die Beschreibung passt hundertprozentig.«

»Wenn ich mich recht erinnere, hat der dort hinten gesessen.« Sophie wies mit der Hand in Richtung der Eingangstür.

»Ich hätte nicht vermutet, dass Mado sich mit einem wie dem abgab«, wunderte sich der Doktor.

»Alwena hat mir gestern, als wir Mados Schlafzimmer ausräumten, erzählt, dass ihre Mutter nach dem Kirchgang oft in die Bar Tabac gegangen ist, um sich Zigaretten zu kaufen. Dort gibt es eine spezielle Marke, die die Supermärkte nicht führen.«

Der Doktor beugte sich zu dem jungen Polizisten hinüber. »Was hat es deiner Meinung nach mit Kerloc und Tangi auf sich? In welchem Verhältnis standen die beiden zueinander?«

»Das ist eine lange Geschichte«, erwiderte Ronan.

»Ich habe Zeit«, sagte der Doktor.

Ich eigentlich nicht, dachte Sophie. Filip wartete in der Küche auf sie, um die Vorbereitungen für den Abend zu treffen. Aber sie konnte sich jetzt nicht von dem Gespräch losreißen. Sie wollte unbedingt erfahren, was Ronan zu sagen hatte. »Was ist mit diesem Kerloc?«, fragte sie ungeduldig.

»Kerlocs Familie hat ursprünglich, wie viele hier im Ort, vom Fischfang gelebt. Kerloc ist immer mit seinem Onkel rausgefahren. Aber die Geschäfte liefen schlecht, auch weil ihnen das Geld für die Modernisierung des Kutters fehlte. Der Kahn war nicht mehr als ein Seelenverkäufer, der sich gerade so über Wasser hielt. Entsprechend gering waren die Fangquoten.«

»Also genau das Gegenteil von Gael Riwals Flotte, der bei seinen Booten auf modernes Hightech setzt und die Fische mit Sonar und Radar aufspürt«, warf der Doktor ein.

»Zwischen den beiden lagen Welten«, stimmte Ronan zu. »Weshalb Kerloc und sein Onkel nach anderen Wegen suchten, um die Kasse aufzubessern. Man hat sie dabei erwischt, wie sie illegal nach Jakobsmuscheln gefischt haben.«

»Meinen Sie außerhalb der gesetzlichen Fangzeiten?«, fragte Sophie.

»Ja, Kerloc und sein Onkel haben ihre Dredschen auch im Sommer über den Meeresboden gezogen. Was streng verboten ist und hart bestraft wird.«

»Völlig zu Recht«, stimmte der Doktor zu. »Die Muscheln brauchen die Pause, um sich in Ruhe zu vermehren und auf die notwendige Größe zu wachsen.«

»Ich verstehe nicht, was das mit Tangi zu tun haben soll«, wandte Sophie ein.

»Kerloc geht bis heute davon aus, dass ihn einer von den Grünen angeschwärzt hat. Die Regionalgruppe der EELV legt sich mächtig ins Zeug, um illegale Fischpraktiken aufzudecken und Übeltäter auf See öffentlich an den Pranger zu stellen«, erklärte Ronan.

»Tangi war bei den Grünen«, sagte der Doktor.

»Ich glaube, er gehörte sogar zu den Gründungsmitgliedern der Gruppe«, fügte Ronan hinzu. »Und er war Kerloc schon vor der Sache mit den Jakobsmuscheln angegangen, weil sein maroder Kahn ständig Öl leckte.«

»Eh bien, das ist in der Tat interessant. Sehr interessant«, meinte der Doktor nachdenklich.

Sophie stand auf. »Tut mir leid, ich muss wieder in die Küche. Aber ich glaube, ich werde morgen nach dem Markt mal in Kerlocs Bar Tabac vorbeischauen. Und wenn es sein muss, werde ich mir dort sogar eine Zigarette anzünden, um mit ihm ein bisschen ins Plaudern zu kommen.«

»Also das mit der Zigarette kann ich wirklich nicht gutheißen«, protestierte der Doktor.

»Ich hasse Zigaretten«, erwiderte Sophie. »Aber manchmal heiligt der Zweck die Mittel.«

9. KAPITEL

Sophies gute Vorsätze konnten dem Drängen ihres Magens keine fünf Minuten standhalten. Sie hatte kaum das Marktgelände betreten, als sie sich an einem der Stände ein verführerisch duftendes Pain au chocolat und ein Croissant kaufte. Buttrige Krümel rieselten beim Abbeißen auf ihren Ponchoschal, den sie sich gegen die frische Morgenluft um die Schultern geschlungen hatte. Sophie wischte sie erst weg, als sie das letzte Stückchen Gebäck verputzt hatte.

Trotz all ihrer Sorgen fühlte sie sich im siebten Himmel. Sie liebte den Wochenmarkt von Erquy, den sie bei jedem Aufenthalt in dem pittoresken Hafenstädtchen besuchte. Da Mado sie im Laufe der Jahre mit vielen Ausstellern bekanntgemacht hatte, grüßte sie munter nach rechts und links. Trotz der frühen Stunde drängelten sich schon zahlreiche Menschen durch die schmalen Gassen. Sophie wusste aus Erfahrung, dass es hier während der Sommermonate kaum ein Durchkommen gab. Der Samstagsmarkt erfreute sich bei den Einheimischen wie auch bei den Touristen großer Beliebtheit. Das farbenprächtige Treiben zwischen Obst- und Gemüseständen, eingelegten Oliven, Gewürzen aus aller Welt, kunstvoll aufgetürmten Käselaiben, Körben mit Wurst- und Schinkenspezialitäten, Auslagen mit fangfrischem Fisch und Meeresfrüchten sowie in der Region gefertigten Süßigkeiten war ein Fest für die Sinne. Eher praktisch veranlagte Käufer fanden weiter hinten, in unmittelbarer Nähe des soziokulturellen Zentrums, Heimwerkerbedarf, geflochtene Korbwaren, Uhren und Batterien, Meterware und Nähbedarf, Matratzen und Bettwaren sowie Kleidungsstücke vom Badeanzug bis zum Wickelrock.

Mado hatte Sophie stets scherzhaft gedroht, ihr eine der auf Kleiderbügeln zur Schau gestellten ärmellosen Kittelschürzen zu kaufen, die sich bei manchen bretonischen Hausfrauen großer Beliebtheit erfreuten. In diesem Moment wünschte sie sich nichts sehnlicher, als dass Mado an ihrer Seite wäre und sie zum Schürzenstand schleppen würde.

Um die aufsteigende Traurigkeit zu vertreiben, gönnte sie sich ein Tütchen Salzkaramellbonbons, von denen sie sich eins sofort in den Mund steckte. Die köstliche Süße mit einer zarten Meersalznote sorgte dafür, dass die Welt gleich wieder freundlicher aussah. Sophie erstand bei dem Landwirt aus Plurien, bei dem sie immer ihr Gemüse kaufte, drei Bund der Radieschensorte »French Breakfast«. Die länglichen, oben rosafarbenen und im unteren Drittel weißen Radieschen waren aromatischer als die runden roten, die Sophie von deutschen Gemüsetheken her kannte. Im Kopf sah sie sie schon hauchfein gehobelt, mit ein wenig Fleur de sel und schwarzem Pfeffer gewürzt sowie mit kaltgepresstem Rapskernöl und Zitronensaft überträufelt. Als Hingucker würde sie Mohnsamen über das Radieschen-Carpaccio streuen. Oder doch besser Sesam? Nein, sie musste nach kleinen, essbaren Blüten ausschauen!

Sophie war so in Gedanken, dass sie nicht bemerkte, wie der Mann vor ihr plötzlich stoppte. Sie prallte heftig gegen seinen Rücken, wodurch ihr der Einkaufskorb aus den Händen glitt und zu Boden fiel. Der Inhalt purzelte auf das harte Pflaster.

»Desolée, tut mir leid«, entschuldigte sich Sophie mit hochrotem Kopf.

Der Mann nahm es mit Humor. »Schon gut. Mir ist weniger passiert als Ihren Radieschen.«

Sophie beäugte die zerrupften Bunde. So ein Mist, fluchte sie innerlich. Das Carpaccio konnte sie vergessen. Die nicht aufgeplatzten Radieschen taugten höchstens als Teil eines Beilagensalates. Wirklich jammerschade. »Ich werde demnächst besser aufpassen«, sagte sie und bückte sich, um das Gemüse aufzuheben.

Der Mann ging ebenfalls in die Hocke, um ihr zu helfen.

Da erkannte sie, wen sie vor sich hatte. »Monsieur Riwal!«, rief sie aus.

Gael Riwal stutzte kurz, schien sie dann jedoch seinerseits einordnen zu können. »Sie sind Mados Bekannte. Die Leons Küche übernommen hat.«

»Übernommen ist etwas übertrieben. Ich helfe Dafne aus«, stellte Sophie richtig. »Im Vergleich zu Leon bin ich ein eher kleines Licht.«

Über Gaels wettergegerbtes Gesicht huschte kurz ein dunkler Schatten. »Wir vermissen ihn alle.«

»Ja.« Sophie nickte. »Es tut mir fürchterlich leid. Für Sie und Dafne. Und ich freue mich, wenn ich Ihrer Schwägerin ein bisschen unter die Arme greifen kann.«

Gael reichte ihr das Tütchen Karamellbonbons, das ebenfalls aus dem Korb gefallen war. »Sie beabsichtigen, länger in Erquy zu bleiben?«

»Ich weiß es noch nicht«, erwiderte Sophie wahrheitsgemäß.

»Die Arbeit ist bestimmt nicht einfach für Sie. Ich meine, als Ausländerin. Deutsche«, fügte er nach ein paar Sekunden hinzu.

Sophie richtete sich auf. »Was hat mein Job mit meiner Nationalität zu tun?«

Gael stand ihr nun direkt gegenüber. In seinen hellblauen Augen lag ein Ausdruck, den Sophie nicht deuten konnte.

»Eh bien«, sagte er. »Leute wie Sie, die werden bei uns gerne in der Saison gesehen. Aber nach den Sommermonaten bleibt der Großteil meiner Landsleute lieber unter sich. Wir Bretonen mögen es nicht, wenn man sich von außen einmischt. Wenn Fremde so tun, als ob sie dazugehörten.«

»Entschuldigung, aber das ist Blödsinn«, entfuhr es Sophie. »Ich komme schon seit Jahren nach Erquy, habe hier Freunde.

Von denen hat sich bis jetzt niemand über meine Nationalität beschwert.«

»Mag sein. Doch die Zeiten ändern sich«, sagte Gael. »In den letzten Monaten hat es hier viel Unmut, viele Aggressionen gegeben. Da kann man als Neuling, wie Sie es sind, schnell zwischen die Fronten geraten, sich eine blutige Nase oder mehr holen. Ich wollte nur, dass Sie es wissen. Damit Sie hinterher nicht angelaufen kommen und sich beschweren.«

»Vielen Dank, aber ich bin ein großes Mädchen, ich kann auf mich aufpassen«, konterte Sophie bissig.

»Groß, nun ja …« Gael musterte sie von oben bis unten, wobei seine Augen jeweils einen Tick zu lange auf ihren Brüsten, ihren Hüften und den Oberschenkeln verweilten. »Ich wünsche Ihnen Glück, Madame.«

Sophie verkniff sich, seinen Abschiedsgruß zu erwidern. Sie blieb einen Moment stehen und überlegte: War das ein gut gemeinter Ratschlag gewesen? Oder eher eine Warnung? Oder sogar eine Drohung? Gegen sie als Deutsche? Oder als Frau, die den Platz eines Mannes eingenommen hatte? Die kindliche Freude über den Marktbesuch, die sie bis zur Begegnung mit Gael Riwal erfüllt hatte, war mit einem Schlag verflogen. Sophie erwog, flugs ihre Einkäufe zu tätigen und ins Bistro zurückzukehren. Sich in der Küche wie in einer sicheren Burg zu verschanzen. Dann besann sie sich eines Besseren. Sie würde sich von einem wie Gael doch nicht ins Bockshorn jagen lassen! Sich von einem groben Klotz, der Freude daran hatte, Frauen einzuschüchtern, den Tag verderben lassen. Sie würde so lange in Erquy bleiben, wie es ihr passte. Sich von nichts und niemandem in ihrer Bewegungsfreiheit einschränken lassen. Sie griff nach dem Korb und marschierte los, um die restlichen Einkäufe zu erledigen. Und um ganz nebenbei mehr über Arthur Tangi herauszufinden.

*

Die Gruppe von jungen Leuten mit den Plakaten stand, wie Sophie vermutet hatte, auf dem Platz vor der offenen Markthalle. Die meisten Aktivisten trugen schwarze Hoodies mit dem aufgedruckten Emblem einer weltweit agierenden Umweltschutzorganisation. Ein paar wenige hatten sich grüne Buttons, auf denen die Blüte einer Sonnenblume abgebildet war, an die Jacken oder dicken Pullover geheftet. Sophie trat auf sie zu und setzte ein Lächeln auf.

»Bonjour. Ich finde es gut, was ihr hier macht.«

Eine dunkelhaarige junge Frau, die in etwa so alt wie Sophies Tochter war, lächelte zurück. »Merci. Wir können dem Leiden, dem haltlosen Abschlachten doch nicht Jahr für Jahr untätig zuschauen.«

»Nein, das sollten wir nicht«, stimmte Sophie zu. »In den schrecklichen Schleppnetzen verenden viel zu viele unschuldige Kreaturen.«

»Man muss sich das mal vorstellen: Tausende Tonnen Beifang werden jährlich wieder ins Meer zurückgeworfen. Was für ein sinnloses und würdeloses Sterben«, mischte sich ein junger Mann in das Gespräch ein. Seine blau-grauen Augen wirkten hinter den dicken runden Gläsern seiner Brille traurig.

»Und die Delfine. Mir tun die Delfine so leid«, sagte die junge Frau und wies mit dem Kinn auf das Plakat, das sie in der Hand hielt.

»La France est un charnier de dauphins – Frankreich ist ein Massengrab für Delfine«, konnte Sophie darauf lesen. Sie schluckte schwer. Seehunde und Delfine waren ihre Lieblingstiere. Seit fast 40 Jahren teilte sie ihr Bett mit einem kleinen grauen Plüschdelfin, den sie Flipper getauft hatte. Er lag jede Nacht oberhalb ihres Kopfkissens. Auch wenn sie auf Reisen war. Das Stofftier hatte sich letztendlich treuer als ihr Ehemann erwiesen. Aber darum ging es momentan nicht. Sophie schob den Gedanken resolut zur Seite und konzentrierte sich auf das

Delfinthema. »Gibt es konkrete Zahlen? Wie viele Delfine verheddern sich in den Netzen und ertrinken deshalb qualvoll?«

»Wir befürchten, dass es bis zu 10.000 jährlich sind. Allein in Frankreich«, erwiderte die Aktivistin.

»Erst letzte Woche wurde wieder ein verendeter Delfin am Strand von Tournemine bei Pordic gefunden. Es nimmt kein Ende.« Der junge Mann mit der Brille ballte die Hände zu Fäusten.

»Für viele ist es nur ein toter Fisch. Obwohl Delfine natürlich keine Fische, sondern Säugetiere sind. Intelligente, fühlende Kreaturen, die unseren Respekt und unser Mitgefühl verdienen«, sagte die dunkelhaarige Frau.

»Respekt? Ne me raconte pas des blagues – erzähl mir doch keine Witze! Ich würde mich nicht wundern, wenn manche von denen da drüben nicht nur Filets von Wolfsbarsch, Dorsch, Scholle, Seezunge und Makrele, sondern auch Delfinfleisch verhökerten. Das gilt in gewissen Kreisen als Delikatesse.« Einer der Protestierenden, dessen ungezähmter blonder Kinnbart ihm fast bis zur Brust reichte, richtete den Zeigefinger anklagend in Richtung der Markthalle, wo die Fisch- und Muschelverkäufer ihre Stände hatten.

»Delfinfleisch? Im Ernst?« Sophie war entsetzt.

»Manche können den Hals nicht vollbekommen«, erwiderte der Bärtige. »Die verscherbeln alles, was sie aus dem Meer herausholen: Delfinsteaks, illegal gefischte Jakobsmuscheln und Hummer. Besonders profitabel sind Meerohren.«

»Meerohren?«, fragte Sophie.

»Ormeaux. Auch Seeohren oder Abalonen genannt. Das sind keine Muscheln, sondern Schnecken, die bei uns etwa zehn, zwölf Zentimeter groß werden und streng geschützt sind. Der Fang ist deshalb limitiert. Wegen ihres angeblich ›erlesenen‹ Geschmacks werden die Meerohren als ›Trüffel der Meere‹ bezeichnet.«

»Uh, nein danke.« Die junge Frau schüttelte sich.

»Bei Feinschmeckern stehen sie hoch im Kurs«, erklärte der Bärtige. »In einigen asiatischen Ländern gelten sie als Aphrodisiakum.«

»Nee, dann doch lieber Viagra«, feixte ein weiterer Aktivist.

»Jedem das Seine.« Der Bärtige grinste. »Viagra ist jedenfalls deutlich günstiger. Für ein Kilo Meerohren zahlen Pariser Spitzenrestaurants 150 bis 200 Euro. In Japan geht der Preis bis zu 350 Euro das Kilo hoch.«

»Wahnsinn!«, entfuhr es Sophie.

»Für so eine Menge Schotter legt man gern einen Tauchgang mehr ein. Und vergisst danach tunlichst, den Gewinn beim Finanzamt anzugeben.« Der Bärtige spuckte verächtlich aus.

»Ist das so? Das wusste ich nicht«, sagte Sophie betreten.

»Wilderei ist bei uns ein äußerst profitables Geschäft«, fuhr der Bärtige fort. »Im Calvados hat eine Spezialeinheit der Polizei vor Kurzem eine Familie hochgenommen, die in zweieinhalb Jahren locker 600.000 Euro mit illegalem Muschelfang eingenommen hat. Das muss man sich mal vorstellen!«

»Hoffentlich sitzen die wenigstens lange ein«, sagte die junge Frau.

Sophie warf einen verstohlenen Blick auf die Verkaufsstände in der Markthalle. Obwohl sie selbst keinen Fisch aß, kannte sie dank Mado viele der Fischer, die dort ihre Ware anboten. Sie konnte sich beim besten Willen nicht vorstellen, dass einer von ihnen bewusst gegen das Gesetz verstieß. Außerdem gab es im Hafen und in der Auktionshalle akribische Kontrollen.

»Ich gehe davon aus, dass hier alles rechtens läuft«, sagte sie.

»Bis jetzt haben wir keinem von denen etwas nachweisen können«, musste der Bärtige eingestehen. »Aber wir bleiben wachsam. Und wir werden weiterprotestieren.«

»Ich suche eigentlich einen Bekannten, der mir gesagt hat, dass er jeden Samstag hier ist«, lenkte Sophie das Gespräch auf ihr eigentliches Anliegen.

»Wie heißt er denn?« Die junge Frau war sofort bereit zu helfen.

»Arthur«, sagte Sophie. »Arthur Tangi.«

Die junge Frau schlug die Hand vor den Mund. »Arthur? Haben Sie es denn nicht gehört?«

»Was gehört?« Sophie tat unwissend.

»Arthur ist tot.«

»Nein! Wirklich?« Sophie hoffte, dass ihre Mimik angemessene Überraschung und Entsetzen ausdrückte.

»Man sagt, dass er ermordet wurde.«

»Oh, mon Dieu, mon Dieu! Das ist ja fürchterlich«, stöhnte Sophie in gespielter Betroffenheit.

»Arthur war einer der Besten«, sagte der Bärtige.

»Er hat für unsere Sache immer alles gegeben. Obwohl er gesundheitlich angeschlagen war«, fügte die junge Frau hinzu.

»Aber ermordet?« Sophie schüttelte den Kopf. »Warum denn? Hatte er Feinde? Das kann ich mir gar nicht vorstellen.«

»Arthur ist mit dem einen oder anderen ordentlich aneinandergerasselt«, meinte der Bärtige.

»Wirklich?« Sophie gab sich weiterhin naiv.

»Er hat Brandbriefe an die für die Errichtung des Windparks Verantwortlichen geschickt. Sie beschuldigt, die Bucht zu zerstören«, erinnerte sich die junge Frau.

»Für die Delfine hat er auch gekämpft«, sagte der Mann mit der runden Brille. »Manchmal ist er nachts raus und hat sich auf die Lauer gelegt. Am Strand oder mit seinem Kajak auf See, in Küstennähe. Um zu sehen, ob er einen der Fischer bei etwas Illegalem erwischt.«

»Das hätte ich ihm gar nicht zugetraut.« Sophie war aufrichtig erstaunt.

»Wie sagt man so schön?«, meinte der Bärtige. »Stille Wasser sind tief. Wenn es um den Schutz unserer Bucht und der Region ging, hat Arthur keine Kompromisse gelten lassen. Da hat er sich voll reingehängt. Ohne alles gleich lautstark hinauszuposaunen, wie es manche Politiker mit Vorliebe tun.«

»Arthur hat das Kap und das Meer geliebt.« Die junge Frau ließ ihr Plakat sinken und legte es flach auf die Erde. »Aber ich glaube, da war noch was anderes, das ihn zugleich antrieb und bedrückte. Erinnert ihr euch an unser Treffen im November? Bei Yannick in der Bootshalle?«

»Was soll da gewesen sein?«, fragte der Bärtige unwirsch. »Ich hatte den Eindruck, dass Arthur da ziemlich neben der Spur war.«

»Ist mir nicht aufgefallen«, sagte der junge Mann mit der Brille.

»Doch. Etwas stimmte nicht mit ihm«, beteuerte die Frau. »Er hat den Abend über kaum geredet. Aber drei, vier Gläser Wein wie Wasser hinuntergekippt. Sonst war bei ihm immer nach einem Glas Schluss. Er wollte nicht alkoholisiert Auto fahren.«

»Haben Sie eine Vermutung, was ihm auf der Seele lag?«, fragte Sophie.

»Nein, leider nicht. Vielleicht hätte ich ihn darauf ansprechen sollen. Aber er war an dem Abend so abweisend, so in sich gekehrt. Hat kaum an unseren Diskussionen teilgenommen. Ich habe nur mitbekommen, wie er was von einer Enttäuschung gemurmelt hat.«

»Eine Enttäuschung über wen oder was?«, hakte Sophie nach.

»Arthur war wie wir stinksauer, weil uns die Fördergelder durch die Lappen gegangen sind«, behauptete der Bärtige. »Den verdammten Schlag ins Gesicht mussten wir alle erst einmal verdauen.«

»Nein, nein«, widersprach die Frau. »Das war es nicht. Zumindest nicht nur. Ich hatte eher den Eindruck, dass er wegen eines Freundes oder Kumpels frustriert war. Ich meine gehört zu haben, dass er so etwas wie ›dieser elende Verräter‹ und ›wie konnte er mir das antun‹ gesagt hat. Aber vielleicht habe ich mich getäuscht. Es war ja recht laut in der Halle.«

»Hm, ›Verräter‹. Das hört sich für mich ziemlich drastisch an«, sagte Sophie. »Wen könnte er damit gemeint haben?«

»Ich weiß es nicht.« Die junge Frau zuckte entschuldigend mit den Schultern.

»Alles Quatsch. Es ging ums Geld. Arthur fühlte sich vom Verwaltungsrat des Départements verarscht«, wies der Bärtige die Behauptungen seiner Mitaktivistin zurück.

Sophie ahnte, dass sie keine weiteren nützlichen Informationen aus den Meeresschützern herauskitzeln würde. Sie machte sich zum Gehen bereit. »Ich muss leider los. Die Arbeit wartet auf mich.«

»Ich würde mich freuen, wenn Sie am kommenden Samstag wieder bei uns vorbeischauen würden«, sagte die junge Frau zum Abschied. »Wir können weitere Unterstützer gut gebrauchen.«

»Wenn ich es schaffe, gern«, antwortete Sophie und stürzte sich erneut ins Marktgetümmel.

In ihrem Kopf nahm das Gedankenkarussell an Fahrt auf. Wer hatte Arthur Tangi so vor den Kopf gestoßen, dass er ihn als Verräter bezeichnet hatte? Was war geschehen? War dies die Spur, die sie direkt zu Tangis Mörder führen würde? Sophie beschleunigte ihre Schritte. Es gab noch viel zu tun. In der Küche und im Hinblick auf ihre Erkundigungen.

10. KAPITEL

Linh lehnte das alte klapprige Fahrrad, das sie sich von Madame Grimaud geliehen hatte, gegen die schmale, verwitterte Holzbrüstung. Die Fahrt entlang der Küstenstraße war anstrengender gewesen, als sie erwartet hatte. Beim Anstieg der Rue de la Corniche hoch zum Aussichtspunkt und Parkplatz hatte sie sich geschlagen geben müssen, war abgestiegen und hatte das Rad geschoben. Nun saß sie nach Luft ringend auf einer der auf dem Felsvorsprung aufgestellten Bänke und schaute hinunter auf den weitläufigen Sandstrand von Caroual. So früh im Jahr waren dort nur wenige Touristen unterwegs. Eine Meute von vier Hunden balgte wild am Flutsaum. Möwen stemmten sich wie kleine weiße Flugdrachen gegen den böigen Wind. Wellen brachen schäumend auf dem harten Sand, zogen sich zurück, um kurze Zeit später erneut anzubranden. Eine Idylle, wie Linh sie aus ihrem Heimatland nicht kannte.

Aber auch ein Trugbild. Denn Linh vermutete, dass sich hinter all dem paradiesisch Schönen etwas äußerst Hässliches verbarg. Über das bis jetzt niemand mir ihr hatte reden wollen. Selbst die Campingplatzbesitzerin, die Linh freundlich, fast herzlich aufgenommen hatte, schwieg beharrlich zu dem Thema. Verschloss die Lippen blitzschnell wie eine geöffnete Auster ihre Schalen, wenn sich ein Seestern näherte. Linh musste dies akzeptieren. Sie konnte froh sein, dass die Campingplatzbetreiberin ihr überhaupt eines der kleinen, weiß gestrichenen Holzchalets vermietet hatte. Der Campingplatz öffnete offiziell erst zu Ostern.

Linh hatte sich bewusst für eine etwas abseits gelegene Unterkunft entschieden, weil sie nach ihrer anfänglichen

Erkundigungstour nicht ständig im Ort gesehen werden, nicht unnötig auffallen wollte. Außerdem kostete das kleine Chalet nur etwa ein Drittel dessen, was sie für ein Hotelzimmer hätte bezahlen müssen. Die finanzielle Unterstützung durch ihre Familie war zwar angemessen, doch Linh wollte ihr Konto nicht unnötig strapazieren. Und sie war bemüht, so wenig Spuren wie möglich zu hinterlassen. Insbesondere ihr Vater durfte nicht erfahren, was sie hier tat. Er hätte null Verständnis für ihr Tun, würde sie schelten, dass sie die Uni schwänzte, ihren Abschluss gefährdete und seine Erwartungen in sie enttäuschte. Diese Konfrontation wollte Linh um jeden Preis vermeiden.

Doch auch von anderer Seite drohten ihr Gefahren, denn sie wusste nicht, mit welchen Widersachern sie es langfristig zu tun haben würde. Sie war zu dem Entschluss gekommen, dass es am besten wäre, wenn sie trotz ihrer Nachforschungen so wenig Aufmerksamkeit wie möglich auf sich ziehen würde. So naiv wie am ersten Tag, als sie den Mann im Hafengebiet spontan angesprochen und eigentlich viel zu viel von sich preisgegeben hatte, würde sie nicht wieder sein. Um ganz sicherzugehen, hatte sie ihr Äußeres verändert. Die Markenjeans hatte sie gegen ein Billigfabrikat eingetauscht, das sie beim hiesigen Discounter aufgestöbert hatte. Der dunkelblaue Schlabberpullover stammte ebenfalls von dort. Ihre wind- und wasserdichte Jacke hatte sie zusammengerollt und über Nacht als Kopfkissen benutzt, damit sie nicht mehr so neu aussah. Ihr langes Haar trug sie unter einer blauen Wollmütze versteckt, ihre Augen waren hinter einer großen dunklen Sonnenbrille verborgen. Selbst ihr Vater, dachte Linh, hätte Mühe, sie in der Verkleidung zu erkennen.

Für einen Moment kamen ihr Zweifel an der Richtigkeit ihres Tuns. Sie zog ihr iPhone aus der Jackentasche, blätterte in ihrem Fotoalbum und fand das Foto von Hung, das er kurz vor seinem Aufbruch nach Europa aufgenommen hatte. Er stand vor der Tür der Autowerkstatt und grinste von einem Ohr zum anderen. Seine rechte Hand war ausgestreckt, die Finger zum Victoryzeichen geformt. Er war voller Optimismus, so zuversichtlich und in freudiger Erwartung auf eine bessere Zukunft gewesen. Beide hatten nicht im Traum daran gedacht, dass etwas schiefgehen, dass sie sich nicht bald in Paris wiedersehen würden. Linh strich mit dem Daumen liebevoll über das Display. Dann steckte sie das Handy zurück in die Tasche und stand auf. Es wurde Zeit, dass sie weiterkam. Der Markt dauerte nur bis Mittag. Linh ließ ein paar Autos passieren, stieg aufs Rad und trat in die Pedale. Der letzte Teil ihrer Wegstrecke war ein reines Vergnügen, denn bis zur Ortsmitte ging es stetig bergab.

An der Place du Nouvel Oupeye stellte Linh das Rad gegen den dicken, zerklüfteten Stamm einer der dort gepflanzten Dattelpalmen. Sie überlegte kurz, ob sie das Rad unabgeschlossen stehen lassen könnte, denn sie fand am Rad kein Schloss vor. Sie entschied sich, das Wagnis einzugehen, denn vermutlich käme niemand auf die Idee, sich mit diesem Rosthaufen abzugeben.

Linh eilte auf die Marktstände zu. Obwohl sie im Gegensatz zu den anderen Marktbesuchern nicht hauptsächlich zum Shoppen gekommen war, war sie doch von der Vielfalt des Angebotes beeindruckt. An einem der Gemüsestände konnte sie nicht widerstehen und kaufte rote Zwiebeln, Frühlingszwiebeln, Knoblauch, Chilischoten und eine Handvoll frischer Sojasprossen. Ein paar Meter weiter entdeckte sie einen Metzgerwagen, bei dem sie ein kleines Stück Rinderfilet erwarb. Jetzt fehlten nur noch die notwendigen Gewürze und Kräuter, also Zimt, Sternanis, Ingwer sowie Koriander, Minze und Basilikum. Auch die hatte Linh in kurzer Zeit aufgetrieben, dazu ein Paket Reisnudeln und ein Gläschen Rinderbrühekonzentrat. Heute Abend würde sie einen Topf Pho, die aromatische traditionelle Suppe ihrer Heimat, zubereiten. Sich selbst mit einer kulinarischen Erinnerung an ihr Zuhause ein wenig Trost spenden. Aber vorher galt es, etwas über Hungs Verbleib herauszufinden.

Nach jedem Kauf zückte Linh ihr Handy, zeigte sein Foto und fragte: »Haben Sie diesen jungen Mann schon einmal gesehen? – Excusez-moi, s'il vous plaît, kennen Sie vielleicht diesen Mann?«

Überall bekam sie eine verneinende Antwort. Obwohl sie die Händler und manchmal auch die Passanten ermunterte, sich das Foto genau anzuschauen. Die meisten blieben höflich und schienen bemüht, ihr zu helfen. Ein paar versuchten, sie mit fadenscheinigen Argumenten abzuwimmeln. Ein Händler, dessen Angebot an Käsespezialitäten sie zuvor bewundert hatte, wurde ausfallend: »Non, les chintoks – die Schlitzaugen – die wollen wir hier nicht.«

Linh musste sich auf die Unterlippe beißen, um nicht mit einer ebenso verletzenden Bemerkung zu kontern. Es würde ihr nicht weiterhelfen, wenn sie mit dem Mann in Streit geriete. Sie senkte den Kopf, um ihre vor Zorn rot angelaufenen Wangen zu verbergen, und zog weiter.

Allmählich verließ sie der Mut und sie büßte die Hoffnung ein, dass ihr Aktionismus etwas brachte. Vielleicht sollte ich besser nach Brest zurückkehren und dort die Polizei informieren. Auf offiziellem Weg nach Hung suchen lassen. Oder meinen Vater bitten, einen Privatermittler einzuschalten, dachte sie. Dann riss sie sich zusammen. Sie hatte sich für diesen Weg entschieden und sie würde ihn weiterverfolgen, bis sie Hung gefunden hätte.

Als sie die überdachte Markthalle erreichte, war es kurz vor eins und die Händler hatten angefangen, die Reste ihrer Auslagen in Kisten zu verstauen und ihre Verkaufsstände abzubauen. Gestoßenes Eis lag in kleinen Häufchen auf dem Boden, und sie musste über Pfützen von Tauwasser hinwegsteigen. Linh näherte sich einem Stand, an dem Austern in verschiedenen Größen und Kategorien angeboten wurden.

Die Händlerin winkte sie zu sich heran. »Kommen Sie! Ich mache Ihnen einen guten Preis für meine ›Creuses‹.«

»›Creuses‹?«, fragte Linh mit einem Stirnrunzeln.

»Pazifische Flachaustern«, erklärte die Händlerin. »Aus unserem eigenen Betrieb. Meine Familie baut seit mehr als 200 Jahren in der Bucht des Mont Saint-Michel Austern an.«

»Tut mir leid, aber ich glaube, ich mag keine Austern.«

»Sie mögen keine Austern?« Die Frau riss in gespieltem Entsetzen die Hände in die Höhe. In der rechten Hand hielt sie das Austernmesser.

»Nein. Sie scheinen mir zu glibberig.«

»Mais non!«, widersprach die Frau. »Sie sind nicht glibberig, sondern zart und aromatisch. Sie schmecken ein bisschen nach Jod, ein bisschen nach Haselnuss und nach dem, was das Meer sonst noch Gutes zu bieten hat.«

Ehe Linh sie daran hindern konnte, hatte die Frau eine Auster geöffnet und hielt ihr die untere Hälfte entgegen. »Kosten Sie, kosten Sie!«, drängte sie.

Linh zögerte.

»Allez-y! Nur zu! Sie werden es nicht bereuen.«

Linh, die zur Höflichkeit gegenüber ihren Mitmenschen erzogen worden war, wollte die Frau nicht brüskieren. Sie griff nach der angebotenen Austernhälfte und führte sie an ihre Lippen.

»Den Kopf zurück und jetzt schlürfen«, befahl die Frau.

Linh tat, wie ihr geheißen wurde. Die Auster rutschte erstaunlich leicht aus der Schale und landete auf ihrer Zunge. Obwohl sie sich vorgenommen hatte, es nicht zu tun, bissen ihre Zähne reflexartig in das Muschelfleisch. Ein köstliches Aroma brachte ihre Geschmackszellen zum Explodieren. Es war, als ob sie ein Stückchen des klaren türkisblauen Meeres im Mund hielt. »Wow«, entfuhr es ihr, nachdem sie die Auster hinuntergeschluckt hatte. »Ganz anders, als ich gedacht hatte.«

»Eh bien, was habe ich gesagt?« Die Händlerin strahlte.

Linh ließ sich dazu überreden, ein Dutzend der Schalentiere zu kaufen. Eine viel zu große Menge für sie allein. Sie nahm sich vor, die Hälfte davon Madame Grimaud zu überlassen.

Nach dem Bezahlen zückte sie ein letztes Mal ihr Handy. »Vielleicht habe ich bei Ihnen Glück. Ich suche diesen Mann.«

Die Austernhändlerin nahm sich viel Zeit. »Désolée, der ist mir noch nie begegnet«, bedauerte sie.

»Trotzdem danke für die Auskunft«, sagte Linh und steckte das Handy in die Tasche zurück. »Und für die Austern.«

»Avec plaisir. Gern geschehen«, erwiderte die Frau und pries mit lauter Stimme erneut ihre Ware an. Dann hielt sie plötzlich inne und rief Linh, die sich bereits ein paar Schritte entfernt hatte, zurück. »Mir ist gerade etwas eingefallen …«

»Ja?« Linh schöpfte Hoffnung.

»Mein Bruder hat vor Kurzem Sardinen an die Fischfabrik geliefert. Wissen Sie, er arbeitet nicht nur auf den Austernbänken mit, sondern fährt auch mit seinem eigenen Kutter raus. Manchmal geht sein Fang in die Auktionshalle, ein anderes Mal direkt in die Conserveries der Region. Je nachdem, wo er einen besseren Preis bekommt.«

»Und?«, drängte Linh, die beim besten Willen keinen Zusammenhang zwischen den Sardinen, der Fischfabrik und Hung sehen konnte.

»Er hat berichtet, dass ihm in der Fabrik ein paar Asiaten beim Abladen geholfen haben. Er hat sich darüber gewundert, weil eigentlich nur Leute aus Erquy und den Nachbarorten dort beschäftigt sind.«

Linh spürte, wie ihr Herz schneller schlug. »Wo finde ich diese Fabrik? Am Hafen?«

»Non, sie liegt ein Stückchen weiter außerhalb, in Richtung La Couture. Haben Sie ein Auto?«

»Nein«, bedauerte Linh.

»Ich glaube, der Bus fährt auf dem Weg nach Pléneuf-Val-André direkt daran vorbei. Wahrscheinlich gibt es an der Fabrik sogar eine Haltestelle.«

»Ich muss los.« Linh schulterte ihre Einkäufe.

»Halt!« Die Frau hielt sie am Ärmel zurück. »Die Fabrik hat heute und morgen geschlossen. Dort geht es erst Montag mit der Frühschicht wieder los.«

Linh ahnte, dass ihr ein viel zu langes Wochenende bevorstehen würde.

11. KAPITEL

»Sag mal, was machst du denn hier?«

Sophie stemmte die Hände in die Hüften und beobachtete die schwarze Katze, die es sich auf der Motorhaube ihres Autos gemütlich gemacht hatte. Die hübsche, doch augenscheinlich zu dünne Samtpfote streifte seit ein paar Tagen um das »Chez Leon«. Sie hatte sogar schon einen Versuch unternommen, in die Küche zu gelangen. Bis jetzt hatte Sophie davon abgesehen, die Katze zu füttern. Aus Angst, dass sich das Tier an sie gewöhnen und nicht mehr verschwinden würde. Außerdem wusste sie nicht, wie Dafne auf eine vierbeinige Mitesserin und Mitbewohnerin reagieren würde. Ganz zu schweigen von den Hygieneregeln, die sie einhalten mussten.

Sophie klatschte in die Hände. »Allez, hop! Runter von meinem Auto.«

Die Katze rührte sich nicht.

Sophie versuchte es nochmals mit Klatschen. Diesmal lauter und länger. Die Katze hob kurz den Kopf, gähnte herzhaft und legte den Kopf zurück auf die Pfoten.

»Na, du hast Nerven!«, grummelte Sophie. Sie ahnte, dass drastischere Maßnahmen gefragt waren. Sie ging auf ihr Auto zu und streckte die Hände aus, um die Katze von der Motorhaube zu schubsen. Die Katze reagierte blitzschnell: Sie schnellte in die Höhe, machte einen Buckel und fauchte. Sophie trat den Rückzug an. Die Katze setzte sich auf die Hinterbeine und starrte Sophie aus ihren grünen Augen an. Sophie starrte zurück. Nach drei, vier Minuten, die Sophie wie eine Ewigkeit vorkamen, war klar, wer das Willensduell gewonnen hatte.

»Okay, okay.« Sophie ging durch die Hintertür in die Küche. Dort holte sie eine Dose eingelegte Sardinen aus dem Schrank und leerte sie in ein Kunststoffschälchen. Mit dem Bestechungsobjekt in der Hand näherte sie sich ihrem Auto, auf dem sich die Katze erneut zusammengerollt hatte.

»Ich schlage dir diesen Deal vor.« Sophie präsentierte der Katze das Futter.

Die beäugte die Sardinen ein paar Sekunden lang kritisch, so als wäre sie ein Restauranttester, der im Bistro ein Gericht zu bewerten gedachte. Schließlich gab sie sich mit dem Angebot zufrieden und landete mit einem eleganten Sprung auf dem Boden. Sophie öffnete die Fahrertür und schwang sich auf den

Fahrersitz. Die Katze wartete, bis Sophie den Motor angelassen hatte, bevor sie den ersten Bissen Futter hinunterschlang.

»Arrogantes Vieh«, brummte Sophie. Sie legte den Rückwärtsgang ein und bugsierte ihr Fahrzeug aus dem Hinterhof auf die Straße. Es wurde höchste Zeit, dass sie ihre Ankündigung wahrmachte und Thierry Kerloc in seiner Bar Tabac einen Besuch abstattete.

*

Sophie parkte ihr Auto nicht direkt vor Kerlocs Lokal, sondern auf dem nahe gelegenen Parkplatz des Sportkomplexes. Ihr war es lieber, wenn ihr Wagen nicht sofort mit Dafnes Bistro in Zusammenhang gebracht werden würde. Sie hegte die berechtigte Hoffnung, dass Kerloc sich an ihre Anwesenheit auf Mados Beerdigung nicht erinnern würde. Beim Trauermahl hatte er tief in sein Bierglas geschaut und außerdem zu denen gehört, die sich nach Tangis Zusammenbruch früh verabschiedet hatten. Das Risiko, dass er sie wiedererkannte, war also gering.

Nachdem Sophie ihren Wagen abgeschlossen hatte, erwog sie kurz, zur Chapelle Notre-Dame des Marins zurückzulaufen und eine Gedenkkerze für Mado zu entzünden. Ihre Freundin hatte in jeder Kirche oder Kapelle, die ihren Weg gekreuzt hatte, eine Kerze angezündet und ein Gebet an die heilige Maria gerichtet. Sophie erinnerte sich, dass Alwena ihre Mutter nach der vermeintlichen Genesung vor fünf Jahren nur mit knapper Mühe hatte davon abhalten können, eine Votivgabe in Form eines Modellschiffes in der Kirche aufstellen zu lassen. Tagelang hatte es zwischen Mado und Alwena ein hitziges Wortgefecht gegeben, weil Mado darauf pochte, dass diese Art der Danksagung in der Bretagne eine lange Tradition hatte. In der 1867 erbauten Chapelle Notre-Dame des Marins gab es eine stattliche Ansammlung von maritimen Skulpturen, mit denen sich die Fischer für die Rettung aus einem Sturm, für das Überleben eines Schiffbruchs oder für die glückliche Heimkehr bedankt hatten. Vor allem die Seeleute, die im 19. Jahrhundert zur Schwarmfischerei nach Neufundland und später nach Island aufgebrochen waren, hatten mit ihren Gaben nicht gegeizt. Die originalgetreuen Nachbildungen der »Albatros«, der »Santa Maria« und der »Stella Maria« zeugten noch heute davon. Mado hatte Sophie jedoch von einer moderneren Dankesgabe vorgeschwärmt. Ihr hatten es ein Dreimaster und ein Leuchtturm, die mit getrockneten weißen, blauen und rosa Blüten bestückt waren, besonders angetan.

Vielleicht wäre eine solche Offerte doch keine dumme Idee gewesen, dachte Sophie, als sie sich von der aus rosafarbenem Sandstein errichteten Kirche abwandte. Möglicherweise hätte es mit dem Gott, an den Mado so beharrlich geglaubt hatte, doch Verhandlungsspielraum gegeben. Aber nun war es zu spät. Und Sophie musste sich anderen, dringenderen Aufgaben widmen. Sie beschleunigte ihre Schritte.

Nach den Beschreibungen des Doktors und des jungen Polizisten hatte sich Sophie die Bar Tabac von Thierry Kerloc wie eine Spelunke vorgestellt. Ein Bild, das zumindest von außen nicht mit der Realität übereinstimmte. Die hellblauen Fensterläden der »La Chaloupe« sahen frisch gestrichen aus, und die drei Tischgruppen auf dem Bürgersteig blitzten vor Sauberkeit. Über der Tür war eine Messingglocke angebracht, die hell bimmelte, als Sophie in den Schankraum eintrat.

Sie wählte einen Stuhl am Fenster und sah sich um. An den Wänden hingen gerahmte historische Drucke aus einer Zeit, in der die Frauen hochgeschlossene und knöchellange schwarze Kleider und die Männer dunkle Hüte trugen. Die Boote im Hafen waren deutlich kleiner und nicht motorisiert. An der sichelförmigen Bucht der Plage du Centre standen nur wenige, aber dafür herrschaftliche Häuser. Zwischen ihnen erstreckte sich eine Dünenlandschaft mit Strandhafer und Heidekraut. Gefällt mir fast besser als heute, dachte Sophie. Sie stand auf und ging zum Tresen, wo eine junge Frau mit einem langen blonden Zopf Bier für eine Gruppe von vier alten Männern zapfte. Sie hielt einen kurzen Moment inne, damit der Schaum sich absetzte.

»Oui? Sie wünschen?«

»Eine Breizh Cola Zéro«, erwiderte Sophie. Dann entdeckte sie die Auslage mit den Snacks. »Und eine Tüte Chips, bitte. Die Brets da vorne, aus Buchweizenmehl mit Ziegenkäsearoma.«

»Ist das alles?«

»Nein, ich nehme noch die heutige Ausgabe der ›Ouest-France‹«, sagte Sophie.

»In Ordnung.« Die Frau reichte ihr das Wechselgeld.

Sophie schaute sich suchend um. »Ist der Patron nicht hier?«

»Nein, der hat einen Termin.«

»La petite – die Kleine – zapft das Bier eh besser als ihr Vater«, sagte einer der Männer. Als er lächelte, bemerkte Sophie, dass ihm ein Schneidezahn fehlte.

»Sie sind Thierry Kerlocs Tochter?«, fragte sie verwundert.

»Oui, ich bin Yuna. Yuna Kerloc.«

So ein Mist, fluchte Sophie innerlich. Damit hatte sie nicht gerechnet. Unter den Bedingungen blieben ihr nur zwei Möglichkeiten: Entweder sie trank ihre Cola und fuhr unverrichteter Dinge zurück ins Bistro oder sie improvisierte und versuchte, aus Yuna etwas herauszubekommen. Sie entschied sich für Letzteres.

»Schade, dass Ihr Vater beschäftigt ist«, sagte sie. »Ich hätte ihm gern ein paar Fragen gestellt.«

»Worum geht es denn? Vielleicht kann ich Ihnen ja helfen«, bot Yuna an und unterstützte damit prompt Sophies Plan.

»Ich weiß nicht … Ist eine längere Sache.« Sophie warf einen, wie sie hoffte, bedeutungsvollen Blick in Richtung der Männer.

Yuna schien nicht auf den Kopf gefallen zu sein. »Lesen Sie erst einmal in Ruhe Ihre Zeitung. Ich komme gleich an Ihren Tisch.«

Sophie nickte zustimmend und ging zu ihrem Platz, wo sie die Tüte öffnete und sich ein paar der Buchweizenchips in den Mund steckte. Sie war den Chips dieses Herstellers geradezu verfallen. An ihren freien Tagen genoss sie die Knabberei oft zum Apéro mit einem Gläschen Muscadet-Wein, um die Zeit bis zum Abendessen zu überbrücken. Für den Wein war es definitiv zu früh. Sophie goss sich von der Cola ein.

Yuna Kerloc kam hinter dem Tresen hervor und auf Sophies Tisch zu. Die einzige Ähnlichkeit, die sie mit ihrem Vater hatte, dachte Sophie, waren die dunklen runden Augen. Die hohen Wangenknochen und die langen Beine mussten die Gene mütterlicherseits beigetragen haben. Außerdem wirkte sie kommunikativer als ihr Vater, den Doktor Bonnet als eher maulfaul bezeichnet hatte.

»Was hat es mit der längeren Sache auf sich?«, fragte sie und ließ sich auf einen Stuhl fallen.

»Ich habe von einem Bekannten gehört, dass ich von Ihrem Vater Fisch und Muscheln zu einem günstigen Preis beziehen könnte. Wissen Sie, ich habe vor Kurzem hier ein Bistro übernommen. Bis die Kundschaft so zahlreich kommt, wie ich es mir wünsche, muss ich ein bisschen sparen. Natürlich nicht an der Qualität. Am Einkaufspreis.«

»Mein Vater hat die Fischerei aufgegeben.« Die Antwort klang schroff.

»Oh, das ist aber schade.« Sophie gab sich betroffen. »Macht sein Gesundheitszustand nicht mehr mit?«

»Nein, es ist eher der Zustand des Kutters«, erwiderte Yuna trocken. »Der ist ein Fall für den Schiffsfriedhof. Mein Vater war schon seit Monaten nicht in den Fanggründen unterwegs.«

»Ach, dann hatte die Gerüchteküche doch recht.« Sophie knüllte die leere Chipstüte zusammen. »Ich habe gehofft, dass es nicht mehr als böswilliger Klatsch und Tratsch ist.«

»Was tratscht man denn so?« Yuna beugte sich ein Stück zu Sophie hinüber.

»Das ist bestimmt nur dummes Zeug.«

»Das können letztlich nur mein Vater oder ich beurteilen.«

Sophie schob einen Chipskrümel mit dem Zeigefinger auf dem Tisch herum. Tat so, als ob sie zögerte, mit dem, was ihr zu Ohren gekommen war, herauszurücken.

»Eh bien, raus mit der Sprache! Was erzählt man über uns?«, drängte Yuna.

»Es geht nicht um Sie, sondern um Ihren Vater. Man sagt, dass er Zoff mit Arthur Tangi hatte. Sie wissen, wen ich meine?«

»Ja, ich kenne Tangi. Ich meine, ich kannte ihn«, verbesserte sich Yuna.

»Dann wissen Sie auch von dem Streit? Und dem Vorwurf vonseiten Ihres Vaters, dass Tangi ihn angeschwärzt habe?«

Yuna lachte auf. »Bon sang, das sind doch uralte Kamellen.«

»Ach wirklich?« Sophie war überrascht.

»Ich verstehe gar nicht, warum die jetzt wieder aufgewärmt werden.«

»Vielleicht, weil doch ein Stückchen Wahrheit in ihnen enthalten ist?«

»Klar war mein Vater sauer, dass sie ihn erwischt haben«, gab Yuna zu. »Aber sein Zorn richtete sich mehr auf sich selbst als auf die, die ihn ertappt haben.«

»Er hat Tangi also nicht gedroht?«, wunderte sich Sophie.

»Nein, warum sollte er?« Yuna sah Sophie perplex an. »Es war nicht Tangi, der ihn verpfiffen hat. Das war einer von diesen Umweltaktivisten. Die mit dem weißen Logo. Sie waren schon eine ganze Weile hinter ihm her. Und eines Nachts ist es dann halt passiert. C'est la vie …«

Na prima, dachte Sophie. Da haben Doktor Bonnet und Ronan Lagad ja völlig danebengelegen. Und dafür gesorgt, dass sie in ihrem Gespräch mit Kerlocs Tochter immer unglaubwürdiger wurde. »Tut mir leid, wenn ich etwas Falsches wiedergegeben habe«, sagte sie zerknirscht. »Da hatte der Buschfunk im Ort wohl eine atmosphärische Störung. Bei dem Mist, der da herausgekommen ist.«

»Ja, kompletter Mist.« Yuna nickte. »Mein Vater und Tangi waren mal Nachbarn, kannten sich schon lange. Sie waren nicht immer einer Meinung, aber sie haben sich gegenseitig respektiert.«

Sophie nahm den letzten Schluck von ihrer Cola. Die vermeintlich heiße Spur, der sie zu folgen geglaubt hatte, hatte sie direkt vor die Wand laufen lassen. Unbewusst rieb sie sich die Nase. »Wenn die beiden sich mochten, ist das natürlich besser als andersherum«, sagte sie etwas lahm, um zum Ende zu kommen.

Yuna spielte ein paar Sekunden gedankenverloren mit ihrem langen blonden Zopf. »Sie wären sogar fast Partner geworden«, sagte sie schließlich.

»Tangi und Ihr Vater?« Sophie fiel vor Erstaunen beinahe die Kinnlade herunter. Das Gespräch nahm eine überraschende Wendung nach der anderen.

»Tangi, mein Vater und Teofil. Teofil Riwal.«

»Der Vater von Leon?«

»Von Leon und von Gael«, präzisierte Yuna.

»Sie alle wollten sich zusammentun?«

»Sie wollten zusammen investieren. In einen großen, modernen Kutter, mit dem sie besser und vor allem umweltfreundlicher hätten fischen können.«

»Das hätte ich nicht vermutet«, rutschte es Sophie heraus.

Yuna grinste. »Ich weiß, dass mein Vater nicht den besten Ruf hat. Aber nach seinen ›Jugendsünden‹ hat er im Kopf die komplette Kehrtwende hingelegt. Kann sein, dass ich auch ein bisschen dazu beigetragen habe. Ich habe ihn ziemlich kräftig in den Allerwertesten getreten.«

»Hat ihm bestimmt gutgetan.« Sophie grinste zurück. Die junge Frau wurde ihr zusehends sympathischer.

»Ist nicht ganz ohne Eigeninteresse passiert«, bekannte Yuna. »Ich habe eine Ausbildung zum marin-pêcheur gemacht und arbeite an meinem ersten Kapitänspatent. Das hier«, Yuna beschrieb mit der Hand einen Halbkreis, »ist nur eine Zwischenstation für mich. Ich möchte auf dem Meer etwas bewirken.«

»Inwiefern?«

»Ich will den alten Trott nicht mehr mitmachen, etwas Neues auf die Beine stellen. Verantwortung für die Erhaltung der Fischgründe und eines gesunden Meeres übernehmen.«

»Da lagen Sie mit Tangi auf einer Welle.«

»Ja, Tangi hat mir viel beigebracht. Durch ihn bin ich erst auf gewisse Innovationen gekommen. Fluchtfenster in Netzen zum Beispiel, oder größere Maschenbreiten, sodass Jungfische entkommen können. Auch Twin-Ringnetze und Stunner kenne ich von ihm.«

»Stunner?«

»Damit werden die Fische sofort nach dem Fang betäubt und ersticken nicht qualvoll in den Netzen. Was man letztendlich auch am Fleisch schmeckt.«

»Ich schätze, mit diesen Maßnahmen werden Sie die Traditionalisten im Hafen ganz schön aufschrecken.«

»Wir hätten sie aufgeschreckt«, verbesserte Yuna. »Mit Tangis Tod ist das Projekt gestorben. Nach dem Bootsunfall von Teofil und Leon hatten wir noch Hoffnung. Aber die ist jetzt komplett passé.«

»Teofil, Leon und Tangi. Drei Tote in einem halben Jahr«, meinte Sophie nachdenklich.

»Ja, es ist schrecklich«, stimmte Yuna zu. »Mein Vater ist übrigens gerade bei der Bank und spricht mit der Kreditabteilung. Vielleicht haben wir eine Chance, dass wir das Geld für ein kleineres Boot zusammenbekommen. Oder ein gebrauchtes nach unseren Maßstäben umrüsten können. On verra – wir werden sehen.«

Sophie faltete die Zeitung zusammen, steckte sie in ihre Handtasche und stand auf. »Herzlichen Dank, dass Sie sich so viel Zeit für mich genommen haben. Und das mit den preiswerten Fischen und Muscheln war wohl eher eine blöde Idee von mir.«

»So was von blöd«, bestätigte Yuna.

Sophie legte die Hand aufs Herz. »Wird nicht wieder vorkommen.«

Yuna erhob sich ebenfalls vom Stuhl. »Au revoir.«

»Au revoir«, wiederholte Sophie und fügte nach einer kurzen Pause hinzu: »Passen Sie gut auf sich und Ihren Vater auf.«

Das Messingglöckchen bimmelte leise beim Hinausgehen. Sophie war völlig durcheinander. Konnte es sein, dass Tangis Tod doch kein Racheakt von jemandem gewesen war, dem er mit seiner kompromisslos »grünen Gesinnung« auf die Füße getreten war? Und die Spekulation über eine zurückgewiesene Geliebte? Daran glaubte Sophie inzwischen selber nicht mehr. Hatte Tangis vorzeitiges Ableben möglicherweise etwas mit dem Bootsprojekt zu tun, von dem Yuna erzählt hatte? Wer könnte in diesem undurchsichtigen Chaos der Verräter sein, von dem Tangi im November gesprochen hatte?

Fragen über Fragen und keine Antwort in Sicht. Obwohl Sophie sich den Kopf zermarterte, konnte sie keine logische Verbindung zwischen den verschiedenen Hypothesen herstellen. Frustriert hieb sie mit der Hand auf das Lenkrad ein.

Durch ihre Erkundigungen hatte sie heute viel zu viel Zeit verplempert. Die sie nun in einer Nachtschicht aufholen müsste. Filip würde ihr sicherlich gleich die Leviten lesen. Sie hatte ihm fast die kompletten Vorbereitungen für das Abendessen aufgebürdet. Wahrscheinlich hatte er dabei wieder tief in die Dosen mit dem Instantpulver gegriffen.

»Tolle Aussichten«, murmelte Sophie und fuhr mit quietschenden Reifen los.

12. KAPITEL

Sophie gähnte so heftig, dass ihre Kiefermuskeln knackten. Die Abendschicht hatte es in sich gehabt. Alle Tische waren komplett ausgebucht gewesen. Eine, wie Dafne bemerkt hatte, sehr erfreuliche Entwicklung. Sophie fragte sich, ob es am frischen Wind lag, der mit ihrem neuen kulinarischen Konzept Einzug in die Küche gehalten hatte. Oder hatte das schöne Wetter die Leute aus den Häusern gelockt? Heute hatte die Flut mitten im März einen Frühsommertag mitgebracht. Die ersten Mutigen hatten es sich nicht nehmen lassen, ihren Aperitif im Außenbereich zu genießen. Sophie war zufrieden, auch wenn der Absatz ihrer vegetarischen Köstlichkeiten, wie sie sich eingestehen musste, eher schleppend verlief. Dennoch war es ihr gelungen, immer mehr »Grün« und »Bio« auf die Karte zu schmuggeln.

»Wird schon«, murmelte Sophie und ließ den Kopf kreisen, um die verspannten Nackenmuskeln zu lockern. Sie wäre liebend gern hoch in ihr Zimmer gegangen und dort sofort in ihr Bett gefallen. Doch die Gemüsebrühe, die sie im größten Topf, den die Bistroküche hergab, aufgesetzt hatte, musste mindestens eine weitere Stunde köcheln. Alle Viertelstunde entfernte Sophie mit der Schaumkelle den feinporigen Schaum, der sich auf der Oberfläche absetzte. Sie wusste, dass eine perfekt gekochte Brühe zum einen hochwertige Zutaten und zum anderen viel Zeit benötigte. Filip hatte ihr amüsiert zugeschaut, wie sie das Gemüse zerkleinert und in Olivenöl angeschwitzt hatte.

»So viel Tamtam für ein bisschen Bouillon«, hatte er gesagt und ihr die Gastropackung Instantbrühe hingehalten. Die Sophie mit spitzen Fingern zurück in den Schrank befördert hatte. Sie hatte ihre Standards, von denen sie nicht abweichen würde. Selbst wenn es sie einen Teil ihrer Nachtruhe kostete.

Sie gähnte nochmals und musterte ihren Arbeitsbereich wie ein Admiral seine Truppen. Die Spuren des mitunter hektischen Abends waren beseitigt, die Herdflächen, die Spüle und der Tresen tipptopp sauber und aufgeräumt. In der Hinsicht gab es für sie nichts mehr zu tun. Wenn ihre einzige Beschäftigung in den nächsten 60 bis 80 Minuten darin bestände, gelegentlich die Kelle in den Topf zu tauchen, wäre sie bald eingeschlafen. Sophie beschloss, sich des Schrankes anzunehmen, in dem die Gewürze, getrockneten Kräuter sowie die Öl- und Essigflaschen untergebracht waren. Ihr war schon am ersten Arbeitstag aufgefallen, dass die Flaschen und Gläschen beim Anfassen klebten und die Schrankböden dringend einer Grundreinigung bedurften. Eine zeitintensive und öde Beschäftigung, um die sich Sophie normalerweise gerne drückte. Aber wer weiß, wann der nächste staatliche Kontrollbesuch fällig ist, dachte sie. Sie wollte nicht dafür verantwortlich gemacht werden, wenn es Probleme mit der Konzessionsverlängerung geben würde.

Kurzentschlossen räumte sie den Schrank aus und stellte den Inhalt auf die Küchenarbeitsplatte gegenüber der Tür zum Hinterhof. Ein buntes Potpourri von Gerüchen machte sich im Raum breit, weil die Deckel von vielen der in Gläschen abgefüllten Gewürze nicht richtig verschlossen waren oder ganz fehlten. Sophie öffnete die Tür einen Spaltbreit, um frische Luft hereinzulassen. Danach schaltete sie das kleine Radio ein, das auf der Fensterbank stand. Filip war zum Glück kein Fan von Rap-Musik oder Heavy Metal, sondern bevorzugte Oldies. Daher dudelte täglich der Privatsender »Nostalgie« beim Arbeiten. Wogegen Sophie nichts einzuwenden hatte. Was ihren Musikgeschmack betraf, da war sie ebenfalls ein bisschen in einer musikalischen Zeitblase stecken geblieben. Sie liebte französische Chansons und Schlager.

In dem Moment setzten hohe, dramatisch klingende Geigentöne ein und Michel Sardou sang dazu von dunklen Wolken, die von Norden herkamen und die Erde, die Seen und Flüsse färbten.

»C'est le décor de Connemara«, trällerte Sophie fröhlich mit. Sie hatte den Ohrwurm »Les lacs de Connemara« gleich beim ersten Geigenton erkannt. Obwohl Sardou darin nicht sein Heimatland Frankreich, sondern Irland thematisierte, gehörte es doch zu ihren Lieblingsliedern. Sie wippte mit den Füßen im Takt und bewegte die Schultern im schnellen und schneller werdenden Rhythmus. Genau das Richtige, um nachts um halb eins wieder wach zu werden! Sophie tanzte, eine Flasche Cidre-Essig wie ein Mikrofon vor den Mund haltend, durch die Bistroküche. Just in dem Augenblick, als sie schmetternd verkündete, dass »drüben in Connemara alle den Preis der Stille kennen«, ließ sie ein schepperndes Geräusch zusammenzucken. Sie stoppte abrupt ihre Tanzeinlage.

»Ist da jemand?«, fragte sie, während Sardou zum großen Finale ansetzte.

Sie erhielt keine Antwort und ging zur Fensterbank, um das Radio leiser zu stellen. Wieder hörte sie ein Scheppern, diesmal ganz deutlich. Sophie schlich zur Tür und lugte durch den Spalt. Da sah sie den Übeltäter beziehungsweise die Übeltäterin: Die schwarze Katze, die sie am Vormittag gefüttert hatte, trieb das leere Plastikschälchen mit den Pfoten vor sich her.

»Schon wieder hungrig?«, fragte Sophie.

Die Katze stoppte, setzte sich auf die Hinterbeine, nahm Sophie mit ihren funkelnden grünen Augen ins Visier und miaute laut.

»Das heute Morgen war eine Ausnahme«, bekundete Sophie. »Ich werde dir nicht noch mal was geben.«

Die Katze kam näher. Schließlich strich sie um Sophies Beine und schnurrte laut.

»Vergiss es.« Sophie blieb hart.

Die Katze ignorierte sie, krümmte den Rücken und landete mit einem einzigen grazilen Sprung auf der Küchenarbeitsplatte, wo Sophie die Flaschen und Gläser gestapelt hatte.

»Nee, das geht gar nicht. Sieh zu, dass du hier rauskommst«, schimpfte Sophie und wedelte mit den Händen, um das Tier zu verscheuchen.

Die Katze machte einen Schritt zur Seite. Da passierte es: Die Literflasche Olivenöl kam ins Schwanken, kippte über den Rand der Arbeitsplatte und zerschellte auf den harten Fliesen. Öl und Glassplitter spritzten auf und verteilten sich auf dem Boden.

»So eine Schweinerei!«, wetterte Sophie.

Die Katze stob nach draußen.

Sophie hielt kurz inne, um sich zu sammeln. Da bemerkte sie, dass der Schaum auf der Oberfläche des Brühesuds im Begriff war überzukochen. Mit einem Ruck zog sie den Topf von der Herdplatte, wodurch die Flüssigkeit überschwappte. Die Gasflamme zischte und erlosch. »Merde, merde, merde«, fluchte Sophie. Heute Abend blieb ihr wahrlich nichts erspart! Sie hastete zum Geschirrspülbecken, um ein Tuch zum Aufwischen zu holen.

Da hörte sie erneut ein Geräusch. Oh nein, nicht schon wieder du, dachte sie und schnellte herum. Erstarrte. Statt der Katze stand ein Mann in der Tür. Er trug verwaschene Jeans und eine dunkelgraue Kapuzenjacke. Über den Kopf hatte er eine schwarze Sturmhaube gezogen, die nur Löcher für die Augen und den Mund freiließ. In der Hand hielt er einen länglichen hölzernen Gegenstand. Sophie schluckte schwer.

»Was machen Sie hier?«, brachte sie mit krächzender Stimme hervor.

Der Mann schwieg und hob den Arm, als wolle er Schwung holen. Sophie reagierte instinktiv. Sie griff nach der schweren gusseisernen Pfanne, die auf dem Abtropfbrett stand, und schleuderte sie dem Mann mit aller Kraft entgegen. Das Wurfgeschoss traf ihn mittig auf der Brust, wodurch er Rücklage bekam und mit den Armen ruderte. Er versuchte hektisch, das Gleichgewicht wiederzuerlangen, doch seine Füße glitschten auf den ölbedeckten Steinfliesen aus. Seine Waffe fiel klappernd zu Boden. Der Mann landete hart auf dem Rücken und gab einen Japslaut von sich.

Ein paar Sekunden war Sophie wie versteinert, sah zu, wie der Mann sich auf die Seite drehte und versuchte, auf der öligen Oberfläche zum Stehen zu kommen. In dem Moment gewann ihr Versand wieder die Oberhand. Sophie machte auf den Hacken kehrt und spurtete aus der Küche ins Bistro. Zum Glück hatte sie es sich zur Angewohnheit gemacht, die Eingangstür von innen zu verschließen, den Schlüssel aber, bis sie nach oben ins Hotel ging, stecken zu lassen. Mit zitternden Händen schloss sie auf, hastete über die Türschwelle und verriegelte die Tür, diesmal von außen. Sie glaubte, im Bistro einen dunklen Schatten zu erkennen, der rasch auf sie zukam.

Sophie rannte los, die menschenleere Straße entlang.

*

Linh hatte in der Nacht von Sonntag auf Montag kein Auge zugetan. Noch bevor es richtig hell war, hatte sie das alte Fahrrad aus dem Schuppen der Campingplatzbetreiberin geholt und war zur Bushaltestelle gestrampelt. Der Bus nach Pléneuf-Val-André hielt tatsächlich an der Konservenfabrik, wo Linh ausstieg.

Die Frühschicht begann, wie sie im Internet gelesen hatte, um 6 Uhr. Sie hoffte, dass zu der frühen Stunde bereits jemand im Personalbüro anzutreffen wäre. Bevor sie zum Fabrikeingang ging, beäugte sie die Angestellten, die mit dem eigenen Pkw ankamen oder wie sie den Bus genommen hatten. Keiner von ihnen hatte asiatische Wurzeln. Und die meisten waren Frauen. Linh schlich am Zaun entlang, in der Hoffnung, einen Hintereingang zu finden, von dem aus man ebenfalls in den Bürotrakt oder die Produktion gelangte. Aber das aus grauem Granit errichtete Gebäude mit der angeschlossenen Halle aus Betonfertigteilen hatte nur den einen Zugang. Linh drehte um und kehrte zurück zum Vordereingang. Sie reihte sich in die Schlange derer, die in wenigen Minuten bei »Breizh Pêche« ihre Arbeit aufnehmen würden. Hinter der breiten, zweiflügeligen Eingangstür verbarg sich eine verglaste Pförtnerloge, die Linh von außen nicht wahrgenommen hatte. Sie stoppte auf der Stelle, aber da war es schon zu spät.

Der Pförtner, ein hochgewachsener Mann mittleren Alters, mit einem Gesichtsausdruck, der anzeigte, dass er seinen Job sehr ernst nahm, hatte sie bereits gesehen. »Zutritt nur für Mitarbeiter.«

Linh beschloss, es auf die kesse Art zu versuchen. »Ich möchte mich um einen Job bewerben.«

Der Pförtner winkte ein paar der Angestellten durch. »Ich weiß nicht, ob schon jemand aus der Personalabteilung hier ist.«

»Kein Problem, ich kann warten.«

Der Pförtner zögerte ein paar Sekunden, dann öffnete er die Tür zu seiner Loge. »Okay, kommen Sie zu mir rein. Ich lasse erst alle durch und versuche gleich, oben jemanden zu erreichen.«

»Merci.« Linh setzte sich auf den Stuhl, den der Pförtner ihr anbot, und gab sich Mühe, gelassen und zuversichtlich auszusehen. Wie eine normale Studentin zu wirken, die sich um einen Ferienjob bewarb. Sie hoffte, dass niemandem auffallen würde, dass zurzeit keine Semesterferien waren. Und dass sie von Fischen und deren Verarbeitung nicht die geringste Ahnung hatte. Ihr Herz klopfte vor Aufregung viel zu schnell. Sie überspielte ihre Unsicherheit mit einem Lächeln, das der Pförtner erwiderte.

»Bin sofort so weit.«

Nachdem der Ansturm zur Frühschicht verebbt war, griff er zum Telefonhörer und wählte eine Nummer. Linh hatte die Hände unter die Oberschenkel gesteckt und drückte heimlich beide Daumen. Der Trick schien zu funktionieren, denn der Pförtner hatte gute Nachrichten für sie.

»Madame Cériac wird gleich hier sein und mit Ihnen sprechen.«

»Merci«, hauchte Linh.

Kurze Zeit später stürmte eine schlanke, hochgewachsene

Frau den Flur entlang. Sie trug eng anliegende Jeans, eine weiße Spitzenbluse und darüber eine bordeauxrote Lederjacke. Das Kunststoffgestell ihrer großen Brille hatte dieselbe Farbe. An ihren Ohren baumelten lange Silberohrringe in Form einer Feder. Das hellbraune Haar trug sie zu einem pflegeleichten Kurzhaarschnitt gestylt. Von Weitem hatte Linh sie auf etwa 40 Jahre geschätzt, doch beim Näherkommen sah sie, dass die Frau die 60 überschritten haben musste.

Sie war kein Freund von vielen Worten, denn sie kam sofort zur Sache. »Sie suchen einen Job?«

Linh nickte. »Ja.«

»Haben Sie schon einmal in der Fischverarbeitung gearbeitet?«

Linh entschied sich für die Wahrheit. »Nein.«

Die Frau zupfte kurz an ihrem rechten Ohrring und schien zu überlegen. Dann gab sie sich einen Ruck. »Ich hätte zwar lieber jemanden eingestellt, der Vorkenntnisse aufweist, aber was soll ich machen? Eben haben sich sechs meiner Arbeiterinnen krankgemeldet.«

»Die Magen-Darm-Grippe, die derzeit rumgeht?«, fragte der Pförtner mitfühlend.

»Sieht so aus. Sie sind alle bis zum Ende der Woche krankgeschrieben. Und das, wo wir gerade auf Hochtouren arbeiten. Wir erwarten gleich einen Lkw mit Frischware, die bis heute Nachmittag eingedost sein muss.«

Madame Cériac gab Linh von außerhalb der Pförtnerloge ein Zeichen, ihr zu folgen. »Kommen Sie! Das mit den Papieren können wir nachher oder morgen regeln. Ich bringe Sie gleich zum Band, wo Sie eingearbeitet werden.«

Linh wusste nicht, ob sie über den Verlauf der Dinge froh oder alarmiert sein sollte. Sie hatte insgeheim gehofft, dass sie bis morgen Zeit haben würde, sich gedanklich auf ihren neuen »Job« einzustellen. Doch nun hatte sie keine andere Wahl, als kopfüber ins kalte Wasser zu springen.

Sie folgte Madame Cériac entlang eines Flures, von dem rechts und links Türen zu weiteren Büroräumen abgingen. Schließlich erreichten sie eine Art Durchgangszimmer, das auf der abgewandten Seite in ein großes Schiebetor mündete. Der Übergang vom Verwaltungsgebäude zur Fabrik, vermutete Linh. Madame Cériac tippte auf einem Panel einen Zahlencode ein, und das Tor erhob sich lautlos. Dahinter befand sich eine Sicherheitsschleuse, mit der die Hygiene in der Fabrikhalle gewährleistet wurde. In einem von oben bis unten weiß gekachelten Raum reichte die Frau Linh einen ebenso weißen Kittel und wies mit der Hand auf ein paar Gummistiefel, in die sie hineinschlüpfte. Beides erwies sich für Linh als zu groß.

»Für Sie könnten wir ja fast Kinderkleidung gebrauchen«, murrte Madame Cériac und reichte ihr ein blaues Netz mit Gummizug. »Stecken Sie Ihr Haar hoch und sehen Sie zu, dass es komplett abgedeckt ist.«

Linh tat, wie ihr geheißen wurde. Die Leiterin der Personalabteilung gab ihr noch eine blaue Plastikschürze und ein Paar blaue Arbeitshandschuhe.

»Kommen Sie, kommen Sie«, drängte sie.

Linh gab sich alle Mühe, mit ihr Schritt zu halten. Was nicht einfach war, weil ihre zierlichen Füße in den Stiefeln schlabberten.

»Haben Sie denn nie Leute hier, die meine Größe tragen?«, fragte sie, nicht ohne einen Hintergedanken. »Viele meiner Landsleute leben inzwischen in der zweiten oder dritten Generation in der Bretagne.«

Madame Cériac blieb ihr vorerst eine Antwort schuldig. Sie eilte an Stapeln von großen Plastikboxen vorbei, in denen fangfrische Sardinen in Eiswasser lagen. Als sie fast das Transportband erreicht hatten, auf dem die gewaschenen und geschuppten Sardinen weiterverarbeitet wurden, drehte sie sich abrupt um.

»Wir sind seit mehr als 100 Jahren ein Familienbetrieb, geben den Leuten im Département Brot und Lohn. Bei manchen ist es schon Tradition, für uns zu arbeiten. In vielen Familien hat zuerst die Großmutter am Band gestanden, dann die Mutter und jetzt die Tochter. Da ergibt es sich kaum, dass Fremde zu uns kommen. Außer Ihnen wüsste ich niemanden.«

»Auch nicht in anderen Abteilungen? Im Lager, bei der Verpackung oder bei der Anlieferung?«

Madame Cériac schaute Linh eindringlich an. »Warum wollen Sie das wissen?«

Linh gab sich naiv und setzte ein Lächeln auf. »Ach, ich hatte gehofft, dass ich hier bei Ihnen jemanden kennenlernen könnte. Wissen Sie, ich bin noch nicht so lange in der Region.«

»Wenn Sie jemanden aus Ihrem Kulturbereich kennenlernen wollen, dann fahren Sie besser nach Paris«, erwiderte die Frau schroff.

Nach Paris, dachte Linh. Wie gerne wäre sie nach Paris gefahren, um sich dort mit Hung zu treffen. Wo er ihr von seiner Reise über den halben Globus berichtet und sie ihm Glück für die Zukunft in Großbritannien gewünscht hätte. Aber weit gefehlt. Statt auf dem Pariser Gare du Nord, wo sie Hung hatte abholen wollen, stand sie in einer lauten, kalten Fabrikhalle, in der es penetrant nach Fisch roch. Es war keine gute Idee gewesen, hier anzuheuern, dachte sie. Doch es gab kein Zurück. Madame Cériac dirigierte sie an das Band, wo sie neben einer älteren Mitarbeiterin zum Stehen kam.

»Das ist Gwenna. Sie wird Sie einarbeiten.« Mit diesen Worten drehte sie sich um und eilte aus der Produktion zurück in den Verwaltungsbereich.

Linh beschloss, das Beste aus der Situation zu machen. Vielleicht gelänge es ihr ja in den Pausen, etwas von den Frauen, die am Band arbeiteten, zu erfahren. Vielleicht hatte eine von ihnen die asiatischen Männer gesehen, von denen die Austernverkäuferin geredet hatte.

»Bonjour, ich bin Linh«, sagte sie zu Gwenna.

Die drückte ihr ein Messer in die Hand. »Achtung, scharf«, fügte sie hinzu.

Linh nickte.

Gwenna griff mit der linken Hand nach einer der Sardinen, die auf dem Transportband die Runde machten. In der rechten Hand hielt sie das Messer. »Ist nicht schwer«, verkündete sie. »Du setzt mit dem Messer hinter dem Kopf an und schneidest tief ein. So.«

Linh sah aufmerksam zu, weil sie sich nicht blamieren wollte.

»Dann ziehst du den Kopf vorsichtig nach oben, wodurch die Eingeweide aus dem Bauchraum gelöst werden«, setzte Gwenna ihre Einweisung fort. »Die fertig ausgenommene Sardine legst du hier auf das Metallgestell, mit dem Schwanz nach hinten. Wenn es voll ist, wird es abtransportiert, und die Fische werden kurz in heißem Öl frittiert. Und dann sind sie fast fertig, um in die Dosen gefüllt zu werden. Alles très simple – ganz einfach.«

Linh schluckte schwer, weil das gesamte Prozedere in ihren Augen alles andere als unkompliziert wirkte. Was, wenn es ihr nicht gelänge, die Gedärme komplett herauszulösen? Wäre der Fisch dann verdorben? Plötzlich sehnte sich Linh nach ihrem gemütlichen Schreibtisch im Studentenwohnheim zurück. Worauf hatte sie sich nur eingelassen?

»Allez, hop«, sagte Gwenna und drückte ihr eine Sardine in die Hand.

Linh atmete tief durch und setzte das Messer an. Ich tue es für dich, Hung, dachte sie, als der silberne Kopf mit den schwarzen runden Augen in die Abfallrinne fiel. Ich will dich wiedersehen.

13. KAPITEL

Sophie schäumte innerlich noch immer. Obwohl es inzwischen schon 9 Uhr war. Viel Schlaf hatte sie in der Nacht nicht bekommen.

Nachdem sie die Bistrotür hinter sich zugeschmissen und verriegelt hatte, war sie in Panik losgelaufen. An der ersten Straßenecke hatte sie kurz gestoppt, um zu sehen, ob der Mann mit der schwarzen Sturmhaube ihr folgte. Was zum Glück nicht der Fall gewesen war. Sie war weitergerannt, bis heftiges Seitenstechen sie erneut zum Anhalten gezwungen hatte. Schnaufend hatte sie sich an eine Häuserwand gelehnt, hatte versucht, ihre Gedanken zu sammeln. Du bist alles andere als in Form, hatte sie sich eingestehen müssen. Hätte der Eindringling tatsächlich die Verfolgung aufgenommen, hätte er sie in kürzester Zeit eingeholt. Zum Glück war ihr eine weitere Konfrontation mit ihm erspart geblieben. Als sie wieder zu Atem gekommen war, hatte sie sich zur Polizeistation aufgemacht. Die, wie sie hatte feststellen müssen, zu dieser späten Stunde nicht besetzt war. Da sie Hals über Kopf geflohen war, hatte sie weder ihr Handy, ihre Tasche noch ihre Jacke mitgenommen, konnte demnach auch nicht telefonisch um Hilfe bitten. Sie hatte kurz erwogen, wahllos auf die Klingelschilder an einem Wohnhaus zu drücken, an dem sie vorbeilief. Und den Erstbesten, der öffnete, um Unterstützung anzuflehen. Aber dann hatte sie sich doch entschieden, bis zu Mados Wohnung zu laufen, in der sie Simon vorzufinden hoffte.

Ein Trugschluss. Simon war, wie Sophie am Morgen erfuhr, mit Alwena bei Freunden gewesen, wo sie sich bis tief in die Nacht den Kummer über Mados Tod von der Seele geredet hatten. Das war der Moment gewesen, in dem Sophie kurz davorgestanden hatte, in Tränen auszubrechen. Nie zuvor hatte sie sich so allein und im Stich gelassen gefühlt. Weil die Kälte durch ihre dünne Bluse kroch, hatte sie schließlich kehrtgemacht und sich unter Fluchen zurück auf den weiten Weg ins Stadtzentrum begeben.

In Doktor Bonnets Haus hatte Licht im Obergeschoss gebrannt. Sophie hätte sich am liebsten selbst in ihren gut gepolsterten Allerwertesten getreten. Warum war sie nicht gleich darauf gekommen? Der Doktor wohnte nur fünf Minuten vom Bistro entfernt und er hatte ihr anvertraut, dass er seit dem Tod seiner Frau die Nachtstunden oft dazu nutzte, sich seinen Studien der keltischen Kultur und der Erweiterung seines Druidenwissens zu widmen. Doktor Bonnet hatte nicht einmal mit der Wimper gezuckt, als sie zur späten Stunde vor seiner Tür stand. Er hatte ihr einen seiner Wollpullover zum Überziehen geliehen, die übergeordnete Polizeistelle alarmiert und sie zurück ins Bistro begleitet.

Dort hatten sie feststellen müssen, dass der Angreifer, wahrscheinlich aus Wut über ihre gelungene Flucht, sämtliche Flaschen und Gläser, die auf der Arbeitsplatte gestanden hatten, zerschlagen hatte. Außerdem hatte er die frischen Kräuter, die sie auf der Fensterbank hegte und pflegte, auf den Boden geschmissen. Der Küchenboden war mit Erde, Öl, Essig, Glasscherben und Gewürzresten bedeckt gewesen. Eine Riesensauerei! Nur die Brühe, die Sophie vor den furchterregenden Geschehnissen aufgesetzt hatte, war unversehrt geblieben. Immerhin ein kleiner Trost!

*

An Brühe dachte natürlich niemand, als sie sich nur wenige Stunden später im Bistro trafen und zu verstehen versuchten, was in der Nacht geschehen war.

»Es ist jammerschade, dass du keine Ahnung hast, wer der Typ war«, meinte Filip. »Ich würde dem verdammt gern einen Besuch abstatten.«

Sophie rührte ein weiteres Stückchen braunen Würfelzucker in ihren Café au Lait. Nach den durchgestandenen Ängsten und der anschließenden Putzaktion konnte ihr der Kaffee gar nicht süß genug sein. Sie brauchte die Saccharose, um den Stress abzubauen. Und um ihre Wut im Zaum zu halten. »Wenn das nächste Mal so einer in meiner Küche auftaucht, ziele ich nicht auf die Brust, sondern ein Stück tiefer. Dort, wo es richtig wehtut. Oder nehme gleich das große Hackmesser«, brummte sie.

»Gegen Selbstverteidigung an sich ist prinzipiell nichts einzuwenden. Aber das kann, ehrlich gesagt, ziemlich in die Hose gehen. Was wäre gewesen, wenn der Eindringling eine Waffe gehabt hätte?« Ronan wischte sich einen Krümel vom Kinn. Er hatte frische Croissants mitgebracht, von denen er selbst schon drei verdrückt hatte.

»Er hatte ja eine Waffe«, widersprach ihm Dafne, die blass und sorgenvoll aussah. »Sophie hat gesagt, dass er einen Baseballschläger in der Hand hielt.«

»Eine Art Baseballschläger«, stellte Sophie richtig. »Das Ding war aus Holz, aber am Ende nicht schmal, sondern eher wie eine glatte Schaufel geformt.«

»Könnte ein Stechpaddel gewesen sein«, meinte Doktor Bonnet. »Wie man es in einem Kanadier benutzt.«

»Diese Kanus, in denen man auf einer kleinen Bank sitzt und sich nur mit einem einseitigen Paddel fortbewegt?«, fragte Dafne.

»Oui.« Doktor Bonnet nickte. »Diese Art von Booten sieht man auch bei uns hier an der Küste in den letzten Jahren immer öfter.«

»Wollen Sie damit sagen, dass es jemand aus dem Ort war?«, wollte Sophie wissen.

»Nein, es kann sich natürlich auch um einen Touristen gehandelt haben«, erwiderte der Doktor.

Ronan holte sein Handy hervor. »Ich frage gleich mal bei Loïc Ellien nach, ob im Centre Nautique ein Stechpaddel abhandengekommen ist.«

»Dir ist nichts aufgefallen, wodurch man den Typen identifizieren könnte?«, meldete sich Filip erneut zu Wort. »Gibt es keinen einzigen Anhaltspunkt?«

»Wegen der Sturmhaube konnte ich weder sein Gesicht noch seine Haarfarbe erkennen«, bedauerte Sophie. »Ansonsten war er etwa so groß wie der Doktor«, sie warf Bonnet einen kurzen Blick zu, »aber seine Schultern und seine Hüften waren schmaler. Von seiner Vermummung abgesehen, hatte er nichts Außergewöhnliches an sich.«

»Na prima. Die Beschreibung passt auf jeden zwischen 20 und 55, vielleicht auch 60, der nicht dick ist. Wieder so ein Allerweltstäter, bei dem wir es besonders schwer haben werden, ihm auf die Schliche zu kommen. Selbst Fingerabdrücke hat er uns nicht hinterlassen«, bedauerte Ronan.

»Wegen der Handschuhe. Er trug schwarze Handschuhe. Das ist mir gleich aufgefallen«, erinnerte sich Sophie.

»Also wenn ihr mich fragt: Das war keine spontane Aktion«, sagte Dafne. »Der hatte es nicht auf die Ladenkasse oder andere Wertgegenstände abgesehen. Außerdem gibt es bei uns eh nichts zu holen. Die Kasse leere ich bei Geschäftsschluss und nehme die Einnahmen mit nach oben, wo ich sie im Hotelsafe verschließe.«

»Was ist mit Ihrer Tasche? Die haben Sie bei Ihrer Flucht doch hier liegen gelassen, oder?«, wollte Ronan von Sophie wissen.

»Ja, aber da fehlt zum Glück nichts: Bargeld, Kreditkarten und mein Ausweis sind noch vorhanden. Dieu merci!« Sophie führte die Hände kurz wie zum Gebet zusammen und wies damit in Richtung der Bistrodecke.

Doktor Bonnet spielte gedankenverloren mit seinem Kaffeelöffel. Seine buschigen weißen Augenbrauen waren vor Konzentration zusammengezogen. »Wenn ich das, was wir gerade zusammengetragen haben, richtig interpretiere«, sagte er schließlich, »hatte es der Eindringling nicht auf Diebesgut, sondern auf Sie persönlich abgesehen. Das macht mir Sorgen, große Sorgen.«

»Na, fragen Sie mich mal, wie ich das finde«, konterte Sophie in einem Anflug von Sarkasmus. »Da kommt so ein vermummter Schläger zu nachtschlafender Zeit in meine Küche und will mir mit seinem Paddel eins überziehen. Ohne dass ich ihm vorher etwas getan hätte. Also ehrlich ...«

»Das ist genau die Frage«, fiel ihr Ronan ins Wort. »Haben Sie ihm tatsächlich nichts getan?«

»Natürlich nicht!«, empörte sich Sophie. »Ich kannte ihn doch gar nicht.«

»Ich glaube doch«, widersprach Ronan. »Sonst hätte er nicht so gehandelt. Es muss jemand sein, dem Sie vor Kurzem heftig auf die Füße getreten sind.«

»Vielleicht ein passionierter Fleischesser, dem deine vegetarische Küche nicht passt. Der für sein Steak frites bis zum Letzten geht«, witzelte Filip, um die angespannte Stimmung etwas zu lockern.

»Haha. Und mit dem gemeingefährlichen Holzpaddel wollte er nicht mich, sondern die Steaks, die im Kühlschrank liegen, weichklopfen, oder was?« Sophie knüllte eine der Servietten, die auf dem Tisch lagen, zu einer Kugel zusammen und warf damit nach Filip. Der duckte sich geschickt, wodurch das Papiergeschoss ihn verfehlte und auf dem Boden landete.

»Besser, die Steaks hätten daran glauben müssen.« Filip war wieder ernst geworden.

»An Ronans Verdacht ist durchaus was dran«, meinte Doktor Bonnet. »Sie, ma chère, haben in den letzten Tagen viele

Erkundigungen zu Tangis Tod eingeholt. Vielleicht haben Sie da unabsichtlich in ein Wespennest gestochen.«

»Ich bin nicht die Einzige, die wissen will, wer Tangi umgebracht hat«, gab Sophie zu bedenken. »Der Kommissar aus Saint-Brieuc hat viele Fragen gestellt. Und Sie waren diesbezüglich ebenfalls nicht untätig.«

»Touché.« Der Doktor klopfte sich mit der Handfläche gegen die Brust. »Auch ich kann meine Neugier nicht zügeln.«

»Du solltest ab jetzt besser die Klappe halten und vorsichtig sein«, warnte Ronan den Doktor. »Lass meine Kollegen ihren Job machen. Die sind dafür ausgebildet und werden dafür bezahlt.«

»Eh bien, ich weiß schon auf mich aufzupassen«, erwiderte der Doktor mit einem leisen Lächeln.

»Wenn der Eindringling nur etwas gesagt hätte. Eine Warnung oder etwas in der Art«, stöhnte Dafne. »Dann wüssten wir wenigstens, woran wir sind.«

»Der hat sich nach seiner Bruchlandung auf dem ölverschmierten Boden wie ein Fisch auf dem Trockenen gewunden, hat kein Wort rausgebracht«, sagte Sophie. »Mir war in dem Moment echt nicht danach, darauf zu warten, dass er wieder aufrecht steht und bei Stimme ist.«

»Es grenzt an ein Wunder, dass die Pfanne noch intakt ist«, meinte Filip grinsend.

»Na, die Pfanne hätte ich verschmerzen können«, erwiderte Dafne. »Ich bin heilfroh, dass Madame Vidal, vom Schrecken einmal abgesehen, nichts weiter passiert ist.«

Sophie rutschte unruhig auf ihrem Stuhl hin und her. »Weil Sie eben von Warnung gesprochen haben – es ist schon komisch …« Sie zögerte.

»Was ist komisch?«, drängte Dafne.

»Ich habe Gael auf dem Markt getroffen. Und der hat zu

mir etwas gesagt, das man als Warnung oder Drohung auslegen könnte.«

»Warum sollte mein Schwager Ihnen drohen?«, wunderte sich Dafne.

»Das habe ich mich auch gefragt.« Sophie berichtete in knappen Worten, was vorgefallen war.

»Mais non! Das ist echt krass. Wieso tut er so etwas?« Ronan war sichtbar geschockt.

»Ich kann auch nicht sagen, was ihn da geritten hat.« Dafnes blasses Gesicht hatte vor Empörung wieder ein wenig Farbe angenommen. »Gael sollte froh sein, dass ich einen Ersatz für Leon gefunden habe und dass das Bistro eine neue Chance bekommt.«

»Keinen Ersatz«, widersprach Sophie bescheiden. »Eher eine Übergangslösung. Bis abzusehen ist, wie sich alles langfristig entwickelt.«

Doktor Bonnet wandte sich an die Bistrobesitzerin. »Sag mal: Hattest du in letzter Zeit vielleicht Streit mit Gael?«

»Ich? Nein.« Dafne schüttelte den Kopf. »Er macht sein Ding, und ich mache meins.«

»Als er beim Trauermahl zu Ehren von Madame Ollivier kurz hereinschneite, hatte ich nicht das Gefühl, dass er es gut findet, dass und wie du das Bistro weiterbetreibst. Ich habe mitbekommen, wie er zu Mikaela gesagt hat, dass man viel mehr aus dem alten Schuppen herausholen könnte. Wenn man nur wollte.«

»Wie reizend!« Sophies Augen funkelten wütend.

»Jetzt, wo du es sagst ...« Dafne wirkte nachdenklich. »Gael und ich hatten Ende November, Anfang Dezember doch ein bisschen Knies miteinander. Es war keine richtige Auseinandersetzung, aber wir waren unterschiedlicher Meinung.«

»Worum ging es da?«, wollte der Doktor wissen.

»Gael hat mich gedrängt, das Hotel und das Bistro zu verkaufen. Damit es, wie er meinte, nach Leons Tod für mich einfacher wäre.«

»Aber du wolltest nicht verkaufen«, mutmaßte der Doktor.

»Nein.« Dafne fuhr sich mit dem Ärmel ihrer Bluse kurz über die Augen, in denen Tränen schimmerten. »Ich war nach Leons und Teofils Unfall völlig durch den Wind. Habe mich gefragt, wie es für mich weitergehen soll. Doch ich habe keine einzige Minute ans Aufgeben gedacht. Das hätte Leon auch nicht gewollt«, fügte sie mit fester Stimme hinzu.

»Will Gael ins Hotelgeschäft einsteigen?« Ronan wirkte verblüfft. »Wir gehen ja öfter zusammen aus. Trinken ein paar Bier und reden. Da hat Gael nichts dergleichen erwähnt. Ich bin immer davon ausgegangen, dass er mit seiner Flotte, dem Verwaltungskram und dem Lieferservice voll ausgelastet ist.«

»Außerdem versteht er nichts von Gastronomie«, fügte Filip hinzu. »Der soll besser bei seinen Fischen bleiben.«

»Ich glaube nicht, dass er selbst kaufen wollte«, sagte Dafne. »Es gibt, wie ich inzwischen erfahren habe, von seiner Seite her gewisse Verknüpfungen mit einer Investorengruppe.«

»Welche Investorengruppe?«, fragten der Doktor und Ronan gleichzeitig.

»Noch mehr Windkraftanlagen?« Sophie musste sich bei der Vorstellung innerlich schütteln.

»Nein, es geht um diesen Freizeitpark, der oberhalb der Lacs bleus auf dem ehemaligen Steinbruchgelände entstehen soll.«

»Freizeitpark? Bei uns in Erquy?« Die Spitzen von Ronans abstehenden Ohren wurden vor Empörung rot.

»Das Projekt ist anscheinend noch nicht weit fortgeschritten«, versuchte Dafne, ihn zu beruhigen. »Aber diese Kapitalanleger aus Paris …«

»Pah, wieder diese Idioten aus der Hauptstadt.« Ronan war anzusehen, dass er am liebsten vor Abscheu ausgespuckt hätte.

Sophie kannte ihn inzwischen gut genug, um zu wissen, dass er wie viele Bretonen ein ausgeprägtes Misstrauen gegen alles, was aus Paris kam, pflegte. Sie musste sich eingestehen, dass auch sie sich diese Haltung mehr und mehr zu eigen machte. Trotzdem verkniff sie sich einen Kommentar.

»Weißt du, was bei den ehemaligen Carrières konkret entstehen soll?«, unterbrach der Doktor Sophies Gedanken.

»Die Pläne für die Vermarktung der Steinbrüche haben wohl hauptsächlich mit Asterix und Obelix zu tun«, erklärte Dafne.

»Asterix und Obelix aus der Comicserie? Von Goscinny und Uderzo?« Sophie konnte kaum glauben, was sie hörte.

»›Wir befinden uns im Jahre 50 vor Christus. Ganz Gallien ist von den Römern besetzt ... Ganz Gallien? Nein! Ein von unbeugsamen Galliern bevölkertes Dorf hört nicht auf, dem Eindringling Widerstand zu leisten‹«, zitierte Doktor Bonnet aus dem Gedächtnis. »Ihr müsst mich entschuldigen«, fügte er mit einem Lächeln hinzu. »Aber mein Enkel ist ein großer Fan von den beiden. Ich habe ihm schon daraus vorgelesen, bevor er in den Kindergarten kam.«

»Was haben wir mit Asterix und Obelix zu tun? Die existieren doch nur in den Büchern oder im Film«, empörte sich Ronan.

»Du lebst schon dein ganzes Leben hier und weißt es nicht?«, rügte ihn Dafne.

»Was weiß ich nicht?«

»Dass das Asterix-Dorf genau hier ist.«

»Haha. Verscheißern kann ich mich selbst.« Ronan wirkte gekränkt.

»Ich habe auch noch nie etwas davon gehört«, verteidigte ihn der Doktor.

»Ach, das war vor deiner Zeit hier in Erquy«, sagte Dafne. »Es muss vor 12, 13 Jahren gewesen sein. Da gab es einen regelrechten Hype. Ein im Ort ansässiger Buchhändler und ein Steinmetz haben behauptet, Beweise dafür gefunden zu haben, dass unser Erquy das gallische Dorf aus dem Asterix-und-Obelix-Comic ist.«

»Welche Beweise?«

»Eh bien, was man halt so Beweise nennt«, relativierte Dafne das vorher Gesagte. »Ihr erinnert euch vielleicht: Auf der ersten Seite der Asterix-Bände wird jeweils eine Lupe dargestellt.«

Der Doktor nickte zustimmend. »Richtig.«

»Die Lupe dient dazu, das gallische Dorf hervorzuheben.«

»Stimmt.«

»Vor der Steilküste am südwestlichen Rand des Dorfes sieht man drei Steine. Wenn man dem Buchhändler, dem Steinmetz und vielen anderen Hobbyarchäologen Glauben schenken darf, entsprechen diese Steine genau den Steinformationen, die sich an der Pointe des Trois Pierres befinden.«

»Echt jetzt?« Ronan schaute Dafne mit offenem Mund an.

»Und die Hinkelsteine, die Obelix mit sich rumschleppt, stammen aus den Steinbrüchen?«, spann Sophie die Geschichte weiter.

»Gut möglich. Bei dem Ausmaß der Steinbrüche ist Obelix bestimmt nicht langweilig geworden«, feixte Dafne.

»Im Ernst«, meinte der Doktor. »Ist da wirklich was dran an der Geschichte?«

»Eh bien, Fakt ist, dass Uderzo mit seinem Bruder während des Zweiten Weltkrieges eine Zeit lang in Erquy lebte. Später hat er mit seiner Familie hier öfter Urlaub gemacht. Es könnte also durchaus sein, dass es da gewisse Verbindungen gibt. Allerdings behaupten inzwischen zahlreiche andere Orte, das Vorbild für Asterix' fiktives Dorf zu sein.«

»Nette Anekdote«, musste Sophie zugeben und überlegte gleichzeitig, ob man sich diese vermeintliche Berühmtheit nicht im Bistro zunutze machen könnte. Würde sie es hinbekommen, eine echte vegetarische Alternative zu Wildschweinkeule zu bieten? Schwierig, schwierig, dachte sie. Aber warum nicht? Sie liebte Herausforderungen. Vorausgesetzt, dass sie nicht in Form eines vermummten Einbrechers in ihrer Küche auftauchten.

»Wie hängt das alles mit diesem projektierten Freizeitpark zusammen?«, kam der Doktor auf das ursprüngliche Thema zurück.

»Man munkelt, dass die Investoren hier eine Art zweiten Parc Astérix hochziehen wollen.«

»Wie der nördlich von Paris?«

»Ja, aber ohne Fahrgeschäfte und mit weniger Disney-Flair. Es soll alles authentischer wirken. Mit einem gallischen Dorf, in dem man einkaufen kann, und Ferienanlagen im gallischen Baustil. Was immer das letztendlich bedeuten wird.« Dafne zog verächtlich die Mundwinkel hinunter.

»Die spinnen, die Pariser«, rief Ronan entsetzt aus.

»Und wie hängt Gael da mit drin?«, fragte Sophie.

»Das weiß ich nicht genau«, musste Dafne eingestehen. »Diese Investoren suchen wohl nach weiteren Hotels und gastronomischen Betrieben, die sie aufkaufen wollen. Vielleicht hätte Gael, wenn ich zugestimmt hätte, eine Vermittlungsgebühr einkassiert.«

»Und weil Sie damals Nein gesagt haben, hat er jetzt einen seiner Helfershelfer geschickt, um mir den Schädel einzuschlagen? Mais non, das kann ich selbst mit viel Fantasie nicht glauben«, widersprach Sophie heftig.

»Erscheint mir auch eher unwahrscheinlich«, stimmte Dafne zu.

»Aber wer war es dann?«, wollte Filip wissen.

»Mit Sicherheit nicht Gael«, verteidigte Ronan seinen Freund. »Auch wenn an seiner Beteiligung an diesem bekloppten Asterix-Projekt was dran ist. Doch das ist seine Sache, das geht nur ihn etwas an. Wir sollten uns auf den wahren Täter konzentrieren.«

»Auf *die* wahren Täter«, verbesserte Sophie. »Wir haben immerhin zwei Verbrechen, die es aufzuklären gilt.«

»Manchmal habe ich das Gefühl, dass alles mit dem Untergang der Écume angefangen hat«, murmelte Dafne. »Seitdem scheint sich das Unglück bei mir eingenistet zu haben.«

»Blödsinn«, widersprach Ronan vehement. »Das eine war ein schrecklicher Unfall. Das andere wohl eher ein Zufall. Tangis Mörder hätte ihm auch zu Hause oder sonst wo auflauern können. Und der Einbrecher von gestern Nacht war entweder ein Irrer oder jemand, der meint, noch eine Rechnung mit Madame Vidal offen zu haben. Alles in allem gesehen gibt es zwischen diesen Vorfällen keinen Zusammenhang.« Mit diesen Worten erhob er sich vom Stuhl, kämmte das braune Haar mit den Fingern zurück und setzte die Dienstmütze auf. »Tut mir leid, ich muss los. Die Parksünder meinen bestimmt schon, dass sie heute ungeschoren davonkommen.«

»Merci.« Dafne schenkte ihm ein dankbares Lächeln. »Auch für die Croissants.«

»Für mich wird es ebenfalls Zeit zu gehen«, verkündete der Doktor.

Sophie langte mit den Fingern in die Zuckerdose und steckte sich ein Stückchen Würfelzucker in den Mund. Lutschte nachdenklich. Was, wenn an Dafnes Vermutung doch etwas dran ist, fragte sie sich. Wenn der Angriff eine Warnung sein sollte?

14. KAPITEL

Sophie und Alwena hatten sich auf dem kleinen Parkplatz an der Rue de Lourtuais verabredet, um von dort aus zu Fuß zum gleichnamigen Strand zu laufen. Zu dieser frühen Stunde und unter der Woche hatten sie das ganze Gelände für sich allein. Ein glücklicher Umstand, den es auszunutzen galt: Sobald die Ostergäste angereist wären, würde man auf allen strandnahen Parkflächen kaum eine freie Lücke finden.

Die beiden Frauen schulterten ihre Rucksäcke und machten sich auf den Weg. Der Wind war böig und kam direkt vom Meer, sodass sie sich dagegen anstemmen mussten. Die karge Heidelandschaft, die sie auf dem Weg zur feinsandigen Bucht überquerten, bot wenig Schutz. Den vereinzelten Pinien, die hier Fuß gefasst hatten, war anzusehen, dass sie es nicht leicht hatten, zu voller Größe zu gedeihen.

Auf knapp halber Strecke machten sie an dem Andachtsbrunnen Fontaine de dévotion de Lourtouais Halt. In der kleinen Nische der neugotischen, hellblau angestrichenen Kappellenkonstruktion befand sich eine Büste der Jungfrau Maria. Alwena nahm ihren Rucksack ab und holte ein Grablicht hervor, das sie anzündete und auf den Sockel vor der Marienstatue stellte. Andere Wanderer oder Gläubige hatten dort bereits Schalen von Herzmuscheln, Jakobsmuscheln sowie Gebinde aus Besenheide, Stechginster und Wildblumen hinterlassen. Unter der kleinen Kapelle plätscherte eine Quelle, die selbst in Jahren größter Sommerdürre noch nie versiegt war. Im 19. Jahrhundert hatten die Frauen des benachbarten Dorfes Tu-Es-Roc ihre Wäsche hierhergebracht, um sie im angrenzenden Waschhaus zu waschen und auf dem Heidekraut zum Trocknen auszulegen. Heute war nur noch das mit Steinplatten eingefasste Becken erhalten. Der Wind kräuselte die dunkelgrüne Wasseroberfläche. Alwena und Sophie richteten ihre Aufmerksamkeit wieder auf das flackernde Kerzenlicht.

»Ich weiß nicht, warum … Aber ich habe das Gefühl, dass es Maman dort oben gut geht.« Alwena machte mit dem Kinn eine Bewegung in Richtung Himmel.

»Sie wird sich nicht unterkriegen lassen«, erwiderte Sophie im Brustton der Überzeugung. »Wenn ihr etwas nicht passt, wird sie ordentlich aufräumen. Wie ich sie kenne, wird sie sich auch von einem dahergelaufenen Engel nicht in die Schranken weisen lassen.«

»Nein, Maman wird ihren Kopf durchsetzen«, gab ihr Alwena recht und strich mit dem Zeigefinger über das Grablicht. Dann wandte sie sich mit einem verlegenen Lächeln an Sophie. »Geht es dir eigentlich auch so? Redest du auch mit ihr? Als ob sie noch hier wäre?«

»Klar! Ich rede ständig mit ihr. Vor allem nachts, wenn ich nicht schlafen kann.«

»Ich dachte schon, ich wäre komplett verrückt.« Auf Alwenas Gesicht spiegelte sich Erleichterung wider.

Sophie schloss sie kurz in ihre Arme. »Nein, du bist völlig normal, ma petite.«

Alwena blinzelte die aufsteigenden Tränen weg. »Wollen wir weiter? Ich habe Hunger.«

»Ich auch«, stimmte Sophie zu, und beide eilten mit großen Schritten zurück auf den Pfad, der zum Strand führte. Auf Holzbohlen überwanden sie die letzten Meter der Dünenlandschaft, dann knirschte der helle, mit einzelnen Kieseln durchsetzte Sand unter ihren Fußsohlen. Sie hielten sich links und gingen weiter, bis sie eine Bucht erreichten, die von zwei Seiten mit Granitfelsen eingerahmt wurde. Dort war es fast windstill und deutlich wärmer als auf der Hochebene.

Sophie faltete die Picknickdecke auseinander, die sie auf ihren Rucksack geschnallt hatte, und legte sie auf den Boden. Die Ecken sicherte sie vorsichtshalber mit vier faustgroßen Steinen. Sie wusste aus Erfahrung, dass das Wetter in der Bretagne launisch war. Der Wind konnte in Sekundenschnelle drehen und auffrischen. Sie wollte vermeiden, dass sich die Decke wie ein blau-weiß karierter Flugdrachen davonmachte.

Für eine kurze Weile ließ sie den Blick über das Meer schweifen, das heute in vielen Blauschattierungen schillerte. Je näher das Wasser an den Horizont heranrückte, desto dunkler wurde es, doch kurz bevor das Meer mit dem Himmel verschmolz, funkelte ein schmaler Streifen in zartem Babyblau. Ein Farbspektakel, das von Ebbe und Flut und der jeweiligen Lichteinstrahlung bestimmt wurde, sich mitunter im Minutentakt veränderte und dessen Sophie nie überdrüssig wurde. Trotz aller Sorgen, Ängste und der Trauer um Mado durchflutete sie das Gefühl puren Glücks. Sie wusste, dass sie die richtige Entscheidung getroffen hatte.

Mit Elan machte sie sich daran, die im Rucksack verstauten Köstlichkeiten auf der Decke zu verteilen: ein Baguette traditionelle mit goldbrauner Kruste sowie eine deutlich längere, aber dadurch dünnere und außen knusprigere Ficelle. Buttrige Croissants und zart auf der Zunge schmelzende Pains au chocolat. Dazu violett schimmernde Trauben, knackige Radieschen und leuchtend rote Kirschtomaten. Als Brotbelag hatte sie Rohmilch-Camembert aus der Normandie und flache Ziegenkäsetaler aus dem Finistère gekauft. Auch ein keilförmiges Stück eines aromatisch-fruchtigen Petit Breton und die Hälfte von einem Tome de Rhuys hatte sie sich einpacken lassen. Der goldgelbe Käse mit der gefurchten dunklen Rinde zählte zu Sophies Lieblingskäsen. Er stammte von der Halbinsel Rhuys am Golf von Morbihan, wurde aus der Milch der schwarzbunten Pie-Noires-Kühen gewonnen und durch Trockensalzung mit Meersalz aus Guérande verfeinert. Sophie lief beim Anschneiden das Wasser im Mund zusammen.

»Du hast uns ja ein wahres Festessen zusammengestellt«, sagte Alwena anerkennend. »Dagegen ist mein Beitrag eher mickrig.« Sie stellte zwei mit Kaffee gefüllte Thermoskannen neben die Brotstangen.

»Wenn schon, denn schon«, erwiderte Sophie und zog noch ein Schälchen mit fein gesalzener Butter und ein Glas Erdbeerkonfitüre aus dem Rucksack. Die süß-saftigen Früchte dafür stammten aus Plougastel. Der Ort nahe Brest rühmt sich, aufgrund seiner einzigartigen geografischen Gegebenheiten die besten Erdbeeren in Frankreich hervorzubringen.

Alwena tunkte die Spitze eines der Messer, die Sophie mitgebracht hatte, in die rubinrote Masse und schleckte sie genüsslich ab. »Mmh, so lecker!«

Sophie reichte ihr ein Croissant. »Damit schmeckt es noch besser.«

Eine Weile aßen die beiden Frauen schweigend, gaben sich ganz dem Genuss hin. Schließlich wischte sich Sophie die Finger an einer Serviette ab und verlagerte ihre Sitzposition auf der Decke so, dass sie Alwena gegenübersaß.

»Dafne hat vorgestern eine Bemerkung gemacht, die mir nicht aus dem Kopf geht. Vielleicht kannst du mir ja helfen, damit ich das gedanklich besser einordnen kann.«

»Was hat sie denn gesagt?«

»Dass alles mit dem Untergang der Écume angefangen hat.«

»Was ›alles‹?«

»Na, du weißt schon: Leons Tod, der Mord an Tangi und jetzt auch noch der Überfall auf das Bistro.«

Alwena stellte den Becher, aus dem sie getrunken hatte, auf dem festen Sand ab. »Weiß die Polizei bereits Näheres?«

Sophie zog einen Flunsch. »Rien, nada. Das Kommissariat in Saint-Brieuc tappt diesbezüglich total im Dunkeln. Ich habe den Eindruck, dass sie sich nicht gerade überschlagen, um was herauszufinden. Das ist wahrscheinlich nicht verwunderlich«, meinte sie nach einer kurzen Pause. »Die Aufklärung des Mordes hat natürlich Priorität.«

Alwena nickte. »Ja, das stimmt wohl.«

»Aber Ronan Lagad lässt nicht locker«, sagte Sophie und machte das Daumen-hoch-Zeichen. »Er ist zwar noch jung und unerfahren, doch aus ihm wird mal was.«

»Wusstest du, dass er nach Rennes versetzt und dabei befördert werden sollte?«

»Nein. Warum hat er das Angebot nicht angenommen?«, wunderte sich Sophie.

»Wegen der Liebe.«

»Der Liebe zu wem?«

»Zu Mikaela LeGall. Der Bäckerstochter.«

Sophie lachte laut auf. »Ich habe mich schon gewundert, warum Ronan immer dann Patrouille vor dem Bistro geht, wenn Mikaela Feierabend macht. Doch sie beachtet ihn kaum.«

»Steter Tropfen höhlt den Stein«, meinte Alwena schulterzuckend. »Ronan hat die Hoffnung noch nicht aufgegeben. Obwohl Mikaela es ganz offensichtlich auf den Kapitän, den Gael nach dem Tod seines Vaters eingestellt hat, abgesehen hat.«

»Meinst du den, der wie der junge Brad Pitt aussieht? Mit den blauen Augen und diesem Vorzeige-Männerkinn?«

»Genau den.«

»Armer Ronan.« Sophie stieß einen mitfühlenden Seufzer aus.

»Ja, armer Ronan«, wiederholte Alwena. »Aber was wolltest du eben wissen? Was soll mit Leons ehemaligem Schiff sein?«

»Genau das weiß ich nicht«, erwiderte Sophie. »Weil ich nicht die ganze Geschichte kenne. Zum Zeitpunkt des Untergangs war ich in Deutschland. Kannst du mir sagen, was damals genau passiert ist?«

Alwena griff nach einer Traube und biss die Hälfte davon ab, schaute nachdenklich auf das Meer hinaus. »Ich kann nur wiedergeben, was Maman mir erzählt hat«, sagte sie, nachdem sie die zweite Traubenhälfte verputzt hatte. »Obwohl das tragische Schicksal der Écume und ihrer Besatzung auch in Rennes Schlagzeilen gemacht hat.«

»Okay.« Sophie nickte. »Schieß los!«

»Eh bien, es war diese Nacht im Oktober«, begann Alwena. »Die Muschelsaison hatte gerade erst angefangen. Und alle Fischer waren natürlich darauf aus, in der gesetzlich vorgegebenen knappen Zeitspanne möglichst viele Jakobsmuscheln vom Meeresgrund hochzuholen. Die Experten des Ifremer, des Meeresforschungsinstitutes, hatten im Prinzip gute Bedingungen prognostiziert, aber davor gewarnt, dass ein erheblicher Teil der Muscheln nicht die vorgeschriebenen elf Zentimeter an Mindestgröße erreichen würde. Um ein profitables Geschäft zu machen, mussten die Fischer also deutlich mehr Fang als sonst einfahren und die Muscheln gründlicher aussortieren. Das kostet Zeit. Und Zeit ist in dem Metier bekanntlich Geld.«

»Sie standen demnach ziemlich unter Druck.«

»Ja. Auch weil mal wieder Stress mit den Briten zu erwarten war.«

»Inwiefern?«

»Ach, das geht jetzt schon seit ein paar Jahren so«, berichtete Alwena. »Wie du weißt, dürfen unsere Fischer nur von Oktober bis April nach Jakobsmuscheln fischen. Und das an nur zwei Tagen die Woche für maximal 45 Minuten. Die Briten müssen sich diesen Beschränkungen nicht unterwerfen, die tummeln sich das ganze Jahr über munter auf unseren Fanggründen. Außerdem sind viele ihrer Boote weitaus größer als unsere bretonischen. Auch diesbezüglich gibt es bei uns Reglementierungen.«

»Die bretonischen Fischer fühlen sich also benachteiligt?«

»Sie sind benachteiligt«, erwiderte Alwena mit Nachdruck. »Manche von ihnen wollen das nicht hinnehmen und liefern sich Scharmützel mit den Engländern. Da werden schon mal Flaschen und Steine geschmissen oder Leuchtpatronen auf die ›gegnerischen‹ Boote abgefeuert.«

»Oha, das hört sich ernst an.«

»Ja, da verstehen beide Seiten inzwischen keinen Spaß mehr. Im letzten Jahr haben die Briten ein paar bretonische Kutter in die Mangel genommen und böse gerammt. Es gab beachtlichen Sachschaden. Eins der Boote hat es nur knapp zurück in den Heimathafen geschafft. Musste im Anschluss aufwendig repariert werden.«

»Vielleicht ergibt sich nun nach dem Brexit langfristig eine fairere Regelung«, meinte Sophie. Aber ihre Stimme klang zweifelnd.

»Vielleicht. Vielleicht auch nicht.« Alwena teilte Sophies Skepsis. »Auf jeden Fall macht es den Job nicht einfacher.«

»In welchem Umfang war die Écume von alldem betroffen?«

»Die konkreten Details kenne ich nicht«, musste Alwena eingestehen. »Aber an Leon und seinem Vater konnte die ganze Situation nicht spurlos vorbeigegangen sein. Sonst hätten sie sich anders verhalten.«

»War ein Sturm vorausgesagt?«

»Nicht direkt. Aber es zog eine Gewitterfront von Schottland heran. Am Anfang meldete Météo Breizh: ›Da kommt ein bisschen Blitz und Donner mit auffrischender Brise auf uns zu.‹ An sich nichts Beunruhigendes für erfahrene Fischer wie Leon und Teofil.«

»Warum sind sie dann gekentert?«

»Das werden wir wahrscheinlich nie mit absoluter Gewissheit herausfinden.« Auf Alwenas Gesicht machte sich Betroffenheit breit.

»Es muss doch einen Grund für das Kentern gegeben haben.«

»Ja, aber den konnten die Sachverständigen nicht hundertprozentig feststellen. Sie vermuten, dass der Motor und damit auch die Steuerung ausgefallen sind und dass das Boot infolgedessen Schräglage bekam. Durch das Aufeinandertreffen einer Kaltfront auf eine Warmfront hatte sich zudem viel Energie entladen, die teilweise Böen in Orkanstärke freisetzte. Dadurch haben sich in Rekordzeit hohe kurze Wellen aufgetürmt. Denen konnte die angeschlagene Écume vermutlich nicht standhalten.«

»Warum haben Leon und Teofil keinen Notruf abgesetzt? Waren keine anderen Fischer in der Nähe, die ihnen hätten beistehen können?«

»Das hat sich Maman auch gefragt«, erinnerte sich Alwena. »Zumal sich normalerweise alle mehr oder minder in denselben Fanggründen tummeln. Nach dem Fundort der Écume zu urteilen, kann man wohl davon ausgehen, dass Leon und sein Vater an jenem Abend etwas abseits gefischt haben. Aus welchen Gründen auch immer.«

»Ich kannte Leon zwar nicht besonders gut«, räumte Sophie ein. »Aber wenn ich ihn getroffen habe, dann hat er einen besonnenen Eindruck auf mich gemacht. Und von Dafne weiß ich, dass ihr Schwiegervater das Fischen von der Pike auf gelernt hat. Ich verstehe das nicht. Wie konnten die beiden so unvorsichtig sein?«

Alwena zuckte mit den Schultern. »Leider können wir sie das nicht mehr fragen.«

»Nein, das können wir nicht.«

»Die meisten hier in der Region vermuten, dass nicht nur der Motor, sondern auch weitere Geräte an Bord ausgefallen sind. Unter ihnen das Funkgerät. Oder dass Leon und Teofil durch Gegenstände, die sich im Sturm gelöst hatten, am Kopf getroffen wurden und das Bewusstsein verloren haben. Dass sie in diesem Zustand keine Chance mehr hatten, SOS zu senden.«

Sophie griff nach der rosafarbenen Schale einer Palourde, einer Venusmuschel, die neben der Picknickdecke im Sand lag, und ließ sie nachdenklich von einer Hand in die andere gleiten. »Dass beide gleichzeitig k. o. geschlagen wurden, erscheint mir eher unwahrscheinlich.«

»Halte ich auch für ausgeschlossen«, stimmte Alwena zu. »Aber, wie gesagt, es gibt keine Möglichkeit mehr, die Geschehnisse genau zu rekapitulieren. Auf See und im Sturm passieren mitunter unverständliche Dinge. Furchtbare Dinge.«

»Gab es keine Obduktion oder so was?«

»Bestimmt. Aber die Écume wurde erst zwei Wochen nach dem Unfall geortet und geborgen. Zu dem Zeitpunkt müssen der arme Leon und der arme Teofil ziemlich mitgenommen ausgesehen haben.«

Sophie schüttelte sich. »Wie schrecklich. Besonders für Dafne.«

»Soviel ich weiß, war es Gael, der die beiden identifiziert hat.«

»Dann hat er wenigstens einmal etwas Gutes zustande gebracht«, murmelte Sophie. Ihr Zorn auf Gael war noch nicht verraucht.

»Maman fand es komisch, dass beide unter Deck, in der kleinen Kombüse gefunden wurden«, sagte Alwena nachdenklich.

»Finde ich nicht.« Sophie legte die Muschel zurück auf den Sand. »Ich kann mir gut vorstellen, dass sie dort vor dem Sturm Schutz gesucht haben. Und als eine besonders hohe Welle über sie hereinbrach und den manövrierunfähigen Kutter zum Kentern brachte, kamen sie nicht mehr raus.«

»So oder so ähnlich wird es gewesen sein.« Alwena rieb sich mit der Hand über die Unterarme, auf denen sich Gänsehaut gebildet hatte. Sie schlüpfte in ihre Jacke und zog den Reißverschluss hoch. Mit dem ablaufenden Wasser hatte der Wind gedreht. Die Luft war deutlich kälter geworden. »Vielleicht hätten sie es geschafft, wenn sie Schwimmwesten angelegt hätten.«

»Ist es nicht Pflicht, an Bord Rettungswesten zu tragen?«

»Ich glaube schon. Aber du weißt ja, wie das oft läuft: Die Verordnungen bestimmen dies oder jenes, und in der Praxis sieht man dann großzügig darüber hinweg.«

»Ja, so ist das Leben«, erwiderte Sophie mit einem schiefen Lächeln. »Nur tragisch, wenn so eine Unterlassung tödliche Folgen hat.«

»Teofil hatte seinen wohlverdienten Ruhestand und Leon ein erfülltes Leben an Dafnes Seite vor sich.« Alwenas Stimme klang zornig. »Gerade von Leon hätte ich erwartet, dass er umsichtiger vorgeht. Er ist sowieso nur noch mit rausgefahren, wenn Not am Mann war. Wenn jemand von der Stammbesatzung ausgefallen ist. Seine ganze Leidenschaft galt dem Bistro und dem Hotel. Warum hat er an jenem Abend nicht besser auf sich achtgegeben? Das will mir nicht in den Kopf.«

»Ja, das ist schwer nachzuvollziehen«, musste Sophie zugeben. In ihrem Bauch grummelte es. Und das lag nicht an dem vielen Rohmilchkäse, den sie vertilgt hatte. Irgendetwas an Alwenas Schilderung kam ihr nicht stimmig vor. Wie konnten sich zwei erfahrene Fischer in eine derart gefährliche Lage hineinmanövrieren? Sich sehenden Auges in die Katastrophe begeben? Und warum waren ohne Vorwarnung alle Geräte ausgefallen? Wurden die Boote nicht regelmäßig überprüft? Gab es für sie nicht eine Art TÜV? Wie für Pkws? Vor Sophie türmte sich ein Wellenberg an Fragen auf. Je tiefer sie in die Geschehnisse eintauchte, desto verworrener wurde die Angelegenheit. Der Ort, den sie vor vielen Jahren in ihr Herz geschlossen und zu ihrer Seelenheimat erklärt hatte, barg auf einmal mehr Geheimnisse, als ihr lieb war.

Ein bitterer Geschmack machte sich in ihrem Mund breit. Sophie gab etwas von der Erdbeermarmelade auf ein Stückchen Baguette und schluckte beides hinunter. Es half nicht. Das ungute Gefühl blieb, verstärkte sich sogar. Von der Freude, die Sophie vor einer Stunde durchflutet hatte, war nichts mehr geblieben.

»Ich glaube, wir sollten uns auf den Rückweg machen«, sagte sie und begann, die restlichen Lebensmittel und das Geschirr einzusammeln.

15. KAPITEL

Sofern das Wetter es zuließ, hatte es sich Linh zur Gewohnheit gemacht, die Mittagspause draußen zu verbringen. Sie war froh, dem hartnäckigen Geruch nach Fisch und Bratöl wenigstens für ein paar Minuten zu entkommen. Abends stand sie lange unter der Dusche, um sich vor dem Zubettgehen wieder frisch und sauber zu fühlen. Dennoch wurde sie den Eindruck nicht los, dass insbesondere ihrem Haar eine Duftnote nach Lebertran und Innereien anhaftete. Sie bildete sich ein, dass die Menschen ihr beim Bäcker oder im Supermarkt oder auch auf dem Campingplatz seltsame Blicke zuwarfen. Sie mochte sich nicht ausmalen, was ihr Vater sagen würde, wenn er sie so anträfe. Höchstwahrscheinlich würde er sie am Kragen ihrer Bluse packen, sie in das nächstbeste Flugzeug schleifen und kurzerhand zurück nach Vietnam verfrachten. Keine angenehme Vorstellung!

Linh legte den Kopf in den Nacken, schloss die Augen und ließ die verspannten Schultern kreisen. Die Sonne wärmte ihre nackten Unterarme, und die leichte Meeresbrise streichelte ihre blassen Wangen. Sie atmete tief durch, um die negativen Gedanken zu vertreiben.

Ihre drei Kolleginnen, die ebenfalls in der Nische zwischen der Rampe für die Anlieferung und dem Lager für die Dosen und die Verpackungen saßen, schien dagegen nichts zu erschüttern. Linh hatte sie trotz des monotonen und durch das stundenlange Stehen am Band anstrengenden Jobs noch nie übellaunig erlebt. Sie schnatterten wie eine fröhliche Gänseschar und bissen mit Appetit in ihre Sandwiches. Die allesamt mit Fischprodukten aus der Fabrik belegt waren. Wahrscheinlich eine feste Gewohnheit hier, dachte Linh, während sie eine Banane schälte und sich die Spitze in den Mund schob. Für die Arbeiter und Angestellten von »Breizh Pêche« gab es einen Fabrikverkauf, der gern und oft genutzt wurde. Linh war sich sicher, dass sie in den nächsten zwei, drei Jahren keine Sardine, keinen Hering und keine Makrele mehr herunterbekommen würde. Sie war froh, dass sie sich nicht für den Studiengang Meeresbiologie, sondern für einen Bachelorabschluss in Wasser-Umwelt-Ozeanographie entschieden hatte. Da müsste sie mit den Meeresbewohnern weniger auf Tuchfühlung gehen.

»Kommst du am Samstag mit nach Saint-Malo?«, unterbrach Ana, eine ihrer Kolleginnen, ihre trüben Gedanken. »Am Fährhafen gibt es eine tolle neue Disco.«

»Und vorher gehen wir in der Altstadt eine Pizza essen«, fügte Mona hinzu. »Der Onkel von meinem Freund hat dort eine Pizzeria, wo wir Rabatt kriegen.«

Linh wusste nicht, wie sie sich verhalten sollte. Einerseits freute sie sich über das Angebot der drei jungen Frauen, die sie in Sachen Freizeitgestaltung unter ihre Fittiche nehmen wollten. Trotz ihrer unterschiedlichen Herkunft hatten sie sie von Anfang an als eine von ihnen behandelt. Andererseits war Linh weiterhin bemüht, möglichst wenig aufzufallen, ihre Erkundigungen klammheimlich fortzusetzen. Dazu passte kein ausgelassener Discoabend, an dem sie vielen Menschen begegnen würde. Menschen, von denen sich später vielleicht der eine oder die andere an sie erinnern würde. Linh gab sich Mühe, ihre Absage diplomatisch zu formulieren.

»Das ist wirklich lieb von euch. Aber ich habe meiner Vermieterin versprochen, ihr am Samstag im Garten zu helfen. Sie ist nicht mehr die Jüngste.«

»Die wird dich doch nicht noch im Dunkeln die Beete umgraben lassen?«, empörte sich Onen, eine forsche Brünette aus dem Nachbarort.

»Nein, aber wir wollen im Anschluss gemeinsam kochen«, schwindelte Linh. »Ich will ihr beibringen, wie man Bánh xèo zubereitet.«

»Bánh xèo?« Drei Augenpaare schauten sie fragend an.

»Knusprige herzhafte Crêpes«, erklärte Linh. »Sie werden mit Reismehl, Eiern, Wasser und Kokosmilch angerührt und mit Gemüse, Fleisch oder Garnelen gefüllt.«

»Wenn du von der Fabrik die Nase voll hast, kannst du ja am Strand eine vietnamesische Crêpesbude aufmachen«, schlug Ana mit einem Lächeln vor. »Ist bestimmt eine Superabwechslung zu den Galettes mit Schinken und Ei, die es hier wie Sand am Meer gibt.«

Linh schmunzelte. »Ich werde es mir überlegen.«

»Also ich wäre deine erste und auch treueste Kundin«, versprach Ana.

»Weil du verfressen bist.« Onen gab ihr einen Knuff in die Seite.

»Eh bien, ich habe meinen gesunden Appetit von Grand-maman geerbt«, erwiderte Ana und biss herzhaft in ihr Sandwich.

Linh beschloss, die Gunst der Stunde zu nutzen und das Thema zu vertiefen. »Gibt es hier eigentlich ein gutes vietnamesisches Restaurant, das ihr mir empfehlen könnt? Vielleicht lade ich meine Vermieterin dann mal ein, statt selbst für sie zu kochen.«

»Lass dich von der Alten bloß nicht ausnutzen«, warnte Onen und zündete sich eine Zigarette an.

»Nein, keine Sorge«, erwiderte Linh. »Meine Vermieterin ist eine ganz Nette, ich kann prima mit ihr reden. Trotzdem fehlt mir manchmal meine Familie.«

Mona öffnete eine Flasche Breizh Lim' und nahm einen langen Schluck von der klaren Zitronenlimonade. »Also ich wüsste hier kein Restaurant, wo man gut asiatisch essen kann. Dazu musst du mindestens nach Saint-Brieuc, Dinard oder Saint-Malo fahren«, sagte sie und wischte sich mit dem Handrücken über die Lippen.

»Ganz schön weit weg«, stellte Linh fest. »Ich habe gehofft, dass ich ein paar Landsleute in der Nähe finden könnte.«

»Im Sommer kommen oft ein paar Japs-Touristen hierher«, meinte Onen und blies den Rauch ihrer Zigarette in Richtung Himmel.

»Nur im Sommer?«, hakte Linh nach.

»Hab sonst nie welche gesehen.« Onen nahm einen weiteren Zug.

»Auch nicht im Hafen oder so? Bei den Fischern?«

Mona schraubte den Drehverschluss auf die Flasche zurück. »Nee, ich glaube, die wären für unsere Leute zu exotisch. Die meisten der Fischer leben, was ihre Ansichten und Prinzipien angeht, noch im letzten Jahrhundert.«

»Manche noch im vorletzten«, spie Onen verächtlich aus und musste prompt husten, weil sie sich am Rauch verschluckt hatte.

»Ach kommt! So schlimm ist es hier nicht«, widersprach Ana. »Die arme Linh bekommt ja ein völlig falsches Bild von uns.«

Mona knüllte das Butterbrotpapier, in das sie ihre Sandwiches gehüllt hatte, zusammen und steckte es mit der Limoflasche in eine mit dem Logo einer Supermarktkette bedruckte Plastiktüte. »Hat einer der Bauern an der Bucht von Fresnaye nicht mal Asiaten als Saisonarbeiter eingestellt? Ich meine, ich hätte dort mal welche gesehen. Die sahen ein bisschen wie Linh aus.«

»Wann war das?« Linh musste sich zügeln, um nicht vor Aufregung aufzuspringen.

»Da muss ich überlegen.« Mona zog die hohe Stirn in Falten. »Ich glaube, das war im Mai letzten Jahres. Oder im Juni. Ich bin mit meiner Mutter auf dem Rückweg von Dinard dort vorbeigekommen. Sie wollte Frühkartoffeln und Erdbeeren kaufen.«

Linh spürte, wie sich Enttäuschung in ihr breitmachte. Im Mai und Juni war Hung noch in Vietnam gewesen. Doch so schnell wollte sie sich nicht geschlagen geben. Vielleicht wusste Mona mehr, als sie bisher gesagt hatte.

»Sind diese Saisonarbeiter zurzeit auch dort?«

»Puh, das kann ich nicht sagen.« Mona sah ratlos aus. »Ich war nur ein einziges Mal auf dieser Farm. Aber über den Winter bis ins Frühjahr werden normalerweise keine Arbeitskräfte von außerhalb angeheuert. Erst wieder zum Säen, zur Feldpflege und zur Ernte.«

»Also gibt es dort keine Festanstellungen wie hier in der Fabrik?«

»Weiß ich nicht. Aber ich halte das für eher unwahrscheinlich.«

»Du hast also nie wieder einen von denen gesehen? Dort oder anderswo?«

»Nein. Ich habe, ehrlich gesagt, auch nicht besonders darauf geachtet.« Mona klang inzwischen genervt.

»Merde«, entfuhr es Linh.

Onen drückte ihre Zigarette auf dem Asphalt aus. »Warum fährst du denn nur auf deine Landsleute ab? Schau dich doch mal um. Hier gibt es haufenweise nette Jungs, die du kennenlernen könntest.« Sie machte eine Kopfbewegung in Richtung der Rampe, wo ein Lkw rückwärts zum Stehen gekommen war.

Der Fahrer sprang lässig aus dem Fahrerhaus und schlenderte auf die vier Frauen zu. Mona zupfte ihre Frisur zurecht und Onen drehte sich so, dass ihr Dekolleté besser zur Geltung kam. Ana steckte schnell den Butterkeks, von dem sie hatte abbeißen wollen, in ihre geöffnete Lunchbox zurück.

»Salut, die Damen.« Beim Lächeln zeigte der Fahrer zwei perfekte weiße Zahnreihen.

»Salut, Denez«, erwiderten Linhs Kolleginnen beinahe unisono.

»Genießt ihr die Mittagspause?«

»Leider gleich schon wieder vorbei.« Onen lehnte sich ein wenig zurück, wodurch sich ihre vollen Brüste unter dem dünnen T-Shirt abzeichneten.

»Die Bosse hier sind Ausbeuter«, sagte der Fahrer, griff in die Gesäßtasche seiner verwaschenen Jeans und zog eine Packung Zigaretten hervor. »Auch Lust auf eine Kippe?« Seine blauen Augen richteten sich direkt auf Linh.

»Nein danke«, erwiderte sie einsilbig.

»Ich nehme gern eine.« Onen klimperte mit den Wimpern, griff in die Packung und steckte sich einen Glimmstängel zwischen die Lippen. Wartete.

Der Fahrer mit dem blonden, modisch verwuschelten Haar verstand die Aufforderung und ließ sein Feuerzeug aufschnappen.

»Merci.« Onen lächelte verführerisch.

Der Fahrer schenkte ihr keine weitere Beachtung und wandte sich erneut Linh zu. »Neu hier?«

»Ja.«

»Warum versteckt sich eine wie du in so einer Stinkefabrik?«

»Weil sie Geld verdienen muss«, erwiderte Linh schnippisch. Der Blonde sah zwar verdammt gut aus, war ihr jedoch auf Anhieb unsympathisch.

»Um an Bares zu kommen, gibt es sicherlich andere Mittel und Wege.«

Seine Stimme und seine Blicke ließen, wie es Linh schien, erahnen, welche Mittel und Wege er im Sinn hatte. Sie kam sich vor wie ein Kaninchen, über dem ein ausgehungerter Falke kreiste. Abrupt stand sie auf. »Ich muss noch etwas mit Gwenna klären«, behauptete sie.

»Ich komme mit.« Ana erhob sich ebenfalls von der Holzbank.

Die vollen Lippen des Fahrers kräuselten sich zu einem siegessicheren Lächeln. »À bientôt, ma belle«, sagte er zu Linh.

»Was für ein arrogantes Arschloch«, stieß Ana hervor, als sie die Tür zur Fabrik öffneten.

»Oui«, stimmte Linh zu. »Wer war das?«

»Denez Caradec. Der neue Mitarbeiter von Gael Riwal. Unserem Kutterkönig aus Erquy.«

»Ziemlich überzeugt von sich, der Typ.«

»Die Frauen liegen ihm in Scharen zu Füßen.« Ana zog eine verächtliche Grimasse.

»*Die* Frauen vielleicht. Ich nicht.« Linh knallte die Tür hinter sich zu.

»Du hast ganz schön Eindruck auf ihn gemacht«, stellte Ana fest.

»Der kann mich mal. Ich will mit dem nichts zu tun haben.«

»Wie der dich angeguckt hat … Ich sage dir: Der wird nicht lockerlassen.«

»Ach was.«

»Sei vorsichtig!« Ana senkte die Stimme. »Man sagt, dass Denez immer das kriegt, was er haben will. Und dass er in gewissen Bereichen schon jetzt ziemlich viel Einfluss hat. Obwohl er erst kurz in der Region ist. Er hat anscheinend die Gabe, sich stets mit den richtigen Leuten zusammenzutun.«

»Mich kriegt er nicht«, behauptete Linh kämpferisch. Trotzdem fröstelte sie plötzlich. Und das lag nicht an den kühlen Temperaturen am Fischverarbeitungsband.

*

»Ha, ertappt!«, rief Sophie triumphierend.

»Jemand muss sich doch um die arme Truffe kümmern«, verteidigte sich Filip und schob der Katze ein Schälchen mit fein gehacktem Makrelenfilet hin.

»Truffe?« Sophie zog fragend die Augenbrauen hoch.

»Schau sie dir an. Ihr Fell glänzt wie schwarze Trüffel.« Auf Filips Gesicht machte sich ein zärtlicher Ausdruck breit.

»Ja, das stimmt«, musste Sophie zugeben. »Aber wir können sie nicht füttern. Sie wird sich an uns gewöhnen.«

»Das ist schon längst passiert.«

»Dann wird sie sich eben entwöhnen müssen«, entgegnete Sophie scharf. Schärfer, als sie beabsichtigt hatte.

»Hast du kein Mitleid?« Filips Stimme hatte einen vorwurfsvollen Klang angenommen. »Wenn wir uns nicht um sie kümmern, kommt sie vielleicht ins Tierheim. Oder sie muss ihr Leben auf der Straße fristen. Einsam und allein. Immer der Gefahr ausgesetzt, dass sie von einem Auto angefahren, von Passanten getreten oder von Hunden gehetzt wird.«

Sophie zögerte, weil die Bilder, die durch Filip im Raum standen, sie nicht kaltließen.

Auch die Katze schien etwas bemerkt zu haben. Sie setzte

sich auf die Hinterbeine und begann, sich mit der Pfote über das Gesicht und das schwarze Schnäuzchen zu fahren. Dabei schnurrte sie.

Sophie merkte, wie ihr Widerstand langsam dahinschmolz. »In Ordnung«, gab sie klein bei. »Von mir aus kann Truffe bleiben. Aber nur, wenn Dafne ebenfalls zustimmt.«

»Super. C'est génial!« Filip strahlte.

»Du klärst das mit Dafne.«

Das Strahlen auf Filips Gesicht verflog und er verzog den Mund, als ob er in eine saure Zitrone gebissen hätte. »Ich? Muss das sein?«

»Ja.« Sophie blieb hart.

»Okay«, gab Filip sich geschlagen. »Ich frage sie, wenn sie nachher aus dem Hotel kommt.« Er ging zur Katze und fuhr mit der Hand über ihr Fell. »Du bleibst«, flüsterte er.

Das Schnurren wurde so laut, dass es fast das Brummen der Dunstabzugshaube übertönte.

»So ein Theater um ein dahergelaufenes Katzenvieh«, murmelte Sophie, während sie fein gehackte Zwiebeln und Knoblauch in der Pfanne anschwitzte. »Wasch dir die Hände«, ermahnte sie Filip.

»Ich habe da gestern was gehört«, sagte Filip, als er zurück an den Herd kam.

»Was gehört?«

»Die Fischer werden unruhig. Nicht nur hier in Erquy. An der ganzen Küste.«

»Warum?« Sophie gab geraspelte Zucchini zur Zwiebel und zum Knoblauch.

»Es wird gemunkelt, dass die gesetzlichen Fangquoten für Jakobsmuscheln deutlich gesenkt werden.«

»Ist was dran an dem Gerücht?«

»Könnte ich mir vorstellen.« Filip gab eine Schöpfkelle Teig in die Pfanne, um eine Galette zu backen. Sie hatten es sich zur

Gewohnheit gemacht, morgens einen ganzen Stapel an Buchweizenpfannkuchen zuzubereiten. Das ersparte ihnen später, wenn das Bistro brummte, einen Arbeitsschritt. Da erhitzten sie die Galette mit etwas Butter in der Pfanne und füllten sie mit dem, was der Kunde bestellt hatte. »Die Regierung ist ja immer mehr bemüht, sich einen grünen Anstrich zu geben. Und die Grünen haben von Anfang an verkündet, dass sie an den Fangquoten für Fisch und Muscheln drehen wollen.«

Sophie fuhr mit dem Spatel durch das Zucchinigemüse. »Um wie viel soll denn gesenkt werden?«

»Ein Kumpel von mir, der in der Auktionshalle arbeitet, hat gemeint, dass den Fischern ein gutes Drittel gestrichen werden soll.«

»Das bedeutet genau was?« Sophie gab einen Teelöffel getrockneter roter Nori-Algen zum Gemüse und würzte herzhaft mit Salz und Pfeffer.

»Also, wenn ich es richtig weiß«, Filip wendete geschickt die Galette, »dann dürfen sie auf Booten bis zu 12 Metern 1,5 Tonnen Jakobsmuscheln am Tag fischen. Auf Booten bis zu 15 Metern sind es 1,8 Tonnen. Wenn davon ein Drittel wegfällt, ist das ein herber Verlust für die Kasse.«

»Puh, das stimmt.«

»Ich befürchte, die Fischer werden sich das nicht gefallen lassen.«

»Meinst du, uns steht eine neue Protestwelle bevor? Ziehen sich unsere Fischer demnächst Gelbwesten über und blockieren die Straßenkreuzungen? Oder fahren sie nach Paris?« Sophie rührte vorsichtig Crème fraîche unter. Wenn die Gemüsemasse abgekühlt wäre, würde sie Eier, geraspelten Käse und frische Kräuter unterziehen, sie dann in Schälchen füllen und im Backofen zu kleinen Pasteten backen. Die sie als Vorspeise auf einem Salatbett zu servieren gedachte.

»Kann gut sein.« Filip gab erneut vom Teig in die Pfanne.

»Aber momentan läuft der Protest eher unterschwellig. Einem von der Regionalgruppe der Les Verts wurde eine Jauche aus Fischresten in den Garten geschüttet. Einem anderen haben sie Eier gegen die Hauswand geschmissen.«

»Schade um die Eier. Was für eine unsinnige Verschwendung von Lebensmitteln.« Sophie wischte sich die Hände an einem Küchentuch ab.

»Die Wut gegen die Umweltschützer und die Grünen wächst ständig. Da habe ich gedacht ...«, Filip schüttelte die Pfanne leicht, um den Teig zu verteilen, »dass das vielleicht mit Tangis Tod in Zusammenhang stehen könnte. Ich meine, Tangi war bei den Grünen.«

»Schon. Aber mit einigen Fischern war er auch befreundet. Zum Beispiel mit Thierry Kerloc. Das hätte ich, ehrlich gesagt, nicht erwartet«, wandte Sophie ein.

»Ich nehme an, dass der Kommissar aus Saint-Brieuc auch in diese Richtung ermitteln wird.« Filip bugsierte die fertige Galette vorsichtig auf einen flachen Teller.

»Das hoffe ich«, erwiderte Sophie.

»Da hängt ein ganzer Rattenschwanz dran. Es sind nicht nur die Fischer, die unter der Reduzierung der Fangquoten leiden werden«, prophezeite Filip. »Auch die Hafenarbeiter und die Arbeiter in der Auktionshalle werden weniger Geld bekommen. Den Angestellten in den fischverarbeitenden Betrieben wird es ebenso ergehen.«

»Während andere einen Batzen mehr einstreichen werden«, meinte Sophie nachdenklich. »Wenn die Muscheln durch die geplante Reduzierung ein noch knapperes Gut werden, steigen die Kilopreise. Dann sind sie bald eine Delikatesse, die sich nur wenige leisten können.«

»Wenn es so kommt, wie manche befürchten, werden wir unsere Gerichte mit Jakobsmuscheln von der Karte nehmen müssen«, murmelte Filip bedrückt.

»Noch ist ja nichts beschlossen«, tröstete ihn Sophie.

Filip zog die Pfanne von der Herdplatte. »Ich brauche eine kurze Pause. Ich geh nach draußen, eine rauchen.«

Sophie verkniff sich einen tadelnden Kommentar. Sie schob das Backblech, auf dem sie die Schälchen mit der Gemüsepastete verteilt hatte, in den Backofen. Schaltete die Temperatur ein und starrte nachdenklich in den von einer kleinen Glühbirne erhellten Innenraum.

Die Geschehnisse, die mit Arthur Tangis Tod in Verbindung standen, waren komplexer und verzwickter, als sie ursprünglich vermutet hatte.

»Aber ich werde dahinterkommen«, schwor sich Sophie. Niemand starb so einfach mir nichts, dir nichts in dem Restaurant, in dem sie für die Küche verantwortlich war. Sie schnappte sich ein Schälmesser und attackierte den Berg von Frühkartoffeln, der vor ihr auf der Arbeitsplatte lag. Bei monotonen Arbeiten wie dieser hatte sie immer die besten Ideen.

16. KAPITEL

Sie trafen sich im Morgengrauen am Hafen, wo sie ihre Pkws abstellten und die Stufen zum Küstenwanderweg hochstiegen.

Sophie war hundemüde, weil sie am Abend zuvor ein langes Telefongespräch mit Gerd, ihrem abtrünnigen Ehemann, geführt und sich darüber so geärgert hatte, dass sie kaum zum Schlafen gekommen war. Der Mensch, mit dem sie mehr als 25 Jahre Tisch und Bett geteilt hatte, besaß jetzt die Dreistigkeit zu fordern, dass sie ihn finanziell unterstützte, ihm sein neues Leben mit seiner jüngeren Geliebten so angenehm wie möglich gestaltete. Angeblich hatte er sich bei den Renovierungsarbeiten in seiner Osteopathiepraxis übernommen und musste als Folge dessen im Alltagsleben den Gürtel enger schnallen.

»Nur über meine Leiche. Ich habe ja selbst kaum einen Euro übrig«, presste Sophie zwischen den Lippen hervor und beschleunigte aus Wut ihre Schritte. Nach Atem ringend schaffte sie wieder den Anschluss an die Gruppe. Obwohl die zehn Männer und drei Frauen in ihrem Alter oder sogar älter waren, nahmen sie den Anstieg, bei dem es fast 130 Stufen zu überwinden galt, mit Bravour. Auch die knöchellangen weißen, blauen oder grünen Gewänder, die sie über ihre Alltagskleidung gestreift hatten, schienen sie nicht am zügigen Fortschreiten zu hindern. Auf Nachfrage hatte Sophie flüsternd erfahren, dass die Farben der Roben die Ränge kennzeichneten: Die Ovaten trugen grüne, die Barden blaue und die Druiden, zu denen Doktor Bonnet zählte, weiße Roben. Dazu hatten sie zu ihren Gewändern farblich passende, wallende Kopfbedeckungen angelegt. Auffällig waren die schwarzen Stirnbinden, die vorne mit einem gelben oder weißen Tribann bestickt waren. Die von einem Zentrum ausgehenden Sonnenstrahlen symbolisierten, wie Doktor Bonnet erklärt hatte, die drei Tugenden Liebe, Gerechtigkeit und Wahrhaftigkeit.

Sophie nahm an einem Treffen der Goursez Breizh, der regionalen bretonischen Bardenvereinigung, teil. Sie wollten am Strand eine Zeremonie abhalten und sich zum Gebet versammeln. Ihr Zwischenziel waren die Lacs bleus oberhalb des Hafengebietes. Die »Blauen Seen« mit ihren hoch über dem Wasser aufragenden Felswänden waren durch den Abbau des rosafarbenen Sandsteins entstanden und boten heute ein atemberaubendes Naturspektakel. Im Sommer bevölkerten Touristenscharen den Rundwanderweg, doch zu dieser frühen Stunde war die Gruppe allein. Das fahle Morgenlicht huschte über die Felsen und die Heidelandschaft. Dort, wo sich der Pfad zwischen Bäumen entlangwand, herrschte noch Dunkelheit. Die Zweige des Stechginsters und der krummen Kiefern, die sich an das vordere Seeufer schmiegten, waren nass vom Tau. Die Holzstege, auf denen sie voranschritten, waren etwas rutschig, sodass Sophie den Blick fest auf den Boden gerichtet hielt.

Als die Gruppe plötzlich stoppte, wäre sie fast mit einer Frau, die die grüne Robe der Ovaten trug, zusammengestoßen. Sophie entschuldigte sich mit einem stummen Lächeln. Ein Barde im blauen Gewand zog eine Bombarde, das für die Bretagne typische Holzblasinstrument hervor, setzte das Instrument im rechten Winkel zum Gesicht an die Lippen und entlockte der Kegeloboe die ersten klagenden, archaisch anmutenden Töne.

Sophie fühlte sich sofort in eine andere Zeit versetzt. Fast erwartete sie, dass ein Dudelsackspieler sich aus dem Schatten der Felswände lösen und in die Melodie der Bombarde einstimmen würde, dass sich Tänzer in mittelalterlichen Trachten im Takt zur Musik wiegen würden. Stattdessen trat Doktor Bonnet im weißen Gewand und mit dem Kopfschmuck eines Druiden an das hölzerne Geländer des Steges, wies mit der rechten Hand auf den See und sprach ein paar Sätze auf Bretonisch. Sophie verstand nicht ein einziges Wort. Doch sie ahnte, dass es sich um eine Art Gebet oder um eine Litanei handelte.

Als Doktor Bonnet seine Worte beendete, warf er einen Mistelzweig auf den See. Die Wasseroberfläche, die durch die aufgehende Sonne rötlich-braun schimmerte, kräuselte sich und kleine Wellen breiteten sich von dem Punkt aus, wo der Zweig auf das Wasser geprallt war. Ein Fischreiher, den Sophie bis dahin nicht bemerkt hatte, stieg mit einem heiseren Schrei vom entgegengesetzten Ufer auf. Seine breiten Flügel verursachten ein schwirrendes Geräusch, als er über ihre Köpfe flog. Dann gewann er schnell an Höhe und verschwand hinter der Felswand. Die Ovatin, mit der Sophie beinahe zusammengestoßen war, stimmte ein kehliges Lied an und die Bombarde setzte erneut ein. Sophie spürte, wie sich Gänsehaut auf ihren Unterarmen breitmachte. Sie wusste nicht, was genau sich hier abspielte. Doktor Bonnet hatte sie gestern lediglich darüber informiert, dass die Gruppe einen Neuling aufnehmen wolle. Um wen es sich dabei handelte, konnte Sophie nicht sagen. Doch der ganz eigenen Stimmung oder auch der Aura, die die Druiden, Barden und Ovaten wie eine unsichtbare Wolke einhüllte, konnte sie sich nicht entziehen. Es war, als ob das Wasser, die Felsen und Steine, die Bäume und Pflanzen, der Himmel und die Erde eine untrennbare Einheit mit den am Ufer versammelten Menschen bildeten. Sie waren einander ganz nah. Ein letztes Mal erklang die Bombarde, stiegen die Töne hin zur Küste und zum Meer auf.

»Wir gehen weiter«, sagte die Ovatin und raffte ihr Gewand, um die Stufen der Holzstege besser zu überwinden. Sophie verharrte ein paar Herzschläge lang, schickte einen stummen Gruß an Mado und machte sich dann ebenfalls auf den Weg.

Sie marschierten auf dem sich an die Küste schmiegenden ehemaligen Zöllnerpfad weiter, bis sie das Hochplateau erreichten. Kurz bevor ein kleiner, steiler Pfad zu der Bucht Anse de Port-Blanc hinunterführte, tauchten die restaurierten Gemäuer einer ehemaligen Befestigungsanlage aus der Zeit der Französischen Revolution auf. Der gut erhaltene »Four à boulets«, der Kugelofen, hatte einst dazu dienen sollen, Kanonenkugeln glühend rot zu erhitzen. Diese hätten dann vom Dach der Anlage von Kanonen auf die feindlichen Schiffe der Engländer abgefeuert werden sollen. Das Prozedere hatte sich jedoch, wie Sophie in einer Touristikbroschüre gelesen hatte, als sehr aufwendig und vor allem extrem langwierig erwiesen. Der Kugelofen war nie zum Einsatz gekommen. Und die Seeschlacht vom März 1796 hatte mit einer herben französischen Niederlage geendet. Was blieb, dachte Sophie, war die fantastische Aussicht auf die Bucht und den Strand mit dem ehemaligen Rettungsbootunterstand.

Die kleine Prozession schritt im Gänsemarsch hinunter zum Strand, der, anders als die meisten Strände der Region, nicht mit weißem Sand, sondern mit grauen Kieseln bedeckt war. Die Steine knirschten unter Sophies Füßen, und sie musste achtgeben, dass sie in ihren Halbschuhen nicht umknickte. Doktor Bonnet und die anderen der Gruppe waren schlauer gewesen, denn bei ihnen blitzten Wanderschuhe oder Stiefel unter den langen Gewändern hervor. Doch Sophie hatte Glück: Das ablaufende Wasser hatte bereits mehr als zwei Drittel der Bucht von Port-Blanc freigegeben. Im unteren Strandabschnitt wichen die Kiesel festem Sand, auf dem Sophie leichter vorwärtskam. Sie näherte sich einer Heringsmöwe, die einen Seestern erlegt hatte. Die Möwe stob laut kreischend hoch, wodurch sie ihre Beute aus dem Schnabel verlor. Mit schnellen Flügelschwingen flog sie auf das Meer hinaus, wo sie sich in sicherem Abstand auf dem Wasser niederließ.

Sophie atmete tief ein. Die Morgenluft roch nach Tang, Salz und der Feuchte der letzten Flut, die sich noch an die schroffen Felsen des angrenzenden Kaps klammerte.

Die Mitglieder von Goursez Breizh versammelten sich am Flutsaum und bildeten einen Kreis. Ein bärtiger Mann löste sich aus der Aufstellung und stellte sich in die Mitte. Doktor Bonnet holte ein Horn unter seinem weißen Gewand hervor und blies viermal hinein, wobei er sich jedes Mal in eine andere Himmelsrichtung drehte. Danach entzündete er den Inhalt eines kleinen metallenen Gefäßes, in dem sich, wie Sophie erschnupperte, Weihrauch befand. Mit dem Räuchertöpfchen schritt Doktor Bonnet zweimal den Kreis ab, bevor er es zu Boden stellte und sich wieder in die Gruppe einreihte. Die Versammelten fassten sich an den Händen und neigten die Köpfe. Doktor Bonnet stimmte eine Litanei an: Er betete vor, die anderen antworteten. Die Stimmen klangen ernst und konzentriert. Manche der Teilnehmer hielten die Augen geschlossen.

Sophie machte ein paar Schritte zur Seite, weil sie nicht stören wollte. Da sie annahm, dass das Ritual eine ganze Weile dauern würde, schlenderte sie in Richtung der beiden dunklen Metallschienen, die vom Rand der kleinen Bucht ins Wasser führten. Sie endeten an dem aus grauen Granitsteinen gemauerten Unterstand für das ehemalige Seenotrettungsboot. Mado, die ein profundes historisches Wissen besessen hatte, hatte ihr bei einem ihrer letzten gemeinsamen Spaziergänge erzählt, dass das Gebäude in den 1930er-Jahren eingeweiht worden und bis Mitte der 1960er-Jahre in Betrieb gewesen war. Eine seiner Besonderheiten war das rund gebogene Betondach mit eingelassenen gläsernen Fensteröffnungen. Sophie fragte sich, wie viele tapfere Seenotretter von hier aus bei Wetterbedingungen, bei denen man sich lieber im schützenden Haus verkroch, aufgebrochen waren, um die Besatzung von havarierten Schiffen zu retten. Die Felsen und die Strömungsverhältnisse rund um das Kap galten als äußerst tückisch. Viele Seeleute und Fischer hatten dort ihr Leben gelassen. Doch das verwitterte graue Gebäude und die »Le Vice-Amiral Courbet«, das ehemalige Rettungsboot, hatten schon lange ausgedient. Heute lag ein moderner Seenotrettungskreuzer im Fischereihafen.

Sophie drehte sich um und sah, dass sich die Gruppe von Druiden, Ovaten und Barden noch immer im Kreis versammelt hatte. Sie schlenderte zu der nach oben ansteigenden Rampe für die Metallschienen, um sich an diesem windgeschützten Plätzchen ein wenig auszuruhen und ihren Gedanken nachzugehen. Sie ahnte, dass sie nicht darum herumkommen würde, klare Verhältnisse zu schaffen und die Scheidung von Gerd zu forcieren. Ein echter Neuanfang würde ihr nur gelingen, wenn sie die Vergangenheit konsequent hinter sich ließe. Trotzdem verspürte Sophie ein flaues Gefühl im Magen. Ein Vierteljahrhundert gemeinsamen Lebens konnte man nicht wie eine lästige Fliege mit der Hand wegwischen und abhaken.

Sie lehnte den Rücken an die Mauer und schloss für einen Moment die Augen. Die Morgensonne hatte an Kraft gewonnen und streichelte ihre Wangen. Die Brise trug den Gesang der Gruppe zu ihr herüber. Ein weiteres Mal setzte die Bombarde als Begleitung ein. Jemand musste eine Handtrommel mitgebracht haben, deren tiefer und tragender Klang jetzt den Rhythmus vorgab. Sie öffnete die Augen, um sich das Spektakel nicht entgehen zu lassen. Dann stutzte sie.

Lag da zwischen den Felsbrocken, die weiter unten bis an den Rand der Rampe reichten, eine menschliche Hand?

Du bist total übermüdet und hast Halluzinationen, dachte sie und rieb sich mit dem Daumenballen hart über die Stirn. Das beunruhigende Bild wollte jedoch nicht weichen. Hinter dem grauen Felsen lugten definitiv Finger hervor. Das flaue Gefühl in Sophies Magen verstärkte sich, wurde zur echten Übelkeit. Sie befürchtete, dass hier etwas ganz und gar nicht stimmte. Obwohl sie am liebsten davongelaufen wäre, stieß sie sich von der Mauer ab und schritt mit wackligen Knien auf das Felsgestein zu.

Ihre Vorahnung hatte sie nicht getäuscht: Als sie die Felsen halb umrundet hatte, sah sie den Rest des Körpers. Ein Mann, der etwa in ihrem Alter sein mochte, lag auf dem Rücken. Sein rechter Arm war angewinkelt, der linke weit ausgestreckt. Bekleidet war er mit einer schwarzen, eng sitzenden Jeans, einem hellblauen Hemd und einer dunkelblauen Steppweste. Seine Füße steckten in blauen Gummistiefeln. Auf dem kalkweißen Gesicht zeichneten sich Schürfwunden ab, als ob er mit scharfem Sand oder schroffem Gestein in Kontakt gekommen wäre. Sophie wunderte sich über die schiefe, abgewinkelte Kopfstellung. Da bemerkte sie die nahezu waagrechte rote Linie, die sich von einer Halsseite zur anderen zog. Sie beugte sich ein wenig vor, um besser zu sehen, und realisierte, dass der Kopf des Mannes nur noch durch die Wirbelsäule und die Nackenhaut an seinem Platz gehalten wurde. Die Augenhöhlen waren leer und die Spitze der Nase fehlte.

Sophie schluckte schwer und begann am ganzen Körper zu zittern. Eine Silbermöwe, die auf dem Dachgesims des Seenotrettungsunterstands hockte, gab einen gackernden Ton von sich, der sich in Sophies Ohren wie höhnisches Lachen anhörte. Hatte etwa die Möwe die Augen aus den Höhlen gepickt? Sophie wandte sich ab und erbrach sich heftig gegen die Mauer.

*

Ein paar Minuten später hatte sich die gesamte Gruppe mit Ausnahme von Doktor Bonnet um den Toten versammelt. Der Doktor stand etwas abseits und alarmierte mit dem Handy die Polizei. Seine weiße Kopfbedeckung hatte er abgelegt und achtlos auf die Rampe geworfen. Sein Gesicht war ernst. Ernst und besorgt.

»Kennt den jemand von euch?«, fragte eine der Frauen. Sie flüsterte, als wolle sie die Totenruhe nicht stören.

Nein, war die einhellige Meinung der anderen.

»Hm, ich weiß nicht.« Der Mann, der an diesem Morgen in die Gruppe hätte aufgenommen werden sollen, ging in die Knie und beäugte den Toten. Auch er hatte sein grünes Gewand ausgezogen und die Krone aus Eichenblättern, die ihm Doktor Bonnet wenige Sekunden vor Sophies aufgeregtem Rufen auf den Kopf gesetzt hatte, abgenommen. In Alltagskleidung erkannte ihn Sophie: Es war Jannou Ropars, der Apotheker von der Hauptstraße.

»Ich würde sagen, das ist Monsieur Richard. Der Fischgroßhändler aus Paris. Er war ein paarmal bei mir in der Apotheke, um Tabletten gegen sein Sodbrennen zu kaufen.«

»Na, die braucht er jetzt nicht mehr«, meinte ein Mann mit ausgeprägter Stirnglatze lakonisch.

»Kristoc'h!«, zischte eine der Frauen empört. »In so einer Situation macht man keine Witze!«

»Wo er recht hat, hat er recht«, stimmte einer der Druiden dem Apotheker zu. »Dem armen Monsieur Richard ist selbst mit den besten Pillen nicht mehr zu helfen.«

»Mögen die Götter ihm selig sein und ihm einen guten Übergang ins Reich der Toten ebnen«, murmelte die Frau, die Sophie auf dem Holzsteg beinahe angerempelt hätte.

Sophie nahm einen Schluck aus der Wasserflasche, die eine der Ovatinnen für das Ritual mitgebracht und an Sophie weitergereicht hatte. Der gallige Geschmack in ihrem Mund war danach noch nicht ganz verschwunden, doch ihr Magen benahm sich wieder einigermaßen normal. Auch die Müdigkeit war wie weggeblasen, ihr Gehirn arbeitete auf Hochtouren.

»Was schätzen Sie, wie lange er schon tot ist?«, wandte sie sich an den Apotheker. Der besaß ihres Erachtens neben Doktor Bonnet die meiste Sachkenntnis.

Der Apotheker runzelte nachdenklich die Stirn. »Schwer zu sagen. Er ist ja pitschnass. Das bedeutet, dass er im Wasser gelegen hat. Die Frage ist nur: wie lange?«

»Die Flut wird ihn heute Nacht angespült haben«, meinte einer der um den Toten Versammelten.

»Vielleicht kann Bleimor uns mehr dazu sagen.« Die Frau wies mit dem Kinn auf Doktor Bonnet, der immer noch telefonierte. Bleimor war der Name, den er sich als Druide gegeben hatte.

»Eh bien, bis auf die Augen und die Nasenspitze ist er relativ vollständig«, stellte der Apotheker fest. »An ihm hat noch kein Schwarm von hungrigen Meerestieren herumgenagt. Auch die Tatsache, dass er nicht aufgedunsen ist und kaum Waschhaut ausgebildet hat, zeigt, dass er nicht allzu lange im Wasser gelegen haben kann.«

»Waschhaut?«, fragte Sophie.

»Durch einen längeren Aufenthalt im Wasser färbt sich die Haut an Fingern und Füßen weiß und wird runzelig, Sie kennen das bestimmt vom Baden. Später löst sich die Haut mitsamt den Fingernägeln wie ein Handschuh ab«, erklärte der Apotheker.

»Uh, keine schöne Vorstellung.« Sophie verzog den Mund zu einer angewiderten Grimasse.

»Nein«, stimmte der Apotheker zu. »Wenigstens ist ihm das erspart geblieben.«

»Die Polizei und die Wasserschutzpolizei werden gleich hier sein«, verkündete Doktor Bonnet, der neben Sophie getreten war.

»Vielleicht sollten wir ihn zudecken. Ihm ein bisschen von seiner Würde zurückgeben«, sagte die Ovatin und schlüpfte aus ihrem Gewand, um es über den Toten zu legen.

»Stopp!«, fuhr Doktor Bonnet dazwischen. »Dadurch würden wir womöglich wertvolle Spuren zerstören. Hier sind inzwischen ohnehin schon viel zu viele Leute herumgetrampelt.«

»Aber wir mussten doch schauen, ob wir ihm noch hätten helfen können«, verteidigte sich der Mann mit der Stirnglatze. »Alles andere wäre unterlassene Hilfeleistung gewesen.«

»Jaja, da hast du natürlich recht. Ich gehe sowieso davon aus, dass das Wasser nichts außer dem Leichnam zurückgelassen hat«, besänftigte ihn Doktor Bonnet.

»So wie es aussieht, ist er nicht hier, sondern woanders umgebracht und dann wie ein Stück Treibholz angeschwemmt worden«, kombinierte Sophie.

»Könnte gut sein, dass der Mord auf einem Boot geschehen ist«, gab ihr der Apotheker recht.

»Oder er wurde an Land getötet, auf ein Boot geschafft, vor der Küste über Bord geworfen und ist hier am Strand gelandet.«

»Die Schürfwunden im Gesicht könnten dafürsprechen«, stimmte der Doktor Sophie zu. »Die Spurensicherung muss schauen, ob sie in den Wunden etwas findet. Ich meine Holzfasern von einem Bootsdeck oder Erdreich oder Abrieb von Asphalt, wenn er mit dem Gesicht nach unten zu einem Fahrzeug oder Boot gezogen wurde.«

»Braucht man eigentlich viel Kraft, um einen Menschen auf diese Weise zu töten?« Sophie wies mit dem Zeigefinger auf die Halswunde.

»Nicht unbedingt«, erwiderte der Apotheker. »Wenn man ein gut geschärftes Messer hat, gleitet die Klinge wie Butter durch die Haut und die Halsschlagadern.«

»Jeder Fischer und jeder Hobbyangler hat so ein scharfes Messer. Bei mir im Angelkasten steckt auch eins«, gab der Mann mit der Stirnglatze freimütig zu.

»Nun ja, in meiner Bistroküche und in den Küchen der anderen Restaurants gibt es ebenfalls teuflisch scharfe Messer«, sagte Sophie mit einem schiefen Grinsen. »Und die meisten Köche wissen sehr genau, wie man damit umgeht.«

»Jede gute Hausfrau kann geschickt mit einem Messer hantieren.« Die Ovatin straffte die Schultern, als ob sie stolz auf ihre Fertigkeiten wäre.

»Vergesst nicht die Metzger und die Fischhändler. Auch die Gemüsebauern, die Spargelstecher und Gärtner benötigen gutes Schneidegerät. Theoretisch könnte es also jeder gewesen sein«, mischte sich ein weiteres Gruppenmitglied in die Diskussion ein.

»Da wird die Polizei viel Freude bei der Suche nach dem Schuldigen haben.« Die Stimme des Mannes mit der Stirnglatze klang zynisch. »Wenn ich euch richtig verstanden habe, müssten die Herren Gesetzeshüter alle in der Region, die ein Messer besitzen, im Sportstadion zusammenpferchen und jeden Einzelnen verhören. Das wird eine Ewigkeit dauern.«

»Ich sage euch: Wir werden Samhain begehen und noch immer nicht wissen, wer den armen Monsieur Richard umgebracht hat«, prophezeite ein anderer Mann.

Sophie ließ sich von dem Pessimismus nicht anstecken. Ihre angeborene Neugier und ihr Drang, den Dingen stets auf den Grund zu gehen, trieben sie voran. Brachten sie dazu, nach mehr Fakten zu suchen. Sie wandte sich erneut an Doktor Bonnet. »Wenn so ein Schnitt mit einem scharfen Messer leicht zu bewerkstelligen ist, ist es dann nicht so, dass der Mord nicht zwingend von einem Mann verübt worden sein muss?«

Doktor Bonnet setzte ein bekümmertes Lächeln auf. »Es gibt genug Frauen, die verdammt geschickt mit einem Schneidewerkzeug umgehen können.«

»Aber wäre eine Frau, wie ich es bin«, die Ovatin schaute fragend in die Runde, »tatsächlich in der Lage, einen 80 bis

90 Kilogramm schweren Mann von einem Platz zu einem anderen zu bewegen? Also ich würde mir das nicht zutrauen!«

»Da bin ich beruhigt, Gwenfea«, feixte der Mann mit der Stirnglatze.

»Wenn sie Hilfe hätte, würde es klappen«, meinte der Doktor.

»Manche Frauen trainieren hart im Fitnessstudio, um Muskeln aufzubauen«, sagte der Apotheker. »Und dann pumpen sie sich mit diesen verdammten Proteinshakes voll, um das Ganze noch zu steigern. Eine solche Walküre schwingt sich einen wie Monsieur Richard locker über die Schultern und joggt mit ihm über den Strand.« Sein Gesicht war vor Empörung rot angelaufen.

Sophie fragte sich insgeheim, ob die Worte des Apothekers von einem durchlebten Trauma zeugten. Sie glaubte, sich zu erinnern, dass er vor ein paar Jahren eine nicht besonders einvernehmliche Scheidung hinter sich gebracht hatte. Sogar von einem Rosenkrieg war die Rede gewesen. Vielleicht hatte seine Exfrau sich mit Fitnesstraining die Kraft und die Willensstärke angeeignet, um letztendlich ihre eigenen Wege zu gehen.

Das Tuckern eines Bootsmotors riss Sophie aus ihren Gedanken.

»Die Wasserschutzpolizei«, sagte Doktor Bonnet. »Die werden hier gleich mit den Kommissaren aus Saint-Brieuc das Ermittlungszepter übernehmen. Kein Sandkorn auf dem anderen lassen. Wir sollten besser gehen.«

Die Gruppe, die sich um den Toten gebildet hatte, löste sich langsam auf. Sophie konnte es sich nicht verkneifen, mit ihrem Handy schnell ein paar Fotos von der Leiche zu schießen. Sicher ist sicher, dachte sie.

Doktor Bonnet fuhr sich mit der Hand durch das schlohweiße Haar, das durch die rituelle Kopfbedeckung, die er bis vor Kurzem getragen hatte, an den Seiten platt gedrückt war.

»Eh bien, so hatte ich mir unsere heutige Versammlung nicht vorgestellt.«

»Ich auch nicht«, gestand Sophie. »Der Morgen hat so friedlich begonnen.«

»Und nun haben wir einen zweiten Toten, der nicht eines natürlichen Todes gestorben ist. Das gibt mir zu denken. Etwas stimmt hier nicht. Unser Ort hat plötzlich so eine negative Aura. Très inquiétant, sehr beunruhigend, wenn Sie mich fragen.«

»Ja, finde ich auch. Was meinen Sie? Gibt es einen Zusammenhang zwischen dem heutigen Mord und dem an Tangi?«

Der Doktor schwieg ein paar Sekunden. »Kann ich mir nicht vorstellen«, sagte er schließlich. »Ein pensionierter Grundschuldirektor aus Erquy und ein Fischgroßhändler aus Paris. Die beiden hatten doch gar keine Berührungspunkte. Ich gehe sogar davon aus, dass sie sich nicht einmal kannten. Was sollte die beiden verbinden? Welches Motiv sollte der Mörder haben, erst den einen, dann den anderen zu beseitigen? Und auf so unterschiedliche Weise? Nein, meiner Meinung nach müssen wir die beiden Vorfälle getrennt voneinander betrachten.«

»Wir?«, fragte Sophie amüsiert.

»Wird Ihnen unter den Umständen alles zu brenzlig? Wollen Sie etwa aufgeben und mich allein weitermachen lassen?«, foppte der Doktor sie.

»Ich denke nicht im Traum daran«, verkündete Sophie und stapfte den Abhang hoch.

17. KAPITEL

Ronan Lagad starrte mürrisch auf den Berg von Formularen, Anträgen, zu erstellenden Berichten und anderen Papieren, der sich auf seinem Schreibtisch auftürmte. Er hasste Büroarbeit. Aber sein vom Hexenschuss genesener Chef hatte ihm Stubenarrest verordnet. Die Ansage des Polizeihauptkommissars war deutlich gewesen: Solange der Papierkram nicht erledigt war, hatte Ronan keinen Zugriff auf den Schlüssel des Streifenwagens. Seine kleinen Fluchten vom Dienstalltag waren damit fürs Erste vorbei. Ronan war quasi an den Schreibtischstuhl gekettet. Ein Ärgernis, das auch die Tafel Nussschokolade, die er zwischendurch verputzt hatte, nicht hatte versüßen können.

Ronan goss sich eine weitere Tasse Kaffee ein, nahm ein dicht beschriebenes Blatt vom Papierstoß und machte sich daran, die Geschehnisse zu einem Fahrraddiebstahl in der Rue Foch in das Formblatt auf seinem Computerbildschirm einzutragen.

Eine Stunde später hatte der Stapel sich nicht wahrnehmbar verringert. In Ronan machte sich Verzweiflung breit. Schon halb drei! Jetzt hatte er wegen des verdammten Formularwahnsinns doch glatt die Mittagspause verpasst. Kein Wunder, dass sein Gehirn streikte. Sein Körper befand sich im akuten Kaloriennotstand, er war total unterzuckert. Ronan führte noch ein kurzes Telefonat mit Doktor Bonnet, dann schnappte er sich seine Jacke, schloss die Tür hinter sich zu und eilte ins »Chez Leon«.

*

Der Zeitpunkt war genau richtig gewählt, denn die letzten Mittagsgäste verließen gerade das Bistro. Doktor Bonnet saß bereits an seinem angestammten Lieblingstisch, nämlich dem, der der Küche am nächsten war. Er nippte an einem Glas gut gekühlten Weißweins. Filip kam mit einem Schälchen entkernter schwarzer Oliven und einem Teller mit hausgemachten Käsecrackern durch die Tür. Noch bevor er beides auf dem Tisch abgestellt hatte, griff Ronan zu und schob sich zwei Cracker in den Mund. Der würzige Geschmack von geriebenem Cantal, mit Sel de Guérande gesalzener Butter und Paprikapulver machte sich auf seiner Zunge breit. Ronans Laune verbesserte sich schlagartig.

Doktor Bonnet grinste. »Dir auch einen guten Tag, Ronan.«

Ronan schluckte und grinste zurück. »Jetzt geht es mir deutlich besser als noch vor fünf Minuten. Salut, Jean-Luc.« Er griff nach einem weiteren Cracker und ließ sich auf einen Stuhl fallen.

Sophie hatte beide Stimmen in der Küche gehört und kam nun in den Gastraum. Sie stutzte. »Mon Dieu, Ronan! Hier scheint es ja um Leben und Tod zu gehen. Ich bin gleich zurück.«

Ein paar Minuten später stellte sie ein randvoll beladenes großes Tablett auf den Tisch. »Ein paar Reste vom Mittagsmenü«, sagte sie und wies mit der Hand auf kleine Steaks hachés, in Öl geschmorte Artischockenherzen, herzhafte Gemüsetörtchen, Knoblauchbaguette, Tomaten-Ziegenkäse-Tarte, eingelegte Zucchinischeiben, Blätterteigröllchen, Fischfilet und noch heiße Pommes frites.

»Alles für mich?« Ronan strahlte.

»Denkste«, sagte Doktor Bonnet und schnappte sich ein Stück Tarte.

Sophie stibitzte eine von den Pommes frites und nahm ebenfalls Platz. »Endlich mal ein paar Minuten sitzen. Heute war der Teufel los.«

»Das wird Dafne sicher freuen«, meinte der Doktor.

»Mich auch. Das Geschäft belebt sich von Woche zu Woche mehr. Wenn es so weitergeht, werden wir überlegen müssen, ob wir uns, von Mikaela abgesehen, zusätzliche Hilfe beschaffen. Filip und ich gehen abends auf dem Zahnfleisch.«

»Ich falle jeden Abend hundemüde ins Bett. Auch an meinem freien Tag. Das ist doch nicht normal für einen Mann meines Alters«, beschwerte sich Filip.

»Dann kommst du wenigstens nicht auf dumme Gedanken«, neckte ihn Doktor Bonnet.

»Haha. Wenn ich wie du schon im Ruhestand wäre, würde ich auch anders reden«, konterte Filip.

»Wenn du weiter so paffst wie bisher, erlebst du deinen Ruhestand nicht mehr.« Diesen Kommentar konnte sich Sophie nicht verkneifen.

»Ich glaube, ich gehe besser wieder in die Küche. Da habe ich wenigstens meine Ruhe.« Filip machte Anstalten, sich zu erheben.

Sophie hielt ihn am Arm zurück. »Bleib sitzen. Du hast dir deine Pause verdient.«

Ronan führte ein Gemüsetörtchen zum Mund und biss ab. »Ich habe in der Zwischenzeit ein bisschen rumtelefoniert«, verkündete er, als er den Happen hinuntergeschluckt hatte. »Euch interessiert bestimmt auch, was es mit dem Toten vom Strand auf sich hat.«

»Unbedingt.« Sophie nickte. »Schließlich habe ich ihn gefunden. Da trage ich doch eine Verantwortung dafür, dass herausgefunden wird, was passiert ist.«

»Ich schätze, dass das Ermittlungsteam aus Saint-Brieuc das anders sieht«, konterte Doktor Bonnet. »Aber eine ordentliche Portion Frauenpower kann meiner Meinung nach nicht schaden. Und Sie haben eine verdammt gute Spürnase.«

»Ich kann mir vorstellen, dass Madam Vidal …«, sagte Ronan.

»Sophie«, korrigierte ihn Sophie mit einem Lächeln. »Wir sollten uns endlich alle duzen. Dafne und ich sind inzwischen auch per Du. Einverstanden?« Sie schaute Doktor Bonnet und Ronan an, die beide nickten. Mit Filip war die Sache ohnehin längst geklärt.

»Also«, setzte Ronan nochmals an, »ich bin mir sicher, dass Sophie, wenn sie auf einer Spur ist, wie ein Trüffelschwein losgeht.«

»Das Dumme ist nur, dass ich viel zu viele Spuren habe und nicht weiß, welche davon die richtige ist«, gestand Sophie. »Da kann die beste Nase nichts ausrichten.«

»Vielleicht hilft uns das weiter, was ich von einer Kollegin aus Saint-Brieuc erfahren habe«, sagte Ronan. »Und ein bisschen gegoogelt habe ich auch.«

»Ich auch«, gestand Sophie. »Aber leg du zuerst los.«

»Es steht außer Zweifel, dass es sich bei dem Toten um Fabien Richard handelt«, begann Ronan.

»Seines Zeichens Fischgroßhändler aus Paris«, fügte Sophie hinzu.

»Richtig.« Ronan lud sich von dem Merlanfilet auf den Teller. »Er oder sein Compagnon kommen regelmäßig hierher, um fangfrische Jakobsmuscheln und Fisch zu kaufen. Von denen sie einen Großteil in Rungis wiederverkaufen.«

»Rungis?«, fragte Filip.

»Der Großmarkt vor den Toren von Paris«, erklärte Sophie. »Angeblich ist es der größte der Welt. Täglich werden dort Tausende Tonnen von Lebensmitteln umgesetzt, natürlich auch Gemüse, Fisch und Schalentiere aus der Bretagne.«

»Richard hat also hier gekauft, um die Ware in Rungis weiterzuverkaufen«, fasste Doktor Bonnet zusammen.

»Ja«, stimmte Ronan zu. »Darüber hinaus hat er verschiedene Restaurants beliefert. Vor allem solche im Hochpreissegment. Dort landeten Jakobsmuscheln, Hummer, Langusten,

Steinbeißer, Seeteufel und Schollen. Das billigere Zeug hat er an die Fischfabriken vertickt, an denen er beteiligt war. Daraus wurden Konserven oder Hunde- und Katzenfutter. Er war geschäftlich ziemlich breit aufgestellt.«

»Das ist kein Grund, ihn feige zu ermorden«, sagte Filip.

»Nein, nicht direkt«, antworte Ronan. »Aber man munkelt, dass er bei seinen Angestellten und bei den Kunden nicht sonderlich beliebt war.«

»Inwiefern?«, fragte Doktor Bonnet über den Rand seines Weinglases hinweg.

»Wahrscheinlich war er ein knallharter Geschäftsmann. Hat Preise gemacht, die seinen Abnehmern wenig schmeckten«, mutmaßte Sophie.

»Das sicherlich auch«, stimmte Ronan zu. »Doch da muss mehr im Busch gewesen sein. Meine Kollegin hat mehrere Anzeigen gegen ihn gefunden. Die allerdings allesamt später wieder zurückgezogen wurden. Das kam ihr komisch vor.«

»Worum ging es bei den Anzeigen?«, wollte der Doktor wissen.

»Im Wesentlichen um Verletzungen der Hygienevorschriften, um die Arbeitsbedingungen in den Fabriken und um Verstöße gegen den tariflichen Mindestlohn. Er soll seinen Angestellten Dumpinglöhne bezahlt, das jedoch geschickt vertuscht haben. Auch von versuchtem Steuerbetrug war die Rede.«

Sophie knabberte an einer Olive. »Ein ziemlicher Batzen an Verfehlungen.«

»Auf den ersten Blick ja. Aber man hat ihn nie dafür zur Rechenschaft gezogen. Sämtliche Strafanzeigen verliefen letztendlich im Sande. An Richard perlte alles ab wie Wasser an der Ente.«

»Vielleicht hatte er einflussreiche Freunde im Justizapparat, die sein Spielchen mitgespielt haben. Natürlich gegen Bezahlung«, fügte Filip hinzu. »Umsonst macht das niemand.«

»Du denkst, dass einer seiner ehrenwerten Freunde plötzlich die Nase voll hatte? Dass er das Treiben von Monsieur Richard nicht mehr mitmachen wollte und ihn deshalb kurzerhand kaltgestellt hat?« Sophie schaute Ronan fragend an.

»Erscheint mir durchaus im Bereich des Möglichen.«

»Wenn er tatsächlich Feinde hatte – egal ob unter seinen Kunden, seinen Angestellten oder unter denen, die ihn protegierten –, warum haben die ihn nicht in Paris umgebracht? Warum haben sie damit gewartet, bis er hier bei uns war?«, gab Sophie zu bedenken.

»Wir sollten uns dezent bei den Fischern und in der Auktionshalle umhören«, schlug der Doktor vor. »Wenn Richard andere betrogen hat, dann hat er das nicht nur in Paris getan. Es könnte gut sein, dass auch jemand von hier eine Rechnung mit ihm offen hatte.«

»Unsere Fischer sind nicht gerade dafür berühmt, dass sie geduldig abwarten und alles mit sich machen lassen«, stimmte Filip zu. »Die haben wegen der Offshore-Windkraftanlage ordentlich Rabatz gemacht.«

»Hat letztendlich aber nichts gebracht«, erwiderte der Doktor düster. »Mit den meterhohen Windmühlen in der Bucht herrscht hier eine ganz andere Atmosphäre, machen sich ganz andere Schwingungen breit.«

»Weißt du, ob Richard Miteigner von einer der Fischfabriken in der Region war?«, wandte sich Sophie an Ronan.

»Nein. Aber das herauszubekommen, sollte nicht schwer sein.«

»Was ist mit diesem Compagnon von Richard? Hat der ein Vorstrafenregister?«

»Der Gedanke ist mir auch gekommen«, sagte Ronan. »Deshalb habe ich seinen Namen durch die Kollegin checken lassen. Wir von der Police municipale haben leider keinen Zugriff auf das erforderliche Programm. Richards Compagnon hat der

Aussage meiner Kollegin nach eine ebenso weiße Weste wie Richard. Zumindest offiziell.«

»Weiße Weste, rabenschwarze Seele«, murmelte der Doktor.

»Es könnte auch sein, dass er Streit mit seinem Compagnon hatte«, meinte Sophie. »Und der hat ihren kleinen Ausflug an die Küste dazu genutzt, sich seiner zu entledigen.«

»Hatten Richard und sein Compagnon Zugriff auf ein Boot, das hier im Hafen liegt?«, wollte der Doktor von Ronan wissen.

»Keine Ahnung.«

»Kannst du dich mal beim Hafenmeister erkundigen?«, bat Sophie.

»Kann ich machen.«

Sophie biss von einer dünnen, knusprigen Scheibe Knoblauchbaguette ab und kaute gedankenverloren. »Ich frage mich noch immer, wie alles zusammenhängt«, sagte sie, nachdem sie aufgegessen hatte. »Also ob wir es mit zwei unterschiedlichen Tätern zu tun haben. Oder ob ein Täter sowohl Tangi als auch Richard auf dem Gewissen hat. Und was ist mit den Körperteilen, die in der Bucht von Morieux angeschwemmt wurden?«

»Dazu gibt es keine neuen Erkenntnisse.« Ronan hob die Schultern.

»Kannten sich die beiden?«, erkundigte sich Filip.

»Wer kannte wen?«, wollte Dafne wissen, die das Bistro durch die Hintertür betreten hatte.

Doktor Bonnet stand auf und drückte ihr zwei Küsschen, rechts, links, auf die Wange. »Bonjour, ma chère.« Im Anschluss zog er galant einen Stuhl unter dem Tisch hervor, damit Dafne sich setzen konnte.

»Wir überlegen gerade, ob Arthur Tangi und dieser Fischgroßhändler Richard sich schon einmal begegnet sind, ob sie miteinander zu tun hatten«, wiederholte Sophie.

Dafne griff nach einem Stück Tomaten-Ziegenkäse-Tarte und steckte es hungrig in den Mund. »Ich habe seit heute früh nichts mehr gegessen«, entschuldigte sie sich.

»Soll ich dir etwas Fleisch und Kartoffelgratin warm machen?«, bot Sophie an.

Dafne schüttelte ablehnend den Kopf. »Nein, nein, ein bisschen Tarte und Brot reichen mir. Ich muss gleich wieder ins Hotel. Mein Schreibtisch quillt über.«

Ronan zuckte schuldbewusst zusammen. »Ich sollte auch zurück in die Dienststelle«, murmelte er, machte aber keine Anstalten aufzustehen.

»Die Frage, mit wem Richard hier Kontakt hatte oder nicht«, nahm Dafne den Gesprächsfaden wieder auf, »hätten Leon oder Teofil sicherlich beantworten können. Sie hatten regelmäßig mit ihm zu tun. Er hat oft direkt von ihnen gekauft, ohne den Umweg über die Auktionshalle zu machen.«

»Durften sie das denn?«, wunderte sich Sophie. »Gibt es keine Vereinbarung, dass der angelandete Fisch versteigert werden muss?«

»Ich weiß nicht, wie es bei anderen Fischern ist«, sagte Dafne. »Leon und Teofil konnten auf jeden Fall frei wählen, wem sie ihren Fang überließen. Manchmal haben sie, wenn die Ausbeute eher gering war, direkt im Hafen an die wartenden Touristen verkauft.«

»Meine Céline hat den Fisch auch immer bei ihnen besorgt«, erinnerte sich der Doktor wehmütig.

»Glaubst du, dass sie einander kannten?«, hakte Sophie nochmals nach.

»Ich habe keine Ahnung. Wie gesagt, diese Frage hätte euch Leon besser beantworten können. Ich vermute aber, dass es nicht so war. Tangi und Richard bewegten sich in unterschiedlichen Kreisen.«

»Tja, dann müssen wir wohl in eine ganz andere Richtung

denken.« Auf Sophies Gesicht spiegelte sich Enttäuschung wider.

»Wir kommen an zu wenig Informationen ran«, klagte Ronan. »Ich bin nicht befugt, offiziell zu ermitteln. Und ihr könnt auch nur Fragen stellen und hoffen, dass man sie euch beantwortet. Die Kollegen vom Kommissariat in Saint-Brieuc sind da klar im Vorteil.«

»Manchmal wünschte ich, ich könnte mich bei denen in den Computer einhacken«, sagte Sophie betrübt. »Der Verdacht, dass Simon etwas mit Tangis Tod zu tun hat, ist noch immer nicht vollständig ausgeräumt.«

»Leider bin ich, was Computer und dieses Internetgedöns angeht, nicht besonders bewandert«, gestand Doktor Bonnet.

»Wir kommen nicht weiter«, musste Sophie frustriert eingestehen. »Ich glaube, es bringt mehr, wenn ich mich um die Abendmenüs kümmere. Da tue ich wenigstens etwas Sinnvolles.«

»Ja, wir haben schon viel zu lange rumgesessen«, stimmte Filip zu. »Ich gehe kurz nach draußen, um eine zu rauchen, und dann bereite ich das Fleisch vor. Oder willst du das übernehmen?« Filip warf Sophie einen verschmitzten Blick zu.

»Eh bien, da bin ich heute großzügig. Die ehrenvolle Aufgabe überlasse ich gern dir«, konterte Sophie und streckte kurz die Zunge heraus.

Dafne kaute nachdenklich auf ihrem Daumennagel herum. »Mir geht gerade etwas durch den Kopf, das Leon mir mal erzählt hat. Letzten Sommer.«

»Ja?« Sophie war ganz Ohr.

»Ich hoffe, ich kriege das alles noch richtig auf die Reihe«, warnte Dafne. »Ich habe der Sache damals nicht allzu große Bedeutung beigemessen. Wir waren mitten in der Hauptsaison, das Hotel war rappelvoll und wir steckten beide bis zum Hals in Arbeit.«

»Was denn?«, drängte Sophie.

Dafne holte tief Luft. »Eines Mittags habe Arthur Tangi an einem der Terrassentische gesessen und Leon habe ihm dreimal hintereinander einen Cognac servieren müssen. Einen doppelten sogar, obwohl er sonst eher wenig Alkohol getrunken hat. Er sei total aufgebracht gewesen.«

»Warum?«

»Ihm war angeblich zu Ohren gekommen, dass ein paar Pariser Bootstouristen des Öfteren abends hier im Hafen vor Anker gegangen seien und wilde Partys veranstaltet hätten.«

»Das ist im Sommer nichts Außergewöhnliches«, meinte Doktor Bonnet mit Bedauern in der Stimme.

»Nein, es wird sogar von Jahr zu Jahr schlimmer«, gab ihm Dafne recht. »Aber damals seien Frauen mit im Spiel gewesen.«

»Wie ›mit im Spiel‹?« Sophie hatte keine Ahnung, worauf Dafne hinauswollte.

»Die Männer, die die Jachten gechartert hatten, luden abends Frauen zu sich ein.«

»Und das hat Tangi nicht gefallen?« Filip verdrehte die Augen. »Ich wusste gar nicht, dass er so prüde war. Wenn ich daran denke, was nach Einbruch der Dunkelheit in den Dünen abgeht ... Auf einem Boot sind sie wenigstens unter sich und lassen ihre gebrauchten Kondome nicht überall in der Landschaft rumliegen. Widerlich, was man morgens dort alles findet.«

»Nun ja«, Dafne zögerte. »Tangi hatte wohl von einem Bekannten erfahren, dass diese Männer aus Paris sich sehr junge Frauen auf die Boote holten. ›Fast noch Kinder‹, habe er zu Leon gesagt.«

»Stimmte es, was er behauptete?«, fragte Sophie.

»Leon hat damals gemeint, dass Tangi übertreibe«, erinnerte sich Dafne. »Ihr wisst ja, wie er war. Er neigte dazu, aus einer

Fliege einen Elefanten zu machen. Und Kinder gingen ihm über alles. Da erwachte sein Beschützerinstinkt.«

»Er war ein sehr engagierter Lehrer«, meinte Doktor Bonnet anerkennend. »Davon gibt es nicht so viele, wie ich es mir wünschen würde.«

»Ist man den Vorwürfen von offizieller Seite nachgegangen?«, wollte Sophie wissen.

Ronan hob abwehrend die Hände. »Ich weiß von nichts. Und Riou, mein Chef, hat auch nichts gesagt.«

»Es war also letztendlich nicht mehr als ein Gerücht?«

»Hm, sagen wir mal so«, antwortete Dafne auf Sophies Frage, »Leon hat im Nachhinein mitbekommen, dass die Pariser Touristen wohl behauptet hätten, es seien ihre Nichten oder Töchter, die zu Besuch kämen. Obwohl gemunkelt wurde, dass ein paar der Frauen und Mädchen eindeutig keine Französinnen gewesen seien. Manche hatten angeblich ein asiatisches Aussehen. Und ihre Kleidung habe nicht einem Verwandtenbesuch entsprochen.«

»Hat Tangi also vermutet, dass es sich um Prostitution handelte?«, fragte Sophie entsetzt.

»Ich kann es dir nicht sagen«, musste Dafne eingestehen. »Ich habe ja nicht selbst mit Tangi gesprochen. Ich nahm an, es wäre eine von diesen Sommergeschichten, über die man ein paar Tage spricht und die mit Saisonende vergessen sind. Auch Leon hat es nie wieder erwähnt. Und ich, ich hatte Wichtigeres zu tun, als mich um Sachen zu kümmern, die mich nichts angehen.«

Sophie begann, die leeren Teller und Schälchen auf dem Tablett zu stapeln.

Dafne stand auf. »Ich muss los. Wir sehen uns heute Abend, ich helfe beim Servieren.«

»Okay, bis nachher«, sagte Sophie und steckte sich das letzte Artischockenherz in den Mund. Da kam ihr ein Gedanke. Sie hielt Dafne zurück und fragte: »Ich kann ja verstehen, dass Tangi – wenn das, was er erzählt hat, der Wahrheit entspricht – beunruhigt war. Aber was hat das alles mit Richard zu tun?«

»Ach, tut mir leid«, Dafne setzte ein entschuldigendes Lächeln auf, »das habe ich vergessen. Eine andere Sache beschäftigt mich nämlich ganz akut. Heute sind alle Handtücher mit einem Graustich aus der Wäscherei zurückgekommen. Und die weist jede Schuld von sich. Angeblich liegt es daran, dass ich schlechte Qualität gekauft habe. Was nicht stimmt, ich habe seit Jahren denselben Lieferanten. Eh bien, zurück zu Tangi, das Wichtigste fehlt ja noch.«

»Schieß los!«, drängte Sophie.

»Zwei Tage nachdem Tangi bei uns auf der Terrasse gesessen hatte, war Leon mit dem Auto in der Werkstatt. Der Anlasser war defekt, musste ausgetauscht werden. In der Werkstatt hat Leon zufällig Richard getroffen, der einen Bootsmotor zur Reparatur abgab. So ein großes Ding mit vielen PS. Richard war total sauer und hat das Werkstattpersonal fürchterlich zusammengefaltet, weil sie den Schaden nicht sofort beheben konnten. Das hat ihm und seinen Freunden einen Ausflug zum Kap und weiter nach Cancale verhagelt.«

Sophie starrte Dafne mit offenem Mund an. »Willst du damit sagen, dass Richard einer dieser Pariser Touristen war?«

»Davon können wir wohl ausgehen.«

»Dann gibt es also doch einen Zusammenhang!« Sophie triumphierte.

»Vielleicht«, bremste Doktor Bonnet ihre vorschnellen Erwartungen. »Und selbst wenn es so wäre, bringt uns das nicht wirklich weiter. Denkt doch mal nach: Wenn Tangi so sauer gewesen wäre, dass er Richard etwas hätte antun wollen, wäre Richard zuerst gestorben. Doch es war genau umgekehrt: Tangi war das erste Opfer.«

»Jean-Luc hat recht.« Ronan nickte.

Filip hob das mit Tellern und Essensresten gefüllte Tablett empor. »Ich habe den Eindruck, dass wir als Hobbykommissare komplette Nieten sind. Wir sollten die Ermittlungen den Profis überlassen.«

Sophie wollte noch nicht aufgeben. »Was ist, wenn es jemand war, der mit Tangi und Richard eine Rechnung offen hatte? Vielleicht sind ihm beide unabhängig voneinander in die Quere gekommen.«

»Halte ich für eher unwahrscheinlich«, wandte Ronan ein.

Doch Sophie war nicht zu bremsen. »Erinnert ihr euch, was ich euch nach dem Marktbesuch erzählt habe? Dass Tangi kurz vor seinem Tod bei einem Treffen dieser Umweltschützer von einem Verräter gesprochen hat?«

»Vage. Sehr vage«, meinte der Doktor.

»Es könnte sein, dass sich beide, Richard und Tangi, von jemandem ›verraten‹ gefühlt haben. Und dass sie, jeder für sich, beschlossen hatten, diesen ›Verrat‹ nicht auf sich sitzen zu lassen. Wodurch der ›Verräter‹ in Zugzwang kam, reagieren musste. Als Folge dessen hat er zuerst Tangi und dann Richard ausgeschaltet.«

»Das ist eine ziemlich gewagte Hypothese.« Dafne zeigte sich skeptisch.

»Hört sich für mich nach ›hätte, hätte, Fahrradkette an‹«, stimmte Filip seiner Arbeitgeberin zu.

»Hast du einen besseren Vorschlag?«, giftete Sophie.

»Leider nicht.«

»Wir müssen unsere Sichtweise ändern, unsere Perspektive erweitern«, forderte Sophie. »Es geht nicht mehr darum, ob Tangi und Richard sich kannten, sondern darum, wem sie beide gefährlich geworden sind. Wer der Dritte in diesem unglückseligen Bund ist.«

»Uh, das ist mir alles zu hoch«, gestand Filip. »Ich gehe lieber zurück in die Küche.«

»Ja, ich muss auch los.« Ronan stand ebenfalls auf.

Doktor Bonnet legte Sophie kurz die Hand auf die Schulter. »Du vergaloppierst dich da in etwas«, warnte er. »Manchmal hilft es, sich ein wenig zurückzunehmen und sich in Geduld zu üben.«

»Geduld gehört nicht zu meinen Kernkompetenzen«, sagte Sophie zerknirscht.

»Es wird sich alles aufklären«, versicherte Doktor Bonnet.

»Wenn du es sagst ...«

»Ich komme heute Abend noch einmal vorbei«, sagte der Doktor. »Filip hat mir erzählt, dass ihr Nachschub von meinem Lieblingswinzer bekommen habt.«

»Ich stelle eine Flasche in den Kühlschrank«, versprach Sophie.

In der Küche band sie sich eine Schürze um und begann, grüne Oliven für eine Tapenade mit Meeresalgen fein zu hacken. Zweimal erwischte die Messerklinge fast ihre Finger. Denn Sophies Gedanken schweiften immer wieder ab. In ihrem Kopf spukte die eine, aber alles entscheidende Frage herum: Wer hatte ein Motiv, zwei Männer umzubringen, die im Leben so unterschiedlich gewesen waren?

18. KAPITEL

»Das darf doch nicht wahr sein!«

Linh stieg vom Fahrrad und beäugte missmutig den Reifen. Die Luft im Schlauchinneren hatte sich auf der Steigung hin zur Bushaltestelle verflüchtigt. Der Reifen war komplett platt. Sie hatte weder eine Luftpumpe dabei noch wusste sie, wie sie eine Reparatur bewerkstelligen sollte. Wenn sie den alten Drahtesel den Berg hinaufschieben müsste, würde sie es nie und nimmer schaffen, pünktlich an der Haltestelle anzukommen. Der Bus würde ohne sie abfahren und sie zu spät zur Arbeit kommen. Das war ihr bis jetzt noch nie passiert. Linh war bei beruflichen wie privaten Terminen immer überpünktlich. Und nun das!

»Merde, merde«, presste sie zwischen den Zähnen hervor und schickte gleich noch ein paar Flüche auf Vietnamesisch hinterher. Ihr würde nichts anderes übrig bleiben, als auf den nächsten Bus zu warten, der in einer Stunde fuhr. Linh konnte es sich nicht verkneifen, dem Vorderrad einen Fußtritt zu verpassen. Dann packte sie den Lenker, beugte den Oberkörper ein wenig vor und begann zu schieben.

Der Klang eines PS-starken Motors ließ sie aufhorchen. Sie hielt an, hob den Kopf und drehte sich kurz um. Ein metallicblauer Sportwagen röhrte mit offenem Verdeck die Straße entlang. Linh wusste in dem Moment nicht, ob sie alarmiert oder erleichtert sein sollte. Für ein paar Sekunden signalisierte ihr Gehirn, dass sie dem ersten Impuls nachgeben sollte, und sie beschleunigte ihre Schritte. Dann wurde sie sich der Sinnlosigkeit ihres Tuns bewusst. Dem hochmotorisierten Cabriolet würde sie nicht davonlaufen können. Linh stoppte. Der Wagen kam neben ihr zum Stehen.

»Na, Probleme?« Denez Caradec grinste sie vom Fahrersitz aus an. Sein blondes Haar war vom Wind zerzaust und seine Augen blitzten wie geschliffene Topase. Er trug einen blau-weiß gestreiften Pullover im Marine-Stil, der ihm, wie Linh insgeheim zugestehen musste, ausgezeichnet stand. Die langen Beine steckten in einer dunkelblauen Jeans.

»Probleme mit der Rostlaube?«, wiederholte Denez seine Frage.

»Platter Reifen«, murmelte Linh.

»Steig ein. Ich fahre dich zur Arbeit.«

»Non merci.« Linh antwortete automatisch, mit denselben Worten, die sie seit einer Woche verwendete. Denez war jeden Morgen mit seinem schicken Schlitten aufgetaucht und hatte angeboten, sie mitzunehmen. Bis heute war Linh standhaft geblieben.

»Du wirst zu spät zur Schicht kommen«, warnte Denez.

Ich weiß, dachte Linh, setzte sich aber störrisch wieder in Bewegung. Das Vorderrad quietschte.

»Ich werde dich schon nicht beißen.« Denez fuhr langsam neben ihr her.

Linh blieb stumm.

»Und ich werde nichts tun, was du nicht willst.« Denez holte unter dem runden Ausschnitt seines Matrosenpullovers ein silbernes Kreuz hervor, das an einer Ringkette hing. »Ich schwöre.«

»Ehrlich?« Linh musterte ihn misstrauisch.

»Ganz ehrlich. Ich schwöre beim Namen meiner verstorbenen Großmutter, bei der ich nach dem Tod meiner Eltern aufgewachsen bin.«

Linh suchte sein Gesicht mit den Augen auf einen Hinweis ab, dass er log, ihr etwas vormachte, um sie zu erweichen. Doch er wirkte aufrichtig.

»Du bist Waise?«, fragte sie, um sich zu vergewissern.

»Meine Eltern sind bei einem Autounfall umgekommen, als ich zehn war. Danach habe ich bis zum Abi bei meiner Mamie gelebt. Während des Studiums bin ich bei meinem Onkel in Rennes untergekommen. Und jetzt bin ich hier, in Erquy.«

»Echt? Du hast studiert?« Linh war überrascht. Damit hatte sie nicht gerechnet.

»Maschinenbau. Und nebenbei habe ich mein Kapitänspatent gemacht.«

Linh wusste nicht mehr, was sie denken sollte. »Aber du arbeitest für diesen anderen Kapitän, für diesen Kutterkönig. Und du fährst mit einem Lkw herum«, wandte sie ein.

»Nicht immer«, erwiderte Denez und tätschelte mit der Hand das schwarze Lederlenkrad.

»Ich habe dich mehrmals auf dem Gelände der Fabrik mit dem Lkw gesehen. Da hast du Kisten mit Fisch entladen.«

Denez zuckte mit den Schultern. »Ich liebe halt ein bisschen Abwechslung. Und wenn Not am Mann ist, springe ich gerne ein. Damit breche ich mir keinen Zacken aus der Krone.«

Linh zögerte. In der Fabrik war Denez Caradec vor allem bei den jungen Arbeiterinnen ein beliebtes Gesprächsthema. Viele Gerüchte und Spekulationen rankten sich um den gut aussehenden Blonden. Sollte er tatsächlich anders sein, als sie alle angenommen hatten? Linh zögerte.

»Nun steig schon ein!« Denez klopfte mit der Handfläche auf den Beifahrersitz.

»Was mache ich mit dem Fahrrad?« Linh sah unschlüssig aus.

»Lehne es gegen die Böschung. Ich komme nachher noch mal mit dem Lieferwagen vorbei und bringe es zum Campingplatz. Wir werden erst heute Abend bei Flutbeginn mit der Flotte rausfahren.«

»D'accord.« Linh tat, was er vorgeschlagen hatte, und nahm an seiner Seite Platz.

Denez griff über sie hinweg, löste den Sicherheitsgurt aus der Verankerung, zog ihn auf die richtige Länge und ließ ihn im Gurtschloss einrasten.

»Sicher ist sicher. Ich möchte nicht, dass dir etwas passiert«, sagte er und gab Gas.

Das Cabriolet schoss vorwärts und der Wind wirbelte Linhs langes Haar durcheinander. Gegen ihren Willen musste sie grinsen. So komfortabel war sie schon seit Monaten nicht mehr unterwegs gewesen.

Auf der zehnminütigen Fahrt sprachen sie kein Wort. Ab und zu spähte Linh unter den gesenkten Wimpern zu Denez hinüber. Er wirkte völlig entspannt. Seine langen schmalen Hände hielten das Lenkrad seitlich umschlossen, sein rechter Fuß spielte gekonnt mit dem Gaspedal. Selbst die engen Kurven nahm er flott und geschmeidig, mit unübersehbarer Kompetenz. Das Cabriolet und sein Fahrer wirkten auf Linh wie ein gut eingespieltes Team. Schneller, als sie gedacht hatte, erreichten sie den Fabrikparkplatz.

»Vielen Dank fürs Mitnehmen.« Linh löste den Sicherheitsgurt.

»Wir sind früh dran«, bemerkte Denez. »Deine Schicht beginnt erst in einer Viertelstunde.«

»Das macht nichts. Ich warte im Umkleideraum.« Linh suchte mit den Augen nach dem Türöffner, konnte ihn aber in der sanft geschwungenen, mit Applikationen versehenen Lederverkleidung der Innentür nicht auf Anhieb finden.

Denez legte seine Hand kurz auf ihren Arm. »Hier drinnen ist es gemütlicher. Erzähl mir doch ein bisschen von dir. Ich möchte mehr über dich wissen. Zum Beispiel, warum du akzentfrei Französisch sprichst.«

Linh wand sich innerlich. Eigentlich hatte sie sich vorgenommen, ihm aus dem Weg zu gehen, sich auf keinen Fall mit ihm einzulassen. Doch heute machte er auf sie einen anderen

Eindruck als bei ihren vorherigen Begegnungen. Der arrogante Schnösel, den er bei dem Gespräch mit ihren Kolleginnen hatte heraushängen lassen, war verschwunden. Er wirkte trotz des teuren Wagens eher bescheiden. Wie die meisten ihrer französischen Kommilitonen, die sie an der Uni kennengelernt hatte. Nett, freundlich, zuvorkommend. Warum hatte sie ihn damals in der Mittagspause als gefährlich angesehen? Nur weil Ana eine blöde Bemerkung über ihn gemacht hatte? Sie vor ihm gewarnt hatte? Sie hatte nicht das Gefühl, dass sie sich vor Denez fürchten müsse. Sein jungenhaftes Grinsen war ansteckend, und in seinen blauen Augen glaubte sie Aufrichtigkeit und echtes Interesse zu lesen. Außerdem war er kein einfacher Hafenarbeiter, sondern gebildet, hatte wie sie studiert. Linh gab sich einen Ruck.

»Nun ja, viele in meiner Heimat sprechen Französisch. Wir waren schließlich mal französische Kronkolonie.«

»Das weiß ich.«

»Inzwischen wird Französisch an vielen Schulen als erste Fremdsprache unterrichtet. Außerdem hatte ich ein französischsprachiges Kindermädchen.«

»Mon Dieu! Heißt das etwa, dass deine Eltern reich sind?«

Linh zögerte ein paar Sekunden, bevor sie antwortete. »Wer reich ist und wer arm, das ist doch immer eine Frage der Perspektive. Du mit deinem Luxusauto hier«, Linh klopfte auf den mit schwarzem Leder bezogenen Sitz, »würdest bei vielen meiner Landsleute als superreich gelten. Manche würden dich beneiden, aber die meisten würden ehrfürchtig zu dir aufsehen. Und sich wünschen, sie wären wie du.«

»Ich habe schon immer hart und lange gearbeitet«, verteidigte sich Denez. »Manchmal bekomme ich an vier Tagen nicht einmal vier Stunden Schlaf am Stück. Wenn wir draußen in den Fischgründen sind, zählen die körperlichen Bedürfnisse des Einzelnen nicht. Da geht es ausschließlich darum, möglichst viel Fang sicher an Bord zu holen. Alles andere ist unwichtig. Meistens fehlt mir sogar die Zeit, auf die Toilette zu gehen. Und wenn irgendetwas mit dem Boot oder dem Motor schiefläuft, wird es noch stressiger.«

»Meine Eltern haben auch Stress«, sagte Linh nachdenklich. »Sie führen ein Import-Export-Geschäft. Mein Vater ist oft auf Reisen, dann springt meine Mutter, die ansonsten für das Rechnungswesen verantwortlich ist, voll im Verkauf mit ein. Als ich Kind war, gab es Tage, an denen ich sie überhaupt nicht zu Gesicht bekommen habe. Meine Kinderfrau hat sich um mich gekümmert.«

Denez zog die Augenbrauen in gespieltem Entsetzen hoch. »Armes reiches Mädchen.«

»Ich bin nicht reich«, widersprach Linh und schüttelte den Kopf, dass ihre langen Haare flogen. »Ich muss mir mein Studium verdienen. Deshalb arbeite ich auch hier.« Mit dem Kinn wies sie auf die Fischfabrik. Obwohl ihr Denez sympathischer war, als sie vorher vermutet hatte, riet ihr Instinkt ihr, die Lügengeschichte vom Ferienjob aufrechtzuhalten. Sich als einfache Studentin auszugeben. Ihre Erkundigungen waren bis jetzt ohne Ergebnis geblieben. Noch immer hatte sie nicht herausgefunden, wo sich Hung aufhielt, was aus ihm geworden war. Sie wollte den Schutzschild, den sie vor sich aufgebaut hatte, nicht zu früh fallen lassen. Für alle, die sie in der Fabrik und auf dem Campingplatz kannten, war sie die etwas naive vietnamesische Austauschstudentin, die sich nach Kontakt mit ihresgleichen sehnte. Eine innere Stimme sagte ihr, dass sie nur so eine Chance hätte, die Wahrheit herauszufinden.

»Ist ja gut!« Denez hob besänftigend die Hände. »Ich habe während meines Studiums auch gejobbt. Ich finde es prima, dass du auf eigenen Füßen stehen willst.«

»Deshalb muss ich jetzt auch gehen«, sagte Linh mit Nachdruck. »Danke fürs Fahren und dafür, dass ich pünktlich angekommen bin.«

»Sehen wir uns wieder? Schon bald?«

»Ich bin den ganzen Tag in der Fabrik. Und abends muss ich meistens lernen«, wich Linh aus.

»An den Tagen, an denen ich nicht auf See bin, kann ich dich gerne regelmäßig zur Arbeit bringen. Dann bist du nicht auf den Bus angewiesen«, bot Denez an.

»Du hast eben selbst gesagt, wie stressig dein Job ist. Wenn du frei hast, sollst du dich erholen.« Linh öffnete die Tür und stieg aus.

»Wann hast du heute Schluss?«

»Um vier.«

»Keinen Widerspruch! Ich hole dich ab. Und dann repariere ich dein Fahrrad. Ich bin schließlich Ingenieur.« Denez hatte wieder dieses verführerische jungenhafte Grinsen aufgesetzt.

Linh trat unschlüssig von einem Fuß auf den anderen.

»Als Dank kannst du mich auf eine Tasse Tee einladen. Den trinkt man doch bei euch, oder?«

»In Ordnung.« Linh gab sich geschlagen, weil sie nicht unhöflich sein wollte. »Tee oder Cà phê trứng – Eierkaffee, wie man ihn bei uns zu Hause macht.«

»Hört sich spannend an.«

»À tout à l'heure. Bis nachher dann.« Linh hob zum Abschied die Hand und verfolgte mit den Augen, wie der Sportwagen vom Parkplatz auf die Straße fuhr und hinter der nächsten Kurve verschwand. Sie reihte sich in die Schlange derer ein, die vor der Pförtnerloge auf Einlass warteten.

*

Denez fuhr auf der Küstenstraße etwa einen Kilometer, bis eine kleine Haltebucht am Straßenrand auftauchte. Er drückte beherzt mit dem Fuß auf das Bremspedal, zog das Lenkrad nach rechts, ließ den Wagen ausrollen und stieg aus. Mit dem Handy am Ohr ging er ein paar Schritte auf und ab. Der Teilnehmer, den er angewählt hatte, nahm den Anruf beim dritten Läuten entgegen.

»Die Kleine hat angebissen«, verkündete Denez zufrieden.

»Ich wusste, dass du sie rumkriegst.« Sein Gesprächspartner lachte kehlig auf.

»Ganz so weit ist es noch nicht«, dämpfte Denez vorschnelle Erwartungen. »Aber sie hängt am Haken und zappelt. Jetzt müssen wir sie nur noch einholen und verfrachten.«

»Glaubst du, dass sie …«, der Gesprächspartner hielt für zwei, drei Sekunden inne, »dass sie freiwillig mitmachen wird?«

»Non, jamais. Niemals«, erwiderte Denez. »Das ist kein naives Fabrikmäuschen. Die hat nicht nur einen klasse Körper, sondern auch Grips. Sie ist Studentin. Und ich habe ihr glaubhaft verklickert, dass ich auch einen akademischen Abschluss habe. Damit wir sozusagen auf gleichem Level sind.«

Wieder ertönte das Lachen. »Ein bisschen mehr Grips kann sicherlich nicht schaden, das macht die Sache erregender. Unsere Abnehmer werden begeistert sein. Wann, denkst du, ist es so weit?«

»Lass mir vorher selbst ein bisschen Spaß«, bat Denez. »Ich will als Erster zum Zug kommen.«

»Aus dir spricht der Genießer.«

»Wenn wir unser Programm durchgezogen haben, wird es nicht mehr das Gleiche sein.«

»Lass dir nicht zu viel Zeit. Du weißt, dass wir den Termin festgezurrt haben. Die warten auf Frischware. Junges festes Fleisch, das nicht murrt und rumzickt.«

»Wir werden unser Versprechen halten«, versicherte Denez.

»Dann wünsche ich dir beaucoup de plaisir, viel Vergnügen.« Der Anruf war beendet.

Denez wartete einen Moment, bevor er zu seinem Wagen zurückging. In Gedanken versunken starrte er hinaus auf das Meer, wo ein Segelboot mit weißen Segeln und vom Wind aufgeblähtem rotem Spinnaker parallel zur Bucht entlangglitt.

Was ist nur mit dir los, dachte er und schüttelte heftig den Kopf, als wolle er das darin herumspukende und für ihn ungewöhnliche Missbehagen herauskatapultieren. So kannte er sich gar nicht. Er hatte allen Grund, erfreut zu sein. Er stand kurz davor, einen weiteren Job zur Zufriedenheit seiner Auftraggeber erledigt zu haben. Die wichtigsten Schritte waren gemacht, der Rest wäre ein Kinderspiel. Woher kam das ungute Gefühl, das an ihm wie eine Ratte am Schiffszwieback nagte? Bis jetzt hatte er noch nie Skrupel gehabt. War zu allem bereit gewesen und dabei weiter gegangen, als die meisten es getan hätten. Das und eine gute, passgenaue Vorbereitung waren sein Geheimrezept. Hatten zu seiner äußerst positiven Bilanz in dem Metier beigetragen.

Doch in den letzten Wochen plagten ihn unvorhergesehene Gewissensbisse. Die Vorgehensweise derer, die ihn beauftragten, hatte sich verändert. Sie waren immer kaltblütiger, rücksichtsloser und brutaler geworden. Nur das eine Ziel zählte für sie: der Moment, in dem die Scheine letztendlich von einer Hand in die andere wechselten. Der Deal abgewickelt war. Denez kickte wütend einen kleinen Stein über den Asphalt.

»Hör auf mit der Gefühlsduselei«, befahl er sich. »Mach das, was von dir erwartet wird, und streiche den Profit ein.«

In einem Jahr hätte er genug auf die Seite geschafft, um sich nach Florida abzusetzen. Um dort ein neues, noch lukrativeres Geschäft auf die Beine zu stellen. Zaudern und Zögern wären dabei nur hinderlich. Um weiterhin Erfolge zu verbuchen, musste er sich treu bleiben. Das Spiel zu seinen Konditionen mitspielen.

Denez stieg in sein Auto, ließ den Motor an und fuhr mit quietschenden Reifen los. Er hatte es plötzlich eilig. Seine Richtung lautete vorwärts. Immer weiter vorwärts.

19. KAPITEL

»Verdammt, warum gehorcht mir das blöde Ding nicht?« Sophie warf der silbern schimmernden Kaffeemaschine einen hasserfüllten Blick zu. Obwohl ihr Filip schon x-mal erklärt hatte, wie sie die Hähne und Düsen bedienen musste, damit ein schmackhafter Milchkaffee herausfloss, hatte sie erneut kläglich versagt. In der Tasse war nur ein dünnes, trübes Rinnsal gelandet, das selbst mit viel Fantasie nicht an Kaffee erinnerte. Sophie entsorgte es im Ausguss.

»Weißt du was, du kannst mich jetzt mal kreuzweise«, zischte sie der Kaffeemaschine zu. »Ich besorge mir meinen Café au Lait woanders.« Sie schnappte sich die Autoschlüssel und fuhr los.

In die »La Chaloupe« hatten sich zur frühen Stunde nur eine Handvoll Touristen und ein Mann im typischen gelben Ölzeug der Fischer verirrt. Das nasse, eher spärliche Haar klebte ihm am Kopf, und sein Gesicht war vom Wind und vom

Regen gerötet. An seinen Gummistiefeln pappten Fischschuppen, die einen tranigen Geruch verströmten. Das schien den Mann nicht zu stören, denn er machte sich mit offensichtlichem Appetit über eine riesige Portion Moules frites her. Die er mit einem frisch gezapften Bier hinunterspülte. Die Touristen hatten sich etwas abseits des Tresens hingesetzt und hielten blau-weiße Keramikschälchen zwischen den Handflächen, um sich aufzuwärmen. Der plötzliche Wetterumschwung machte allen zu schaffen. Seit gestern Abend verbreitete ein Tiefdruckgebiet trübe Novemberstimmung.

Sophie schielte neidisch auf die Schälchen, in denen sie heißen Milchkaffee vermutete. Sie hängte ihre wasserdichte Jacke zum Abtropfen an einen der in der Wand verankerten Messinghaken und ging ebenfalls zum Tresen.

»Ein Wetter zum Weglaufen«, begrüßte Yuna Kerloc sie mit einem schiefen Lächeln. An diesem Morgen hatte sie ihr blondes Haar zu einem auf dem Kopf fixierten Dutt aufgetürmt, wodurch sie nochmals zehn Zentimeter größer wirkte.

Sophie kam sich bei dem Anblick wie ein fülliger Zwerg vor. Ein nasser, fülliger Zwerg. Ihre Jacke hatte nicht das gehalten, was das Etikett versprach. Das Nackenbündchen ihres Strickpullovers und die Schultern fühlten sich unangenehm feucht an.

»Ich bin aus dem Bistro getürmt«, tat sie kund und erwiderte Yunas Lächeln.

»Habt ihr keine Gäste?«, wunderte sich Yuna.

»Wir machen erst ab halb zwölf auf. Früher lohnt es sich für uns nicht. Aber abends geht es dann manchmal bis in die Puppen.«

»Zu uns kommen ein paar Fischer regelmäßig zum Frühstück. Oder besser gesagt zum Frühschoppen.« Yuna machte mit dem Kinn eine Bewegung in Richtung des Mannes im Ölzeug. »Er ist schon beim dritten frisch Gezapften.«

»Muscheln und Bier. Würde ich um die Uhrzeit nicht runterbekommen.« Sophie schüttelte sich. »Ich hätte gern einen Milchkaffee. Dazu ein Croissant aux amandes. Mandeln sind gut für die Nerven. Und Süßes tröstet bei Schietwetter.«

Yuna bugsierte das Gebäckstück mit einer Zange auf einen Teller und widmete sich der Kaffeemaschine. Mit einer Gewandtheit, um die Sophie sie beneidete, zauberte sie in Sekundenschnelle einen perfekten Café au Lait hervor. »Hier«, sagte sie und schob den randvollen Bol vorsichtig über den Tresen.

»Merci. Den kann ich gut gebrauchen.« Sophie gab zwei Stückchen Würfelzucker in den Kaffee, rührte kurz um und setzte das Schälchen an die Lippen. »Himmlisch«, sagte sie, nachdem sie ein paar Schlucke getrunken hatte. »Machst du mir gleich noch einen?«

»Hast du heute Morgen Zeit?«

»Ja. Filip ist an meiner Stelle zum Einkaufen gefahren. Da habe ich ein Stündchen für mich.«

»Hast du keine Angst, dass er wieder Dosensuppe kauft?«, neckte Yuna sie.

Die beiden Frauen hatten sich in den letzten Wochen öfter gesehen. Bei einem ihrer Treffen hatte Sophie Dafnes Schilderung, wie Filip den ahnungslosen Gästen Hummersuppe aus der Dose vorgesetzt hatte, zum Besten gegeben. Obwohl es sich eigentlich um eine ernste Angelegenheit gehandelt hatte, hatten sie herzhaft über diesen kulinarischen Fauxpas gelacht. Der sich unter ihrem Küchenzepter nicht wiederholen würde, hatte sich Sophie geschworen. Doch sie war optimistisch.

»Er macht sich besser, als ich anfänglich glaubte«, gestand sie. »Ihm fehlt nur ein bisschen Führung. Jemand, der ihm sagt, wo es langgeht. Dann ist er ein tüchtiger Kerl. Und er hat durchaus Talent.« Vor allem, wenn er Steak und Braten zubereitet, dachte Sophie. Diesbezüglich schätzte sie ihre Fähigkeiten noch immer so dilettantisch wie beim Bedienen der Kaffeemaschine ein. Bei ihr hatte das Fleisch ruckzuck die Konsistenz, den Geruch und das Aussehen von Kohlebriketts. Wenn sie ein Stück Steak in der Hand hielt, war sie im Kopf total blockiert. Und sie konnte nichts dagegen tun. Wahrscheinlich fehlt mir ein Neandertaler-Gen oder so etwas, schalt sie sich innerlich. Sie war eindeutig mehr Sammlerin als Jägerin.

»Jemanden mit Talent könnte ich auch gut gebrauchen«, unterbrach Yuna ihre Gedanken. »Ich will nicht ewig hinter dem Tresen versauern.«

»S'il vous plaît, zwei Cafés und zwei Mineralwasser«, rief einer der Touristen prompt.

Mit einem Seufzen machte sich Yuna erneut an der Kaffeemaschine zu schaffen.

»Gibt es noch immer keine Neuigkeiten? Hüllt sich die Bank wegen eures Bootsprojektes weiterhin in Schweigen?«, wollte Sophie mitfühlend wissen, als Yuna die Getränke serviert hatte.

»Nein, es tut sich nichts.« Yuna zog die Mundwinkel nach unten. »Uns fehlen nach wie vor 20.000 Euro für die Anzahlung.«

»Ich wünschte, ich könnte euch helfen. Aber ich befürchte, dass ich nach meiner Scheidung komplett pleite bin.«

»Vielleicht solltest du deinen Ex zu einer Bootsfahrt einladen«, schlug Yuna mit einem spitzbübischen Lächeln vor. »Und wenn ihr dann schön weit draußen seid, gibst du ihm einen kleinen Schubs. Damit er über Bord geht und für immer aus deinem Leben verschwindet.«

»Gerd ist ein guter Schwimmer«, erwiderte Sophie düster. »Und seitdem er diese Neue hat, treibt er jeden Tag Sport. Der schafft es glatt, den Ärmelkanal zu durchqueren. Sogar, wenn ich ihm einen Arm auf dem Rücken festbinde und einen Schwarm Haie auf ihn loslasse.«

»Dann bleibt dir nichts anderes übrig, als einen guten Anwalt zu beauftragen.«

»Der kostet Geld. Geld, das ich nicht habe.«

»Oui, c'est vrai, sich scheiden zu lassen oder zu sterben ist heutzutage verdammt teuer.« Yuna fegte mit einer Handbewegung ein paar Krümel vom Tresen.

»Apropos sterben. Kanntest du diesen Fischgroßhändler, diesen Richard?«

»Den du mausetot am Strand gefunden hast?«

»Genau den.«

»Nachdem wir unseren alten Kutter auf den Schiffsfriedhof verfrachtet hatten, hatten wir nichts mehr mit dem zu tun. Zum Glück. Richard war kein angenehmer Zeitgenosse und hat notorisch die Preise in den Keller gedrückt. Manchmal haben wir kaum das Geld für den Schiffsdiesel rausbekommen. Mein Vater hat versucht, so wenige Geschäfte wie möglich mit ihm zu machen. Richard hatte hier keinen guten Ruf.«

»Das habe ich in den letzten Tagen schon öfter gehört. Ich frage mich, warum sich niemand gegen diese Praktiken gewehrt hat. Zumindest bevor man ihm fast den Kopf abgetrennt und ihn ins Meer geschmissen hat.«

»Es ist wohl so«, sagte Yuna nachdenklich. »Manche Fischer können es sich nicht leisten, in Bezug auf ihre Abnehmer wählerisch zu sein. Vor allem, wenn sie minderwertigen Fisch eingeholt haben oder wenn es ein Überangebot gibt. Dann finden sie auf der Auktion oftmals keine Käufer und müssen nach der Devise verfahren: nur weg mit dem Zeug, damit die Laderäume wieder leer werden. Ihnen bleibt oft nicht mehr als die Hoffnung, dass sie am nächsten Tag einen besseren Fang machen.«

»Diese minderwertigen Fischsorten und der Beifang – bin ich da richtig informiert, dass die meistens zu Fischmehl verarbeitet werden?«

»Ja, das stimmt. Zu Fischmehl oder Fischöl für den Tierfutterbedarf. Manchmal auch zu Surimi-Sticks und Shrimps-Imitaten für den menschlichen Verzehr.«

»Na dann, bon appétit.« Sophie verzog das Gesicht zu einer angewiderten Grimasse. »Dieser Surimi-Mist und Garnelen-Fake besteht doch im Wesentlichen aus Hühnereiweiß, Salz und Zucker, Geschmacksverstärkern und Farbstoffen. Damit werden die zerkleinerten Fischreste zusammengepappt. Wer isst denn so etwas freiwillig?«

»Als Kind habe ich Surimi-Sticks geliebt. Mit viel Mayonnaise«, gestand Yuna. »Aber inzwischen kommt bei mir zu Hause nur das in die Pfanne, was ich selbst gefangen habe.«

»Es heißt, dass Richard an solchen Fabriken finanziell beteiligt war«, sagte Sophie, um zum eigentlichen Thema zurückzukehren.

»Ich vermute, dass er seine Finger in vielen Geschäften hatte. Auf mich hat er den Eindruck eines materiellen Nimmersatts gemacht. Er wollte immer mehr, immer höher hinaus.«

»Wie hoch? Was waren seine Pläne?«

Yuna zuckte entschuldigend mit den Schultern. »Keine Ahnung. So gut kannte ich ihn nicht. Und wie ich eben schon sagte: Wir hatten seit Längerem nichts mehr mit ihm zu tun.«

»Zahlen!«, rief der Mann im Ölzeug und winkte ungeduldig.

»Bin gleich zurück.« Yuna griff nach dem Kassenzettel und eilte zu ihrem Gast. Der kramte eine Weile in den Tiefen seiner Hosentaschen, bis er genügend Scheine und Kleingeld herausgefischt hatte, die er zu Yuna hinschob.

»Nimm dir, was du brauchst.«

Sophie zog ihr Handy hervor, um zu überprüfen, ob Filip ihr eine Whatsapp-Nachricht gesendet hatte. Wenn er beim Einkauf unentschlossen war und Sophies Rat einholen wollte, hielten sie auf diese Weise Rücksprache. Doch die eingegangene Nachricht war nicht von Filip, sondern von Simon:

»Bin aus den Klauen des Kommissars raus. Auf dem Weg nach Bordeaux. Alles wieder okay. Hör auf, Fragen zu stellen.

Ist Sache der Polizei. Hecke du im Kopf lieber neue Rezepte aus. Bisous.«

»Beim nächsten Mal MUSST du mein Gemüseragout mit Kari Gosse probieren«, tippte sie zurück.

Vor ein paar Wochen hatte sie in dem Bioladen, in dem sie das Buchweizenmehl für die Galettes kaufte, ein kleines Glas mit ockerfarbenem Currypulver entdeckt. Auf ihre Nachfrage hin hatte ihr der Ladeninhaber erklärt, dass das Rezept für die Würzmischung seit dem 19. Jahrhundert streng geheim gehalten wurde. Die genaue Zusammensetzung kannte nur ein Apotheker aus Auray im Département Morbihan beziehungsweise seine Nachfahren, die sich auf die Angaben eines indischen Schiffbrüchigen beriefen. Sophies feine Nase hatte gleich im Laden eine Vielzahl von Zutaten im Kari Gosse erschnuppert: vor allem Gewürznelken, Ingwer, Zimt und Kurkuma, aber auch Piment, Pfeffer, Kardamom, Koriander und Bockshornklee. Sophie hatte das Gläschen gekauft und setzte das Currypulver à la bretonne inzwischen in vielen, doch eher ungewöhnlichen Kombinationen ein. Statt für Hummer und Schalentiere verwendete sie es für Artischocken und anderes Gemüse.

Ihr kam ein Gedanke: Sollte sie Filip bitten, noch kleine Frühkartoffeln mitzubringen? In der Schale mit Butter und Rapsöl im Ofen geschmort und mit Kari Gosse und Fleur de Sel verfeinert, wären sie sicherlich eine Wucht. Sophie lief das Wasser im Mund zusammen.

Ihr Handy gab einen Piepslaut von sich, um anzuzeigen, dass eine weitere Nachricht für sie eingegangen war. Wieder von Simon: »Weiß nicht, was das ist, hört sich aber spannend an.«

»Erkläre ich dir dann. Bonne route«, schrieb Sophie und steckte das Handy in die Tasche, weil Yuna zum Tresen zurückgekehrt war. Sie griff nach einem gelben Schwammtuch und wischte die mit Klarlack versiegelte Holzoberfläche damit ab.

»Puh! Mit viel Glück haben wir jetzt eine Viertelstunde Ruhe.«

»Bon, ein paar Minuten habe ich noch. Aber dann muss ich los. Ich will Filip nicht warten lassen.«

»Ich habe gerade etwas Interessantes von Alfoñs erfahren.« Yuna schmiss das Tuch in die Spüle.

»Wer ist Alfoñs?«

»Der Fischer von eben.«

»Ach so. Was hat er gesagt?«

»Vor etwa einer Woche sind drei Leute vor seiner Haustür aufgetaucht. Pariser Schnösel in feinem dunklem Zwirn, meinte er.«

»Ja, das entspricht nicht seinem Dresscode.« Sophie grinste.

Yuna grinste zurück. »Ich glaube, der geht sogar in seinem Ölzeug schlafen. Ist wahrscheinlich auch der Grund, warum er keine Frau abbekommen hat.« Dann wurde sie wieder ernst. »Die Pariser Schnösel haben ihm ein Angebot für sein Haus gemacht. Ein verdammt gutes Angebot für so eine Bruchbude.«

»Was wollen die damit?«, wunderte sich Sophie.

»Alfoñs glaubt, dass die Männer zum Freizeitpark gehören, der dort oben am Naturschutzgebiet entstehen soll.«

»Dieser Asterix-Park?«

»Richtig. Das Haus von Alfoñs liegt nicht wie viele Unterkünfte der Fischer am Hafen, sondern oben auf den Klippen. In direkter Nähe zum projektierten Gelände des Freizeitparks.«

»Ist er auf ihr Angebot eingegangen?«

»Er ist schwer ins Überlegen gekommen«, sagte Yuna. »Der Preis, den sie ihm zahlen wollten, lag um ein Vielfaches höher, als er je zu träumen gewagt hatte. Aber dann hat er es sich doch anders überlegt.«

»Warum?«

»Aus der Limousine, mit der sie vorgefahren waren, ist ein vierter Mann ausgestiegen. Und jetzt rate mal, wer der Mann war.«

»Keine Ahnung.«

»Richard. Der Fischgroßhändler aus Paris.«

»Ach, sieh mal an. Der hatte seinen Fuß tatsächlich überall in der Tür.«

»Ja. Und deshalb hat es Alfoñs kategorisch abgelehnt, sein Haus zu verkaufen. Er kannte Richard aus der Auktionshalle, wusste aus eigener leidvoller Erfahrung, wie der agierte. ›So ein Halunke bekommt mein Haus nicht‹, hat er gesagt und ihnen die Tür vor der Nase zugeschlagen.«

»Eine weise Entscheidung«, stimmte Sophie zu. »Obwohl Richard inzwischen tot ist und Alfoñs nichts mehr mit ihm zu tun gehabt hätte. Aber dieses ganze Projekt ist mir suspekt.«

»Mir auch«, gestand Yuna.

»Vielleicht hat einer von denen, die den Freizeitpark mit aller Macht verhindern wollen, Richard auf dem Gewissen.«

»Gut möglich.«

»Andererseits ...« Sophie spielte nachdenklich mit dem Kaffeelöffel. »Arthur Tangi war ebenfalls gegen dieses Projekt. Stand definitiv nicht auf der Seite von Richard. Und trotzdem musste auch er sterben.«

»Es macht irgendwie alles keinen Sinn.« Yuna sah ratlos aus. »Ehrlich gesagt: Für mich ist die ganze Angelegenheit inzwischen einen Tick zu hoch. Ich komme da nicht mehr mit.«

»Ich auch nicht«, gestand Sophie. »Ich zermartere mir den Kopf, aber ohne Erfolg. Ich habe nicht den blassesten Schimmer, wer es gewesen sein könnte. Vielleicht sollte ich Simons Ratschlag beherzigen.«

»Der wie lautet?«

»Er meint, ich solle lieber neue Rezepte kreieren.«

»Da ist was dran.« Yuna griff nach dem leeren Teller und der Tasse. »Es bringt nichts, sich mit Dingen, die man eh nicht ändern kann, zu belasten.«

»Ja, ich habe in der Tat Wichtigeres zu tun.« Sophie straffte entschlossen die Schultern. »Zum Beispiel Eier von glücklichen Hühnern zu kaufen. Die gibt es im Großmarkt nicht in der Qualität, wie ich sie haben will.« Sie schob Yuna einen Zehneuroschein hinüber. »Stimmt so.«

Yuna öffnete die Kasse und legte den Schein zu den anderen. »Fährst du runter in Richtung der Plage de Caroual? Zur Farm von Madame Blanche?«

»Ja.« Sophie nickte. »Sie hat sogar Gänseeier. Eine Omelette aus Gänseeiern wird goldgelb und fluffig.«

»Muss ich unbedingt demnächst mal bei dir kosten.« Yuna hauchte Sophie zum Abschied zwei Küsschen auf die Wangen. »Au revoir.«

*

Sophie schlüpfte in ihre Jacke, die sich nicht wesentlich trockener als bei ihrer Ankunft anfühlte, und machte sich auf den Weg zu ihrem Auto, das sie wieder am Sportzentrum geparkt hatte. Der Regen war noch stärker geworden, sodass sie die Kapuze tief ins Gesicht zog. Sie war froh, als sie endlich ins Innere ihres Opels huschen konnte, und rieb die klammen Hände aneinander. Wenn die Temperaturen weiter fallen würden, müsste sie sich glatt Handschuhe kaufen. Und das im Frühling! Jaja, der April, der macht, was er will, und in der Nordbretagne schon zweimal, dachte sie. Gut möglich, dass in der Nacht Schnee fiel. Oder dass übermorgen wieder T-Shirt-Wetter herrschte.

Sophie startete den Motor und ließ die Kupplung kommen. Sie beschloss, die Abkürzung über kleine Sträßchen und geschotterte Feldwege zu nehmen, an die sich vereinzelte Häusergruppen oder ein Gehöft schmiegten. Aufgrund des prasselnden Regens fuhr Sophie betont langsam, doch die Kurven des sich zur Küste hinunterschlängelnden Weges kamen ihr deutlich schmaler als sonst vor. Sie spürte, wie ihre eben noch eiskalten Finger zu schwitzen anfingen. Die Strecke, für die sie normalerweise zehn Minuten benötigte, erschien ihr heute endlos. Ihr Wagen benahm sich seltsam. Hätte sie den Opel in einer Werkstatt mal durchchecken lassen sollen? Doch bis vorhin war alles in bester Ordnung gewesen. Sophie schaute in den Rückspiegel, um zu sehen, ob jemand hinter ihr war, den sie durch ihre zögerliche Fahrweise behinderte. Aber sie war allein unterwegs.

Rechts und links der Straße tauchten Bäume auf. Eichen und Buchen bildeten ein kleines Wäldchen, das zum Straßenrand hin von kniehohem Farn gesäumt war. Die Entwässerungsgräben davor waren vom lang anhaltenden Regen mit Wasser gefüllt. Nebelschwaden hatten sich in den Baumkronen verfangen. Normalerweise liebte Sophie dieses letzte, bewaldete Stück, bevor die Straße steil zum Strand abfiel. Hier herrschten selbst im Hochsommer angenehme Temperaturen, und die vielen Schattierungen von Grün bildeten einen reizvollen optischen Kontrast zum felsigen, eher karg bewachsenen Strandbereich.

Heute machte sich in Sophie jedoch ein mulmiges Gefühl breit. Sie hatte den Eindruck, dass die Bäume sie einengten, dass das dunkle Blätterdach ihr unter dem bleigrauen Himmel immer näher kam. Sie gab Gas, um das Waldstück schneller hinter sich zu lassen. Da passierte es: Ein Reh sprang von rechts über den Graben und landete mitten auf der Straße. Den Bruchteil einer Sekunde verharrte Sophie wie gelähmt. Dann presste sie den Fuß auf das Bremspedal und riss das Lenkrad herum.

Der Wagen scherte nach links aus, wurde aber nicht langsamer. Obwohl das Bremspedal komplett durchgedrückt war. Was war hier los? Sophie verstärkte den Druck, bis sie glaubte, dass ihr Fuß den Fahrzeugboden durchdringen müsse. An der Geschwindigkeit änderte das nichts. Im Gegenteil, der Opel wurde sogar schneller, weil die Straße abschüssiger wurde. In Panik zog Sophie den Hebel der Handbremse hoch. Der Wagen ruckelte ein wenig. Für einen Moment war sich Sophie sicher, ihn zum Stehen zu bringen. Ein Trugschluss. Das Gefälle der Straße nahm zu, wodurch der verlangsamende Effekt durch die angezogene Handbremse verpuffte. Sophies Magen zog sich vor Angst schmerzhaft zusammen. Der Opel geriet immer mehr außer Kontrolle, benahm sich wie ein Rodelschlitten auf vereister Piste, der nicht zu stoppen war. Nur noch wenige hundert Meter und sie würde die viel befahrene Küstenstraße kreuzen und danach steil zum Strand hinunterschießen.

Sie hielt das Lenkrad so fest umklammert, dass ihre Knöchel sich weiß unter der Haut abzeichneten. Schweißperlen bildeten sich auf ihrer Stirn. Das Blut rauschte in ihren Ohren. Der Wagen war nicht mehr aufzuhalten. Sophie wusste, dass ihr nur zwei Möglichkeiten blieben, um die brandgefährliche Situation einigermaßen heil zu überstehen. Die erste wäre, ungebremst weiterzufahren, die Küstenstraße zu überqueren und darauf zu hoffen, dabei nicht mit einem anderen Fahrzeug zu kollidieren. Dann könnte sie direkt auf den Strand zufahren, wo zurzeit Ebbe herrschte. Mit viel Glück würde der Sand ihr Auto zügig zum Stoppen bringen. Die Sache hatte nur einen Haken: Wie sollte sie das immer schneller werdende Auto so lange unter Kontrolle halten?

Sophie entschied sich für die zweite Möglichkeit: Sie lenkte den Wagen immer näher an den rechten Rand. Die Reifen der Beifahrerseite verloren die Bodenhaftung und der Wagen senkte sich nach vorn. Schlammig-braunes Wasser spritzte auf, nahm ihr die Sicht. Die Vorderpartie der Motorhaube tauchte in den wassergefüllten Graben, und es gab einen kurzen, heftigen Schlag. Der Wagen kam mit einem Ruck zum Stehen. Sophies Kopf schnellte nach vorn. Aus dem Innenraum löste sich ein Knall. Dann war alles still.

20. KAPITEL

»Eh bien, das sollte es fürs Erste gewesen sein.« Der Zahnarzt richtete den Oberkörper auf und schenkte Linh ein aufmunterndes Lächeln.

Linh tastete mit der Zungenspitze den Gaumen ab. Die rechte Seite fühlte sich geschwollen an und das Zahnfleisch reagierte unangenehm auf die Berührung. Aber wenigstens waren die quälenden Zahnschmerzen verschwunden. Der Zahnarzt hatte die zerbrochene Füllung herausgebohrt und durch eine neue ersetzt. Vor drei Tagen hatte sich der marode Backenzahn plötzlich beim Abendessen gemeldet und sie seitdem nicht mehr in Ruhe gelassen. Linh hatte eine Vielzahl von Hausmittelchen ausprobiert, die sie sich in ihrer Not von »Doktor Google« hatte vorschlagen lassen. Nichts hatte geholfen. Gestern hatte sie all ihren Mut zusammengenommen und einen Zahnarzttermin vereinbart. Linh war in Frankreich bis dahin noch nie beim Arzt gewesen. Doch das ganze Prozedere war reibungslos verlaufen. Der Zahn war, wie ihr der Arzt versichert hatte, »so gut wie neu«, und ihr stand der Rest des Tages zur freien Verfügung.

Linh hatte Urlaub genommen. Aber was sollte sie damit anfangen? Fast wäre sie der Versuchung erlegen, Denez anzurufen und ein spontanes Treffen zu vereinbaren. Wenn sie Glück hätte, wäre er nicht mit der Fangflotte draußen, sondern könnte sie mit seinem schnittigen Cabriolet abholen. Was, so dachte Linh nicht ohne Bedauern, heute nicht wirklich Freude machen würde. Es regnete Bindfäden.

Auf dem Gehweg hatten sich Pfützen gebildet, denen sie auf dem Weg zur Apotheke auszuweichen versuchte. Die wenigen Autos, die unterwegs waren, hatten das Licht eingeschaltet, und ihre Scheibenwischer arbeiteten im Rekord. Linh machte einen Sprung zur Seite, um nicht vom Spritzwasser durchnässt zu werden. Kein guter Tag, um draußen etwas zu unternehmen. Wäre sie mutig genug, sich über einen längeren Zeitraum mit Denez in einem geschlossenen Raum aufzuhalten? In ihrem kleinen Mietchalet oder in seiner Wohnung? Bis jetzt hatte sich ihre aufkeimende Beziehung – sofern man es so nennen konnte – im Auto oder unter freiem Himmel abgespielt. Den Eierkaffee, den sie ihm als Dank für die Fahrradreparatur zubereitet hatte, hatte sie ihm auf der Terrasse serviert. Ein paarmal hatte er sie nach der Arbeit abgeholt und sie waren entlang der Küste gefahren, hatten einen Strandspaziergang gemacht oder waren durch das malerische Hafengebiet von Dahouët gebummelt. Dort hatten sie ein Eis geschleckt und darüber gelacht, wie sich die Möwen um die Reste von Denez' Eiswaffel gebalgt hatten. Er hatte ihr erzählt, wie es ist, in tiefschwarzer Nacht auf See zu sein. Wenn die Signallichter der Küste nicht mehr sichtbar sind, kein anderes Boot in näherer

Umgebung ist und man sich nur mithilfe des GPS-Systems und des Radars orientieren kann. Oder wie es sich anfühlt, wenn meterhohe Wellen gegen das Schiff anbranden und die Gischt über der Kajüte zusammenschlägt.

Linh war bei seinen Schilderungen ein kalter Schauder den Rücken hinuntergelaufen und sie hatte es zugelassen, dass Denez ihre Hand in die seine nahm. Später, zurück im Auto, hatte er ihre vom Wind geröteten Wangen gestreichelt, und seine Lippen hatten kurz die ihren berührt. An einem anderen Tag hatte sie nicht protestiert, als er ihr einen richtigen Kuss gegeben hatte. Sie hatte es zugelassen, dass seine Zunge sich einen Weg durch ihre Lippen bahnte und den Innenraum ihres Mundes erkundete. Dabei war ihr abwechselnd heiß und kalt geworden und ihre Knie hatten angefangen zu zittern. Linh hatte sich ganz dem Kuss hingegeben.

Doch dann hatte Denez seine Hand auf ihre rechte Brust gelegt und hatte begonnen, sie behutsam zu streicheln, ihre Brustwarze mit der Fingerspitze zu umkreisen. Das war der Moment gewesen, in dem Linh zurückgeschreckt war, sich energisch von den fordernden Lippen und der Hand freigemacht hatte.

Obwohl Denez in ihrem tiefsten Inneren etwas zum Schwingen gebracht hatte, war sie nicht bereit, ihre Vorsicht aufzugeben. Zu viel stand auf dem Spiel, für sie und für Hung. Noch hatte sie keine ausreichenden Beweise, doch sie ahnte, dass sein Schicksal eng mit diesem Ort und denen, die hier lebten, verbunden war. Ihn zu finden und in Sicherheit zu wissen, hatte für sie oberste Priorität. Dazu musste sie in jeder Beziehung einen klaren Kopf bewahren, sich nicht ablenken lassen.

Unbewusst legte sie ihre Hand auf die rechte Wange. Wo der Zahn zwar nicht mehr so schmerzte wie vor dem Arztbesuch, aber weiterhin sensibel reagierte. Linh stieß die Tür zur

Apotheke auf und wäre um ein Haar mit einer Frau zusammengeprallt, die den Verkaufsraum gerade verlassen wollte.

»Ana!«, rief sie verwundert. »Was machst du denn hier?«

»Ich habe ein Rezept für meine Tante eingelöst. Die Kälte und die Nässe sind gar nicht gut für sie. Da macht ihr ihre Arthritis das Leben zur Hölle.« Ana hielt eine kleine Plastiktüte in die Höhe, in der Linh Medikamentenschachteln ausmachen konnte.

»Das tut mir leid.«

»Und was machst du hier? Hast du heute auch frei?«, wunderte sich Ana.

»Ich war beim Zahnarzt.« Linh zog eine Grimasse. »Der hat mir vorsichtshalber ein Schmerzmittel empfohlen. Falls der Zahn sich nach dem ganzen Bohren und Herumhantieren noch mal melden sollte.«

Ana ließ die Tür hinter Linh ins Schloss fallen und trat zurück in den Innenraum. »Ich warte auf dich.«

»Wird nicht lange dauern«, meinte Linh. Sie waren die beiden einzigen Kundinnen.

»Wenn da draußen nicht Weltuntergangsstimmung herrschen würde«, sagte Ana, nachdem Linh das Medikament bekommen hatte, »könnten wir uns auf die Terrasse eines Cafés setzen, Crêpes essen und ein bisschen plaudern.«

»Das wäre schön«, antwortete Linh. »Aber das können wir vergessen.«

»Wahrscheinlich haben die meisten Cafés heute eh geschlossen«, erwiderte Ana mit Bedauern in der Stimme. »Bei dem Wetter lockt man keinen Hund hinter dem Ofen hervor.«

»Eh bien, da wird mir nichts anderes übrig bleiben, als zur Bushaltestelle zu laufen und zu sehen, dass ich zurück in mein Mietchalet komme.« Die Vorstellung, den trüben Tag in den beengten Räumlichkeiten zu verbringen, erweckte bei Linh schon jetzt ein Gefühl von Klaustrophobie.

»Wohnst du immer noch auf dem Campingplatz? Draußen am Strand?«

»Mein Mietvertrag läuft bis Ende des Monats.« Und das ist auch der Zeitpunkt, zu dem ich spätestens zurück in Brest sein muss, dachte Linh. Eine längere Abwesenheit von der Uni könnte sie sich nicht erlauben. Sonst müsste sie das ganze Semester wiederholen. Wie sollte sie das ihrem Vater erklären? Für ihr Bemühen, einen Freund aufzuspüren, der noch nicht einmal ihrem Stand entsprach, hätte er null Verständnis.

»Ich fahre dich nach Hause«, bot Ana spontan an, als sie zusammen auf den Bürgersteig traten.

»Echt?« Linh strahlte. »Das wäre total lieb von dir.«

»Ja, kein Problem. Meine Tante wird es nicht stören, wenn ich eine halbe Stunde später bei ihr erscheine. Es ist ja noch früh. Komm!« Ana zog Linh am Jackenärmel. »Mein Auto steht da vorne. Wenn wir uns sputen, werden wir nicht so nass.«

»Geschafft!« Ana ließ sich auf den Fahrersitz plumpsen. Linh tat es ihr auf dem Beifahrersitz gleich. Ana schaute sie an und lachte laut auf: »Wir sehen aus wie zwei begossene Pudel.«

Linh kramte ein Papiertaschentuch hervor und wischte damit über ihr feuchtes Gesicht. Auch ihr Haar fühlte sich nass an, doch daran konnte sie momentan nichts ändern.

Ana ließ den Motor anspringen und drehte die Lüftung voll auf, um die beschlagenen Scheiben zum Trocknen zu bringen. »So hatte ich mir meinen freien Tag nicht vorgestellt«, seufzte sie.

»Bist du eigentlich schon lange in der Fabrik?«, erkundigte sich Linh.

»Ich bin nach der Schule direkt am Fischverarbeitungsband gelandet«, sagte Ana. »Das war zuerst nur als Zwischenlösung gedacht. Bis ich mir im Klaren darüber wäre, was ich beruflich machen will. Weißt du, ich war in der Schule keine große Leuchte. Nicht so wie du. Um zu studieren, muss man gute Noten haben.«

»Das stimmt«, sagte Linh und versuchte, die Schuldgefühle, die sie wegen ihres Blaumachens empfand, zu verdrängen. Sie mochte sich gar nicht ausmalen, wie ihre Zensuren derzeit aussähen. Sie war sich noch nicht einmal sicher, ob sie die verpassten Klausuren nachschreiben dürfte.

»Ich bin mehr praktisch veranlagt. Kann gut anpacken«, unterbrach Ana ihre Gedanken.

»Was würde dir denn gefallen?«

Ana benötigte für die Antwort keine zwei Sekunden. »Was mit Tieren zu machen.« Sie schwieg einen Moment, dann brach es aus ihr heraus: »Aber bitte nichts mit Fischen. Von Fischen habe ich die Nase so was von voll.«

Linh lachte laut auf. »Das kann ich verstehen. Sollte ich nochmals knapp bei Kasse sein, werde ich mir ganz bestimmt einen anderen Ferienjob suchen.«

»Mit deinen Fähigkeiten findest du sicher was im Büro oder so.«

»Gut möglich. Und was ist mit dir? An welche Tiere hast du denn gedacht?«

»Es ist so«, in Anas Augen machte sich ein Leuchten breit, »meine Tante hält eine kleine Herde Ziegen. Und 20 Hühner, die den ganzen Tag frei herumlaufen dürfen. Außerdem hat sie zwei Esel vor dem Schlachthof gerettet. So etwas möchte ich auch machen.«

»Deine Tante scheint ein großes Herz zu haben.«

»Ein ganz großes«, bestätigte Ana. »Doch in letzter Zeit macht ihr diese blöde Arthritis vermehrt zu schaffen. Ich versuche, ihr zu helfen, so gut es neben dem Job geht.«

»Du hast ebenfalls ein großes Herz.« Linh lächelte anerkennend.

Ana schaltete die Scheibenwischer ein und fuhr an. »Wie wäre es, wenn du mit zu Tante Mari kommst? Sie würde sich garantiert freuen, dich kennenzulernen. Außerdem macht es bestimmt mehr Spaß, mit Tante Mari zu plaudern, als den ganzen Tag allein auf dem Campingplatz zu hocken.«

Linh musste nicht lange überredet werden. »Ich komme gerne mit.«

*

Tante Mari, eine kleine rundliche Bretonin mit roten Apfelbäckchen und kinnlangen grauen Locken, fackelte nicht lange. Sie ließ die beiden jungen Frauen ins Haus und eilte umgehend ins Badezimmer, von wo sie mit flauschigen Handtüchern zurückkam.

»Hier«, sagte sie. »Ihr seht ja wie zwei halb ersoffene Katzen aus.«

Linh war froh, ihre nasse Jacke abzulegen und sich das Haar zu trocknen. »Merci beaucoup.«

»Nicht der Rede wert. Aber jetzt rein in die gute Stube.« Sie scheuchte die beiden jungen Frauen wie ihre Hühnerschar vor sich her und wies im Wohnzimmer mit der Hand auf den Kamin, in dem ein munteres Feuer prasselte. »Ana, leg zwei Scheite extra auf. Und dann stellt ihr euch vor die Flammen, damit eure Hosen trocknen. Ich gehe in die Küche und koche Tee.«

»Aber das kann ich doch machen«, protestierte Ana.

»Du siehst zu, dass du dir nicht den Tod holst«, befahl Tante Mari und war verschwunden.

»Deine Tante weiß, was sie will«, sagte Linh. Sie stellte sich wie Ana mit dem Rücken zum Feuer hin und genoss die Wärme, die auf ihr Gesäß und ihre Oberschenkel strahlte.

»Sie kann schlimmer als ein Feldwebel sein. Und sturer wie

ihre beiden Esel zusammen«, presste Ana zwischen den Zähnen hervor.

»Sie meint es gut«, erwiderte Linh. Ihr war die kleine, energische Frau auf Anhieb sympathisch. Sie erinnerte sie ein bisschen an ihre ehemalige Kinderfrau.

»Hast du auch Familie?«, wollte Ana wie aufs Stichwort wissen.

»Mais oui, meine Eltern. Aber die sind quasi Tag und Nacht mit unserem Business beschäftigt. Ich habe noch ein paar Onkel und Tanten, doch die leben über das ganze Land verstreut, weit von uns weg. Ich kenne sie kaum.«

»Ich habe einen älteren Bruder und eine jüngere Schwester. Ihre beste Freundin übernachtet oft bei uns, weil ihre Eltern dauernd Stress miteinander haben. Außerdem wohnt mein Papy, mein Großvater väterlicherseits, mit im Haus. Seit zwei Jahren wird er zunehmend tüdelig im Kopf, kann sich nicht mehr selbst versorgen. Also bei uns ist immer etwas los.« Ana grinste. Dann wurde sie wieder ernst. »Bei dir scheint es ganz anders zu sein. Fühlst du dich nicht manchmal einsam?«

»Nein, ich habe einen Freund.«

»Oh, là, là«, Ana schnalzte mit der Zunge, »einen Freund? Seid ihr so richtig zusammen? Im Studium und auch sonst?«

»Nein, nein, er ist nur ein Freund aus Kindertagen und arbeitet inzwischen in einer anderen Stadt. Doch wir versuchen, uns so oft wie möglich zu treffen.«

»Aber er ist nicht hier in Frankreich?«

Linh zögerte. »Nein. Ich bin ohne ihn hergekommen.«

»Ach, ich weiß nicht, ob ich das könnte. Allein in einem fremden Land.« Ana streckte ihr gut gepolstertes Hinterteil ein Stück näher an das Feuer heran. »Kein Wunder, dass du dauernd wissen willst, ob jemand in der Fabrik Landsleute von dir kennt.«

Linh zuckte innerlich zusammen. Sie war der Überzeugung gewesen, behutsam vorgegangen zu sein. Unauffällig Nachforschungen betrieben zu haben. Doch wie es aussah, war sie über das Ziel hinausgeschossen. Hatte möglicherweise an den falschen Stellen Aufmerksamkeit auf sich gezogen. Sie nahm sich vor, sich von nun an deutlich vorsichtiger zu verhalten. Zum Glück schien sich Ana an Linhs ständiger Fragerei nicht gestört zu haben.

»Es sollte doch mit dem Teufel zugehen, wenn wir niemanden fänden, mit dem du dich mal ordentlich in deiner Muttersprache austauschen kannst«, sagte sie prompt. »Wir sind hier zwar nicht in Paris, wo multikulti normal ist, aber auch in der Bretagne gibt es ein buntes Völkchen. Lass uns gleich Tante Mari fragen. Sie kennt hier nicht nur jeden Maulwurfshügel, jede Kuh, jedes Pferd und Hausschwein, sondern auch die meisten Zweibeiner.«

»Was wollt ihr mich fragen?« Tante Mari trat mit einem voll beladenen Tablett ins Wohnzimmer.

Ana eilte an ihre Seite, um es ihr abzunehmen und auf dem Tisch abzustellen. »Ob du jemanden kennst, der wie Linh aus Vietnam kommt.«

Tante Mari musterte Linh ein paar Sekunden schweigend. Dann griff sie nach der Teekanne und goss Tee in drei große Keramikbecher. »Ein Schlückchen Rum dazu? Kann man bei dem Mistwetter gut gebrauchen.« Sie wies mit der Hand, deren Gelenke angeschwollen und gerötet waren, auf die bauchige braune Flasche.

Linh verneinte, da sie keinen Alkohol vertrug. Tante Mari und Ana ließen es sich nicht nehmen, ihren Tee mit einem Schuss Hochprozentigem aufzupeppen. Ana streckte die Hand nach einem der mit Meersalz verfeinerten runden Butterkekse aus und biss ab. Krümel stoben zu Boden. Weder Tante Mari noch Ana störten sich daran. Linh führte den Becher zum

Mund und nippte vorsichtig. Der Tee war stark und schmeckte etwas malzig.

»Woher sollte ich jemanden wie Linh kennen?«, fragte Tante Mari schließlich.

»Weil du viel rumkommst«, sagte Ana. »Du triffst dich mit anderen Landfrauen und Ziegenzüchtern, du erledigst deine Einkäufe nicht im Discounter, sondern in den kleinen Dorfläden, du besorgst dein Hühnerfutter und das Heu für die Esel was weiß ich wo.«

»Das bedeutet nicht, dass ich automatisch alles mitbekomme, alles sehe.« Tante Mari beugte sich über ihren Keramikbecher und pustete auf die heiße Flüssigkeit.

Linh beobachtete sie verstohlen durch ihre dichten Wimpern hindurch. Anas Tante verhielt sich mit einem Mal anders. Zurückhaltender. Vorsichtiger. Hatte sie vor etwas Angst? Oder wollte sie etwas verbergen?

»Erzähl keinen Quatsch. Deine Gelenke sind zwar ramponiert, doch deine Augen sind noch scharf wie die eines Seeadlers. Denen entgeht nichts«, widersprach Ana heftig.

Tante Mari hob den Kopf, starrte Linh an. »Wenn ich jemanden gesehen hätte ... Was würdest du dann tun?«

Linh zog die Luft scharf ein. Da hatte sie mit ihrer Vermutung voll ins Schwarze getroffen. Tante Mari wusste mehr, als sie zugeben wollte. Aber was verschwieg sie? Und wie sollte sie, um es herauszufinden, am besten vorgehen? Bestimmt nicht, indem sie mit der Tür ins Haus fiel, dachte Linh. Sie beschloss, sich behutsam heranzutasten. »Kommt drauf an, wen Sie gesehen hätten.«

»Hm.« Tante Mari nahm einen Schluck Tee.

»Vielleicht würde ich einfach mal hingehen und Hallo sagen. Kurz abchecken, ob ich mit derjenigen oder mit demjenigen etwas zu tun haben will.« Linh gab sich gelassener, als sie war.

»Und woher wüsstest du, ob das Leute sind, mit denen du dich einlassen willst?« Tante Maris Fragen wurden immer seltsamer.

Linh versuchte, sich nicht aus der Ruhe bringen zu lassen und das Gespräch in ihrem Sinn weiterzuführen. »Ich nehme an, dass ich das schnell merken würde«, sagte sie ausweichend.

Tante Mari gab einen komischen Laut, eine Mischung aus Grunzen und Seufzen von sich. »Du bist, wie Ana gesagt hat, Studentin. Eine fleißige junge Frau. Da wirst du dich nicht mit jedem abgeben wollen.«

»Nein, nicht mit jedem. Aber wenn mir jemand freundlich begegnet, bin ich ebenfalls freundlich. Das ist doch selbstverständlich und hat nichts mit Geld oder Bildung zu tun. Das ist ein Gesetz der Höflichkeit, das bei uns zu Hause großgeschrieben wird.«

»Es gibt Dinge, die ignoriert man besser. So lebt es sich problemloser.« Tante Mari wandte den Kopf zur Seite und starrte ins Feuer.

»Mon Dieu! Jetzt rede nicht ständig um den heißen Brei herum. So kenne ich dich gar nicht«, ereiferte sich Ana. »Wenn du etwas weißt, dann spuck es aus. Wenn nicht, ist es auch gut. Nicht wahr, Linh?«

»Ja klar.« Linh nickte zustimmend.

Tante Mari setzte den Teebecher auf dem Tisch ab. »Es gibt da dieses alte Fabrikgelände. Auf dem Weg zwischen Fort la Latte und Petit Trécelin«, sagte sie leise.

»Was hast du dort zu schaffen?«, wunderte sich Ana.

»Einer der Getreidebauern, von denen ich mein Hühnerfutter beziehe, wohnt in der Nähe. Ich kaufe zwei-, dreimal im Jahr bei ihm ein. Die Hennen mögen die Zusammensetzung, aber zu viel davon macht sie fett und träge. Dann legen sie schlechter.«

»Was ist mit diesem Fabrikgelände?«, drängte Linh. Für die

Feinheiten der profitablen Hühnerhaltung hatte sie in dem Moment keinen Kopf.

»Ich dachte, es steht leer«, sagte Tante Mari. »Aber als ich Anfang des Monats vorbeigefahren bin, habe ich ein paar seltsame Gestalten vor den Gebäuden herumlungern gesehen.«

Linh spürte, wie sich ihr Pulsschlag beschleunigte. »Was meinen Sie mit ›seltsame Gestalten‹? Wie sahen die denn aus?«

Tante Mari warf ihr nochmals einen abschätzenden Blick zu. »Eh bien, eigentlich so wie du. Pechschwarzes Haar, helle Haut und schräge Augen.«

»Ha, was habe ich gesagt? Tante Mari entgeht nichts«, freute sich Ana, die die veränderte Stimmung im Raum anscheinend nicht wahrnahm.

»Und? Haben Sie sie angesprochen?«, wollte Linh ungeduldig wissen.

»Oh nein, das hätte ich mich nicht getraut.« Tante Mari hob abwehrend die Hände. »Das Gesindel war mir nicht geheuer. Die sahen alle total zerlumpt aus. Als hätten sie sich seit Wochen nicht mehr gewaschen und keine frische Kleidung mehr angezogen. Wer weiß, wo die herkommen. Mit denen will ich nichts zu tun haben.«

Ein unangenehmer Druck machte sich in Linhs Magen breit, und der Tee war dabei, sich einen Weg nach oben zu bahnen. Sie befürchtete, sich übergeben zu müssen. Sie schluckte krampfhaft, um den Brechreiz zu unterdrücken. »Können Sie mir vielleicht die Adresse dieser Fabrik geben? Oder auf einer Karte zeigen, wie ich da hinkomme?«, fragte sie mit rauer Stimme.

»Mais non. Da willst du sicherlich nicht hin, ma petite«, widersprach Tante Mari. Ihr Mund hatte einen harten Zug angenommen.

»Nun ja, wenn die tatsächlich so komisch waren, wie Tante Mari sagt«, mischte sich Ana ein, »dann solltest du da besser wegbleiben. Das sind keine Leute, mit denen du dich abgeben solltest.«

Obwohl sie die ältere Frau am liebsten an den Schultern gepackt und so lange durchgeschüttelt hätte, bis sie ihr die Adresse preisgeben würde, zwang sich Linh, Gelassenheit vorzutäuschen. »Ja, du hast recht«, sagte sie mit einem Lächeln zu Ana. »Ich dachte eher an Studenten oder Austauschschüler, mit denen ich in Kontakt treten könnte. Diese Leute in der Fabrik sind das sicherlich nicht. Und wer weiß, ob es wirklich Vietnamesen sind. Es könnten auch Japaner oder Chinesen oder was weiß ich sein.«

Tante Mari stürzte ihren restlichen Tee in zwei Schlucken hinunter und drückte sich schwerfällig vom Stuhl hoch. »Bon, ich nehme an, dass ihr inzwischen wieder einigermaßen trocken seid. Dann können wir los. Der Stall muss ausgemistet werden. Und wenn wir mit dem Ausmisten fertig sind, ist Fütterungszeit. Allez, allez, die Viecher warten schon.«

Linh tat es Tante Mari und Ana gleich und schlüpfte in ihre Jacke. Im Stall wurde sie damit betreut, frisches Stroh zu verteilen. Die Ziegen wuselten um sie herum und versuchten mit allerlei Schabernack, ihre Aufmerksamkeit auf sich zu ziehen oder Leckerli zu erhaschen. Normalerweise hätte Linh über ihre Kapriolen gelacht, sich köstlich amüsiert. Doch nach dem, was sie gerade erfahren hatte, war sie mit ihren Gedanken ganz woanders. Es war klar, dass Anas Tante ihr den genauen Standort der Fabrik nicht preisgeben würde. Aber sie hatte einen Anhaltspunkt. Sobald sie zurück im Chalet wäre, würde sie Google Earth aufrufen, die beiden Ortsnamen eingeben und sich das infrage kommende Gelände auf dem Laptopbildschirm anschauen. Dann müsste sie nur noch eine Gelegenheit finden, um möglichst schnell dort hinzufahren. Sie ahnte, dass die Zeit gegen sie spielte.

21. KAPITEL

»Wann darf ich nach Hause?« Sophie klang quengelig.

»Wenn alles gut geht, in zwei bis drei Tagen«, erwiderte die Krankenschwester seelenruhig.

»Das meinen Sie nicht im Ernst?« Sophie schaute die junge Frau entgeistert an.

»Doch, tue ich.« Die Schwester öffnete das Fenster auf Kipp, um frische Luft ins Zimmer zu lassen.

»Aber mir geht es gut. Ich habe keine Schmerzen und nichts. Wieso muss ich hier tatenlos rumliegen? Ich habe ein Bistro zu führen. Meine Kollegen und meine Gäste warten auf mich.«

»Das mag schon sein.« Die Schwester klopfte das Kopfkissen zurecht. »Aber die Anweisungen von Docteur Martinez sind eindeutig. Versuchen Sie, sich zu entspannen und etwas zu schlafen. Die Ruhe wird Ihnen guttun.«

»Die Ruhe wird mich in den Wahnsinn treiben«, presste Sophie zwischen den Zähnen hervor, nachdem die Schwester das Zimmer verlassen hatte. Wütend hieb sie mit der Faust auf die mit einem weißen Laken bezogene Matratze ein. Ihr Entschluss war gefasst: Unter keinen Umständen würde sie sich hier länger einsperren lassen. Sie wollte heim nach Erquy, zurück in ihre heiß geliebte Bistroküche. Außerdem musste sie sich schleunigst um ihren Wagen kümmern. Der konnte ja nicht ewig im Graben liegen bleiben, sondern musste in eine Werkstatt, um dort wieder flottgemacht zu werden.

Sophie schlug die Bettdecke zurück, schwang die Beine aus dem Bett und richtete den Oberkörper auf. Das Zimmer begann, vor ihren Augen Karussell zu fahren. Sie biss die Zähne zusammen und versuchte, den Drehwurm im Kopf zu ignorieren. Als ihre nackten Fußsohlen den Boden berührten, ging das Drehen in Schwanken über. Sophie fühlte sich wie auf einem winzigen Kutter mitten im Sturm. Doch sie wollte weg, raus aus dem Krankenhaus. Sofort.

»Ja bist du denn total übergeschnappt?« Eine Stimme bahnte sich ihren Weg durch das Rauschen in Sophies Ohren.

»Ich muss …«, begann sie.

»Du musst zurück ins Bett!« Dafne packte sie nicht gerade sanft am Oberarm und drückte sie energisch nach hinten, sodass Sophies Rücken wieder auf der Matratze landete. Mit einer Kraft, die Sophie der zierlichen Dafne nicht zugetraut hätte, brachte sie auch die Beine in die Liegeposition und breitete die Decke über ihr aus. Die oberen Zipfel stopfte sie unter die Matratze, sodass sich Sophie kaum noch zu rühren vermochte. Sie kam sich vor wie in einer Zwangsjacke.

»Was soll das?«, protestierte sie.

»Darf ich dich daran erinnern, dass du gestern einen Unfall hattest?«, zischte Dafne.

»Gestern?« Sophie starrte die Bistrobesitzerin ungläubig an und versuchte sich zu konzentrieren. Lag sie tatsächlich schon so lange im Krankenhaus? Ohne dass sie etwas davon mitbekommen hatte? Sie erinnerte sich nur daran, wie ihr Oberkörper nach vorne katapultiert und der Airbag mit einem Knall ausgelöst worden war. Von da an setzte ihre Erinnerung aus.

»Du warst eine ganze Weile bewusstlos«, half ihr Dafne auf die Sprünge. »Aber ich habe eben mit deinem behandelnden Arzt gesprochen. Die Computertomografie war zum Glück unauffällig. Du hast eine Gehirnerschütterung und sie wollen dich ein paar Tage zur Beobachtung hierbehalten. Wenn nichts weiter auftritt, kannst du Mitte der Woche nach Hause.«

»Das sind ja tolle Aussichten«, brummte Sophie.

»Sei froh«, konterte Dafne. »Der Unfall hätte auch ganz anders ausgehen können. Ich habe dir übrigens ein paar Sachen mitgebracht. Ich hoffe, du hast nichts dagegen, dass ich in deinem Zimmer war.«

»Nein, nein, selbstverständlich nicht«, beeilte sich Sophie zu versichern. Ihr gelang es, die straff gespannte Bettdecke ein wenig zu lockern und an sich herunterzublicken. Ihr Körper steckte in einem weißen Krankenhaushemd mit aufgedruckten grauen Karos, das hinten mit Bändern zum Binden geschlossen wurde. »Très chic«, murmelte sie und verfolgte dankbar, wie Dafne ihren Lieblingsschlafanzug aus der mitgebrachten Reisetasche zog. Außerdem räumte sie Socken, Unterwäsche, Jeans und Pulli sowie die dunkelblauen Clogs, die Sophie meistens bei der Arbeit trug, in den Kleiderspind. Dann legte sie ihr zwei Krimis und eine Keksdose aus bunt bedrucktem Metall auf den Nachttisch. »Damit dir nicht langweilig wird.«

»Was heißt ›wird‹? Mir ist schon langweilig«, protestierte Sophie mürrisch.

Dafne zog einen Plastikstuhl, der in der Ecke stand, neben das Bett und nahm Platz. »Sei doch vernünftig. Je besser du mit den Ärzten kooperierst, desto schneller bist du wieder draußen.«

»Jaja, ich weiß«, musste Sophie eingestehen. »Aber ich fühle mich wie mitten aus dem Leben gerissen. Eben war ich noch unterwegs, um Eier zu kaufen, und jetzt liege ich hier, zur Untätigkeit verdammt, in diesem Krankenhausbett. Ich begreife einfach nicht, was geschehen ist.«

»Woran erinnerst du dich denn?« Dafne zog den Deckel von der Keksdose, holte einen dicken, runden Palet breton hervor und biss hinein. Ein Duft nach Butter und Vanille machte sich im Raum breit. »Die hat Filip extra für dich gebacken. Sogar ohne eine Fertigmischung zu verwenden«, fügte Dafne mit einem Grinsen hinzu.

Doch Sophie verspürte in dem Moment keinen Appetit, der süßliche Geruch war ihr geradezu unangenehm. Am liebsten wäre sie aufgestanden und hätte das Fenster weit aufgerissen. Das immer noch nicht abgeklungene Schwindelgefühl hielt sie davon ab. Ich muss wirklich krank sein, stellte sie mit Besorgnis fest. Und alles, weil …? Sie legte die Stirn in Falten. Was war gestern Morgen passiert?

»Ich bin vom Sportkomplex losgefahren«, erinnerte sie sich. »Es hat Bindfäden geregnet, weshalb ich auf der engen Straße höchstens 50 oder 60 Stundenkilometer draufhatte. Mein Wagen benahm sich irgendwie seltsam, ich hatte das Gefühl, dass die Straßenlage schwammig war. Was ich auf den Regen zurückgeführt habe. Aquaplaning halt.«

»Zum Glück scheint heute wieder die Sonne, das ist besser fürs Geschäft«, sagte Dafne. »Was ist dann passiert?«

»Plötzlich stand dieses Reh auf der Fahrbahn. Und ich habe den Fuß auf die Bremse gedrückt. Doch da kam nichts. Null Wirkung. Und der Wagen wurde wegen der abschüssigen Straße immer schneller und schneller. Da habe ich nur noch den Graben als Ausweg gesehen.«

Dafne wischte sich die klebrigen Fingerspitzen an ihrer Jeans ab. »Du hattest verdammtes Glück. Dein Auto ist Schrott.«

»Oh nein! Auch das noch.« Sophie verdrehte die Augen zur Zimmerdecke. »Hoffentlich bekomme ich wenigstens etwas von der Versicherung.«

»Ich befürchte, das kann dauern«, sagte Dafne mitfühlend. »Dein Wagen steht auf dem Gelände der Polizeipräfektur in Saint-Brieuc.«

»Wieso das?« Sophie wollte mit dem Oberkörper hochschnellen, wurde jedoch durch die stramme Bettdecke daran gehindert. »Was wollen die mit meinem Auto? Ich habe doch nichts Unrechtes getan.«

»Du nicht, aber jemand anders.«

»Wie? Wer?« Sophie starrte Dafne mit offenem Mund an.

»Ein Fahrer, der von der Küstenstraße aus hochgefahren kam, hat dich im Graben entdeckt und den SAMU alarmiert«, erklärte Dafne. »Dann hat er die Police municipale gerufen, die ja für Unfälle zuständig ist. Ronan und sein Chef Riou waren kurze Zeit später an der Unfallstelle. Genau in dem Moment, als du aus dem Auto geholt und in den Krankenwagen gebracht wurdest.«

»Davon habe ich null mitbekommen«, gestand Sophie.

»Es sah wohl ernster aus, als es letztendlich ist. Der Notarzt vor Ort hatte befürchtet, dass du durch den Aufprall eine Wirbelverletzung davongetragen hast.«

Sophie wurde noch eine Spur blasser. »Ich kann es gar nicht glauben.«

»Wie gesagt: Das hätte alles viel schlimmer ausgehen können. Also benimm dich dementsprechend.«

»Mache ich«, versprach Sophie kleinlaut. »Was ist mit meinem Wagen?«

»Ronan hat einen Abschleppdienst bestellt, der dein Auto in eine Werkstatt gebracht hat. Zu dem Zeitpunkt konnte niemand ahnen, was wirklich passiert war.«

Sophie wurde immer mulmiger zumute. »Ich verstehe das alles nicht.«

»Da der Besitzer der Werkstatt ein Kumpel von Ronan ist, haben sie dein Auto gleich auf die Hebebühne verfrachtet. Und da ist es den beiden ziemlich schnell aufgefallen.«

»Mon Dieu, was haben sie denn gesehen?«

»Das Gummimaterial an deinen Bremsschläuchen war undicht.«

»Echt? Das habe ich nicht bemerkt. War es also doch meine Schuld?«, wollte Sophie entsetzt wissen. »Müssen Bremsschläuche regelmäßig ausgetauscht werden? Wie Bremsbeläge oder so?«

Dafne zuckte mit den Schultern. »Keine Ahnung. Aber das

tut in dem Fall auch nichts zur Sache. Ich soll dir von Ronan ausrichten, dass bei deinen Schläuchen keine Abnutzung oder ein Defekt vorliegt. Sie wurden absichtlich beschädigt.«

»Das kann nicht sein«, widersprach Sophie heftig. »Mein Opel steht immer bei uns im Hinterhof. Und ich war höchstens eine Dreiviertelstunde bei Yuna in der ›La Chaloupe‹. Wie sollte sich da jemand an meinem Auto zu schaffen gemacht haben? Außerdem hat es wie aus Kübeln geschüttet.«

»Wenn der Boden vom Regen nicht so nass gewesen wäre, hättest du vielleicht an einem dunklen Fleck bemerkt, dass Bremsflüssigkeit austrat. Derjenige, der die Schläuche eingeritzt hat, hat sich die Wetterverhältnisse zunutze gemacht. Er wusste, dass sein Tun unter den Umständen nicht auffallen würde. Du bist nichtsahnend losgefahren. Du hattest keine Chance, den Wagen kontrolliert zum Stehen zu bringen.«

Sophie schwieg, weil sie das Gehörte erst einmal verdauen musste. »Das würde ja bedeuten, dass mir jemand bewusst schaden, sogar meinen Tod in Kauf nehmen wollte«, sagte sie schließlich mit tonloser Stimme.

»Genau so ist es.« Dafnes Gesicht hatte einen grimmigen Ausdruck angenommen. »Und deshalb wird dein Auto jetzt als Beweisstück untersucht.«

»Wer sollte so etwas tun? Und warum?« Sophie fing am ganzen Körper an zu zittern.

»Das herauszufinden, ist die Aufgabe der Polizei. Sie arbeiten mit Nachdruck daran. Ich gehe davon aus, dass sie dir bald erste Ergebnisse mitteilen werden. Und glaub mir, dann geht es dem Schuldigen an den Kragen.« Dafne tätschelte tröstend Sophies eiskalte Hand.

»Es muss jemand gewesen sein, der über meine Pläne informiert war. Oder der mir gefolgt ist.« Sophies Wangen waren jetzt fast blasser als das Laken.

»Da war ein Profi am Werk«, sagte Dafne. »Jemand, der den Anschlag von langer Hand geplant hat. Und der sich mit Autos auskennt. Der weiß, wie er sie am besten manipuliert.«

»Ich verstehe das nicht, ich verstehe das nicht«, flüsterte Sophie.

»Ich auch nicht«, gestand Dafne. »Doch ich bin mir sicher, dass sie den Verantwortlichen dafür packen werden. Die Tatsache, dass es ein Fachmann war, schränkt den Kreis der Verdächtigen ein. So viele Automechaniker haben wir hier in der Region nicht. Du wirst sehen: Dem Typen haben sie ganz fix Handschellen angelegt.«

Sophie fiel es schwer, Dafnes Zuversicht zu teilen. »Von dem Mann, der mich im Bistro überfallen hat, fehlt auch noch jede Spur«, wandte sie ein. »Vielleicht war es ja ein und derselbe?«

»Glaube ich nicht.« Dafne schüttelte den Kopf. »Jean-Luc geht auch davon aus, dass der Angriff in der Küche mit diesem Freizeitpark zusammenhängt. Dass mir jemand Schiss einjagen will, damit ich verkaufe. Was ich nicht tun werde. Punkt.«

»Trotzdem.« Sophie knetete nervös den oberen Rand der Bettdecke zwischen den Fingern. »Wieso sollte mir jemand nach dem Leben trachten? Ich habe doch keinem Menschen etwas getan.«

»Nein, hast du nicht«, stimmte Dafne zu. »Aber du hast dich in letzter Zeit nicht gerade unauffällig benommen. Ich meine, du hast Fragen zu Tangis Tod gestellt. Und hattest das Pech, am Strand über die Leiche dieses Fischgroßhändlers zu stolpern.«

»Ich war nicht allein an der Bucht Anse de Port-Blanc«, protestierte Sophie. »Die ganze Druidengruppe war dabei und hat um Richards leblosen Körper herumgestanden. Sind bei denen auch die Bremsschläuche beschädigt worden? Ich gehe davon aus, dass dies nicht so ist. Merde, das macht alles keinen Sinn!«

»Nein, tut es nicht. Ich habe auch nicht die geringste Ahnung, wie das alles zusammenhängen könnte. »Vielleicht bist du eher zufällig in etwas hineingeraten?«

»Ich glaube nicht an Zufälle«, erwiderte Sophie düster. »Was sollte das denn für ein Zufall sein?«

»Hattest du vorher schon einmal ähnliche Probleme? Ich meine, bevor du beschlossen hast, bei uns in Erquy zu bleiben?«

»Nein. Mein Leben war bis dahin stinknormal. Und ich bin bekennende Vegetarierin. Da ist mir Gewalt jeglicher Art ein Gräuel. Das letzte Mal, dass ich mit jemandem eine handfeste Auseinandersetzung hatte, war in der Grundschule. Da hat so ein Biest mit blonden Zöpfen ständig meine Stifte und Radiergummis aus dem Mäppchen geklaut und behauptet, ich sei schusselig und hätte sie verloren. Bis ich ihr Versteck hinter einer losen Wandfliese auf der Mädchentoilette ausfindig gemacht habe. Mit ihrer Beute hätte sie die ganze Schule versorgen können.«

Dafne musste trotz der ernsten Umstände schmunzeln. »Eh bien, ich ahne nichts Gutes. Was hast du getan? Hast du sie mit harten grünen Äpfeln beworfen oder ihr pürierte Avocado ins Gesicht geschmiert?«

»Ich habe mich und meinen guten Ruf verteidigt«, antwortete Sophie mit Würde. »Als sie dann noch die Dreistigkeit besaß zu behaupten, dass ich die diebische Elster sei, konnte ich nicht anders. Ich habe sie an einem ihrer Zöpfe gepackt und so lange gezogen, bis sie vor versammelter Klasse ein Geständnis abgelegt und sich bei mir entschuldigt hat. Sie hat übrigens später die Schule gewechselt.«

Dafnes Grinsen verstärkte sich. »Ich gehe nicht davon aus, dass Blondzopf nach mehr als 40 Jahren Rache nehmen will.«

»Nein, bestimmt nicht.«

»Gibt es jemanden, der sauer auf dich ist, weil du Deutschland den Rücken zugekehrt hast?«

»Quatsch. Das war ganz allein meine Entscheidung. Das

geht niemanden etwas an.« Sophies Wangen hatten wieder einen Hauch von Farbe angenommen.

»Tja, dann bin ich mit meinem Latein am Ende«, bedauerte Dafne.

»Warte mal …« Sophie runzelte nachdenklich die Stirn. Der Gedanke war so abstrus, dass sie ihn zuerst nicht zulassen wollte. Und doch konnte sie ihn nicht aus ihrem Kopf verbannen. Himmel Herrgott, würde er so weit gehen? »Der Einzige, mit dem ich derzeit richtigen Zoff habe, ist Gerd.«

»Dein Exmann?«

»Leider nicht ganz Ex. Auf dem Papier sind wir noch verheiratet. Aber ich habe die Scheidung eingereicht. Und nutze wieder meinen Mädchennamen, wie du ja weißt.«

»Könnte es sein, dass er dir das übel nimmt?«

»Ich weiß nicht. Eigentlich hat er keinen Grund dazu«, sagte Sophie nachdenklich. »Es ist ja so, dass er mich wegen einer anderen verlassen hat und nicht umgekehrt.«

»Vielleicht ist er seiner neuen Flamme überdrüssig?«

»Soviel ich weiß, leben sie zusammen. In meinem ehemaligen Haus.« Sophies Stimme klang zornig.

»Merde. Das ist hart.« Dafne drückte mitfühlend Sophies Hand. »Warum macht er dir dann Stress?«

»Das Übliche halt.« Sophie zog eine angewiderte Grimasse. »Es geht um das liebe Geld. Wovon ich, rein theoretisch, nicht einmal genug habe, um meinen Anwalt in Deutschland zu bezahlen. Doch Gerd pocht schon jetzt auf seinen Anteil. Wovon auch immer.«

»So ein testosterongesteuerter Idiot.«

»Das kannst du laut sagen.«

»Würde er in irgendeiner Form davon profitieren, wenn dir etwas passieren würde?«

»Ich würde seinem neuen Glück nicht weiter im Weg stehen«, erwiderte Sophie mit Sarkasmus in der Stimme.

»Ich meinte eher finanziell.«

»Ich habe da diese kleine Lebensversicherung. Die hat mein Vater für mich abgeschlossen, als ich mein Biologiestudium aufgenommen habe. Nach dem Zwischenexamen konnte ich die Kinderbetreuung und das Studium nicht mehr vereinbaren und habe die Uni verlassen. Sich um Zwillinge zu kümmern, ist ein Fulltimejob. Und Gerd war mir dabei keine große Hilfe.«

»Kann ich mir vorstellen. Was ist mit dieser Versicherung?«

»Mein Vater hat die Beiträge eine ganze Weile weiterbezahlt. Später habe ich genug verdient, um selbst dafür aufzukommen. Das Geld wird monatlich von meinem Konto abgebucht. Ich habe, ehrlich gesagt, bis eben nicht mehr daran gedacht.«

»Reicht die Summe aus, um …?« Dafne stockte.

»Um mich ins Jenseits zu befördern?«

»Genau.«

»Sind 30.000 Euro ein Menschenleben wert?«

»Mancher musste schon für fünf Euro oder weniger sterben«, gab Dafne zu bedenken.

»Mir fällt es schwer, zu beurteilen, wie verzweifelt Gerd ist, wie dringend er Geld benötigt. Aber die Vorstellung, dass der Mensch, an dessen Seite du mehr als 25 Jahre verbracht hast, dir etwas Böses antun könnte, ist schon beunruhigend.« Sophie zeigte mit der Hand auf ihren Unterarm, wo sich Gänsehaut gebildet hatte.

»Kann er mit Autos umgehen?«

»Nun ja, er ist Osteopath, kein Mechaniker. Aber kleine Reparaturen am Haus und an unseren beiden Pkws hat er, wenn möglich, immer selbst erledigt.«

»Dann müsste er also wissen, wo und wie die Bremsschläuche an deinem Fahrzeug angebracht sind?«

»Kann gut sein.«

»Vielleicht solltest du der Polizei einen Tipp geben.« Dafne stand vom Stuhl auf.

»Ich weiß nicht.« Sophie war hin- und hergerissen. »Den eigenen Mann anzuschwärzen, das geht mir gegen den Strich. Und ich habe nicht den geringsten Beweis.«

»Den zu finden, wird die Polizei für dich übernehmen.«

»Vielleicht sollte ich erst einmal abwarten.« Sophie zögerte.

In dem Moment wurde die Tür schwungvoll geöffnet und eine Krankenschwester betrat mit einem Tablett in der Hand das Zimmer. Es handelte sich nicht um dieselbe Schwester wie vor einer halben Stunde. Die Frau, die auf Sophies Bett zukam, war zierlicher gebaut und etwas älter. Ihr feines blondes Haar umrahmte ein engelsgleiches Gesicht mit tiefblauen Augen. Sophie stutzte. Wo hatte sie die Frau schon einmal gesehen? Auch Dafne schien angestrengt nachzudenken.

Die blonde Schwester stellte das Tablett ab und warf Dafne einen tadelnden Blick zu. »Die Besuchszeit ist vorbei.«

»Ich habe nur ein paar Sachen vorbeigebracht«, rechtfertigte sich Dafne.

»D'accord. Wenn das erledigt ist, sollten Sie sich jetzt verabschieden. Die Patientin braucht Ruhe.«

»Alors«, Dafne beugte sich zu Sophie hinunter und hauchte ihr zwei Küsschen auf die Wangen, »ich komme morgen wieder, um zu sehen, wie es dir geht.« Leise schloss sie die Tür hinter sich.

Sophie beobachtete, wie die Schwester drei große Tabletten aus einem Plastikschächtelchen schüttelte und ein Glas mit Mineralwasser füllte. »Soll ich die etwa alle schlucken?«, fragte sie misstrauisch.

»Eine nach der anderen.« Die Schwester schmunzelte.

»Ich nehme sonst nie Tabletten«, wandte Sophie ein.

»Kommen Sie, ich helfe Ihnen.« Die Schwester bediente

einen Schalter, wodurch das Kopfende des Bettes sich ein wenig anhob, und reichte ihr das Glas.

Sophie nahm einen kleinen Schluck. Da machte es bei ihr klick.

»Sie sind Madame Perrot, nicht wahr? Die Freundin von Gael und Bekannte von Arthur Tangi.«

»Ja, richtig.« Die Schwester verharrte eine kurze Weile still. Ein Schatten verdunkelte ihre strahlend blauen Augen. Dann lächelte sie wieder. »Arthur. Gott hab ihn selig. Aber woher kennen wir uns?«

»Von der Beerdigung. Mados Beerdigung.«

»Ach natürlich.« Das Lächeln verstärkte sich und die Stimme klang betont freundlich. »Es tut mir leid, dass wir uns unter solchen Umständen wiedersehen.«

»Damit habe ich auch nicht gerechnet«, brummte Sophie.

Lona Perrot legte die Hand auf Sophies Schulter und drückte sie kurz. »Keine Angst, Sie sind schnell wieder auf den Beinen. Aber nur, wenn Sie jetzt Ihre Medikamente einnehmen und sich ausruhen.«

»Aber …«, wollte Sophie protestieren.

Da hatte sich Lona Perrot bereits das Tablett geschnappt und war aus dem Zimmer verschwunden.

Warum diese plötzliche Eile, fragte sich Sophie verwundert, bevor ihr die Augen zufielen und sie vom Schlaf übermannt wurde.

22. KAPITEL

Jean-Luc Bonnet fühlte sich in den letzten Wochen niedergeschlagen. Der negative Gemütszustand hatte nichts mit dem Jahrestag des Todes seiner Frau zu tun, der sich bald zum dritten Mal wiederholte. Er schlief schlecht und wenn, dann unruhig, und hatte wenig Appetit. Den Gürtel seiner Hose hatte er bereits um zwei Löcher enger schnallen müssen. Sein weißer Vollbart verbarg noch die Tatsache, dass sein Gesicht ebenfalls hagerer geworden war. Wenn es so weiterginge, wäre er bald ein Schatten seiner selbst.

Natürlich war ihm der Gedanke gekommen, sich von einem Kollegen durchchecken zu lassen. Doch er wusste, dass der nichts finden würde. Bei der letzten Vorsorgeuntersuchung in einem Pariser Krankenhaus hatte man ihm versichert, dass er kerngesund sei. Bis auf die paar Kilo Übergewicht, die er wegen seiner Leidenschaft für gutes Essen und guten Wein mit sich herumtrug. Beziehungsweise bis vor Kurzem mit sich herumgetragen hatte. Manche Dinge regeln sich von selbst, dachte Doktor Bonnet und verzog den Mund zu einem bitteren Lächeln. Er kannte seinen Körper seit 67 Jahren wie kein anderer und wusste, dass sein derzeitiger Zustand keine physischen Ursachen hatte. Sein sensibles Gehirn empfing ständig Signale und Missstimmungen, die er weder ignorieren noch vergessen konnte. Manchmal hatte er das Gefühl, in seinem Kopf befände sich eine Festplatte, die von eingehenden Datenmengen überquoll. Er benötigte dringend einen Reset.

Bonnet wandte sich vom Fenster ab, zog seine Jacke vom Garderobenbügel und schnappte sich die Autoschlüssel.

Eine Viertelstunde später bog er von der Route des Banches in einen geschotterten Weg ab, der zu einem kleinen Parkplatz oberhalb der Plage Saint-Pabu führte. Von dort aus machte sich Bonnet zu Fuß auf zum Küstenwanderweg, der sich am Rand der meist steil abfallenden Klippen bis nach Pléneuf-Val-André schlängelte.

Nach ein paar Minuten erreichte er ein kleines Waldstück. Mächtige Zedern säumten den Weg, deren Kronen sich landeinwärts richteten. Auch die Stämme hatten sich dem ständigen Wind gebeugt und standen schief zum Hochplateau hin, als ob sie immerfort auf dem Sprung wären. Der letzte Sturm hatte ein paar dicke Äste heruntergeweht, doch die Zedern hatten es über Jahrzehnte geschafft, den Elementen zu trotzen. Wie viele weise Männer und Frauen seiner Zunft hatte Bonnet ein besonderes Verhältnis zu Bäumen. Die Eibe galt bei den Druiden als heiliger Baum, der zwischen der Welt der Toten und der Lebenden wacht und damit eine Verbindung zur Ewigkeit herstellt. Bonnet hatte seine Frau auf einem Friedhof bestatten lassen, an dessen Eingang eine große alte Eibe thronte. Einer seiner Freunde besaß eine Apfelbaumplantage und stellte Cidre her. Im Spätherbst fuhr Bonnet dorthin, um Mistelzweige von den kahlen Zweigen zu schneiden. Zur Apfelblüte verbrachte er Stunden damit, den Bienen beim Huschen von Blüte zu Blüte zuzusehen, die positive Energie wie die Insekten den Nektar aufzunehmen.

Die Zedern strahlten dagegen Ruhe und Erhabenheit aus. Bonnet suchte sie immer auf, wenn er nachdenken, tief in sich gehen und eine Entscheidung fällen musste.

An dem grauen, fast windstillen Tag waren keine Touristen unterwegs, auf die Bonnet hätte Rücksicht nehmen müssen. Er setzte sich auf den mit blaugrünen Nadeln übersäten Sandboden und lehnte den Rücken an den rauen Stamm einer Zeder. Für einen Moment schloss er die Augen und ließ den Alptraum, der ihn fast jede Nacht plagte, im Geiste aufziehen:

Im Traum sieht er ein Fischerboot. Mit dunkelblau gestrichener Reling, weißen Bootsplanken und einer rechteckigen Kajüte mit großem Frontfenster. Auf dem die Scheibenwischer es nicht schaffen, mit der Regenflut fertigzuwerden. Schäumend weiße Wogen schlagen über dem Bug zusammen und überspülen das Deck. Das Boot schlingert, hat zunehmend Mühe, aus den Wellentälern aufzusteigen, die nächste heranrasende Welle zu erklimmen, um ein paar Sekunden später wieder in die Tiefe katapultiert zu werden. Er hört Schreie und ein Geräusch, als ob Holz zersplitterte. Das Metallgerüst zum Führen der Dredsche am Heck ist bereits abgerissen. Eine Wasserwand schießt auf das Boot zu, trifft es quer von der Seite und überrollt es. Noch einmal taucht der blaue Bug kurz in der tobenden See auf, dann bleibt er verschwunden. Die Schreie verstummen.

Bonnet öffnete die Augen und bewegte die Schultern, um die Bilder abzuschütteln. Es half für den Moment, doch er wusste, dass das schreckliche Szenarium ihn auch künftig im Schlaf heimsuchen würde. Er musste etwas dagegen unternehmen. Die Verdrängungstaktik, die er bis dahin angewandt hatte, funktionierte nicht. Sein Inneres sendete ihm eine Nachricht, die er nicht länger ignorieren konnte. Aber was sollte er tun?

Mit Dafne konnte und wollte er nicht darüber reden. Zumindest nicht, bis er Näheres wusste. Bei seinem letzten Treffen mit dem Apotheker hatte der ihm keine neue Meditationsformel, kein Anrufen der alten Götter oder das Aufsuchen eines heiligen Ortes, sondern ein verschreibungspflichtiges Schlafmittel empfohlen. Bonnet hatte ohne zu danken abgelehnt.

Ronan hatte es sich auf die Fahnen geschrieben, den Verursacher für Sophies Unfall ausfindig zu machen. Außerdem fieberte er seinem ersten richtigen Rendezvous mit Mikaela am kommenden Wochenende entgegen. Er würde weder die Zeit noch die Geduld aufbringen, sich mit Bonnets düsterem nächtlichen Kopfkino und den negativen Schwingungen, die er empfing, zu befassen.

Der Doktor strich ein paar der auf dem Boden liegenden Nadeln beiseite, nahm eine Handvoll Sand und ließ ihn durch die Finger rieseln. Sah zu, wie die Körner ein Häufchen bildeten, das sich deutlich auf der ebenen Oberfläche abzeichnete. Mit einer Handbewegung plättete er das Sandgebilde, wischte sich die Finger an der Hose ab und griff nach dem Handy in seiner Jackentasche. Ihm war in den Sinn gekommen, dass ihm sein Kollege in Saint-Brieuc noch einen Gefallen schuldig war. Vielleicht könnte er mit seiner Hilfe Klarheit in die Angelegenheit bringen.

»Störe ich dich gerade, Lukaz?« Bonnet hörte Motorengeräusche im Hintergrund.

»Nein, ich bin auf dem Weg zurück in die Praxis. Meine Patientenbesuche sind für heute erledigt. Rufst du an, weil du Langeweile hast? Für das süße Nichtstun im Rentnerdasein ist nicht jeder geschaffen«, feixte der um zehn Jahre jüngere Kollege.

»Ich kann mich über Langeweile nicht beklagen«, erwiderte Bonnet. »Ich komme kaum zu dem, was ich mir vor meinem Umzug vorgenommen habe. Der Bücherstapel auf meinem Schreibtisch wird von Woche zu Woche größer statt kleiner.«

»Geht mir mit den Patientenakten ebenso. Doch ich nehme nicht an, dass du anrufst, um mir unter die Arme zu greifen, oder?«

»Nein, mach dir keine Hoffnungen. Ich dachte eher, dass deine Kontakte zur Polizei mir hilfreich sein könnten.«

»Hast du etwas angestellt? Bist du zu schnell unterwegs gewesen?« Lukaz lachte.

»Nein, aber ich könnte ein paar Auskünfte gebrauchen.«

»Worum geht es?« Die Stimme des Kollegen war wieder ernst geworden.«

»Erinnerst du dich an den Untergang der Écume im vergangenen Oktober?«

»Mais oui, das Thema hat tagelang Schlagzeilen in der Presse gemacht. Tragische Sache.«

»Ja, ganz schrecklich. Vor allem für die Hinterbliebenen. Die Witwe ist eine gute Freundin von mir. Ich glaube nicht, dass sie jemals richtig darüber hinwegkommen wird.«

»So etwas schüttelt man nie wieder ganz ab«, gab ihm der Kollege recht. »Auch wenn das Leben, wie man so schön sagt, irgendwann weitergeht.«

»Die Pathologie in Saint-Brieuc nimmt doch manchmal deine Dienste in Anspruch. Warst du damals bei der Autopsie der beiden Toten dabei?«

»Nein, in dem Fall nicht.«

»Mince alors, das ist blöd. Ich hatte gehofft, dass du mir weiterhelfen könntest.« Der Doktor klang ärgerlich.

»Was willst du denn wissen?«

Bonnet schwieg einen Moment. Er wusste nicht, wie der Kollege darauf reagieren würde, wenn er ihm mitteilte, dass ein wiederkehrender Alptraum ihn zu Nachforschungen veranlasste. Schließlich entschied er sich für eine Halbwahrheit. »Mir ist zu Ohren gekommen, dass es sich bei der Havarie vielleicht nicht um einen Unfall handelte.«

»Ach ja? Was sollte es denn sonst gewesen sein?«

»Ein gezielter Angriff? Oder eine Unterlassung mit Todesfolge? So genau kann ich das nicht sagen. Der Autopsiebericht könnte diesbezüglich Klarheit bringen.«

»Geht es um die Witwe, willst du ihr helfen?« Die Stimme des Kollegen klang unsicher.

»Ja«, schwindelte Bonnet. »Sie wird sich besser fühlen, wenn alle Zweifel aus der Welt geräumt sind.«

»Ich schaue, ob ich an den Bericht rankomme«, versprach Lukaz. »Obwohl das streng genommen nicht ganz legal ist.«

»Sollte es klappen, spendiere ich dir eine Flasche Armorik Single Malt. Von dem, der in Sherryfässern gereift ist.« Bonnet wusste, dass sein Kollege einem Gläschen feinstem bretonischen Whisky nicht widerstehen konnte.

»D'accord. Du hörst von mir.«

Bonnet steckte das Handy zurück in die Tasche und blieb noch eine Weile mit dem Rücken an den Zedernstamm gelehnt sitzen. Der Tumult in seinem Inneren war zwar nicht ganz abgeklungen, aber spürbar schwächer geworden.

*

»Wie siehst du denn aus?« Filip starrte Ronan entgeistert an.

»Wie soll ich schon aussehen?« Ronan ließ sich auf einen Stuhl plumpsen. Er wirkte wie eine Marionette, bei der man abrupt alle Fäden gekappt hatte.

»Hundserbärmlich«, stellte Filip fest. »Warst du überhaupt im Bett?«

»Ich habe zwei Stunden bei einem Kumpel auf dem Sofa gepennt.« Eine Strähne von Ronans braunem Haar fiel ihm in die Stirn. Er machte keine Anstalten, sie wegzustreichen.

»Was du brauchst, ist Kaffee. Extra stark und schwarz. Ich mache dir eine Tasse.« Filip wollte in die Bistroküche eilen, doch Ronan hielt ihn mit einem Stöhnen zurück.

»Merde, bloß keinen Kaffee.« Ihm wurde schon beim Gedanken daran übel. »Hast du Wasser?«

»Natürlich haben wir Wasser.« Filip schüttelte irritiert den Kopf. »Sechs unterschiedliche Sorten. Mit und ohne Kohlensäure.«

»Leitungswasser tut es auch«, krächzte Ronan.

»Bin gleich zurück.« Filip eilte in Richtung der Verbindungstür.

Ronan versuchte, seinen Körper so still wie möglich zu

halten, weil die kleinste Erschütterung in seinem Kopf eine Schmerzexplosion auslöste. Selbst ein Lidschlag war kaum auszuhalten. Putain de merde, fluchte er innerlich. So mies hatte er sich seit der Abschlussfeier auf der Polizeischule nicht mehr gefühlt. Doch gestern Abend war Alkohol die einzige ihm offenstehende Option gewesen. Mit klarem Kopf hätte er das alles nicht ertragen.

»Hier.« Filip stellte ein Glas mit einer trüben, leicht sprudelnden Flüssigkeit sowie eine Literflasche stilles Mineralwasser auf den Tisch.

»Was ist das?«, wollte Ronan misstrauisch wissen.

»Ich habe in einer Küchenschublade lösliche Aspirintabletten gefunden. Ich schätze, dein Kopf kann eine davon gut gebrauchen.«

Ronan führte das Glas mit beiden Händen an die Lippen und nahm einen Schluck. »Uh, schmeckt widerlich.« Er stand kurz davor, sich übergeben zu müssen. Kalter Schweiß machte sich auf seiner Stirn breit.

»Es hilft nur, wenn du es austrinkst«, sagte Filip und stemmte auffordernd die Hände in die Hüften.

Ronan atmete tief durch und leerte das Glas in einem Zug. Dann blieb er eine Weile stumm und vor allem still sitzen, damit der Brechreiz ihn nicht erneut übermannte.

Filip riss die beiden Fenster, die zum Innenhof zeigten, weit auf und machte sich daran, die Tische mit einem feuchten Lappen abzuputzen. »Was ist passiert?«

»Mikaela«, brachte Ronan krächzend heraus.

Filip hielt mit dem Wischen inne und warf dem jungen Polizisten einen amüsierten Blick zu. »Hat sie dich unter den Tisch getrunken?«

»Haha.« Ronan verzog das Gesicht zu einer zynischen Grimasse und zuckte gleich zusammen, weil es wehtat. »Sie hat gar nichts getrunken. Zumindest nicht mit mir.«

»Oha.« Filip ließ den Lappen in den Eimer fallen. »Ist Madame etwa anspruchsvoll? Hast du ihr nicht den richtigen Schampus serviert?«

»Ich hätte ihr gern eine Magnumflasche vom besten Champagner spendiert. Wenn ich die Gelegenheit dazu gehabt hätte.« Ronan klang nicht nur verzweifelt, er war es.

»Ihr hattet eine Verabredung?«

»Oui, gestern Abend. Im ›Les délices de la mer‹ am Hafen. Ich hatte sie zum Essen eingeladen. Doch sie ist nicht gekommen.« Ronan zog die Mundwinkel nach unten. Eine geschlagene Stunde hatte er im Restaurant gewartet, hatte drei Gläser Wein hinuntergestürzt und abwechselnd auf die Eingangstür und das Display seines Handys gestarrt. Vergeblich.

»Vielleicht hast du dich im Datum geirrt?«

»Non. Ich habe noch ihre Whatsapp-Bestätigung.«

»Hast du eine Ahnung, warum sie dich versetzt hat?«

Ronan spürte, dass ihm das Reden guttat. Er öffnete den Drehverschluss der Wasserflasche, goss sich ein und nahm einen langen Schluck. Sein Magen schien sich beruhigt zu haben, sodass er es wagen konnte, noch mehr zu trinken, seinen Durst zu stillen. Im Anschluss wischte er sich mit dem Handrücken über die Lippen. »Ich habe zuerst gedacht, oder besser gesagt gehofft, dass etwas in der Bäckerei dazwischengekommen sei. Dass Mikaela ihren Eltern helfen müsse. Doch dann habe ich den wahren Grund gesehen.«

»Den Grund gesehen?«

»Einen halben Kopf kleiner als ich, blonde Haare, blaue Augen und ein trainierter Body. Der neue Mitarbeiter von Gael«, sagte Ronan düster.

»Dieser Denez? Denez Capec oder Cadec oder so?«

»Caradec. Denez Caradec.«

»Merde.«

»Als mir klar geworden war, dass ich unsere Verabredung

abschreiben kann, bin ich raus aus dem Restaurant. Ich habe mich im Hafen ein bisschen umgeschaut und bin den Boulevard de la Mer runtergelaufen. Denez und Mikaela saßen am hinteren Ende, dort, wo der Spielplatz ist, in Denez' blauem Cabriolet und unterhielten sich angeregt. Ich sage dir: Nicht nur ihre Augen, ihr ganzes Gesicht hat gestrahlt. Was würde ich dafür geben, wenn sie mich so anschauen würde.« Ronan seufzte laut auf.

»Haben die beiden Turteltauben dich gesehen?«

»Ich glaube nicht. Ich bin hinter einem auf der gegenüberliegenden Straße abgestellten Fahrzeug in Deckung gegangen.«

»Eh bien, ich hätte mir das nicht bieten lassen. Ich wäre stracks hinmarschiert und hätte sie zur Rede gestellt«, empörte sich Filip.

»Das hatte ich zuerst vor. Aber dann tauchte ein Sportwagen auf. Der Porsche Cayenne von Gael.«

»Bist du mit dem nicht befreundet?«

»Dachte ich auch. Doch inzwischen ist so ein kleiner Polizist, wie ich es bin, wohl unter seiner Würde.«

»Wie kommst du darauf?« Filip stellte den Eimer zur Seite und ließ sich auf einen Stuhl gegenüber von Ronan fallen.

»Ich habe gesehen, wie sie in Richtung Hafen gefahren sind, und bin ihnen gefolgt. Der Porsche und der Jaguar sind ja schwer zu übersehen.«

»C'est vrai, diese Kombination trifft man bei uns nicht oft an.«

»Sie haben hinter dem Centre Nautique geparkt und sind von dort aus auf eine Megajacht gegangen, wo eine Party in vollem Gang war. Ich sage dir, das war wie im Film: Die Männer standen in maßgeschneiderten dunklen Anzügen rauchend an Deck, und die Frauen schlürften in schicken knappen Fummeln Champagner Rosé.«

»Nicht meine Szene«, kommentierte Filip. »Ich wundere mich, dass Mikaela da mitgemacht hat.«

»Ich hatte nicht den Eindruck, dass sie sich unwohl fühlte«, brummte Ronan. »Auch wenn sie nicht so viel Glitzerzeug an den Ohren und um den Hals trug wie die anderen Frauen. Wenn man die auf einen Schlag beraubt hätte, hätte man genug Ware gehabt, um ein Juweliergeschäft auf den Champs-Élysées aufzumachen.«

»Und ich dachte, dass Gael ein bodenständiger Typ ist. Der mit seinen Mitarbeitern nach der Arbeit ein Bier trinken geht und am Wochenende auf seinem Surfbrett steht.« Filip wirkte verblüfft.

»So war er früher auch«, beteuerte Ronan. »Aber er hat sich in letzter Zeit verändert. Außerdem scheint er regelrecht im Geld zu schwimmen. Anscheinend kann er sich alles leisten, was er will. Und mehr.«

»Ich habe in der Auktionshalle schon öfter gehört, dass Gael mit seiner Fangflotte dick im Geschäft ist, dass er inzwischen zu den einflussreichsten Fischern in der Region zählt«, sagte Filip. »Wahrscheinlich ist es wie in der Landwirtschaft. Entweder passt du dich ständig an die sich verändernden Umstände an, stellst dich neu auf und wächst Jahr für Jahr weiter, oder du kannst einpacken.«

»Ich will nicht, dass sich andauernd was verändert. Ich fand es bis jetzt gut so, wie es ist«, jammerte Ronan.

»Dann kannst du Mikaela getrost vergessen. Wenn die auf so stinkreiche Typen steht, wird sie sich von deinem mickrigen Beamtengehalt nicht beeindrucken lassen.«

»Merde alors, ich habe ja versucht, sie zu vergessen.« Ronans verzweifelter Ausruf spiegelte seine Seelenqualen wider. »Ich habe einen Kumpel angerufen, mit dem ich die ganze Nacht durch die Kneipen gezogen bin. Heute früh bin ich auf seinem Sofa aufgewacht. Wie ich da hingekommen bin, ist mir schleierhaft.«

»Weiß dein Chef davon?«

»Ich habe mich heute krankgemeldet«, gestand Ronan. »Das erste Mal, seitdem ich die Ausbildung abgeschlossen habe.«

Filip stand auf. »Das Beste wird sein, wenn du dich ins Bett verkrümelst ... Ich meine, in dein eigenes Bett«, fügte er hinzu, »und dir für ein paar Stunden die Decke über den Kopf ziehst. Aber vorher mache ich dir ein ordentliches Katerfrühstück.«

»In dem Zustand kann ich nichts essen.« Ronan streckte abwehrend die Hände aus.

20 Minuten später hatte er eine Riesenportion gedünsteten Lachs mit pochierten Eiern, Cornichons und eingelegten Kapern sowie einen halben Liter frisch gepressten Orangensaft verdrückt. Danach fühlte er sich wieder halbwegs wie ein Mensch. Wie ein übermüdeter, satter, aber weiterhin dezent verzweifelter und vor allem äußerst verdatterter Mensch. Wie hatte er sich in seinem Freund so irren können? Früher waren sie gemeinsam um die Häuser gezogen, hatten am Strand ein Lagerfeuer entzündet und heimlich ein bisschen Gras geraucht. Wo waren diese vertrauten Zeiten geblieben?

Nichts bleibt, wie es war, bedauerte Ronan. Er hasste Umbrüche und Erneuerungen.

23. KAPITEL

»Das gibt es doch nicht, das schmeckt wie Pappe. Bestenfalls. Zut alors, wie kriege ich Geschmack an den Gazpacho? Verflixt und zugenäht, das ist mir bisher noch nie passiert! Was mach ich jetzt bloß?«

Am liebsten hätte Sophie die kalte Gemüse-Joghurt-Suppe an die Wand geklatscht. Stattdessen atmete sie einmal tief durch und griff nach einer Zitrone, die sie mit einem dröhnenden Messerhieb halbierte. Im Anschluss drückte sie eine Hälfte über der Suppenschüssel aus.

»Na, läuft es heute nicht?« Dafne war plötzlich hinter Sophie getreten.

Die machte vor Schreck einen Satz zur Seite und ließ die Zitrone fallen. »Non, non, nur ein kleines Problem beim Abschmecken«, wiegelte Sophie ab und bückte sich, um die Zitrusfrucht aufzuheben.

»Hörte sich für mich, ehrlich gesagt, eher nach einer kulinarischen Katastrophe an«, meinte Dafne.

»Oh nein.« Sophie bekam rote Ohrenspitzen. »Habe ich schon wieder beim Kochen geredet, ohne es zu merken?«

»Gezetert wie ein Rohrspatz hast du«, stellte Dafne richtig. »Wenn ich ein Gast wäre, würde ich mir die Suppe da«, sie zeigte auf die weiße Masse mit leichtem Grünstich, »nicht bestellen.«

»Was die Würze betrifft, ist sie durchaus noch ausbaufähig«, musste Sophie eingestehen. »Dabei haben die Gurken auf dem Markt so gut ausgesehen. Da konnte ich nicht widerstehen. Und immer nur Gurkensalat ist doch langweilig.«

»Stimmt. Außerdem klingt das nach Gesundheitskost.«

»Deshalb wollte ich etwas mit mehr Pep machen. Was Ausgefallenes, das man hier in der Bretagne nicht jeden Tag auf den Teller bekommt. Und nun das«, jammerte Sophie.

»Bist du sicher, dass es dir gut geht?« Dafne musterte Sophie besorgt. »Vielleicht hättest du nach dem Unfall doch eine längere Pause einlegen sollen. Ich hatte es dir angeboten.«

Sophie straffte die Schultern. »Bei mir ist alles in Ordnung. Ich bin fit«, behauptete sie. Von der bleiernen Müdigkeit und den Schwindelanfällen, unter denen sie vor allem abends noch litt, sollte niemand erfahren. Diese Malaise würde, wie sie hoffte, von selbst verschwinden. Sie wollte, sie musste arbeiten. Weil die ständigen Grübeleien darüber, wer für den Unfall verantwortlich war, sie sonst in den Wahnsinn treiben würden. Und weil sie das Geld benötigte. Sie bezweifelte, dass die zu erwartende Auszahlung der Versicherung ausreichen würde, um ein neues Auto zu kaufen.

»Soll ich Filip anrufen, damit er dir hilft?«, bohrte Dafne weiter.

»Auf keinen Fall. Lass ihn seinen freien Tag genießen. Ich komme schon klar. Ein bisschen fein gehackter Ingwer und ein paar Blätter Minze werden meinem Gazpacho geschmacklich auf die Sprünge helfen.«

»Sicher?«

»Ganz sicher. Außerdem habe ich genügend Zeit. Die Gäste kommen erst in zweieinhalb Stunden.«

»Wie du meinst.« Dafne machte sich zum Gehen bereit. »Der Bürokram auf meinem Schreibtisch wartet auf mich.«

»Bon, à tout à l'heure.« Sophie begann ein Stück Ingwerknolle zu schälen.

»Ich muss mit euch reden.« Eine tiefe Männerstimme ließ sie so heftig zusammenzucken, dass ihr das Messer fast aus der Hand gefallen wäre.

Auch Dafne blieb wie angewurzelt stehen, runzelte die Stirn. »Jean-Luc? Wieso kommst du über den Hinterhof? Du hättest doch vorne anklopfen können.«

Doktor Bonnet betrat die Küche. »Ich habe eure Stimmen gehört und dachte, dass es so einfacher sei. Außerdem ist es besser, wenn wir unter uns bleiben, keine Mithörer haben.«

Sophie legte das Messer auf die Arbeitsplatte. »Was ist los? Du hörst dich so geheimnisvoll an.«

»Setzt euch mal hin.« Bonnet wies auf den kleinen Holztisch mit vier Stühlen, der vor der Fensterbank stand.

Sophie und Dafne taten, wie er sie geheißen hatte.

Der Doktor legte sein Jackett über die Stuhllehne und nahm ebenfalls Platz. »Mich hat eben ein Kollege angerufen und mir etwas mitgeteilt, das ich euch nicht vorenthalten kann. Auch wenn es für dich, Dafne«, der Doktor tätschelte kurz ihre Hand, »nicht leicht wird, damit umzugehen. Doch ich bin der Meinung, dass du die Wahrheit erfahren musst.«

Dafne schluckte. »Welche Wahrheit?«

»Die über den Untergang der Écume.«

»Was hast du herausgefunden?« Dafnes Stimme klang rau.

»Versteht mich bitte nicht falsch«, warnte der Doktor die beiden Frauen. »Das, was ich euch gleich sagen werde, ist kein offizieller Befund. Es sind Schlüsse, die mein Kollege und ich aus der neuen Faktenlage gezogen haben. Ob sie vor Gericht standhalten werden, müssen wir sehen. Dazu gibt es noch zu viele Ungereimtheiten. Auch was die Ermittlungsarbeit angeht.«

»Du machst mir Angst.« Dafne rutschte unruhig auf ihrem Stuhl hin und her.

»Es war kein Unfall, nicht wahr?«, platzte Sophie heraus. »Das steht dir doch ins Gesicht geschrieben.«

»Ich hoffe nicht, dass ich so leicht lesbar bin«, wehrte der Doktor ab. »Aus dir sprechen eher deine eigenen Vermutungen und deine Intuition.«

»Kommt in dem Fall wohl auf das Gleiche raus«, meinte Sophie störrisch.

»Eh bien, wie dem auch sei.« Doktor Bonnet neigte sich ein wenig über den Tisch und senkte die Stimme. »Meinem Kollegen aus Saint-Brieuc ist es gelungen, an den Autopsiebericht heranzukommen.«

»Den von Leon und Teofil?« Dafnes Unterlippe zitterte.

»Ja, ich hatte Lukaz darum gebeten. Er hilft manchmal in der Pathologie aus, wenn der eigentlich zuständige Pathologe verhindert ist oder frei hat. Hier bei uns im ländlichen Raum läuft alles ein wenig lockerer als in der Hauptstadt. Zum Glück. Bei Lukaz' letztem Einsatz, bei dem er die Opfer eines Verkehrsunfalls begutachten musste, ist es ihm im Anschluss gelungen, kurz in die Akte über die Todesfälle auf der Écume zu schauen.«

»Und? Was hat er herausgefunden?« Sophie konnte ihre Ungeduld kaum zügeln. Sie hatte den Eindruck, dass der Doktor zu lange um den heißen Brei herumredete.

»Es ist so«, der Doktor räusperte sich. »Als die Écume geborgen wurde, lag sie schon eine ganze Weile auf Grund. Das heißt, dass nicht nur die Maschinen und die Geräte, sondern leider auch die sterblichen Überreste von Leon und Teofil darunter gelitten hatten. Was die nachträgliche Untersuchung enorm erschwerte.«

»Deshalb konnten sie die genaue Todesursache ja nicht feststellen«, sagte Dafne mit tonloser Stimme.

»Das stimmt nicht ganz«, widersprach der Doktor. »Es ist wohl so, dass sie keine äußeren Verletzungen ausmachen konnten, die zum Tode geführt haben. Aber sie haben zusätzlich eine innere Leichenschau und eine toxikologische Untersuchung durchgeführt.«

»Das ist in so einem Fall doch Standard«, sagte Sophie.

»Sicher. Aber es ist nicht Standard, dass man den Ausdruck mit den Ergebnissen nicht in die Akte einfügt.«

»Was meinst du damit?« Sophie sah den Doktor alarmiert an.

»Wir können uns glücklich schätzen, dass mein Kollege überhaupt darauf gestoßen ist. Der toxikologische Bericht war nicht ordnungsgemäß abgeheftet, sondern lag zusammengeknüllt tief hinten im Hängeregisterschrank. Wäre meinem Kollegen beim Einsortieren der Akte nicht ein Knopf vom Kittel abgesprungen und zwischen die Hängehefter gefallen, wäre es ihm gar nicht aufgefallen.«

Dafne war blass wie Sophies kalte Joghurtsuppe. »Aber das würde ja bedeuten, dass jemand den Bericht mit Absicht aus der Akte entfernt hat.«

»Das kann gut sein«, meinte der Doktor. »Aber warum lässt man das Papier dann nicht ganz verschwinden, sondern zerknüllt es und steckt es in den Schrank?«

»Vielleicht wurde der- oder diejenige beinahe erwischt und musste den Bericht schnell entsorgen. Und hat ihn danach im Schrank vergessen«, überlegte Sophie.

»Möglicherweise. Es kann jedoch ebenso sein, dass der Bericht einfach aus der Akte herausgerutscht und in Vergessenheit geraten ist. Auch in der entsprechenden Computerdatei war nichts darüber zu finden.«

»Das glaube ich nicht«, widersprach Sophie vehement. »Da hat jemand nachgeholfen.«

»Denke ich auch«, stimmte der Doktor bedrückt zu. »Denn die Feststellungen in dem Bericht werfen ein ganz anderes Licht auf die Angelegenheit. Die neue Faktenlage hätte beim anschließenden Verfahren thematisiert werden müssen.«

Dafne klammerte sich mit beiden Händen an die Tischkante. Ihre Fingerknöchel stachen weiß vor. »Woran sind sie gestorben?«

»In ihrem Blut wurde eine toxische Substanz nachgewiesen. Spuren von Ajmalin, beispielsweise enthalten im Medikament Gilurytmal.«

»Das bei Herzrhythmusstörungen verordnet wird? Das wird aus einer indischen Pflanzenwurzel gewonnen, richtig?«, fragte Sophie prompt.

»Ja, richtig.« Doktor Bonnet schaute Sophie überrascht an.

»Das wurde meiner Tante im Krankenhaus gespritzt, daher kenne ich es.«

»Weder Leon noch Teofil hatten Herzprobleme«, protestierte Dafne. »Beide waren kerngesund.«

»Das dachte ich mir«, sagte der Doktor mit ernstem Gesicht.

»Das würde ja bedeuten ... Dann sind sie ...«

Der Doktor löste sanft Dafnes Hände von der Tischkante und rieb sie zwischen den seinen, um die Verkrampfungen zu lösen. »Die Wahrheit ist die: Wird das Mittel in kleinen Mengen verabreicht, hemmt es Herzrhythmusstörungen. Wird es dagegen in einer zu hohen Dosis injiziert, führt es zu Blutdruckabfall und Herzstillstand.«

»Mein Gott«, flüsterte Dafne entsetzt.

»Das bedeutet, dass an dem Abend jemand mit an Bord der Écume gewesen sein muss«, rief Sophie aufgeregt. »Jemand, der die Spritzen gesetzt hat und danach in seinem eigenen Boot abgehauen ist. Bevor der Sturm ihn daran hindern konnte.«

»Die Polizei hat doch gesagt, dass Leon und Teofil allein in den abgelegenen Fanggründen unterwegs waren«, sagte Dafne mit zitternder Stimme. »Gibt es keine Aufzeichnungen, mit denen sich das überprüfen lässt? Radarbilder oder Satellitenfotos, auf denen ein zweites Boot zu erkennen ist?«

»Das weiß ich nicht«, musste der Doktor eingestehen.

»Es war also Mord. Kein Unfall.« Dafne stiegen Tränen in die Augen.

»Leider spricht vieles dafür.« Dem Doktor war anzusehen, dass ihm das Gespräch nicht leichtfiel, dass ihm die Situation sehr naheging. »Jetzt verstehe ich auch, woher die abgerissenen Fingernägel und verletzten Fingerkuppen kommen könnten. Das stand ja im offiziellen Bericht. Ich konnte mir bisher keinen Reim darauf machen, aber nun …«

Sophie schluckte, weil ihr der Hals eng wurde. »Sie wurden eingesperrt! Die Kombüsentür wurde jedoch nicht erst beim Sinken vom Wasser blockiert, sondern von einer weiteren Person lange vorher von außen verriegelt. Es könnte folgendermaßen gewesen sein: Leon und Teofil sind allein zum Fischen rausgefahren. Noch bevor der Wind zu stark wurde, dockte ein Boot an ihrem Kutter an. Auf dem Boot befand sich eine Person, die Leon und Teofil nichtsahnend an Bord ließen. Dieser Person gelang es, beiden eine Spritze mit einem überdosierten und daher tödlichen Medikament zu geben. Danach verriegelte die Person die Kombüsentür und verschwand mit dem eigenen Boot auf Nimmerwiedersehen. Wohl wissend, dass Leon und Teofil hilflos dem Schicksal ausgeliefert waren.«

»Mon Dieu.« Dafne schaute Sophie mit weit aufgerissenen Augen an. »Wenn es so war … Warum haben sie sich nicht gewehrt?«

»Ich nehme an, weil sie schon vor der Spritze außer Gefecht gesetzt wurden«, antwortete Sophie. »Hatte die Polizei nicht angenommen, dass die beiden durch im Sturm herumfliegende Gegenstände k. o. geschlagen wurden? Alwena hat so etwas erwähnt.«

»Ich glaube auch, dass man sie zuerst betäubt und ihnen dann das Gilurytmal verabreicht hat«, stimmte der Doktor zu.

»Denkst du, dass die beiden noch mal das Bewusstsein erlangt haben?«

»Dafür spricht der Zustand ihrer Hände.«

»Wie meinst du das?«

»Nun ja.« Der Doktor hatte Schwierigkeiten, das grausame Geschehen in Worte zu fassen. »Ich könnte mir vorstellen, dass die Betäubung nachließ, bevor die Wirkung des Ajmalins einsetzte. Denn das wirkt zeitverzögert. In dieser kurzen Zeit, die ihnen vor dem endgültigen Zusammenbruch blieb, haben sie vermutlich versucht, die Kombüsentür aufzubrechen. Vielleicht mithilfe von Gegenständen, letztlich aber wohl mit den nackten Händen.«

»Und dann hat der Sturm das zu Ende geführt, was der Mörder begonnen hatte.« Sophie war jetzt auch den Tränen nahe.

»Ich kann es nicht glauben. Mein Leon. Teofil …« Dafne brach in Schluchzen aus. »Sie könnten beide noch bei mir sein.«

Dem Doktor war anzumerken, dass er ebenfalls kurz davorstand, von seinen Gefühlen übermannt zu werden.

»Wir müssen es der Polizei melden«, drängte Sophie, während sie mit der Hand über die Gänsehaut auf ihrem Unterarm rieb.

»Sicher.« Der Doktor beugte sich zu Dafne hinüber und streichelte beruhigend ihren Rücken. »Aber nicht sofort. Wir müssen uns erst einen Grund überlegen, wie und warum wir an den Bericht gekommen sind. Außerdem möchte ich meinen Kollegen nicht belasten.«

»Vielleicht kann Ronans Bekannte im Kommissariat etwas für uns ausrichten. Wir sollten ihn einweihen«, schlug Sophie vor.

»Ja, aber auch das muss warten. Ich bringe zuerst Dafne in ihre Wohnung und gebe ihr ein leichtes Beruhigungsmittel.«

»Mais non, mir geht es gut«, protestierte Dafne. Doch ihr zitternder Körper strafte ihre Worte Lügen.

»Leg dich hin. Du stehst unter Schock«, riet auch Sophie. »Ich komme hier allein klar.«

»Wir reden später noch mal«, sagte der Doktor und schob Dafne sanft, aber bestimmt aus der Küche.

Sophie blieb eine Weile still am Tisch sitzen.

Vier Tote innerhalb eines halben Jahres, dachte sie. Einem waren die Halsschlagadern durchtrennt worden. Drei waren durch eine tödliche Medikamentenvergiftung gestorben. Selbst der größte Skeptiker könnte nicht mehr leugnen, dass es zwischen dem Mord an Tangi, an Teofil und an Leon einen Zusammenhang geben musste.

Warum hatte nicht auch die Polizei Verdacht geschöpft? Wurden Ermittlungsergebnisse bewusst zurückgehalten oder gar unterschlagen? Durch wen? Und aus welchen Gründen? Sophie spürte plötzlich, wie erschöpft sie war. Ihr Kopf fühlte sich an wie die Joghurtsuppe aussah, die sie gleich im Ausguss entsorgen würde.

24. KAPITEL

Die Kupplung knirschte und der kleine Renault ruckelte, als Linh an der Ampel anfuhr. Mist, sie hatte schon wieder vergessen, das Kupplungspedal bis zum Ende durchzutreten. Das ungewohnte Schaltgetriebe brachte sie um den Verstand. Von Zuhause war sie ein Automatikfahrzeug gewöhnt, das sie routiniert durch den dichten Verkehr von Hanoi lenkte. Hier in der Bretagne war das Fahrzeugaufkommen zwar deutlich geringer, doch Linh kämpfte mit den Tücken französischer Automobiltechnik. Ganz zu schweigen von den bretonischen Autofahrern, bei denen es anscheinend zum Volkssport zählte, an den unübersichtlichsten Kurven der Küstenstraße zum Überholen anzusetzen.

Linh umklammerte das Lenkrad mit schwitzigen Händen. Warum habe ich mich nur auf dieses Abenteuer eingelassen, fragte sie sich zum wiederholten Mal. Und wusste gleichzeitig, dass sie keine andere Wahl gehabt hatte. Mit dem Bus hätte sie die Landzunge zwischen dem Cap Fréhel und der Festungsanlage Fort la Latte niemals so gezielt abfahren können. Ihre Kolleginnen aus der Fabrik hatte sie nicht fragen wollen, weil dann umfangreiche Erklärungen fällig gewesen wären, ihre Tarnung vielleicht aufgeflogen wäre. Das wollte Linh auf jeden Fall vermeiden. Deshalb hatte sie einen, wie sie fand, recht stattlichen Betrag für das in die Jahre gekommene Kleinfahrzeug aufgebracht und zugesichert, selbiges vollgetankt am Abend auf dem Parkplatz des Autoverleihers wieder abzustellen. Wenn sie nicht in den Graben gedrängt oder von einem anderen Pkw gerammt würde, dachte Linh und fuhr, so weit es ging, nach rechts, um einen bulligen SUV an sich vorbeiziehen zu lassen.

Sie war seit 10 Uhr unterwegs, hatte bis jetzt allerdings nicht viel vorzuweisen. In der gestrigen Mittagspause hatte sie Mona gebeten, ihr aufzuzählen, wo sie glaubte, asiatische Saisonarbeiter gesichtet zu haben. Linh hatte alle Orte, die nach Monas Angaben infrage kamen, abgefahren. Hatte bei drei Hofläden einen Zwischenstopp eingelegt und Lebensmittel gekauft, die sie eigentlich nicht benötigte. Ohne Erfolg. Am unteren Ende der Bucht von Fresnaye hatte sie davon abgesehen, das Flüsschen Frémur über die Brücke von Port à la Duc zu überqueren und in Richtung Osten weiterzufahren. Sie hatte kurz angehalten und ein paarmal tief durchgeatmet, um sich für das, was jetzt kommen würde, zu wappnen. Sie wusste, dass ihr das Schwerste noch bevorstand. Der erste Teil ihrer Suche war völlig harmlos gewesen. Und wahrscheinlich auch komplett unnütz, wie sie sich eingestehen musste. Sie hatte sich dabei von der Hoffnung leiten lassen, dass sie es nicht bis zum Äußersten treiben müsste. Dass es ihr erspart bliebe, sich mit dem zu konfrontieren, was Tante Mari ihr erzählt hatte.

Doch nun gab es kein Zurück. Sie befand sich kurz vor der Ortschaft Petit Trécelin. Die Fotos, die sie bei Google Earth aufgerufen hatte, hatten sich in ihr Gedächtnis eingebrannt. Linh fuhr weitere 200 Meter auf der Hauptstraße und bog dann in eine kleine Seitenstraße ab. Bäume säumten die Fahrbahn, deren Kronen ein dichtes Blätterdach bildeten. Linh fröstelte, obwohl der Tag warm und sonnig war. Die Straße wurde schmaler und schlechter, die Bäume am Rand wichen Wiesen und Feldern, die teilweise mit Steinwällen aus verwitterten Granitbrocken begrenzt waren. Auf einer Weide grasten schwarz-weiße Kühe. Auf einer anderen entdeckte Linh ausrangierte und inzwischen verrostete Landmaschinen. Ein paar hölzerne Hütten sahen so aus, als ob sie den nächsten Sturm nicht überstehen würden. Reste von blauen Plastiksäcken hatten sich in den niedrigen Hecken verfangen. Nicht gerade die beste Gegend, dachte Linh und spürte, wie sich ein flaues Gefühl in ihrem Magen breitmachte.

Dann tauchten die ersten Fabrikhallen auf. Die Gebäude waren aus grauem Stein gemauert, die Dächer mit verrosteten Wellblechplatten abgedichtet. Die Fenster bestanden aus milchigem Drahtglas, das vielerorts zerschlagen war. Ein weißer Lkw, bei dem alle vier Räder fehlten, war von wild wuchernden Sträuchern und Unkraut fast zugewachsen. Eine Kiesfläche, die vormals als Parkplatz gedient haben musste, war mit ausrangierten Stahlregalen, Fässern und anderem vor sich hin gammelndem Mobiliar vermüllt. Die Eingangstür zur ersten Halle war aufgebrochen, hing lose in den Angeln.

Obwohl Linh nur im Schritttempo vorwärtstuckerte und das Gelände aufmerksam mit den Augen absuchte, konnte sie keine Menschenseele entdecken. Hatte sie sich geirrt, war das doch nicht der Ort, den Tante Mari erwähnt hatte? Linh geriet ins Zweifeln. Sie fuhr weiter, bis sie das Fabrikgelände hinter sich gelassen hatte und rechts und links neben der Straße wieder Felder auftauchten. Sie setzte ihre Route fort, bis sie eine kleine Kreuzung erreichte, wo sie wenden konnte. Was sollte sie nun tun? Ein weiteres Mal mit dem Auto von der Straße aus suchen oder sich zu Fuß einen besseren Überblick verschaffen? Linh entschied sich für Letzteres. Sie fuhr ein Stück zurück und stellte den Renault in einer mit Hecken eingefassten Feldeinfahrt ab, wo man ihn, wie sie hoffte, nicht sofort entdecken würde. Dann machte sie sich auf den Weg.

Sie verließ die Straße, stieg über eine kniehohe Trockensteinmauer und überquerte eine Wiese, bis sie eine Weißdornhecke erreichte. Bienen und andere Insekten summten zwischen den kleinen weißen Blüten, die intensiv, fast schon unangenehm dufteten. Linh lief die Hecke entlang und suchte nach einer Lücke im Geäst, durch die sie durchschlüpfen konnte, ohne sich an den Dornen zu verletzen. Auf der anderen Seite trennten sie nur noch 100 Meter vom alten Fabrikgelände, das scheinbar verlassen dalag. Linh rannte geduckt bis zu einem kleineren Gebäude, das früher als Holzschuppen oder Lager für Brennstoffe gedient haben könnte. Sie ging dahinter in Deckung und versuchte sich zu orientieren.

Die Hallen und ehemaligen Produktionsstätten waren u-förmig errichtet worden, wobei die rechte Seite etwas kürzer als die linke war. In der Mitte befand sich ein zweistöckiges Haus mit einem löcherigen Ziegeldach, das einmal der Verwaltungstrakt mit den Mitarbeiterbüros gewesen sein musste. Die Fenster im Erdgeschoss waren ohne Glasscheiben, der bröckelnde Putz um die gemauerten Fensterrahmen wies schwarze Verfärbungen auf. Linh vermutete, dass im Inneren ein Feuer ausgebrochen war und die Flammen nach außen geschlagen waren.

Dass darin Menschen untergebracht waren, hielt sie für ausgeschlossen. Der hintere Teil der Gesamtanlage, also die kürzeste Seite des bügelförmig angeordneten Areals, sah ebenfalls nicht so aus, als ob er noch von Nutzen sein könnte. Eine Kiefer war auf das Flachdach gestürzt, und der mächtige Stamm hatte das Gebäude wie ein scharfes Messer in zwei Hälften geteilt. Das Hallenensemble rechts und links davon schien bis auf die Industrieflächen, die direkt an die Straße grenzten, in einem besseren Zustand zu sein.

Linh beschloss, systematisch vorzugehen. Sie huschte nach rechts und presste sich mit dem Rücken gegen die Außenmauer. Ihr Atem kam vor Aufregung stoßweise und sie wartete einen Moment, bis sie wieder normal Luft bekam. Dann schlich sie weiter zum ersten Fenster, stellte sich auf die Zehenspitzen und wagte, kurz ins Innere zu schauen. Die Halle war bis auf jede Menge Staub und Vogelkot leer. Linh wusste nicht, ob sie erleichtert oder enttäuscht sein sollte. So leise wie möglich ging sie an der Mauer entlang, bis sie die verwitterte hölzerne Eingangstür zu einem weiteren Gebäudeteil erreichte. Linh legte die Hand auf die Klinke und drückte sie lautlos nach unten, doch vergeblich. Die Tür war verschlossen. Linh lehnte ihr rechtes Ohr an das Türblatt und horchte angestrengt. Im Inneren war alles still. Die Fenster waren höher angebracht, sodass sie ohne Leiter nicht hineinschauen konnte. Weiter, geh weiter, befahl sie sich.

Inzwischen war sie am durch die Kiefer zum Einsturz gebrachten Gebäude angelangt. Sie musste sich um das aus dem Boden ragende Wurzelwerk tasten, bevor sie das linksseitige Fabrikareal erreichte. Wo sich ihr das gleiche Bild präsentierte, auch hier war alles leer. Menschenleer. Das gibt es doch nicht, dachte Linh bedrückt. Wo waren die »zerlumpten Gestalten«, die Anas Tante gesehen hatte? Waren es nur Hirngespinste einer alten Frau? Oder hatte sie bewusst gelogen? Aber warum sollte sie das tun? Linh war hin- und hergerissen zwischen dem Drang, unverrichteter Dinge aufzugeben, und dem Verlangen, weiterzusuchen.

Sie schlich ein paar Meter vorwärts. Da glaubte sie, etwas zu hören. Waren das Stimmen? Es klang leise und gedämpft, als würde jemand hinter einer dicken Wand aus Watte reden. Linh verhielt sich mucksmäuschenstill, wagte kaum zu atmen.

Nach ein paar Sekunden, die ihr wie eine Ewigkeit vorkamen, konnte sie das Geräusch erneut ausmachen. Irgendwo in dieser Halle waren Menschen. Menschen, die leise miteinander redeten. Linh eilte zum scheibenlosen Fenster und streckte sich. Das reichte, um kurz über die steinerne Fensterbank ins Innere zu linsen. Da war niemand. Habe ich vor Aufregung Halluzinationen, fragte sie sich. Aber nein, ihr Verstand war klar und zielgerichtet. Durch den Adrenalinschub, mit dem ihr Körper auf die spannungsgeladene Situation reagierte, eher noch geschärft.

Linh zögerte keinen Moment. Sie schob ein dickes, rechteckiges Stück Holz, das an der Hauswand lehnte, unter das Fenster und kletterte darauf. Mit den Händen zog sie sich am Fenstersims hoch, bis es ihr gelang, das rechte Bein über die Fensterbank zu schwingen. Einen Moment lag sie schwer atmend auf dem Bauch, dann brachte sie es fertig, auch das linke Bein nachzuziehen, und sie ließ sich fallen. Ihr Aufprall auf dem Betonboden war nicht lautlos und Linh befürchtete schon, dass jemand angerannt käme und fragte, was sie hier zu suchen hätte. Doch nichts dergleichen geschah.

Linh suchte mit den Augen das Halleninnere ab, um den Ursprungsort der Stimmen zu lokalisieren. Die Halle war bis auf einen Stapel großer Holzkisten, von denen der weiße Lack abblätterte, leer. Sie bahnte sich einen Weg durch die verstreuten Kisten und stutzte. Auf dem staubigen Boden waren Fußspuren auszumachen. Linh folgte ihnen, bis sie hinter einer

Wand, die relativ neu aussah und somit nachträglich errichtet worden sein musste, eine schmale Holztreppe entdeckte. Sie stellte den Fuß auf die unterste Stufe und lauschte. Tatsächlich! Von oben war Stimmengemurmel zu vernehmen. In einer Sprache, die bei Linh heftiges Herzklopfen verursachte. Das war kein Französisch, das war eindeutig Vietnamesisch!

Linh vergaß alle Vorsicht. Sie eilte die Stufen hoch und erreichte den Dachboden. Auch hier war eine Gipskartonwand neu hochgezogen worden, in deren Mitte sich eine Tür befand. Neben der Tür stand ein großer Müllsack, der von schmutzigen Lebensmittelverpackungen, vergammeltem Brot, Obstschalen, abgenagten Knochen und Fischresten überquoll. Ganz oben lag eine beachtliche Menge an Sardinendosen, die, dem Aufdruck und dem roten Label nach zu urteilen, aus der Fischfabrik stammten, in der Linh seit vier Wochen arbeitete. Wer immer hier untergebracht ist, dachte Linh, muss ein Faible für eingelegten Fisch haben. Dann hielt sie inne. Etwas stimmte mit den Dosen nicht. Sie hatte genug davon in der Hand gehalten, um zu bemerken, dass das Label einen Tick kleiner und die Farbe etwas blasser war. Sie bückte sich zum Müllsack hinunter. In dem Moment stob eine dicke, blau glänzende Schmeißfliege aus den Abfällen hervor. Vor Schreck machte Linh einen Satz zur Seite. Dabei prallte sie mit dem Fuß gegen eine der auf der gegenüberliegenden Türseite abgestellten leeren Glasflaschen. Eine davon kippte um, rollte zum Treppenabsatz und von dort aus die Stufen hinunter, bis sie auf dem Betonboden zerschellte.

Die Tür öffnete sich einen Spalt und ein Paar schwarze, schräg gestellte Augen schauten Linh misstrauisch an. Linh erwiderte den Blick, war jedoch nicht in der Lage, ein Wort hervorzubringen.

»Was willst du?«, fragte der Mann, der in etwa in Linhs Alter war, auf Vietnamesisch.

»Ich habe Stimmen gehört«, sagte Linh wahrheitsgemäß. »Da wollte ich nachsehen. Ich meine, weil ich dieselbe Sprache spreche. Und weil es eher ungewöhnlich ist, dass man hier jemanden aus Vietnam trifft. Und …« Linh kam ins Stottern. Ihre Begründung, warum sie auf dem alten Fabrikgelände herumschnüffelte, klang selbst in ihren Ohren unglaubwürdig.

Den jungen Mann schien das nicht zu stören, ihn beunruhigte offensichtlich etwas anderes. »Warum bist du um die Zeit noch draußen? Das ist verboten. Du weißt doch, dass das Ärger gibt. Sie werden uns alle bestrafen.«

»Wer wird euch bestrafen?«, fragte Linh alarmiert. Die ganze Situation wurde immer surrealer. Sie hatte mit vielem gerechnet, aber nicht damit. Was war hier los? Warum benahm sich ihr Landsmann so seltsam? Und warum hauste er auf diesem abgewrackten Industrieareal?

Der junge Mann legte die Stirn in Falten und musterte sie erneut. »Du bist keine von uns, oder?«

»Wer ist da? Haben sie endlich den Wein gebracht?« Eine Frau drängte sich durch den Türspalt. Sie musste einmal hübsch gewesen sein, doch mittlerweile war ihr Gesicht aufgequollen und das lange schwarze Haar fiel ihr fettig und ungekämmt über die Schultern. Ihre Fingernägel waren schwarz vor Schmutz, und sie verströmte einen unangenehmen Geruch.

Linh wich einen Schritt zurück.

»Du hast keinen Wein«, sagte die Frau anklagend und ließ eine Tirade vietnamesischer Schimpfwörter auf sie los.

»Beachte sie einfach nicht«, riet der junge Mann. »Wenn sie nicht genug intus hat, ist sie unausstehlich.«

»Was macht ihr hier?« Linh presste sich an der schimpfenden Frau vorbei, schob die Tür ein Stück weiter auf und trat über die Schwelle.

Was sie sah, nahm ihr fast den Atem. In dem etwa 60 Quadratmeter großen Dachzimmer standen rund 30 Stockbetten aus Metallrahmen, die alle belegt waren. Die Menschen saßen auf den dünnen Matratzen, weil nicht genug Platz war, damit alle gleichzeitig stehen oder herumgehen konnten. Ein paar wenige lagen zusammengerollt auf ihrem Bett und schienen zu dösen oder zu schlafen. Der Raum wurde von vier schmalen Dachfenstern erhellt, von denen zwei halb geöffnet waren. Die Luft war stickig und verbraucht. Es roch nach Urin und Moder. Linh unterdrückte den Impuls, sich die Nase zuzuhalten.

»Warum seid ihr hier?«, wiederholte sie ihre Frage.

Ein zweiter Mann erhob sich von seinem Bett und kam zur Türschwelle. Er trug einen langen weißen Bart, der zum unteren Ende hin ausdünnte und ihm bis auf die schmale Brust fiel. Das graue Haar war kurz geschoren, die Kopfhaut schuppig. »Wir arbeiten, um unsere Reise zu bezahlen. Um endlich in die Freiheit zu gelangen«, sagte er mit einem Lispeln, weil ihm die mittleren oberen Schneidezähne fehlten.

»Freiheit?« Linh glaubte ihren Ohren nicht zu trauen. »Wieso das? Wer hält euch hier fest?«

»Wir haben alle einen Vertrag unterschrieben«, sagte der junge Mann. »Wir müssen ihn einhalten, sonst werden wir zurückgeschickt. Dann werden wir nie frei sein.«

»Was redest du da?«, rief Linh entrüstet. »Das hört sich ja an, als ob ihr Sklaven wärt. Hier gibt es seit Jahrhunderten keine Sklaverei mehr. Wer hat euch einen solchen Blödsinn erzählt?«

»Wir haben uns entschieden«, sagte der junge Mann. Es klang traurig und resigniert zugleich. Da war kein Kampfgeist, kein Wille zur Veränderung. Er machte auf Linh den Eindruck, als ob er eine Art Gehirnwäsche durchlaufen hätte. Gehörten sie vielleicht alle zu einer Sekte? Oder nahmen sie Drogen? Härtere als den Alkohol, den die Frau verlangt hatte?

Linh hatte Schwierigkeiten, mit der Situation umzugehen. »Warum lasst ihr das mit euch machen?« Mit der Hand wies sie auf die dicht an dicht stehenden Betten und den Rest des spärlichen Mobiliars, das wie vom Sperrmüll zusammengeklaubt aussah.

Sie erhielt keine Antwort. Die Menschen in dem alten Fabrikgebäude sprachen zwar dieselbe Sprache wie sie, doch sie verstanden sie nicht. Warum auch immer.

Linh fasste einen Entschluss. »Ihr müsst hier raus. Sofort. Alle«, drängte sie und griff nach ihrem Handy in der Jeanstasche. »Ich gebe jetzt der Polizei Bescheid.«

In dem Moment rief jemand leise ihren Namen: »Linh!« Es klang wie ein Stöhnen oder Schluchzen. Sie ließ das Handy sinken.

»Hung? Bist du es, Hung?«, fragte sie ungläubig.

Hektisch suchte sie mit den Augen den Raum ab, um das seit Monaten schmerzlich vermisste Antlitz darin auszumachen. Ganz weit hinten, direkt an der Rückwand, glaubte sie, auf der oberen Etage eines Bettes eine Gestalt zu entdecken, die ihr bekannt vorkam. Konnte das tatsächlich ihr Freund sein? Sein Gesicht war schmal, ausgezehrt und die Arme so dünn wie Stöckchen. War das ihr Hung? Es gab nur eine Möglichkeit, es herauszufinden. Linh fuhr die Ellenbogen aus und machte sich aus der Menschentraube, die sie inzwischen umringte, frei. Zielstrebig bahnte sie sich einen Weg durch die Bettenreihen.

Da spürte sie einen heftigen Schmerz am Hinterkopf. Und plötzlich versank alles im Dunkeln.

25. KAPITEL

»Wenn du mich weiter so mästest, passe ich bald nicht mehr in meine sündhaft teure Allwetterkleidung, die ich fürs Fischen brauche«, beschwerte sich Yuna. Sie ließ es aber zu, dass Sophie ihr ein zweites Stück Far breton auf den Teller lud. Die beiden Frauen hatten sich im »Chez Leon« getroffen, wo Sophie an einem Rezept für den traditionellen bretonischen Pflaumen-Eierkuchen tüftelte.

Sophie nahm eine Gabel und machte sich daran, ihr Kuchenstück in seine verschiedenen Komponenten zu zerlegen: die goldbraune Kruste mit einem Hauch von Puderzucker, das helle, weichere Innere und die Backpflaumen am Boden. »Die Pflaumen kommen mir ein bisschen hart vor. Es wäre besser gewesen, wenn ich sie ein paar Stunden länger im Rum hätte einweichen lassen.«

»Ich finde, sie sind genau richtig«, erwiderte Yuna mit vollem Mund.

»Ich hatte Angst, dass der Rumgeschmack bei zu langer Einweichzeit zu aufdringlich wird«, meinte Sophie nachdenklich, teilte die Backpflaume in zwei Hälften und legte sich eine davon auf die Zunge. Sie kaute langsam, bedächtig, bis ihre Geschmacksnerven alle Aromen aufgenommen hatten. »Vielleicht wäre eine Mischung aus Cidre oder Apfelsaft und deutlich weniger Rum besser.«

»Non, non«, protestierte Yuna. »In den Far breton gehört eine ordentliche Portion Rum. Wir sind schließlich in der Bretagne.«

»Wo es vorkommt, dass das eine oder andere Rumfass am Strand angespült wird.« Sophie grinste verschmitzt.

»Echt?« Yuna schaute sie verdutzt an. »Also ich habe noch keins gefunden.«

»Ich auch nicht«, musste Sophie eingestehen. »Mado hat mir vor Jahren, als sie mir ihr Rezept gegeben hat, von der Legende erzählt. Demnach wurde der Far breton früher nur zu religiösen Festen oder bei besonderen Familienfeiern gebacken. Da bestand er lediglich aus Eiern, Zucker, Butter, Milch und Mehl. Nach und nach haben sich dann die Backpflaumen eingeschlichen. Wahrscheinlich weil sie sich lange halten und in vielen Haushalten zum Wintervorrat gehörten.«

»Meine Oma hatte auch immer welche im Schrank«, meinte Yuna und zog eine Grimasse. »So harte, schrumpelige Dinger. Um die Verdauung in Schwung zu bringen.«

»Mais non, für den Far breton musst du qualitativ hochwertige Pflaumen nehmen«, protestierte Sophie. »Das gilt auch für den Rest der Zutaten.«

Yuna stellte ihren leer gegessenen Teller in die Spülmaschine. »Außer für den Rum, den man am Strand findet«, feixte sie. »Da kann man in Sachen Qualität keine Ansprüche stellen, sondern muss das nehmen, was einem das Meer anschwemmt.«

»Ganz recht.« Sophie nickte zustimmend. »Früher war es keine Seltenheit, dass Rumfässer angespült wurden. Sie stammten von Schiffen, die vor der Küste an den Felsen zerschellten. Du hast bestimmt schon diese Ölbilder gesehen, die in einigen Bars Tabacs an den Wänden hängen. Wo Holzfässer auf den Wellen dümpeln.«

»Solche optischen Scheußlichkeiten kommen mir nicht in die ›La Chaloupe‹.«

»Das hoffe ich. Aber wie gesagt, die Sache mit den angespülten Fässern gab es tatsächlich. Vor allem, als hier an den Küsten die Schmuggler noch aktiv waren, die ihre Ware von England nach Frankreich und umgekehrt transportierten. Damals haben sich manche eine goldene Nase verdient. Ganze Küstenregionen lebten vom Schmuggel. Und das verdammt gut.«

»Das ist lange vorbei«, gab Yuna zu bedenken. »Heute sorgen die Küstenpatrouillen, die Marine auf See und die Zollbehörden in den Häfen dafür, dass nichts unbemerkt an Land kommt.«

»Ja, inzwischen werden die meisten Drogen und sonstigen illegalen Substanzen mit dem Flugzeug aus Asien oder Südamerika herangeschafft«, meinte Sophie. »Das geht schneller und ist effektiver.«

»Wie auch immer ... Um auf den Rum im Far breton zurückzukommen: Durch die angeschwemmten Fässer der Schmuggler hatte man an Land so viel Rum, wie man gar nicht trinken konnte. Deshalb begann man, die Pflaumen im Far breton damit zu durchtränken. Ist es nicht so?«, fragte Yuna.

»Ja, so oder so ähnlich wird es gewesen sein. Daran hat Mado zumindest fest geglaubt.«

»Für mich ist das Rezept perfekt. Egal, ob es deins oder Mados ist.«

Sophie strahlte. »Dann setze ich den Far breton ab dem Wochenende auf die Karte.«

»Vielleicht könntest du auch die ›La Chaloupe‹ damit beliefern?«

»Ich werde sehen, was sich machen lässt«, versprach Sophie.

»Super. Meine Gäste werden mir den Kuchen aus den Händen reißen. Bevor ich wieder losmuss ...« Yuna griff nach ihrer Handtasche. »Gibt es schon etwas Neues in Sachen Bremsen? Hat die Polizei mittlerweile eine Ahnung, wer es gewesen sein könnte?«

»Nein, leider nicht. Derjenige, der mir das eingebrockt hat, versteht es, geschickt seine Spuren zu verwischen.«

»Das ist übel.«

»Wenigstens habe ich die Zusage der Versicherung, dass sie zahlen werden. Ich werde mich in Kürze nach einem neuen Auto umschauen. Dann muss ich nicht ständig Dafne bitten, dass sie mir ihren Kombi leiht.«

»Soll ich meinen Vater fragen, ob er von einem günstigen Wagen weiß? Er hat viele Kontakte, bis hoch nach Avranches. Wenn ich mich richtig erinnere, hat ein Kumpel von ihm eine Autowerkstatt in Dinan. Ich bin mir sicher, wir finden etwas Passendes für dich.«

»Etwas Bezahlbares«, murmelte Sophie. »Ich kann nicht viel Geld in einen fahrbaren Untersatz stecken. Ich muss noch meine Wohnung auflösen und den Umzug bezahlen.«

»Du hast dich entschieden?« Yuna strahlte.

»Ja, das war letztendlich nicht schwer. In Deutschland hält mich nichts mehr. Fürs Erste kann ich in Dafnes Hotel wohnen bleiben, aber langfristig will ich mir etwas Eigenes suchen.«

»Ich wüsste da was«, sagte Yuna. »Weißt du, wir überlegen schon länger, ob wir das Häuschen meiner Oma wieder flottmachen. Das liegt an der Route de Pléneuf, fast direkt am Viadukt von Caroual. Im Moment nutzen wir es als Gerümpelkammer. Alles, was wir nach der Ausmusterung unseres Bootes nicht mehr brauchten oder nicht woanders unterbringen konnten, und ein bisschen Mobiliar aus der ›La Chaloupe‹ sind dort gelandet. Es wird Zeit, dass wir mal gründlich ausmisten. Ich könnte mir vorstellen, dass das Haus genau das Richtige für dich ist. Und meine Oma, Gott hab sie selig«, Yuna bekreuzigte sich, »würde sich bestimmt freuen, wenn wieder Leben in ihre Bude käme.«

»Ich schaue es mir gern an. Und ich bin nicht anspruchsvoll. Kann ich mir gar nicht leisten.«

»Das wird, ich habe ein gutes Gefühl.« Yuna hauchte Sophie zum Abschied zwei Küsschen auf die Wangen.

In dem Moment gab Sophies Handy einen Piepton von sich.

»Braucht Filip wieder Nachhilfe beim Einkaufen?«

Sophie warf einen Blick auf die eingegangene Nachricht. »Das ist nicht Filip.«

»Sondern?«, wollte Yuna wissen. Dann schlug sie die Hand vor den Mund. »Je suis désolée. Das geht mich überhaupt nichts an, wer dir was schreibt.«

»Die Nachricht ist von Gerd.« Sophie sah verdutzt aus.

»Dein Ex?«

»Fast-Ex.«

»Gibt es Ärger?« Yuna klang besorgt.

»Ich weiß nicht«, sagte Sophie. »Er ist hier, hier in Erquy. Und er will mich sehen.«

»Merde. Das klingt nicht nach einem entspannten Nachmittag.«

»Nein, ich hatte mir den einzigen freien Tag in der Woche auch anders vorgestellt.«

»Ich würde ja mitkommen, aber ich habe gleich einen Termin mit einem Fischer im Hafen von Dahouët. Sein Boot wäre mit ein paar Modifikationen genau das Richtige für uns. Damit könnten wir wieder klein anfangen und bräuchten nicht die Unterstützung der Bank.«

»Ich drücke dir die Daumen. Und keine Sorge, ich komme schon allein mit Gerd klar.« Sophie tippte eine Antwort.

»Bis demnächst.« Yuna schlang sich den Gurt ihrer Handtasche über die Schulter.

»Ach nee, das meinst du nicht im Ernst, oder?«, murmelte Sophie, ohne aufzusehen.

»Mais oui. Natürlich meine ich das ernst«, empörte sich Yuna.

Sophie lachte verlegen. »Meine Antwort galt nicht dir, sondern Gerd. Rate mal, wo er sich mit mir treffen will.«

»Hier im Bistro?«

»Eben nicht. Er weigert sich kategorisch, hierherzukommen. Stattdessen möchte er an einen Ort, wo wir ungestört sind. Nur wir zwei. Um in Ruhe über alles zu reden.«

»Eh bien, dann kannst du wenigstens davon ausgehen, dass er nicht gleich seinen Anwalt im Schlepptau hat«, sagte Yuna spöttisch. »Meiner Erfahrung nach sind die Damen und Herren der Rechtsvertreterzunft bei einem beruflichen Termin nicht unbedingt auf Ruhe und Abgeschiedenheit aus. Die stehen mehr auf ein schickes Ambiente, wo es einen guten Kaffee oder ein Glas Wein gibt. Schlage deinem Ex doch einen Strandspaziergang vor, da seid ihr unter euch.«

»Den Gedanken hatte Gerd auch. Er möchte sich mit mir auf der Îlot Saint-Michel treffen.«

»Auf der Îlot? Warum ausgerechnet dort? Will er etwa an der Kapelle beten oder eine Jakobsmuschelschale mit einem persönlichen Anliegen ablegen? In der Hoffnung, dass man ihn erhört?«

»Eher nicht. Gerd hat es nicht so mit Kirche und Religion. Es sei denn, seine Neue hätte ihn in kürzester Zeit komplett umgepolt.« Sophie sah nachdenklich aus.

»Schon ein etwas seltsamer Ort, um seine Ehestreitigkeiten zu diskutieren«, meinte Yuna. »Aber wenn es was bringt, warum nicht? Allemal besser, als sich im Gerichtssaal zu fetzen. Außerdem kannst du sicher sein, dass dir dort nicht der Teufel begegnet.«

»Gerd ist, bei Gott, kein Heiliger. Doch infernale Qualitäten hat er nicht.«

»So meine ich das nicht. Auch über die Insel gibt es eine Legende. Die kann ich dir erzählen«, sagte Yuna mit einem triumphierenden Lächeln. »Und danach bin ich endgültig weg.«

»Okay, dann schieß mal los«, forderte Sophie die Freundin amüsiert auf.

»Man sagt hier an der Küste, dass die kleine Gezeiteninsel einst mit dem Festland verbunden war. Leider war dies ein Ort, an dem sich der Teufel samt Gefolge gerne aufhielt. Was dem Erzengel Michael gar nicht behagte. Als der Teufel wieder einmal aktiv werden wollte, schritt der Erzengel zum äußersten Punkt der Insel, schaute kurz zurück auf das Meer und stampfte kräftig mit dem Fuß auf. Dadurch spaltete sich das Land, und das Meer verschlang tosend den Teufel und seine Kobolde. Seitdem wurde der Teufel nicht mehr auf der Îlot gesichtet.«

»Da bin ich aber beruhigt.« Sophie schmunzelte. »Jetzt weiß ich auch, warum die Wallfahrtskapelle dem Erzengel Michael geweiht ist.«

Yuna wurde wieder ernst. »Noch ein Tipp: Du solltest dich vor dem auflaufenden Wasser in Acht nehmen. Die Flut wird in zwei Stunden ihren Höhepunkt erreichen, und dann gibt es fürs Erste kein Zurück, dann sitzt du auf der Insel fest. Zurück kommst du nur sicher bei Ebbe, wenn das Wasser komplett abgelaufen ist. Die Strömung dort ist tückisch. Und pass auf, dass du auf den Felsen nicht ausrutschst, sie sind an manchen Stellen verdammt glitschig.«

»Ich werde vorsichtig sein«, versprach Sophie. »Keine Sorge. So lange werde ich mit Gerd garantiert nicht auf der Insel bleiben. Eigentlich habe ich gar keine Lust, so weit hinauszugehen«, gestand sie. »Mir ist es lieber, wenn wir das Wichtigste direkt am Parkplatz oder am Strandzugang klären. Für den Rest wird mein Anwalt in Deutschland zuständig sein.«

»Na dann, viel Glück.« Yuna verabschiedete sich mit einem aufmunternden Lächeln.

*

Sophie fuhr nachdenklich durch die Straßen, die sich von Tag zu Tag mehr mit Touristen füllten. Da sich mit der Flut das

Wetter verschlechtert hatte und ein böiger kühler Wind aufgekommen war, hatten sich viele von ihnen ein schützendes Plätzchen in einem Café oder Restaurant gesucht. Auch bei ihnen im Bistro würde das Geschäft nachher sicherlich brummen. Gegen Kälte und Nässe halfen bekanntlich nichts besser als ein leckeres Essen und ein Gläschen Wein. Zu viel Sonne und Hitze machten dagegen träge. Da kam bei den Feriengästen kein Hunger auf und sie verdienten lediglich an den kühlen Getränken. Sophie hatte nichts gegen die heutigen Wetterkapriolen. Sie hatte nur keine Lust, sich ihnen wegen Gerds bescheuerten Wunsches auszusetzen. Statt in ihre Regenjacke zu schlüpfen und festes Schuhwerk anzuziehen, wäre sie lieber in ihrem warmen Hotelzimmer geblieben und hätte sich ein schönes Buch vorgenommen. Oder, falls der Andrang zu groß würde, den freien Nachmittag aufgegeben, um in der warmen und gemütlichen Küche mitzuhelfen.

Ein Strandspaziergang als letztes Kapitel einer Ehe – so eine Schnapsidee, dachte Sophie und trommelte an der roten Ampel missmutig mit den Fingerspitzen auf das Armaturenbrett von Dafnes Kombi. Warum hatte Gerd sein Kommen nicht bei ihrem Telefonat vor einer Woche angekündigt, wunderte sie sich. Dann hätten sie in aller Ruhe ein Treffen ausmachen können. Auf das sie sich zudem besser hätte vorbereiten können. Sophie hasste es, vor vollendete Tatsachen gestellt zu werden. Aber so war Gerd schon immer gewesen. Nur dass sie es viele Jahre anders empfunden hatte. Früher hatte sie sein egoistisches Drängen als dynamisch und zielstrebig angesehen. Hatte ihn für seine Entscheidungsfreudigkeit bewundert. Zu ihm aufgesehen. Er hatte nur mit den Fingern schnippen müssen, und sie hatte gemacht, was er von ihr wollte. Hatte ihre Pläne und ihre Bedürfnisse meist den seinigen untergeordnet. Was auch dazu geführt hatte, dass sie ihr Studium und ihre Zukunftsaussichten aufgegeben hatte. Ich war ein Schaf, musste sich Sophie eingestehen, als sie auf der Rue des Moulins wieder Gas gab. Erst als das Schicksal ihr einen kräftigen Tritt in den Allerwertesten gegeben hatte, sie von Gerds derzeitiger Affäre und den zahlreichen davor Wind bekommen hatte, war sie aufgewacht. Hatte quasi über Nacht lernen müssen, auf eigenen Füßen zu stehen, ihr Leben ohne Wenn und Aber eigenhändig zu managen. Dabei hatte sie manches verloren und doch viel gewonnen. Vor allem die Freiheit, sie selbst zu sein.

»Das lasse ich mir nie wieder nehmen«, presste sie zwischen den Lippen hervor. »Ich gebe dir genau eine Viertelstunde, um zu sagen, was du zu sagen hast, und dann ist Schicht. Fini. Danach gilt nur noch das Scheidungsurteil.«

Sophies Groll führte dazu, dass sie um ein Haar den Blitzer vor der Kreuzung übersehen hätte. Erst im letzten Moment gelang es ihr, den Wagen durch scharfes Bremsen auf die zugelassenen 50 Stundenkilometer abzubremsen. Der Fahrer hinter ihr hupte empört, und Sophie hob entschuldigend die Hand. Sie zwang sich zur Ruhe und zu gemäßigtem Tempo. Was auch immer kommen würde – sie würde sich von Gerd nicht provozieren lassen, nicht die Nerven verlieren. Das war er einfach nicht wert.

*

Eine Viertelstunde später hatte sie ihren Vorsatz prompt vergessen. Ihr Puls war auf 180. Nach ihrem letzten kurzen Whatsapp-Austausch war sie davon ausgegangen, Gerd in der kleinen Parkbucht zu treffen, von der aus es über den Strand fast schnurgerade zur Îlot Saint-Michel ging. Bei ihrer Ankunft hatte sie dort jedoch nur einen einzigen anderen Wagen vorgefunden: einen alten Pick-up mit einer großen Hundetransportbox auf der Ladefläche. Da Gerd seit Jahren störrisch behauptete, eine Hundeallergie zu haben, konnte er nicht mit diesem Gefährt gekommen sein. Vielleicht hatte er auf der Parkfläche etwas weiter östlich geparkt? Sophie ließ den Motor an und fuhr zu dem vor dem Campingplatz gelegenen Parkplatz auf der Wiese, den sie komplett verwaist vorfand. Wie es aussah, hatte der Wetterumschwung alle Strandenthusiasten vertrieben.

Sie machte eine Kehrtwende, preschte zurück zur Parkbucht und suchte den Bereich mit den Augen ab. Da war nichts außer Sand, Felsen und Meer. Sie kramte ihr Handy aus dem Rucksack hervor, tippte auf »Kontakte« und auf den grünen Kreis unterhalb Gerds Nummer. Der Klingelton erklang, doch er nahm wieder nicht ab.

»Was soll dieses blöde Spielchen? Warum gehst du nicht ran?«, brummte sie.

Wie es aussah, hatte Gerd entschieden, sich nur noch per Whatsapp mit ihr auseinanderzusetzen.

»Wo bist du?«, tippte sie und musste sich fünfmal korrigieren, weil sie vor Wut mit dem Finger auf einen falschen Buchstaben gekommen war.

Drei Sekunden später kam die Antwort. »Wo bist DU?«

»Parkbucht am Strand. Hatte doch geschrieben, dass wir uns hier treffen.«

»Bin schon auf der Insel.«

Sophie beugte sich ein wenig vor und versuchte, auf der etwa 700 Meter entfernten Gezeiteninsel eine Gestalt auszumachen. Vergeblich. »Komm zurück«, schrieb sie.

»Nein, komm du. Muss dir was zeigen.«

»Das kannst du auch hier auf dem Parkplatz machen.«

»Nein, du kommst.«

»So ein sturer Bock«, fluchte Sophie und hätte das Handy aus Frust am liebsten auf den Strand gepfeffert. Sie unterdrückte den infantilen Impuls und stieg aus dem Auto. Die tief hängenden Wolken spien die ersten Regentropfen aus. Na prima, dachte Sophie und zog sich die Kapuze über den Kopf. Die Aussicht auf ein Treffen mit Gerd wurde von Minute zu Minute unattraktiver. Warum mache ich das, fragte sie sich und kickte auf dem Trampelpfad hinunter zum Strand einen Kiesel weg, der sich vor ihrer Fußspitze befand. Weil du es zu Ende bringen willst, sagte sie sich. Das bist du ihm und dir schuldig.

Das Gehen im weichen Sand fiel ihr auf den ersten Metern schwer, doch bald wurde die Oberfläche härter und sie kam gut voran. Am Flutsaum liefen kleine Rinnsale zurück in Richtung Meer, das, wie Sophie sich versicherte, genügend weit entfernt war. Dann wich der Sand den ersten rosafarbenen Felsen, noch rund und von den Gezeiten glatt poliert. Je weiter sich der Pfad wie eine Zunge der Insel und dem offenen Meer näherte, desto schroffer wurden die Felsen und desto schwieriger wurde das Vorwärtskommen. Sophie war froh, ihre halbhohen Wanderschuhe angezogen zu haben, die ihr festen Halt boten. Trotzdem musste sie aufpassen, nicht zu stürzen, da das Gestein vom Regen nass und rutschig war. Sie keuchte vor Anstrengung, als sie an der dünnen Grasnarbe unterhalb des Anstiegs zur Insel stand.

»Gerd?«, rief sie fragend. Und erhielt keine Antwort.

Resigniert stapfte sie den schmalen, sich leicht windenden Pfad hoch, der von Tausenden Pilgern und Touristen ausgetreten war. Obwohl der Wind an Stärke zugenommen hatte, hatte sich die graue Wolkendecke weiter gesenkt, was die Sicht zunehmend verschlechterte. Oder war es Seenebel, der aufzog? Sophie fühlte sich mehr und mehr unwohl.

»Gerd?«, rief sie erneut.

Wahrscheinlich hat er sich an der Kapelle ein windgeschütztes und halbwegs trockenes Plätzchen gesucht, während ich hier Wind und Wetter ausgesetzt bin, dachte sie genervt. Doch zu lamentieren half nichts, sie musste weiter.

»Dafür wirst du büßen, das verspreche ich dir«, presste sie zwischen den Zähnen hervor.

Endlich erreichte sie die aus rosa Sandstein und im gotischen Stil erbaute Kapelle auf dem Gipfel. Die Wolken oder der Nebel nahmen ihr die Sicht auf den filigranen Kirchturm und die gusseiserne Statue des Erzengels Michael auf der Spitze. Der Zugang zur Kapelle, eine Glastür, war verschlossen und mit einem Gitter gesichert. Trotzdem hielt Sophie die flache Hand vor die Stirn und starrte ins Innere, wo sie an der gegenüberliegenden Seite ein Buntglasfenster und davor einen kleinen Altar sowie zwei Schiffsmodelle entdeckte. Dort konnte Gerd keinen Unterschlupf gefunden haben.

Nochmals rief sie mehrmals laut seinen Namen. Sie wandte sich von der Tür ab und umrundete die Kapelle. Schmale Holzlatten waren an den Außenseiten befestigt worden, wo Besucher die Unterseiten von Jakobsmuschelschalen aufgehängt hatten. Auf dem milchig weißen Untergrund der Schalen standen Bittgesuche oder Namen mit Datum. Wäre Sophie wie all die anderen als normale Touristin gekommen, hätte sie sich die Zeit genommen, die Inschriften genauer zu studieren. Es hätte ihr Spaß gemacht, die Insel, auf die sie trotz ihrer vielen Aufenthalte in der Region nie zuvor einen Fuß gesetzt hatte, zu erkunden. Heute hatte sie dagegen nur ein Ziel: Sie musste Gerd sprechen! Aber verdammt noch mal, wo war er? Sie hatte die Kapelle bereits zweimal umrundet und hinter jeden Felsvorsprung geschaut. Auf dem Eiland war keine Menschenseele.

»Jetzt habe ich die Faxen dicke«, murmelte sie und kramte nochmals ihr Handy hervor.

»Hab keine Lust auf deine Spielchen. Wo bist du?«, tippte sie.

Keine Reaktion.

»Was soll das?«, versuchte sie es ein weiteres Mal. Ungeduldig wippte sie mit der Fußspitze, doch Gerd blieb ihr eine Antwort schuldig.

Du kannst mich mal kreuzweise, dachte sie, steckte das Handy zurück in die Tasche und trat aus dem Windschatten der Kapelle hervor, um sich auf den Rückweg zu machen. Da packte sie jemand brutal von hinten. Ein Tuch wurde ihr vor Mund und Nase gedrückt. Sophie erkannte den leicht süßlichen Geruch sofort: Chloroform! Sie wusste, dass ihr nur wenige Sekunden blieben, bis sie das Bewusstsein verlieren würde. Sie trat nach hinten aus und versuchte, die Arme freizubekommen, um das Tuch zu entfernen. Doch sie hatte keine Chance. Sie merkte, wie ihr schwummerig wurde und die Kapelle und die Felsen ihre Konturen verloren. Das Atmen fiel ihr schwer. Dann gaben ihre Knie nach und sie wäre zusammengesackt, wenn nicht zwei Hände sie daran gehindert hätten. Sie bemerkte vage, wie etwas Schmales ihre Hand- und Fußgelenke umschloss und wie ihre Fersen über den harten Felsboden schleiften. Dann wurde es dunkel.

*

Sie kam wieder zu sich, weil etwas Nasses und Kaltes ihre Unterschenkel überspülte. Panisch riss sie die Augen auf und erkannte, dass sie lang ausgestreckt auf einem Klippenvorsprung unterhalb der Kapelle lag. Die Flut war dabei, sich ihren Weg zum Strand zu bahnen, und hatte die kleine Insel bereits umspült. Die nächste Welle brandete gegen die Felsen und machte auch vor Sophies Beinen keinen Halt.

Ich muss weg, sofort weg von hier, schoss es ihr durch den Kopf. Verzweifelt versuchte sie, sich aufzurichten. Da sah sie, dass ihre Hände und Füße fest mit Kabelbindern verzurrt waren, was sie nahezu bewegungsunfähig machte. Ihr gelang es, sich auf den Bauch zu rollen und ein wenig vorwärtszurobben. Doch die scharfen Felsen zerkratzten ihre Knie, ihre Arme und ihr Gesicht und hinderten sie am zügigen Fortkommen. Die Wellen wurden höher, schienen wie eine Meute tollwütiger Hunde nach ihr zu schnappen. Mit dem Ziel, sie in die Tiefe zu ziehen.

»Au secours, Hilfe!«, schrie sie, vor Angst außer sich.

Und wusste gleichzeitig, dass niemand sie hörte.

26. KAPITEL

Linh saß zusammengekauert ganz hinten an der Wand, dort, wo die auf dem kalten Betonboden ausgebreitete Matratze am wenigsten fleckig war. Der Raum, in den man sie vor drei Tagen gebracht hatte, war nicht größer als eine Abstellkammer und wurde lediglich von einer schwachen Glühbirne erhellt. Ihre Notdurft musste sie in einen Eimer erledigen, den sie im Anschluss mit einem Deckel verschloss. Ein Fenster gab es nicht. Der einzige Luftaustausch fand durch die Tür statt, die nur morgens und abends für ein paar Sekunden geöffnet wurde. Durch die Wand konnte Linh leise Stimmen vernehmen, die in ihrer Muttersprache miteinander kommunizierten. Sie ging daher davon aus, dass sie sich noch immer auf dem Dachboden der alten Fabrikhalle befand.

Zuerst hatte sie versucht, durch Klopfzeichen und lautes Rufen auf sich aufmerksam zu machen. Doch ihre Landsleute konnten oder durften ihr nicht zu Hilfe eilen. Linh vermutete Letzteres. Auch wenn die Menschen, wie sie behauptet hatten, hier waren, um ihre Freiheit zu erlangen, waren sie dennoch gefangen. Wobei es anscheinend verschiedene Formen der Gefangenschaft gab. Die anderen durften wenigstens zu gewissen Zeiten nach draußen, weil sie einer Arbeit nachgingen. Sie konnten sich miteinander austauschen. Ihr wurde dieser Luxus nicht zuteil. Sie saß Tag und Nacht in ihrem Gefängnis. Allein, ohne eine Möglichkeit, sich abzulenken.

Immerhin hatten die, die sie eingesperrt hatten, sie bis jetzt gut behandelt. Morgens und abends brachte ihr jemand ein Tablett mit Lebensmitteln und einen Vorrat an Mineralwasser in Flaschen. Linh zwang sich, davon regelmäßig zu trinken, weil sie wusste, dass sie nicht dehydrieren durfte, bei Kräften bleiben musste. Das Essen hatte sie, von ein paar Bissen Baguette abgesehen, nicht angerührt. Die Standardration bestand aus zwei oder drei Dosen eingelegtem Fisch oder Fleisch, einem Apfel oder einer Banane und etwas Brot.

Die Fischkonserven trugen dasselbe Label wie die, die sie im Müllsack auf dem Flur entdeckt hatte. Linh war sich inzwischen sicher, dass das Label eine bewusste Fälschung war. In der Fabrik hatte ihr Gwenna erklärt, dass das auffällige rote Label dazu kreiert worden war, um Premiumware zu kennzeichnen und auf ein besonders hohes Qualitätsniveau hinzuweisen. Wofür anspruchsvolle Kunden, die Wert auf beste handwerkliche Verarbeitung und nachhaltigen Fischfang legten, gerne ein paar Euro mehr zahlten.

Nicht aus Hunger, sondern aus Neugierde und Langeweile hatte Linh gestern eine der Konservendosen geöffnet und sich den Inhalt näher angeschaut. In der Dose steckten eindeutig Sardinen. Doch das Fleisch wirkte fester und zäher, was auf minderwertigeren Fisch hinwies. Auch die Gräten waren deutlicher auszumachen, als sie es von dem Fisch kannte, den sie eigenhändig mitverarbeitet hatte. Die hellere Farbe des Öls wies darauf hin, dass es sich nicht um das extra native Olivenöl handelte, das normalerweise bei dieser Produktreihe verwendet wurde. Hier hatte jemand ein Produkt geschaffen, das dem Original sehr nahekam. Dem ungeübten Auge würde der Unterschied nicht auffallen. Auch der Geschmack stimmte, was sie auf die Verwendung von Zusatzstoffen zurückführte. Alles in allem ein geschickter Betrug, der beim Verkauf für einen beachtlichen Zusatzgewinn sorgen würde. Denn die Fischkonserven mit dem roten Label fanden nicht nur bei Feinschmeckern in Frankreich Abnahme, sondern wurden nach ganz Europa, in die Vereinigten Staaten von Amerika und sogar nach Australien exportiert.

Mit was für Leuten habe ich es hier zu tun, fragte sich Linh zum wiederholten Mal. Gab es in Frankreich etwa auch eine Gruppierung der Mafia? Oder eine andere kriminelle Vereinigung, die ihre Leute an strategisch wichtigen Stellen einschleuste, um einen maximalen Profit einzuheimsen? Koste es, was es wolle? Linh ahnte, dass sich auf dem alten Fabrikgelände mehr abspielte, als sie sich ausgemalt hatte. Hier ging es nicht nur um schlechte Arbeitsbedingungen und unhygienische Wohnverhältnisse. Hier waren Verbrecher am Werk.

Linh zuckte zusammen, als sich die Tür öffnete und ein Mann den Raum betrat. Er war klein und hatte einen deutlichen Bauchansatz. Doch seine Arme waren mit Muskeln besetzt, die von harter körperlicher Arbeit oder Training an der Hantelbank zeugten. Der Kopf mit der Halbglatze saß auf einem Stiernacken. Die blaugrauen Augen wirkten wach und aufmerksam und waren direkt auf Linh gerichtet.

»Abendessen«, verkündete er und knallte das Tablett auf den Betonboden.

Linh zog eine verächtliche Grimasse. »Den Fraß esse ich nicht.« Sie hatte sich, gleich nachdem sie das Bewusstsein wiedererlangt hatte und sich über ihre prekäre Situation bewusst geworden war, vorgenommen, auf keinen Fall Schwäche zu zeigen. Die Toughe und Abgebrühte zu geben. Auf diese Weise hoffte sie, das Schlimmste zu verhindern. Denn sie gab sich keinen Illusionen hin: Dass ihr von außen jemand helfen würde, war nicht zu erwarten. Sie war den Männern hilflos ausgeliefert. Sollten die auf die Idee kommen, etwas anderes mit ihr anzustellen, als sie lediglich einzusperren, dann gnade ihr Gott. Die Angelegenheit könnte für sie sehr, sehr böse enden. Sie musste klug taktieren.

»Biste was Besseres gewohnt?«, fragte der Mann höhnisch. »Ich dachte immer, ihr fresst bei euch nur Reis.«

»Dann dachten Sie falsch«, erwiderte Linh. Im Gegensatz zu dem Mann sprach sie akzentfreies Französisch.

»Egal«, der Mann zuckte mit den breiten Schultern. »Was anderes gibt es nicht. Von mir aus kannste Hunger schieben.«

»Ich brauche eine Dusche, unter der ich mich waschen kann. Und frische Kleidung«, forderte Linh. Sie konnte sich inzwischen selbst nicht mehr riechen. »Und es wird Zeit, dass jemand diesen Schweinestall hier mal gründlich sauber macht.« Mit der ausgestreckten Hand beschrieb sie einen Halbkreis. »So bringt man doch keine Menschen unter.«

»Kannst gleich von mir einen Besen haben.«

»Das wird nicht reichen. Ich benötige Wasser. Heißes Wasser mit einem Desinfektionsmittel. Dazu einen Schrubber und Wischlappen. Und eine neue Matratze. Soll ich mir etwa Flöhe oder die Krätze holen?«

Der Mann brach in verächtliches Lachen aus. »Oh, là, là. Madame hält sich für was Besonderes? Vielleicht für die Prinzessin auf der Erbse? Ich sag dir eins, ma petite: Die werden dir deine hochnäsigen Flausen schon noch austreiben.«

Linh lief bei den Worten ein kalter Schauder den Rücken hinunter, doch sie ließ sich nichts von ihrer Angst anmerken. »Wer sind ›die‹?«

»Wirste noch früh genug merken.«

»Nein.« Linh sprang auf und ballte die Fäuste. »Sie lassen mich jetzt auf der Stelle frei. Meine Familie und die Polizei suchen bestimmt schon nach mir. Es wird sicherlich nicht mehr lange dauern, und sie werden hier auftauchen«, bluffte sie. Dann wurde ihre Stimme etwas sanfter. »Wenn Sie mich rauslassen, lege ich ein gutes Wort für Sie ein. Mein Vater ist ein angesehener Geschäftsmann. Er hat viel Einfluss.«

Der Mann lachte nochmals. »Haha. Und ich bin der Kaiser von China.«

»China ist eine Volksrepublik. Da gibt es keinen Kaiser«, konterte Linh. »Da müssten Sie schon der Kaiser von Japan sein. Dort ist das Staatsoberhaupt ein Kaiser.«

»Willste mich verarschen?« Der Mann warf ihr einen erbosten Blick zu.

Linh gab sich gelassen. »Nein, ich sage die Wahrheit. Können Sie alles bei Wikipedia nachprüfen. Ich gehe davon aus, dass Sie wissen, wie man einen Computer bedient, oder?«

»Von einer wie dir lass ich mir doch nicht auf der Nase rumtanzen.« Der Mann drehte sich abrupt um, machte sich zum Gehen bereit.

Linh änderte ihre Taktik und setzte einen flehenden Gesichtsausdruck auf. »Ich bin so einsam hier. Bringen Sie mich wenigstens zu den anderen«, bettelte sie.

»Das ist nicht meine Entscheidung.« Der Mann drückte die Türklinke hinunter und öffnete die Tür einen Spalt.

Nur mit Mühe widerstand Linh dem Impuls, aufzuspringen, sich an dem Mann vorbeizudrängen, durch die Tür zu schlüpfen und zu fliehen. Sie wusste, dass sie nicht weit kommen würde. Die wenigen Tage in Gefangenschaft hatten sie geschwächt. In ihrem Zustand wäre sie nicht in der Lage, möglichst schnell aus der Fabrik bis zu ihrem Mietwagen zu rennen. Außerdem hatte man ihr alle persönlichen Gegenstände abgenommen, auch die Autoschlüssel. Nein, sie müsste einen anderen Weg finden, hier herauszukommen. Mit einem Fluchtversuch würde sie alles nur schlimmer machen.

Linh schluckte schwer. »Bitte. Ich möchte zu meinen Landsleuten.«

Der Mann ignorierte sie. Hilflos musste sie mit anhören, wie er die Tür von außen verschloss und seine Schritte sich zügig entfernten. Linh merkte, wie die Kräfte, die sie für die Konfrontation mobilisiert hatte, sich peu à peu verflüchtigten. Sie fühlte sich wie ein Luftballon, in den man mit einer Stecknadel ein Loch gestochen hatte. Die Energie strömte aus ihr heraus, ihr Körper wurde matt. Obwohl sie sich geschworen hatte, es nicht zu tun, schlug sie die Hände vors Gesicht und brach in Schluchzen aus. Würde sie es jemals schaffen, hier lebend herauszukommen? Und was war mit Hung? War ihm inzwischen das gleiche Schicksal widerfahren? Weil die Leute, die sie gefangen hielten, herausgefunden hatten, dass sie sich seinetwegen auf die Suche gemacht hatte?

Tränen flossen ihre blassen Wangen hinunter und bahnten sich einen Weg durch die Finger. Schleim rann ihr aus den Nasenlöchern.

Sie hatte nicht einmal ein Taschentuch, um die Spuren ihres Zusammenbruchs wegzuwischen.

*

Denez Caradec beobachtete die Matrosen, wie sie den Trawler für die nächste Fangtour klarmachten. Die Lebensmittel und die persönlichen Gegenstände der Crew waren schon unter Deck. Diesel und Frischwasser waren aufgetankt. Er musste nur noch die Papiere aus dem Büro des Hafenmeisters holen, und sie konnten die Leinen lichten. Zeit für eine letzte Zigarette an Land.

Er fischte die leicht zerbeulte Packung aus der Jeanstasche, steckte sich das Mundstück zwischen die Lippen und zog kräftig, als sein Feuerzeug aufflammte. Der Rauch des ersten Zuges hatte sich gerade den Weg in die Lunge gebahnt, da klingelte sein Handy.

»Die Kleine macht Probleme. Wir werden sie aus dem Weg räumen müssen.«

Der Tabakrauch brannte bitter in Denez' Hals und er musste husten. »Könnt ihr sie nicht fürs Erste ruhigstellen?«, fragte er, nachdem der Hustenreiz abgeklungen war.

»Und dann?«

»Dann verfahren wir wie geplant.«

»Dafür ist es inzwischen zu spät. Wir müssen jetzt handeln.«

»Auf die paar Tage wird es nicht ankommen.« Denez versuchte, Zeit zu schinden.

»Sie bringt uns mit ihrer Anwesenheit alles durcheinander. Und wer weiß, was sie gesehen hat, bevor wir sie erwischt haben. Nein, das Risiko ist zu groß.«

»Habt ihr ihr das Handy abgenommen und gecheckt, ob sie jemanden benachrichtigt hat?«

»Wofür hältst du uns? Wir sind doch keine Anfänger!«

Genau das ist das Problem, dachte Denez, warf die frisch angezündete Zigarette zu Boden und drückte sie mit der Hacke seines Sicherheits-Gummistiefels aus. »Und? Was war auf ihrem Handy drauf?«, fragte er betont lässig.

»Nichts, was uns in Schwierigkeiten bringen könnte. Aber trotzdem, sie muss weg. Vor allem, da die nächste Lieferung ansteht.«

»Ich dachte, sie sei Teil der Lieferung.«

Die Stimme von Denez' Gesprächspartner wurde eisig. »Sie

wäre Teil der Lieferung gewesen, wenn du den Deal eingehalten hättest.«

»Sie war noch nicht so weit«, behauptete Denez.

Doch sein telefonisches Gegenüber ließ sich nicht auf die falsche Fährte locken. »Du warst derjenige, der nicht so weit war«, zischte er. »Du hättest die Kleine schon längst so in die Mangel nehmen müssen, dass sie wie Butter in deinen Händen ist.«

»Ich habe gesagt, dass sie schwieriger als die anderen ist«, verteidigte sich Denez.

»Was ist los mit dir? Wirst du alt, oder was? Bisher bist du mit jeder Frischware locker klargekommen. Warum jetzt die Trödelei? Unser Kunde wird über deine Versäumnisse nicht begeistert sein. Das wird Konsequenzen haben!«

Denez zuckte kurz zusammen. Die offene Drohung war nicht zu überhören gewesen. Er wusste, was mit Abtrünnigen oder solchen, die Absprachen nicht einhielten, in dem Milieu geschah. Er fragte sich, ob er seine Pläne für Florida schneller realisieren sollte, als er eigentlich vorgehabt hatte. Doch früher oder später würden sie ihn auch in Übersee finden. Es musste eine andere Möglichkeit geben, sich aus der brenzligen Situation herauszuwinden.

»Überlasst sie mir«, schlug er mit dem Mut der Verzweiflung vor.

Er hörte, wie sein Gesprächspartner scharf die Luft einzog und im Anschluss schwieg. Er konnte sich lebhaft vorstellen, wie die Gedanken im Gehirn des anderen ratterten. Er das Für und Wider abwog. Den Haken an Denez' Vorschlag suchte.

»Damit würde ich euch viel Ärger ersparen. Ihr wärt clean, aus der unerfreulichen Sache raus«, fügte er hinzu und hoffte, dass sein Angebot verlockend genug klang.

Die Sekunden tickten dahin. Denez spürte, wie seine Finger, die das Handy umklammert hielten, feucht wurden.

»Bon, d'accord«, stimmte sein Gesprächspartner zu.

»Ich muss hier noch kurz was erledigen, dann kümmere ich mich darum«, versprach Denez und beendete das Gespräch.

Er atmete tief durch und wählte Gaels Nummer. »Tut mir leid, bei uns in der Familie gibt es einen Notfall. Ich kann die Tour nicht machen.«

»Das sagst du jetzt? Ihr sollt in einer knappen halben Stunde auslaufen.« Gael klang verärgert.

»Ich weiß.« Denez gab sich zerknirscht. »Ich muss zur Familie meines Onkels. Ein Autounfall, ganz schrecklich. Sie sind sich nicht sicher, ob er die Nacht überstehen wird. Mein Neffe saß neben ihm auf dem Beifahrersitz. Ihn hat es auch erwischt.« Denez Stimme wurde brüchig. Wenn es sein musste, konnte er ein guter Schauspieler sein.

Seine Taktik schien aufzugehen. »Putain de merde, das klingt nicht gut«, sagte Gael mitfühlend.

»Kann Jean nicht für mich einspringen?«

»Ich werde sehen, was sich machen lässt. Zur Not kürzen wir die geplante Route, und ich übernehme das Steuer.«

»Du hast was gut bei mir«, behauptete Denez.

»Kümmere du dich um deine Familie. Wir reden später, wenn du zurück bist. Bonne chance.«

Denez spurtete los zum Trawler, wo er zur Verwunderung der Mannschaft seinen Seesack aus der Kabine holte.

»Hey, Mann. Was ist los?«, fragte der erste Matrose.

»Wird euch Gael erklären.« Er winkte ab und rannte so schnell zu seinem Auto, dass er davon Seitenstechen bekam.

Er hatte nicht eine einzige Sekunde zu verlieren.

27. KAPITEL

»Da haben Sie aber verdammtes Glück gehabt«, sagte der Sanitäter und hüllte Sophie in eine Rettungsfolie, deren Enden im Wind flatterten.

Mehr Glück als Verstand, dachte Sophie und versuchte, ihre vor Kälte klappernden Zähne unter Kontrolle zu bringen. Sie hätte sofort ahnen müssen, dass mit den Whatsapp-Nachrichten etwas nicht stimmte. Wie hatte sie nur so blöd, so naiv sein können?

»Wir bringen Sie jetzt an Land«, sagte der Beamte der Wasserschutzpolizei und manövrierte das wuchtige, aber trotzdem blitzschnelle Schlauchboot von der Insel weg.

Sophie schloss die Augen. Mit dem Sanitäter an ihrer Seite gelang es ihr sogar, dem Drängen ihres Körpers nachzugeben und kurz einzunicken. Sie schreckte hoch, als der Bootsbug auf dem Strand auflief.

»Die Kollegen sind schon da.« Der Sanitäter wies mit der Hand in die Richtung, wo der SAMU geparkt war. Direkt neben Dafnes Kombi.

Den Sophie wann dort abgestellt hatte? Vor einer oder zwei Stunden? Oder noch früher? Sie hatte jegliches Zeitgefühl verloren. »Ich brauche keinen Krankenwagen«, murmelte sie.

»Können Sie gehen?«, fragte der Sanitäter und half ihr, sich im Boot aufzurichten.

Sie schwankte kurz, doch das lag am weichen, unstabilen Bootsboden. Der Sanitäter fasste sie am Arm und gab ihr Halt, als sie über den Rand des Schlauchbootes kletterte. Danach blieb sie für ein paar Sekunden aufrecht stehen und bewegte zuerst das rechte, dann das linke Bein. Nachdem die Polizei die festgezurrten Kabelbinder durchtrennt hatte und die Blutzirkulation in Gang gekommen war, hatte sie geglaubt, niemals wieder einen Schritt machen zu können. Die Schmerzen waren kaum auszuhalten gewesen. Inzwischen waren sie deutlich abgeflacht, doch ihre Knie fühlten sich ziemlich wackelig an. Sophie biss die Zähne zusammen, um sich keine Blöße zu geben. Sie setzte einen Fuß vor den anderen. Ging langsam, aber ohne anzuhalten, den Strand hoch.

In dem Augenblick kam ein Auto angerast und legte mitten auf der Parkbucht eine Vollbremsung hin. Sand stob auf. Yuna und Dafne kamen auf sie zugerannt.

»Dieu merci, sie haben dich gefunden!« Yuna wirkte völlig aufgelöst.

»Du musst sofort ins Krankenhaus«, sagte Dafne.

Sophie befreite sich von der Rettungsfolie, die sie dem Sanitäter übergab. »Ich gehe nicht ins Krankenhaus«, erwiderte sie mit fester Stimme.

»Aber du kannst dir dort draußen weiß Gott was geholt haben«, protestierte Dafne.

»Dann würde ich nicht so vor dir stehen«, konterte Sophie und ging auf Yunas Wagen zu.

»Mir wäre auch wohler, wenn Sie sich wenigstens kurz durchchecken lassen würden«, meinte der Sanitäter. »Sie haben Schürfwunden im Gesicht und an den Beinen, die behandelt werden müssen. Und sie waren stark unterkühlt.« Aus seiner Stimme klang Besorgnis.

»Darum wird sich mein Hausarzt, Doktor Bonnet, kümmern.« Sophie öffnete die Wagentür, ließ sich auf den Beifahrersitz sinken und verschränkte störrisch die Arme vor der Brust. »Ich will nach Hause.«

»Nein. Wir bringen dich ins Krankenhaus«, widersprach Dafne.

Sophie zog es vor, sie zu ignorieren. Mit einem schiefen Lächeln wandte sie sich an den Sanitäter. »Ich kann gar nicht in Worten ausdrücken, wie froh ich war, als ich Sie die Felsen habe herunterklettern sehen. Ich werde Ihnen für den Rest meines Lebens dankbar sein.«

»Mais non, ich habe nur meinen Job gemacht«, tat der Sanitäter bescheiden ab.

»Kommen Sie und Ihre beiden Kollegen«, Sophie wies mit dem ramponierten Kinn in Richtung der im Schlauchboot wartenden Polizeibeamten, »doch demnächst mal auf eine gute Mahlzeit bei mir im Bistro vorbei. Es wird mir eine Freude sein, Sie nach Strich und Faden zu verwöhnen.«

»Erholen Sie sich erst mal«, sagte der Sanitäter und hob zum Abschied die Hand.

Sophie wandte sich Yuna zu. »Worauf wartest du? Lass uns endlich fahren.«

»Aber das geht doch nicht!« Dafne fasste Sophie am Ärmel ihrer feuchten Jacke.

Sophie schüttelte ihre Hand ab. »Und wie das geht.«

»Sturkopf«, zischte Dafne.

Yuna ließ den Motor an. Ein Geräusch, das wie Musik in Sophies Ohren klang und Energien freisetzte. »Dafne, kannst du meinen Rucksack bei den Beamten am Boot holen? Einer von ihnen hat den Rucksack oben an der Kapelle gefunden. Darin müsste der Autoschlüssel für den Kombi sein.«

»Wir zwei sprechen uns noch«, drohte Dafne, stapfte aber los, ohne erneut ihr Missfallen über Sophies Entscheidung zum Ausdruck zu bringen.

Yuna musterte Sophies blasses Gesicht kritisch. »Wirklich alles okay mit dir?«

Sophie presste ihre Schulter gegen die Rückenlehne und legte den Sicherheitsgurt an.

»Dafür, dass ich gerade, wie die Beamten meinten, von den

Toten wiederauferstanden bin, geht es mir erstaunlich gut. Nun fahr endlich los.«

*

Zwei Stunden später saßen sie zu fünft in Dafnes gemütlichem Wohnzimmer. Sophie hatte ein langes heißes Bad genommen und im Anschluss eine von Doktor Bonnet angerührte Salbe auf die Wunden aufgetragen. Filip hatte Gemüsesuppe vorbeigebracht, von der sie zwei Teller verputzt hatte, und war danach wieder gegangen. Ihre dreckige und nasse Kleidung hatte Dafne in die Waschmaschine gegeben. Sophie fühlte sich halbwegs wieder wie ein Mensch. Nun hatte sie es sich, in eine flauschige Decke gehüllt, auf dem Sofa gemütlich gemacht und starrte in die Flammen des offenen Kamins.

»Also ehrlich, wie kann ich nur so bescheuert gewesen sein? Mir hätte die Sache von Anfang an verdächtig vorkommen müssen«, sagte sie nach einer Weile.

»Na ja«, Yuna nippte an ihrem Tee, den Dafne eingeschenkt hatte, »ich habe mir ebenfalls nichts dabei gedacht. Warum auch? Es ist heutzutage nicht ungewöhnlich, dass man durch Whatsapp miteinander kommuniziert. Vor allem, wenn man nicht direkt mit dem anderen sprechen will.«

»Ja, da hast du wohl recht.« Sophie nickte. »Gerd hat mir in letzter Zeit öfter eine Nachricht oder eine E-Mail geschickt. Stets mit Forderungen oder Vorschlägen, von denen er wusste, dass sie bei mir keine Begeisterung hervorrufen würden.«

»Wer auch immer der Verfasser dieser Nachrichten war,« meinte Doktor Bonnet, »er kannte sich verdammt gut aus. In mehrfacher Hinsicht.«

»Ja, das gibt mir auch zu denken.« Ronan Lagads Gesicht wirkte angespannt und bedrückt. Außerdem hatte er noch keinen der Butterkekse angerührt, die Dafne in einer Keramikschale auf den Wohnzimmertisch gestellt hatte. Eine Tasse Tee hatte er ebenso abgelehnt. Ihm war anzusehen, dass ihm die Ereignisse der letzten Tage schwer zu schaffen machten. »Ich vermute, dass der Verantwortliche Sophies Handy gehackt hat, er besitzt diesbezüglich also spezielle Kenntnisse. Außerdem wusste er von ihrem Mann und dass die beiden getrennt sind. Dass sie nicht mehr das beste Verhältnis miteinander haben.«

»Eh bien, daraus habe ich nie einen großen Hehl gemacht«, wandte Sophie ein. »Dass es zwischen mir und Gerd knirscht, war schon zum Zeitpunkt von Mados Beerdigung ein offenes Geheimnis.«

»Trotzdem muss man darauf erst mal kommen. Ich meine, Sophies Beziehungsprobleme auf diese perfide Art auszunutzen«, sagte Dafne.

»Er hat nicht nur meine Beziehungsprobleme, sondern auch meine angestaute Wut ausgenutzt«, erwiderte Sophie. »Wenn ich nicht so einen Brass auf Gerd gehabt hätte, wäre ich nicht gleich losgefahren und auf die Insel gestürmt. Dann hätte ich nicht so impulsiv gehandelt. Ich bin blind in die Falle getappt.«

»Ist ja noch mal gut gegangen.« Doktor Bonnet berührte kurz ihre Hand.

»Aber nur, weil Yuna im Gegensatz zu mir vernünftig gehandelt hat.«

»Ach, das war eher Zufall«, winkte die bescheiden ab. »Wenn mir dieser Fischer in Dahouët nicht einen Seelenverkäufer hätte aufschwatzen wollen, wäre ich nicht früher als geplant zurückgekommen. Und wenn ich nicht meinen Lieblingsschal im Bistro vergessen hätte, wäre mir gar nicht aufgefallen, dass Sophie noch nicht zurück war. Obwohl die Flut ihren Höchststand erreicht hatte. Die Wasserschutzpolizei zu alarmieren, war dann keine große Sache mehr.«

»Schade, dass sie den Kerl nach deinem Anruf nicht in flagranti erwischt haben.« Dafne ballte die Hände zu Fäusten.

»Bei mir hätten schon beim Lesen der Nachrichten alle Alarmglocken schrillen müssen. In so einem schlechten Deutsch schreibt Gerd sonst nicht, auch nicht, wenn er in Eile ist. Himmel, was bin ich für eine Idiotin! Tut mir leid«, fügte Sophie in Richtung Yuna hinzu.

»Jetzt reicht es mit dem Gejammere und den Selbstbeschuldigungen.« Doktor Bonnet klopfte laut auf den Tisch. »So kommen wir nicht weiter. Wir müssen zielgerichtet vorgehen.«

»Was soll das bringen?« Dafne schaute den Doktor verdutzt an.

»Willst du etwa, dass der Typ ungestraft davonkommt?«

»Mais non«, versicherte Dafne schnell. »Doch das ist Aufgabe der Polizei. Sophie hat bereits eine Aussage gemacht.«

»Aussagen und Protokolle hat es beim Einbruch in die Bistroküche und bei den angeritzten Bremsschläuchen zuhauf gegeben«, wandte Sophie ein. »Gebracht hat es bis jetzt nichts. Rien, absolument rien.«

»Eben.« Der Doktor nickte.

»Wir wollen die Arbeit der Polizeipräfektur in Saint-Brieuc ja nicht boykottieren«, sagte Yuna, »sondern auf unsere Weise unterstützen. Oder wie siehst du das, Ronan?«

»Hm, ich stecke da ein bisschen in der Zwickmühle. Doch unter uns: Die machen ihr Ding und wir unsers.«

»Siehst du!« Yuna knuffte Dafne triumphierend in die Seite.

Dafne hob die Hände. »Okay, okay, ich füge mich dem, was die Mehrheit beschließt.«

»Herauszufinden, wer dahintersteckt, wird auch für dich wichtig sein«, prognostizierte Sophie. »Also ich für meinen Teil würde die letzten paar Euros, die ich auf dem Konto habe, dafür verwetten: Die Morde an Tangi und Richard, die Geschehnisse auf der Écume und die Anschläge auf mich hängen zusammen. Es ist wie beim Dominospiel. Ein Stein fällt und die anderen kippen zwangsläufig um.«

»Sehe ich genauso«, stimmte Doktor Bonnet zu.

»Könntest du für mich bitte kurz zusammenfassen, was auf der Îlot vorgefallen ist? Ich habe vorhin nicht alles mitbekommen, weil ich später gekommen bin«, bat Ronan.

»Klar.« Sophie atmete tief ein, um sich zu sammeln. »Ich habe angenommen, dass Gerd sich mit mir auf der Insel treffen wollte. Also bin ich bei Ebbe über die Felsen hingelaufen.«

»Hattest du direkt vorher nochmals Kontakt mit dem, den du für deinen Mann gehalten hast?«, wollte Ronan wissen.

»Ja, auf dem Parkplatz. Er hat geschrieben, dass er schon auf der Insel sei.«

»Ich nehme an, dass er dich beobachtet hat.«

»Von der Insel aus? Ich habe, bevor ich losgestiefelt bin, niemanden dort erkennen können, dafür ist die Insel zu weit weg.«

»Er wird ein Fernglas benutzt haben«, sagte Yuna.

»Wahrscheinlich hat er dich von einem Boot aus im Auge behalten«, vermutete Ronan.

»Da war kein Boot«, widersprach Sophie. »Zumindest habe ich keins gesehen.«

»Er kann hinter der Insel in Deckung gegangen sein. Mit einem kleinen Boot, das wenig Tiefgang hat.«

»Gut möglich. Darauf habe ich nicht geachtet.«

»Und dann?«, fragte Ronan.

»Ich bin davon ausgegangen, dass ich Gerd an der Kapelle treffen würde. Aber da war niemand.«

»Sicher?«

»Ich habe sogar die großen Felsbrocken umrundet, die oben überall verteilt sind. Jeden einzelnen davon. Da war keine Menschenseele.«

»Hast du den hinteren Teil der Insel auch abgesucht? Wo die Klippen zum Meer abfallen?«

Sophie fuhr sich mit dem Handrücken kräftig über die Stirn, um sich besser zu konzentrieren. »Ich glaube nicht. Ich habe mich auf die Region um die Kapelle konzentriert.«

»Eh voilà, das spricht für meine Theorie mit dem Boot.« Ronans Gesichtsausdruck hellte sich auf.

»Er hat sich von den Klippen aus an dich herangeschlichen, hat den Überraschungseffekt ausgenutzt und dich mit dem Chloroform betäubt. Das war kein zufälliger Angriff, das war minutiös geplant«, stellte Doktor Bonnet fest.

»Ist dir zwischen dem Moment, in dem er dich gepackt hat und dem, als du das Bewusstsein verloren hast, etwas aufgefallen? Denk bitte genau nach. Jede noch so winzige Kleinigkeit kann wichtig sein.«

»Puh, schwierig«, entschuldigte sich Sophie. »Es ging alles so schnell.«

»Hast du seine Hände gesehen?«

»Nein, die steckten in Handschuhen.«

»Das ist doch schon was«, sagte Ronan erfreut. »Was waren das für Handschuhe? Fischerhandschuhe? Handschuhe gegen die Kälte? Welche Farbe hatten sie?«

»Schwarz. Es waren schwarze Handschuhe. Ich glaube, aus Leder.«

»Hast du etwas Auffälliges daran erkennen können?«

»Nein.« Sophie schüttelte den Kopf.

»Konntest du einen Geruch wahrnehmen? Vielleicht ein Rasierwasser? Oder Motoröl, Rauch oder etwas Ähnliches?«

»Der süßliche Geruch von Chloroform hat alles übertüncht.«

»Hm.« Ronan trommelte nervös mit den Fingerspitzen auf dem Tisch. »Was für eine Hose trug er? Und was für Schuhe?«

»Oh Mann, du stellst mehr Fragen, als die Polizei erlaubt«, sagte Sophie mit einem schiefen Lächeln. »Das wollten deine Kollegen aus Saint-Brieuc alles nicht wissen.«

»Das werden sie bestimmt nachholen«, prophezeite Ronan.

»Seine Hose ...« Sophie dachte angestrengt nach. »Ich würde sagen, es war eine Jeans. Eine ganz normale Bluejeans.«

»Gut, dass Bluejeans bei uns in der Bretagne kaum getragen werden«, warf Yuna spöttisch ein.

»Ja, die Hose war stinknormal. An der werden wir ihn nicht identifizieren können«, gab Sophie ihr recht.

»Wie sahen die Schuhe aus?«

»Ach herrje, ich habe nicht bewusst auf die Schuhe geachtet.«

»Versuch trotzdem, dich zu erinnern.«

»Ich glaube, die waren schwarz.«

»Waren es Halbschuhe oder Stiefel? Vielleicht sogar Gummistiefel, wenn er mit dem Boot gekommen ist?«

»Nein, Gummistiefel waren es auf keinen Fall. Ganz normale Schuhe halt. Sneaker oder Bootsschuhe, würde ich sagen.«

Ronan griff gedankenverloren nach einem Keks und steckte ihn in den Mund. Dann einen zweiten.

»Wir suchen die Stecknadel im Heuhaufen«, beklagte sich Dafne.

»Tut mir leid, mir fällt echt nichts ein, was uns weiterbringen könnte«, sagte Sophie. »Er hat mir das Tuch vor Mund und Nase gedrückt, ich bin kurz danach umgekippt und er hat mich wie einen nassen Sack Mehl runter zu den Klippen geschleift. Dabei habe ich das Bewusstsein vollständig verloren. Als ich wieder zu mir kam, war er längst über alle Berge.«

»Auf leisen Socken gekommen, auf leisen Socken abgehauen«, meinte Yuna. »Hört sich für mich nach einem Profi an. Warum hatte er ausgerechnet dich auf dem Kieker?«

»Keine Ahnung.« Sophie war ratlos.

»Noch jemand Tee?« Dafne hob die Teekanne einladend in die Höhe.

»Ja, jetzt gern.« Ronan wischte sich die Krümel vom Mund und schob seine Tasse in Dafnes Richtung.

»Socken, er hatte Socken an«, sagte Sophie plötzlich.

Doktor Bonnet musste trotz des Ernstes der Lage schmunzeln. »Eh bien, dann macht er wenigstens diesen neuen Modetrend nicht mit. Drei Viertel der Touristen, die mir in den letzten Tagen begegnet sind, trugen ihre Schuhe ohne Socken. Diese Schnapsidee kommt wahrscheinlich aus Paris.«

»Schlimmer finde ich Sandalen mit Socken.« Yuna zog eine Grimasse.

»Die Socken waren irgendwie komisch.« Sophie überlegte.

Der Doktor und Yuna hörten auf zu feixen. »Wie ›komisch‹?«, fragten sie beide fast gleichzeitig.

»Als er mich da runtergezerrt hat, ist eins seiner Hosenbeine hochgerutscht«, erinnerte sich Sophie. »Da konnte ich seine Socke erkennen. Nur dass es keine Socke war, eher ein Kniestrumpf. Mit einem Bündchen, das unterhalb der Kniekehle endete. Ich habe mich noch gefragt, warum der Kniestrümpfe trägt, dann war ich weg, k. o.«

»Ich kenne niemanden, der Kniestrümpfe trägt«, meinte Ronan.

»Ich habe mich schon als Kind geweigert, sie anzuziehen«, gestand Yuna.

»Vielleicht waren es keine normalen Kniestrümpfe, sondern medizinische. Kompressionsstrümpfe«, sagte Doktor Bonnet nachdenklich.

»Die tragen doch nur alte Leute. Wegen Herzschwäche, Venenproblemen oder Thrombose«, wandte Dafne ein.

»Nein, es gibt auch jüngere Menschen, die Kompressionsstrümpfe verordnet bekommen. Und manche Sportler tragen sie, um die Blutzirkulation zu verbessern«, widersprach der Doktor.

»Also suchen wir jetzt einen Sportler oder jemanden mit

einer Venenschwäche? Macht die Sache auch nicht einfacher«, stöhnte Ronan.

»Un petit moment. Ich habe eine Idee.« Doktor Bonnet griff nach seinem Handy und führte ein kurzes Gespräch. Danach blieb er eine ganze Weile schweigend sitzen, wirkte wie erstarrt.

»Jean-Luc? Was ist denn, Jean-Luc?«, fragte Dafne besorgt.

Der Doktor schüttelte sich, als ob er aus einem Trancezustand aufwachte. »Ihr werdet nicht glauben, was ich gerade vom Apotheker erfahren habe«, antwortete er.

28. KAPITEL

»Aufstehen!«, bellte der Mann, der an den Tagen zuvor immer das Essen gebracht hatte.

Linh kam nur langsam auf die Beine. Sie war gerade eingenickt gewesen. »Was ist denn?«, fragte sie mit schwerer Zunge.

»Klappe halten!« Der Mann presste sie mit dem Oberkörper gegen die Wand, riss ihre Arme nach hinten und band ihre Hände mit einer dünnen Schnur fest zusammen.

»Was soll das?«, beschwerte sich Linh.

Statt einer Antwort bekam sie einen Knebel zwischen die Lippen gesteckt und ihr wurden die Augen verbunden. Linh hatte das Gefühl zu ersticken. Sie würgte und versuchte, den Knebel mit der Zunge aus dem Mund zu befördern, doch vergeblich.

»Los jetzt!« Der Mann packte sie hart am Oberarm und schob sie vor sich her zur Tür hinaus.

Sie strauchelte, ging fast zu Boden, wurde von ihrem Begleiter wieder hochgezogen und weiter vorwärtsgestoßen. Verzweifelt versuchte sie, sich zu orientieren, doch die Augenbinde machte sie blind wie ein Maulwurf. Sie hatte keine andere Wahl, als sich von dem Mann vorantreiben zu lassen. Auf der Treppe hätte sie beinahe das Gleichgewicht verloren. Der Mann schlang seine muskulösen Arme um ihren Oberkörper, hob sie an und trug sie mühelos die Stufen hinunter. Danach stolperte sie einen Flur, wie sie annahm, entlang, wurde einmal nach rechts geschoben und erneut gegen eine Wand gedrückt. Diesmal mit dem Rücken.

»Warte.« Sie hörte etwas Metallisches klimpern und vermutete, dass der Mann einen Schlüsselbund hervorgeholt hatte. Sekunden später zog er sie zuerst heftig am Arm und gab ihr dann einen Stoß. Sie schnellte ein paar Meter nach vorn, verlor das Gleichgewicht und fiel auf die Knie. Scharfe Steinchen ritzten beim Aufprall ihre Schienbeine auf. Da sie sich nicht mit den Händen abstützen konnte, hatte sie Mühe, nicht komplett vornüberzukippen.

»Da ist sie«, sagte der Mann zu einer anderen Person.

Linh nahm den Geruch von frisch gemähtem Gras wahr und hörte Vögel zwitschern. Sie musste sich außerhalb des Gebäudes befinden. Was hatte man mit ihr vor? Sie versuchte aufzustehen, doch ihre Beine zitterten so heftig, dass es ihr nicht gelang. Schritte näherten sich. Etwas Kaltes und Hartes wurde gegen ihren Hinterkopf gedrückt. Sie vernahm ein drohendes Klicken. Linh spürte, wie ihr das Blut in den Adern gefror. Deswegen hatte man sie geknebelt und ihr die Augen verbunden. Sie sollte erschossen werden! Durch einen gezielten Kopfschuss hingerichtet und in einem tiefen Loch auf dem Fabrikgelände begraben oder im Meer entsorgt werden. Wo niemand sie finden würde. Sie würde in einem fremden Land und allein sterben. Ohne sich von ihren Liebsten verabschieden, sie ein letztes Mal in die Arme schließen zu können. Auch Hung würde sie nie wiedersehen. Nie wieder sein Lachen oder seine tröstenden Worte hören. Ihre Suche nach ihm war vergeblich gewesen. Alles war vergeblich gewesen.

Sie gab dem Druck gegen ihren Hinterkopf nach und senkte die Stirn, bis ihr Kinn beinahe auf der Brust landete. Tränen sammelten sich in ihren Augen, durchnässten den unteren Teil der Stoffbinde. Bitte, bitte, lieber Gott, lass es schnell vorbei sein, flehte sie stumm.

Mit einem Mal verschwand der Druck. Stattdessen packte eine Hand ihr Haar und riss ihren Kopf nach hinten.

»Steh auf!«, sagte eine Stimme.

Linh wagte es nicht, sich zu rühren.

»Allez, auf die Beine!«, wiederholte die Stimme, die Linh seltsam bekannt vorkam. Bevor sie darüber nachdenken konnte, wurde sie so brutal am Haar in die Höhe gezogen, dass sie einen Schmerzenslaut nicht unterdrücken konnte.

»Los«, drängte die Stimme und gab ihr einen Stoß.

Linh taumelte vorwärts, bis ihre Schulter gegen eine harte Oberfläche prallte.

»Kopf einziehen!«

Sie wurde zur Seite und ein wenig nach unten gedrückt, plumpste auf einen Sitz. Einen Autositz? Linh spürte die harte Lehne an ihrem Rücken.

»Keine Bewegung oder du bist sofort tot!«

Linh wagte kaum zu atmen. Die Hand löste sich von ihrem Haar und eine Autotür wurde zugeschlagen. Dann hörte sie, wie jemand auf dem Fahrersitz Platz nahm und der Motor angelassen wurde. Mit quietschenden Reifen setzte sich das Fahrzeug in Bewegung, kam kurz in Schlingern und wurde fast bis zum Stillstand abgebremst. Linhs Oberkörper wurde nach vorn geschleudert und ihr Kopf prallte gegen das Armaturenbrett. Eine Hand drückte sie zurück in den Sitz, legte den Sicherheitsgurt an. Der Wagen beschleunigte erneut, nahm eine scharfe Rechtskurve und bahnte sich einen Weg über die Schlaglöcher. Linh fragte sich panisch, wohin die Höllenfahrt führen würde.

*

Denez umklammerte das Lenkrad des Jeeps so fest, dass die Knöchel weiß hervortraten. Sein rechter Fuß verharrte fast ununterbrochen auf dem Gaspedal. Die Kurven der kleinen Nebenstraßen, die er für seinen Plan ausgewählt hatte, forderten ihm und dem Wagen alles ab. Immer wieder schaute er in den Rückspiegel, um zu checken, ob sie ihm auf den Fersen waren. Das schien bis jetzt nicht der Fall zu sein. Doch Denez war weit davon entfernt, sich in Sicherheit zu wiegen. Er wusste, dass die Organisation, für die er gearbeitet hatte, es verstand, Profis aus einer Vielzahl von Lebensbereichen und Berufszweigen zu rekrutieren. Es würde ihn nicht wundern, wenn an der nächsten Kreuzung plötzlich ein Streifenwagen auftauchen und ihn zum Stoppen bringen würde. Er musste auf alles vorbereitet sein, auch auf einen Angriff aus der Luft. Denez spähte durch das Seitenfenster und atmete erleichtert aus.

Noch hatten sie ihn offenbar nicht auf dem Radar. Selbstverständlich hatte er Vorkehrungen getroffen, um ihnen die Verfolgung so schwer wie möglich zu machen. Sollten sie seine Wohnung filzen, könnten sie von ihm aus den Putz von den Wänden klopfen oder das Laminat Brett für Brett vom

Boden reißen. Sie würden nichts finden, was ihnen auch nur den geringsten Hinweis auf sein Vorhaben geben würde. Er hatte einen Jüngling angeheuert, dem es Spaß gemacht hatte, das blaue Zweisitzer-Cabriolet auf den Parkplatz eines großen Einkaufszentrums in Caen zu chauffieren. Sein Handy lag auf dem Meeresgrund, sodass sie seine IMEI-Nummer im Zweifelsfall zwar noch feststellen, seinen Aufenthaltsort aber nicht mehr orten konnten. Den Jeep hatte er aus der Einfahrt eines etwas abgelegenen Ferienhauses gestohlen. Der Besitzer hatte ihm nichts ahnend den Gefallen getan, den Wagen vollgetankt dort abzustellen. Außerdem war er gut instand gehalten und die Reifen wirkten neu. In den Kurven war ihr Grip ausgezeichnet. Denez sah keine Veranlassung, die Geschwindigkeit zu reduzieren. Noch knapp 30 Kilometer bis zu seinem ersten Zwischenziel.

Denez warf einen Blick auf seine Beifahrerin, die mit durchgedrücktem Kreuz auf dem Sitz saß. Auf ihrer Stirn konnte er Schweißperlen ausmachen, und ihr vorher totenblasses Gesicht hatte mittlerweile einen grünlichen Teint angenommen. Sie litt unter der Situation und unter seiner Fahrweise. Dennoch konnte es Denez nicht wagen, ihr den Knebel aus dem Mund zu nehmen. Er unterdrückte den Impuls, ihr über das Haar zu streichen. Mit so einer Schwäche hatte alles angefangen.

Wenn ihm vor einem halben Jahr jemand gesagt hätte, dass er wegen einer jungen Vietnamesin seine ganze Zukunft aufs Spiel setzen, seine Reputation und seine mühsam aufgebaute Identität in Gefahr bringen würde, hätte er ihn ausgelacht. Vielleicht hätte er sich über die Vorstellung sogar köstlich amüsiert, weil sie ihm so absurd vorgekommen wäre. Er, Denez Caradec, würde sich doch nicht von so einem jungen Ding in die Knie zwingen lassen. Bislang hatte er für Frauen zweierlei Verwendung gehabt: Sie waren entweder gut fürs Bett oder potenzielle Ware für seine Abnehmer. Mit dieser

Einteilung hatte er ausgezeichnet gelebt und ein hübsches Sümmchen angehäuft. Dass eine kleine clevere Studentin in ihm Gefühle zu wecken vermochte, die im direkten Kontrast zu dem standen, was bis dahin sein Credo gewesen war, hatte er nicht für möglich gehalten. Verdammt, er hätte sein Gehirn eingeschaltet lassen, auf der Hut bleiben sollen, bevor sein Herz mit ins Spiel kam. Gleich bei ihrer ersten Begegnung vor der Fabrik hätte er die Reißleine ziehen und nach dem bewährten Schema agieren sollen: erst zum Schein ein bisschen Anmache, dann die Drogen und das Gefügigmachen, bevor er sie an seine Auftraggeber weiterreichte. Was die mit ihr im Sinn hatten, hätte für ihn keine Bedeutung haben dürfen. Allein die Summe auf seinem Konto auf den Cayman Islands hätte zählen müssen.

Doch er hatte gleich zu Anfang zwei Patzer begangen: Zum einen hatte er zu lange gezögert und dann geglaubt, dass er nur dieses eine Mal das Berufliche mit dem Privaten vermischen könnte. Von dem Moment an hatte es kein Zurück mehr gegeben. Zum anderen, und das war sein größter Fehler gewesen, hatte er Linh unterschätzt. Selbstverständlich war ihm zu Ohren gekommen, dass sie am Hafen und in der Fabrik herumgeschnüffelt hatte. Nach Landsleuten gesucht hatte. Dass sie sie tatsächlich finden würde und damit ein seit Jahren etabliertes, weltweit agierendes kriminelles Netzwerk zum Wanken brachte, das hatte er ihr nicht zugetraut. Das war letztlich der Super-GAU gewesen. Ihm blieb keine andere Wahl, als schleunigst das Weite zu suchen.

Denez zog an einem Wohnwagengespann vorbei, das langsam vor ihm herzuckelte. Nur noch wenige Kilometer bis zum Zielpunkt. Linh stöhnte auf. Denez versuchte, ihre Pein weiterhin zu ignorieren, und drückte das Gaspedal erneut bis zum Anschlag durch. Er ließ die Vorderfenster auf beiden Seiten einen Spalt hinunter, damit etwas Frischluft in das Wageninnere gelangte. Sein Puls beschleunigte sich. Würde alles so funktionieren, wie er es vorgesehen hatte?

Der Schotter unter den Reifen knirschte, als Denez auf den kleinen Parkplatz fuhr. Er lag direkt an der Küstenstraße, war von dort aus allerdings durch die am Straßenrand gepflanzten Büsche und Bäume nicht einzusehen und wurde daher meist nur von Einheimischen genutzt. Am Wochenende war er nach Einbruch der Dunkelheit ein beliebtes Ziel von Pärchen, die wachsamen Augen entfliehen und im Auto auf Tuchfühlung gehen wollten. Manche Ortskundige machten den Abstecher auch, um die grandiose Aussicht auf die Bucht von Saint-Brieuc zu genießen. Die Weite und das damit verbundene Gefühl von Freiheit und Unendlichkeit waren unbeschreiblich.

Ein paar Sekunden erlaubte sich Denez den Luxus, die Augen zu schließen und den Wellen zu lauschen, wie sie gegen die Felsen brandeten. Das werde ich vermissen, dachte er wehmütig. In wenigen Tagen wäre er an einem anderen Meer, das streng genommen kein richtiges Meer war und durch die Mündung des Schatt al-Arab nur einen geringen Salzgehalt aufwies. Doch Wasser war schließlich Wasser, und nach einer kleinen strategischen Pause würde er sein Metier weiter ausüben. Unter einem anderen Namen und einer anderen Identität, verstand sich. Seine profitablen Nebengeschäfte könnten weiterhin im Hintergrund laufen. Voraussetzung war, dass er es schaffte, in spätestens einer Stunde auf dem Frachter zu sein. Also keine Zeit für Sentimentalitäten, ermahnte er sich und fokussierte sich auf die Gegenwart. Er stellte den Motor ab, löste den Sicherheitsgurt und wandte sich Linh zu.

»Ich nehme dir jetzt die Augenbinde ab.«

Linh blinzelte kurz, dann riss sie vor Erstaunen die Augen auf. Ihr Mund formte Worte, die durch den Knebel unverständlich waren.

»Wenn du ruhig bleibst, nehme ich dir das Ding raus«, sagte

Denez. »Aber ein einziger Ton, und du bist wieder geknebelt und hast die Augen verbunden.«

Linh nickte, um ihre Zustimmung zu signalisieren.

Denez griff in ihren Mund, zog den durchfeuchteten Lappen heraus und warf ihn angewidert auf den Boden des Jeeps. Danach öffnete er die Wasserflasche, die er in der Ablage der Fahrertür mitgeführt hatte, und hielt sie Linh an die Lippen. Sie trank gierig. Ein Teil der Flüssigkeit lief ihr das Kinn hinunter und bildete auf ihrem T-Shirt dunkle Flecken.

»Denez«, brachte sie krächzend zustande. »Du? Wieso? Ich dachte … sie bringen mich um.« Ihre Stimme brach.

»Das hatten sie auch vor.«

Tränen schossen in Linhs Augen.

Denez griff nach ihrem Kinn und drehte ihr Gesicht nicht gerade sanft zu sich hin. Zwang sie, ihn direkt anzuschauen. »Was ich jetzt sage, sage ich nur ein einziges Mal. Zu mehr reicht die Zeit nicht. Du musst von hier weg und ich auch. Verstanden?«

»Ja.« Linhs Stimme war nur ein Hauch.

»Wenn ich gleich deine Fesseln löse, gehst du schnurstracks den kleinen Pfad da runter, der zum Strand führt.« Denez wies mit der freien Hand in die benannte Richtung. »Von dort aus bist du in einer Viertelstunde am Hafen von Binic. Da kannst du deine Familie anrufen.«

»Aber …«, versuchte Linh einzuwenden.

»Lass mich ausreden«, schnauzte Denez sie an.

Linh zuckte ängstlich zusammen.

»An deiner Stelle würde ich davon absehen, die Polizei zu benachrichtigen. Du bist durch deine Naivität in ein Wespennest gestoßen, was auch für dich üble Folgen haben wird. Mit den Leuten, die dich gefangen gehalten haben, ist nicht zu spaßen. Wenn sie dich finden, werden sie das zu Ende bringen, woran ich sie vorhin gehindert habe.«

Linhs Unterlippe zitterte.

»Nimm den ersten Flieger nach Hause und sieh zu, dass du niemals wieder den Fuß auf französischen Boden setzt. Sie warten nur darauf, dass du ihnen in die Falle gehst. Ich an deiner Stelle wäre von nun an vorsichtig, sehr vorsichtig.«

Linh schluckte ein paarmal, bevor sie sprechen konnte. »Was ist mit den anderen? Mit Hung?«

»Ich habe der Polizei über einen Mittelsmann einen Tipp gegeben. Ich gehe davon aus, dass sie jeden Winkel des Fabrikgeländes auseinandernehmen.«

»Was ist mit dir?«

»Das tut nichts zur Sache.« Denez Stimme klang rau. »Ich nehme dir jetzt die Fesseln ab. Und dann tust du, was ich dir gesagt habe. D'accord?«

»D'accord.«

Denez zog ein Klappmesser aus der Hosentasche und ließ die Klinge aufschnappen. Linh beugte sich ein wenig vor, damit er ihre Hände besser erreichen konnte.

»Halt still«, befahl Denez, weil er Angst hatte, sie zu verletzen. Behutsam schnitt er die Schnur auf. Linh zog die Arme nach vorn und rieb ihre angeschwollenen Hände. Die Fesseln hatten rote Spuren an ihren Handgelenken hinterlassen.

Denez beugte sich über sie und öffnete die Beifahrertür. »Raus mit dir.«

Linh zögerte, starrte ihn an. Ihre Lippen bewegten sich, als wolle sie etwas sagen.

»Raus.« Denez gab ihr einen kräftigen Stoß, wodurch sie zur Seite kippte und aus dem Jeep fiel. Instinktiv rollte sie sich wie ein Fötus im Mutterleib zusammen. Denez schoss aus dem Wagen, rannte auf sie zu und packte sie am Kragen ihres dreckigen T-Shirts. Zog sie wie eine willenlose Puppe hoch. Für ein paar Sekunden suchten seine Augen die ihren. Dann gab er ihr einen weiteren Stoß. »Lauf. Und wage es nicht, dich umzudrehen«, fügte er heiser hinzu.

Linh tat endlich, wie er ihr geheißen hatte. Denez sah ihr zu, wie sie den zum Strand abfallenden Pfad erreichte und aus seinem Sichtfeld verschwand. Er atmete tief durch und murmelte: »Kenavo.«

Dann hastete er zurück zum Jeep, ließ den Motor an und preschte los. Noch 40 Minuten, bis sein Frachter die Leinen lichtete.

29. KAPITEL

»Puh, der heutige Abend hat es in sich.« Sophie nahm ein Geschirrtuch aus dem Schrank, feuchtete es mit kaltem Wasser an und fuhr sich damit über die Stirn und den Nacken. Ihre Bluse klebte ihr am Rücken und ihre Füße fühlten sich selbst in den bequemen Clogs dreimal so dick wie normal an.

»Die erste Hitzewelle des Jahres«, stöhnte Filip. Er musste doppelt leiden, weil er seit Stunden die Fritteuse bediente und das Fleisch auf dem Herd briet. Sein Gesicht war gerötet, und die Locken, die ihm über den Kragen reichten, waren vom Schweiß nass.

Sophie stellte das schmutzige Geschirr, das Mikaela vor ein paar Minuten aus dem Restaurant in die Küche getragen hatte, in die Spülmaschine und beäugte den dunklen Himmel durch das weit geöffnete Fenster. »Kann gut sein, dass es nachher ein Gewitter gibt.«

»Hoffentlich nicht, wenn ich mit dem Motorrad auf dem Heimweg bin«, brummte Filip und schüttete die fertigen Pommes frites in eine Schüssel, wo er sie mit Meersalz würzte.

»Ich verstehe nicht, wie man so was bei der Affenhitze essen kann«, sagte Sophie. »Aber wenn es gut fürs Geschäft ist, von mir aus ...«

»Pommes gehen immer.« Filip verteilte die knusprigen Kartoffelstäbchen auf den mit einer Salatgarnitur versehenen Tellern und fügte Fleisch oder Fisch hinzu.

»Ja, das ist wahrscheinlich wie mit Kartoffelchips.« Sophie dachte an die halbe Tüte Breizh Chips, die sie gestern nach Feierabend vertilgt hatte. »Du kommst in einen Raum, wo ein paar Chips offen herumstehen, und nimmst den Duft wahr. Keine zwei Sekunden später signalisiert dir dein Gehirn, dass dein Magen seit mindestens drei Tagen nichts mehr zu essen bekommen hat. Ehe du dich versiehst, hast du in die Schüssel gegriffen und die erste Handvoll Chips in den Mund gestopft. Pommesgeruch hat den gleichen Effekt, da haben die Leute fast keine Chance, etwas anderes zu bestellen. Obwohl unser Buchweizenrisotto viel leckerer und gesünder ist.«

»Ich an deiner Stelle würde nicht meckern«, meinte Filip. »Etwa ein Drittel der Kundschaft wollte heute Pommes und deine hausgemachten Gemüsefrikadellen oder von den gefüllten Zucchini dazu.«

»Es waren viele junge Gäste da, die sind offener für Veränderungen als die reiferen Jahrgänge. Oder die alten sturen Knochen hier im Ort«, fügte sie leise hinzu.

»Fertig.« Filip hieb mit der Handinnenfläche auf die Tischklingel, die Mikaela signalisierte, dass die Speisen servierbereit waren.

»Wo bleibt sie denn?«, fragte er irritiert.

»Sie ist schon die ganze Schicht über nicht richtig bei der Sache«, meinte Sophie und schielte auf die aktuelle Bestellliste. »Tisch drei und Tisch fünf. Ich mache das.« Sie schnappte sich die Teller und eilte in den Gästeraum.

Als sie zurück in die Küche kam, war die junge Frau noch immer nicht wiederaufgetaucht. »Allmählich finde ich das nicht mehr lustig. Hier brennt die Hütte, wir können jede Hand gebrauchen.«

»Vielleicht hat sie ihre Tage?«, meinte Filip. »In der Zeit kannst du meine Schwester komplett abhaken.«

»Mikaela war bis jetzt immer zuverlässig. Auch wenn es ihr nicht so gut ging.«

»Hast du auf den Toiletten nachgeschaut?«

»Nein, ich hatte Gäste zu bedienen«, erwiderte Sophie spitz.

Filip ließ Butter in der Pfanne heiß werden und gab vorsichtig ein leicht bemehltes Steinbuttfilet dazu. »Sie wird doch nicht abgehauen sein, oder?«

»Nein, das würde sie nicht tun.«

»Schon komisch.«

»Ich dekoriere noch die Desserts«, sagte Sophie und legte eine gezuckerte Johannisbeerenrispe auf ein Stück Tarte au chocolat, »dann suche ich sie.«

In dem Moment öffnete sich die Küchentür und Mikaela trat ein.

»Mon Dieu, wo bist du denn gewesen?«, herrschte Sophie sie an. Dann stutzte sie. Die junge Frau sah total verheult aus. Sie putzte sich die Hände an ihrer Schürze ab und wandte sich Mikaela zu. »Was ist los?«

»Nichts«, antworte Mikaela und streckte die Hand nach einem voll beladenen Teller aus, um ihn zu servieren.

Sophie bemerkte, wie ihre Finger zitterten. Hatte sie etwa Drogen genommen? Oder war sie total übermüdet? Machte ihr die Hitze so zu schaffen? »So wird das nichts.« Sophie hielt Mikaela am Handgelenk fest.

»Aber …«, protestierte Mikaela.

»Als Erstes gehst du ins Bad und frischst dein Make-up auf«, befahl Sophie. »So kannst du den Gästen nicht unter die Augen treten. Und danach erzählst du mir, was passiert ist.«

»Nichts ist passiert«, wiegelte Mikaela ab.

»Hat dich ein Gast angemacht oder so was?«, wollte Filip besorgt wissen.

Mikaela hielt den Kopf gesenkt. »Nein, alles in Ordnung.«

»Wenn dir einer zu nah gekommen ist, dann regele ich das für dich.« Filip baute sich zu seiner vollen Größe auf.

Sophie musste ungewollt lächeln. Dass Filip anbot, den Ritter ohne Furcht und Tadel zu geben, hätte sie nicht von ihm erwartet. War er etwa auch heimlich in Mikaela verliebt?

»Ich komm schon klar.« Mikaela schniefte.

»Also ab ins Bad. Und in fünf Minuten stehst du wieder hier am Tresen.«

»Oui, bien sûr«, Mikaela machte einen Schritt auf die Tür zum Gastraum zu, von wo aus sie zu den Toiletten gelangen würde. Dann brach sie in Tränen aus. »Ich kann da nicht rein.«

Sophie stemmte die Hände in die Hüften. »Wieso?«

»Da ist dieser Typ, von dem Abend, vom Boot, der …«, stammelte Mikaela.

Sophie unterdrückte ein Seufzen. »Der was?«

»Der wollte, dass ich mit ihm in seine Kabine gehe«, flüsterte Mikaela.

Filip starrte sie entsetzt an. »Was du hoffentlich nicht gemacht hast, oder?«

»Nein. Doch. Aber anders.«

Sophie packte Mikaela am Ärmel. »Komm, wir gehen jetzt zur Tür und du zeigst mir, wen du meinst.«

»Der da vorne an Tisch acht«, flüsterte Mikaela, als Sophie durch das gläserne Bullauge linste.

»Da ist niemand.«

»Der rundliche Typ mit der modischen Brille und dem dunkelblauen Anzug mit Weste.«

»Sieh doch selbst, da ist niemand.«

»Stimmt.« Mikaela schluckte schwer. »Aber er war da.«

»Eh bien, nun ist er weg, und wir haben noch etwa zehn Gäste, die auf ihre Bestellungen warten«, sagte Sophie pragmatisch. »Wir sollten sie nicht zu lange schmoren lassen.«

»Nein, sollten wir besser nicht.«

»Schaffst du es, die letzte Stunde durchzuhalten?«

»Ja klar«, versicherte Mikaela, doch ihre Unterlippe zitterte.

»Also, kümmere du dich um dein Gesicht und ich kümmere mich um die fertigen Essen. Dann sehen wir weiter.«

Mikaela schlurfte mit hängenden Schultern in Richtung der Toiletten.

Sophie setzte ein Lächeln auf und griff nach den Tellern, die Filip warm gehalten hatte. Auf dem Rückweg in die Küche ging sie an Tisch acht vorbei. Unter der leeren Espressotasse steckten drei Fünfzigeuroscheine.

Ein üppiges Trinkgeld für eine Galette complète und zwei Getränke, dachte sie verwundert.

*

Es war halb eins, als der letzte Gast seine Rechnung bezahlt und sich auf den Heimweg gemacht hatte.

»Noch schnell aufräumen und dann brauche ich eine lange Dusche.« Sophie schnitt mit spitzen Fingern ein übrig gebliebenes Steak haché in kleine Würfel, legte sie auf einen Unterteller und trat vor die Hintertür. »Du hast Glück«, sagte sie zu der schwarzen Katze, die geduldig auf der Fensterbank ausgeharrt hatte. Truffe schnüffelte kurz an dem Fleisch und machte sich dann wie eine Verhungernde darüber her.

»Ich bin in fünf Minuten auch weg.« Filip überprüfte, ob alle Herdplatten ausgeschaltet waren.

Mikaela saß wie ein Häufchen Elend am Küchentisch.

»Hast du kein Bett, das auf dich wartet?«, neckte Sophie sie.

»Ich habe Angst, rauszugehen«, flüsterte Mikaela.

Sophie schaute sie verwundert an. So furchtsam kannte sie die junge Frau nicht.

»Ich fahre dich mit meinem Moto nach Hause«, bot Filip an.

»Danke.« Mikaela senkte die Augen.

War das ihre Masche, um sich neue Verehrer zuzulegen, fragte sich Sophie. Setzte sie auf deren Beschützerinstinkt? Doch warum konnte Ronan dann nicht bei ihr landen? Gut, dass ich damit durch bin, dachte Sophie erleichtert. Sie hatte die Nase gestrichen voll von Männern und Beziehungsgeschichten. Die Welt gehört den Singles, war ihr neues Motto.

»Time to say goodbye.« Sophie streifte die Schürze ab und schlüpfte in ihre Sneaker. »Schließt du hinter dir ab?«, bat sie Filip. Sie wollte den beiden Turteltauben die Chance geben, allein zu sein. Da legte Mikaela den Kopf auf die Tischplatte und begann herzzerreißend zu schluchzen. Sophie warf Filip einen fragenden Blick zu. Der zuckte ratlos mit den Schultern.

Adieu, du verdiente Nachtruhe, dachte Sophie seufzend, ging zum Tisch und strich Mikaela über den Rücken.

»Was ist denn los, ma petite?«

Mikaela sagte lange Zeit nichts. Dann brach es aus ihr heraus. »Das Schwein wollte mich vergewaltigen.«

Sophie starrte sie fassungslos an. »Der Gast von Tisch acht?«

»Oui«, schluchzte Mikaela.

»Warum hast du ihn nicht angezeigt?«

»Ich habe mich so geschämt. Auch weil ich so naiv war.«

»Wo hast du ihn getroffen?«

»Auf der Jacht, wo du mit Gael und Denez warst, nicht wahr?« Filips Stimme klang zornig.

»Woher weißt du das?«, wunderte sich Sophie.

»Von Ronan. Er hat euch beobachtet. An dem Sonntag, als du ihn versetzt hast«, sagte er direkt zu Mikaela.

»Ich habe ihm doch getextet, dass ich nicht kann«, versuchte Mikaela, sich zu rechtfertigen.

»Ich komme da nicht mehr mit«, gestand Sophie. »Was war mit dieser Jacht? Und wer war da alles? Gael und dieser Denez und wer noch?«

Mikaela fuhr sich mit dem Handrücken unter der Nase entlang. »Jede Menge Leute, die meisten aus Paris. Die waren alle total chic angezogen, vor allem die Frauen. Ich habe gedacht, das sei die High Society, die da mit Champagner und Kaviar feiert.«

»Dekadente Truppe«, presste Filip zwischen den Zähnen hervor.

»Aber dann habe ich mitgekriegt, dass die Frauen nicht zu den Männern gehörten. Sie waren für den Abend angeheuert worden.«

»Prostituierte?«

»Ja, Edelnutten. Von einem Begleitservice engagiert.«

»Warum bist du nicht schleunigst verschwunden?« Sophie war entsetzt.

»Ich habe das am Anfang nicht bemerkt«, verteidigte sich Mikaela. »Gael und Denez haben mir ständig vom Champagner nachgeschenkt. Ich war ganz schön beschwipst.«

Sophie schwante Böses. »Und dann ist was passiert?«

»Dann kam dieser Typ dazu, der von Tisch acht. Die drei, also Gael, Denez und der Typ, wirkten, als seien sie befreundet. Sie haben miteinander gescherzt, waren richtig gut drauf.«

»Und du?«

»Ich habe angefangen, mich unwohl zu fühlen. Irgendwann hat Gael vorgeschlagen, dass mir dieser Typ das Schiff zeigt.«

»Aber du wolltest nicht?«

»Nicht wirklich. Mir war ein bisschen schwindelig und ich fand den Typ unsympathisch. Doch Gael hat gesagt, dass ich lieber mitgehen soll. Weil …« Mikaela stockte, »weil ich bestimmt nicht wolle, dass herauskäme, mit was für Leuten ich mich treffe.«

»Gael hat dir gedroht? Er wollte dich erpressen?« Filips Kiefermuskeln malmten.

»Ja«, sagte sie kleinlaut.

»Und deshalb bist du dem Typ gefolgt, oder?« Filips Stimme klang rau.

»Er hat mich ziemlich unsanft gepackt.« Mikaela strich sich über die Stelle am Oberarm, wo sie seine Finger gespürt hatte. »Er hat mich über die Flure geführt und eine Kabinentür mit einer Magnetkarte geöffnet.«

Filip zog eine angewiderte Grimasse.

»Drinnen hat er keinen Zweifel gelassen, was er von mir wollte. Er hat mich gegen die Innentür gedrückt und mit der Hand unter mein Kleid gegriffen, um mir den Slip herunterzureißen.«

Oh mein Gott, dachte Sophie und schloss für einen Moment die Augen. Sie war sich nicht sicher, ob sie den Rest der Geschichte hören wollte.

»Ich war mit einem Schlag wieder nüchtern«, erinnerte sich Mikaela. »Ich habe mich gewehrt und es geschafft, dem Typ das Knie in die Weichteile zu rammen. Als er sich vor Schmerz zusammenkrümmte, bin ich raus aus der Kabine, auf den Flur. Da kam mir ein Pärchen entgegen, und ich hatte Schiss, dass die mit ihm unter einer Decke stecken. Dass die mich packen und zu ihm zurückbringen. Ich bin in die andere Richtung weggerannt, wollte nur weg, runter von der Jacht. In meiner Panik habe ich den Aufgang zum Oberdeck nicht sofort gefunden.«

»Ich fasse es nicht. Hier bei uns am Hafen!«, murmelte Sophie. Und doch kam ihr etwas an Mikaelas Geschichte seltsam bekannt vor. Hatte Tangi Leon nicht von ähnlichen Vorfällen berichtet? In Zusammenhang mit Richard, dem Fischhändler? Beide waren inzwischen nicht mehr am Leben. Sophie mochte sich gar nicht ausmalen, was Mikaela hätte passieren können.

»Plötzlich kamen mir Gael und Denez entgegen«, fuhr Mikaela fort.

Sophie riss sich zusammen, zwang sich, weiter zuzuhören.

Filip stieß sich vom Tisch ab und hieb mit der flachen Hand auf den Tresen. »Mais non, ich glaube es nicht! Das kann doch alles nicht wahr sein!«

»Ist es aber.« Mikaela schniefte. »Bevor die beiden mich entdeckten, bin ich hinter einer Tür verschwunden und in so einer Art Büro gelandet. Ich wollte dort warten, bis sie weg sind. Dann ging die Tür auf.«

»Oh nein, sag nicht, es geht noch weiter.« Sophie hatte das Gefühl, dass ihr inzwischen die Haare buchstäblich zu Berge standen.

»Ich hatte Glück, dass in dem Raum ein hoher Schrank mit Türen stand. Da bin ich rein, habe die Tür von innen geschlossen und mich still verhalten. Ich habe kaum gewagt zu atmen.«

»Très bien«, lobte Filip. »Deine Geistesgegenwart hat dich gewiss vor dem Schlimmsten bewahrt.«

»Nein, hat sie nicht.« Mikaela konnte die Tränen nicht länger zurückhalten. »Das Schlimmste kommt noch«, schluchzte sie.

»Haben sie dich etwa doch …?« Sophie konnte es nicht aussprechen.

Mikaela benötigte zwei, drei Minuten, bis sie in der Lage war, weiterzuberichten. »Nein. Aber was ich gehört habe, war so widerlich, dass ich es zuerst nicht für wahr gehalten habe.«

Sophie holte tief Luft. »Was hast du gehört?«

»Gael und Denez haben sich in dem Büro mit Leuten getroffen und über ihre Geschäfte verhandelt. Keine normalen Geschäfte. Wenn ich es richtig verstanden habe, ging es vor allem um Prostitution und Menschenschmuggel. Um den Transport und um Lieferungen. Sie haben über Menschen geredet wie über Vieh. Oder eine x-beliebige Ware. Mir war allein vom Zuhören so schlecht, dass ich beinahe gekotzt hätte. Doch das hätte mich verraten. Wer weiß, was sie dann mit mir gemacht hätten.« Mikaelas Stimme brach.

Sophie sah Filip an, dass er gern tröstend die Hand der jungen Frau in die seine genommen hätte, es aber nicht wagte, sie zu berühren. Sie ging zum Schrank, holte ein Glas heraus, füllte es randvoll mit kaltem Wasser und trank in gierigen Schlucken. Das half ihr, sich zu sammeln, wieder einen klaren Kopf zu bekommen.

»Ich glaube, es wird höchste Zeit, dass wir Ronan informieren. Und Doktor Bonnet.«

Filip runzelte erstaunt die Stirn. »Warum das? Was haben die damit zu tun?«

Sophie wusste, dass sie jetzt eine wichtige Schwelle übertrat. Dass es von hier aus kein Zurück geben würde. »Gestern Abend saßen Jean-Luc, Ronan, Yuna und ich bei Dafne noch zusammen und haben überlegt, wer hinter dem erneuten Angriff auf mich auf der Îlot stecken könnte. Dabei haben wir etwas erfahren, das wir alle nicht glauben konnten. Oder wollten«, verbesserte sie sich und zog eine bittere Grimasse. »Wir haben abgesprochen, ein, zwei Nächte darüber zu schlafen, um die Informationen sacken zu lassen. Erst dann wollten wir entscheiden, wie wir verfahren. Ob und wie wir die Polizei einschalten. Aber nach dem, was Mikaela gerade erzählt hat, müssen wir handeln.« So schwer es mir auch fällt, fügte sie stumm hinzu.

*

Doktor Bonnet benötigte keine zehn Minuten, bis er zur Hintertür des Bistros hereinkam. Filip hatte inzwischen Kaffee gekocht, und Sophie stellte eine Flasche Lambig und Gläser auf den Tisch.

»Ich habe heute intensiv nachgedacht, mit den alten Göttern gesprochen«, sagte Doktor Bonnet. »Ihr würdet es wahrscheinlich meditieren nennen«, fügte er mit einem Lächeln hinzu. »Dabei ist mir klar geworden, dass es keinen Aufschub mehr gibt. Hast du Dafne angerufen?«

Sophie schüttelte den Kopf. »Nein, die ganze Angelegenheit hat sie schon viel zu sehr mitgenommen. Ich wollte ihr den Rest ersparen. Sie wird es noch früh genug erfahren. Auch Yuna wollte ich nicht aus dem Schlaf reißen.«

»Ja, gute Entscheidung.« Der Doktor goss sich vom Apfelbrand ein und nahm einen Schluck.

Ronan stürmte durch die Tür. Sein Haar war zerzaust und auf seiner Wange zeichneten sich Abdrücke vom Kissen ab. Sophie hatte ihn aus dem Tiefschlaf geweckt.

Mikaela zuckte kurz zusammen, blieb aber am Tisch sitzen.

»Was ist los? Du hast am Telefon so geheimnisvoll geklungen. Warum hast du mich mitten in der Nacht rausgeholt?« Ronan ließ sich auf einen Stuhl plumpsen.

»Es gibt Neuigkeiten«, sagte Sophie. »Über Gael«, fügte sie hinzu und legte ihre Hand kurz auf Ronans Schulter.

»Fang nicht wieder damit an«, stöhnte Ronan. »Nur weil Gael nach Auskunft des Apothekers Diabetes hat und zum Schutz der Gefäße seit Kurzem Kompressionsstrümpfe trägt, macht ihn das nicht zum Verdächtigen.«

»Für mich schon«, widersprach der Doktor.

»Für mich auch«, stimmte Sophie zu. »Der Mann, der mich auf der Îlot gefesselt hat, trug solche Strümpfe. Und Größe und Statur stimmen ebenfalls.«

»Non, non, non! Ich lasse mir diesen Schwachsinn nicht einreden«, begehrte Ronan auf. »Gael würde so etwas nie tun! Ich kenne ihn, er ist mein Freund.«

»Mit dem Gael, mit dem ich es zu tun hatte, wirst du mit Sicherheit nicht mehr befreundet sein wollen«, warnte Sophie.

Ronan erhob sich vom Stuhl. »Ich lasse es nicht zu, dass ihr mir meine Freunde miesmacht. Ich fahre zurück und haue mich wieder ins Bett. Ich habe morgen Frühdienst.«

»Du bleibst hier«, befahl Doktor Bonnet mit scharfer Stimme.

Ronan zögerte kurz, nahm dann aber erneut Platz.

Sophie trat an Mikaelas Seite. »Mikaela hat Filip und mir heute von einem Vorfall berichtet, der Gael schwer belastet. Ist es dir recht, wenn ich kurz zusammenfasse, was du uns erzählt hast?«, wandte sie sich an die junge Frau.

Die gab durch Nicken ihre Zustimmung.

»Es ist an dem Abend passiert, als du mit Mikaela verabredet warst«, begann Sophie.

Ronan zog eine Grimasse, ließ sie jedoch, ohne zu unterbrechen, ausreden. Als sie fertig war, herrschte für ein paar Sekunden betroffenes Schweigen. Ronan war so weiß wie die Wand geworden. Er räusperte sich. »Ist das wahr?«

»Jedes Wort davon.« Mikaela wirkte mitgenommen, aber gefasst.

»Ich verstehe das nicht«, sagte Ronan mit tonloser Stimme. »Was ist bloß in ihn gefahren?«

»Ich vermute, die Gier nach mehr. Mehr Geld, mehr Einfluss, mehr Status«, sagte Doktor Bonnet. »Seine Familie war, wenn ich das richtig in Erinnerung habe, früher eine einfache Fischerfamilie. Gael ist sehr ehrgeizig, will hoch hinaus.«

»Teofil war eine Seele von Mensch.« Ronan schluckte schwer. »Der würde sich im Grab umdrehen, wenn er davon erführe.«

»Ich kann es nicht beweisen, jedenfalls noch nicht«, sagte Sophie. »Doch ich befürchte, dass Gael beim Untergang der Écume ebenfalls seine Hände mit im Spiel hatte.«

»Willst du damit sagen, dass er ... dass er seinen eigenen Vater und seinen Bruder auf dem Gewissen hat?«, stammelte Ronan.

»Tut mir leid. Aber auch ich bin mir so gut wie sicher«, antwortete der Doktor.

Ronan fuhr sich mit beiden Händen durch das Haar, wodurch es noch wirrer abstand. »Eure Verdächtigungen sind total hirnrissig. Gael soll ein eiskalter Mehrfachmörder und ein Menschenschmuggler sein? Non, jamais, das glaube ich nicht!«

»Denkst du, dass Mikaela lügt?« Sophie schaute Ronan ernst an.

»Nein, natürlich nicht.« Ronan sah aus wie ein Häufchen Elend.

Doktor Bonnet leerte sein Glas. »Ich denke, es ist an der Zeit, dass wir deine Kollegen von der Präfektur in Saint-Brieuc informieren. Die werden Mikaelas Zeugenaussage aufnehmen und alles Weitere in die Wege leiten.«

Ronan starrte für ein paar Sekunden aus dem Fenster.

»Nein«, sagte er schließlich. »Ich will zuerst mit Gael reden. Er wird im Hafen sein, um bei Flut auszulaufen.«

»Ist das klug?«, mahnte Sophie. »Wir wissen mittlerweile, dass Gael gefährlich ist. Wenn er sich von dir in die Ecke gedrängt fühlt, kann euer Zusammentreffen für dich böse ausgehen.«

»Er wird mir nichts tun. Ich bin sein Freund«, beteuerte Ronan.

»Überlass das den Profis«, warnte Doktor Bonnet. »Du hast nicht einmal eine Waffe.«

Ronan zog das Bündchen des schlabberigen T-Shirts, das er bei seinem Schnellstart übergezogen hatte, ein wenig in die Höhe. »Ich habe meine Dienstwaffe dabei.«

»Mach keinen Blödsinn«, rief Sophie entsetzt.

Da war Ronan längst aufgesprungen und aus der Küche gestürmt. Sie konnten durch das offene Fenster hören, wie ein Auto ansprang.

»Komm!« Sophie zog Filip am Arm. »Wir müssen hinterher.«

»Bist du schon mal auf einem Moto als Sozius gefahren?«, fragte Filip skeptisch.

»Nein, aber ich habe Schiss. Allerdings mehr um Ronan als um meine eigene Haut.«

»Und was ist mit mir?«, brummte Filip missmutig.

Sophie ließ die Frage unbeantwortet und machte sich im Hinterhof am Motorrad zu schaffen.

»Putain de merde«, fluchte Filip und eilte hinterher.

30. KAPITEL

Ronan legte die kurze Strecke vom »Chez Leon« bis zum Hafen in Rekordzeit zurück. Was bedeutete, dass er sämtliche Geschwindigkeitsbeschränkungen missachtete und geflissentlich zwei rote Ampeln übersah. Wer sollte ihn schon stoppen? Ich bin das Gesetz, dachte Ronan und merkte, wie hysterisches Lachen in ihm aufstieg. Er biss sich hart auf die Unterlippe, um es im Keim zu ersticken.

In der Auktionshalle brannte noch kein Licht, doch auf ein paar Booten waren die Außenscheinwerfer eingeschaltet, weil die Crews sich zum Auslaufen fertig machten. Ronan brachte sein Auto am Anfang der Kaianlage zum Stehen und stieg aus. Er entdeckte die Jolianna sofort, dort, wo die Kaimauer den ersten leichten Knick nach links machte. Ronan spurtete los. Einer von Gaels Matrosen lud mithilfe einer Seilwinde graue und schwarze Plastikkisten, die später den Fang aufnehmen würden, in den Bauch des Kutters.

»Salut. Ist Gael da?«, fragte er den Mann und versuchte, so normal wie möglich zu klingen.

Der Matrose beugte sich zu dem rechteckigen Loch hinunter und rief: »Patron?«

Ein paar Sekunden später steckte Gael den Kopf aus der Ladeluke.

»Besuch für dich«, brummte der Matrose.

»Ronan, was machst du denn hier?« Gael erklomm die Stufen zum Deck. »Lust auf eine Spritztour? Heute wird eine der letzten Nächte sein, wo wir auf Jakobsmuschelfang gehen. Ein bisschen zusätzliche Hilfe könnte ich gut gebrauchen.«

»Ich muss mit dir reden«, presste Ronan zwischen den Lippen hervor.

»Oha, so ernst?« Gael warf ihm einen abschätzenden Blick zu. »Liebeskummer? Mit der kleinen Bäckerstochter?«

Ronan dachte an das, was Mikaela vor 20 Minuten kundgetan hatte, und spürte, wie sein Hals sich verengte. »Lass uns ein paar Schritte gehen«, schlug er mit rauer Stimme vor.

»Kommst du für den Moment allein klar?«, wollte Gael von seinem Mitarbeiter wissen.

»Oui, bien sûr, patron.«

»Rauchen wir eine«, schlug Gael vor und sprang leichtfüßig an Land. Er zog eine Zigarettenpackung aus der Hemdtasche und hielt sie Ronan unter die Nase.

Der schüttelte ablehnend den Kopf.

»Was ist los?«, fragte Gael, nachdem er den ersten Zug genommen hatte und sie ein paar Schritte in Richtung des Kaiendes gegangen waren.

»Mir ist da was zu Ohren gekommen«, sagte Ronan. »Über dich.«

»Hoffentlich nur Gutes«, feixte Gael.

»Nicht wirklich.« Ronan war ernst. Todernst. »Man sagt, dass du dich mit den falschen Leuten eingelassen hast.«

»Wer behauptet das?« Das Lachen war aus Gaels Augen gewichen.

»Das tut nichts zur Sache. Ich will nur wissen, ob es wahr ist.«

»Ob was wahr ist?«

»Dass du in illegale Angelegenheiten verwickelt bist. Prostitution, Menschenhandel, Schmuggel. Und vielleicht noch mehr.«

Gael schaute ihn einen Moment verdutzt an, dann brach er in schallendes Gelächter aus. »Ich? Wer hat dir denn den Bären aufgebunden?«

»Es gibt Beweise.«

»Ach komm.« Gael winkte ungeduldig ab. »Du weißt doch, wie das ist. Sobald man hier ein bisschen Erfolg, ein paar Euro mehr als die anderen Fischer auf der hohen Kante hat, brodelt gleich die Gerüchteküche. Da gebe ich nichts drauf. Solltest du auch nicht.«

»Tue ich aber.« Ronan straffte die Schultern. »Ich weiß, was letzten Sonntag auf der Jacht passiert ist.«

Gaels Augen verengten sich zu Schlitzen. »Daher weht also der Wind. Die Kleine hat geplaudert.«

»Du hättest billigend in Kauf genommen, dass sie vergewaltigt wird«, presste Ronan hervor. »Wahrscheinlich hast du diesen Typ, der es mit ihr treiben wollte, sogar dazu angestiftet. Oder hat er dir Geld geboten?«

»Jetzt lass die Kirche mal im Dorf.« Gaels Stimme war schneidend geworden. »Was kann ich dafür, dass die Kleine keinen Champagner verträgt? Einen über den Durst trinkt. Und sich dann vom erstbesten Kerl flachlegen lässt.«

»So war es nicht. Das weißt du genau.« Ronan ballte die Fäuste.

»Willst du mir eine reinhauen?« Gael zog spöttisch eine Augenbraue hoch. »Nur zu. Ich kann dir schon jetzt sagen, wer den Kürzeren zieht.«

»Was ist dran an der Sache, dass du Menschen heimlich über den Ärmelkanal schipperst? Arme Schweine aus Vietnam oder bettelarmen Ländern, die sich ein besseres Leben in England aufbauen wollen und die du teuer für deine Dienste bezahlen lässt? Die vorher vielleicht noch zu Dumpinglöhnen für dich schuften müssen. Merde. Wann ist dir dein Gewissen, dein Anstand, abhandengekommen?« Ronan war so aufgewühlt, dass seine Fäuste zitterten.

Gael trat den Zigarettenstummel mit dem Fuß aus. »Okay, ich gebe zu, dass ich mir manchmal was dazuverdiene. Ein paar Zigaretten, ein bisschen Cannabis oder Alkohol mit an Bord zu nehmen und es den britischen Kollegen auf See zu übergeben oder umgekehrt, das machen doch viele hier. Von der Fischerei allein kann heutzutage keiner mehr leben. Und Lona und ich, wir wollen bald heiraten. Meinst du, sie will in die Bruchbude einziehen, die mir mein Vater hinterlassen hat? Nein, da möchte ich ihr schon was Besseres bieten, das hat sie verdient.«

»Und dafür gehst du über Leichen?«

»Was für Leichen?«

»Sag du es mir.«

»Weißt du was?« Gael drehte sich abrupt um. »Ich habe die Schnauze voll von deinen haltlosen Unterstellungen. Auf mich wartet meine Mannschaft. Ich muss die Jolianna klarmachen.«

»Du gehst jetzt nicht«, zischte Ronan und hielt ihn am Ärmel seines blau-weiß gestreiften Pullis fest.

»Nimm deine Flossen von mir«, zischte Gael zurück.

Ronan dachte nicht im Traum daran. »Erst wenn ich die ganze Wahrheit von dir erfahren habe. Das bist du mir schuldig. Du warst schließlich mal mein bester Kumpel. Habe ich zumindest gedacht.«

»Ich bin dein bester Kumpel«, widersprach Gael. »Warum veranstaltest du so ein Theater? Die paar Touren über den Ärmelkanal ... Himmel, da kannst du doch wohl ein Auge zudrücken. Du bist nicht das Finanzamt.«

»Ich bin Polizist«, sagte Ronan mit Würde.

»Dann stell mir demnächst ein paar Tickets wegen Falschparkens aus und wir sind quitt.«

»Ich rede nicht von Kleinigkeiten, sondern von Kapitalverbrechen.«

»Wer soll die begangen haben?« Gael löste sich mit einem Ruck aus Ronans Griff.

»Was ist mit Tangi? Und mit Leon und Teofil? Warum mussten sie sterben?«, fragte Ronan heiser.

»Mein Vater und mein Bruder sind bei einem tragischen Unfall umgekommen, das weißt du doch«, verteidigte sich Gael. »Und Tangi, nun, da musst du die Polizei fragen. Ich meine die, die sich mit so was auskennt. Ein Streifenhörnchen wie du ist höchstens dafür qualifiziert, die Touristen an Markttagen in Schach zu halten und den Verkehr zu regeln«, fügte er mit einem spöttischen Lächeln hinzu.

Ronan spürte, wie er innerlich zu kochen begann. »Red keinen Unsinn. Wir wissen, dass du Leon und Teofil eine Spritze mit einer tödlichen Substanz gesetzt hast. Und bei Tangi war es ebenso, oder?«

»Wer ist ›wir‹?«, fragte Gael leise.

»Das tut nichts zur Sache«, versuchte Ronan, seinen verbalen Patzer wieder auszubügeln.

Gael kam drohend einen Schritt näher. »Wer weiß noch davon?«

»Also doch«, triumphierte Ronan. »Du gibst es zu.«

»Ich gebe gar nichts zu.«

»Warum mussten sie sterben? Weil du den Hals nicht vollbekommst? Oder weil sie was von deinen miesen Machenschaften mitbekommen haben?«

»Sie hätten ihre Nase nicht in Dinge reinstecken sollen, die sie nichts angehen.«

»Und deswegen hast du sie kaltblütig umgebracht?« Obwohl Ronan inzwischen akzeptiert hatte, dass Sophies Vermutungen und die des Doktors voll ins Schwarze getroffen hatten, schmerzte es dennoch, es aus Gaels Mund zu hören.

»Was hätte ich denn tun sollen? Ich musste meine eigene Haut retten. Das hättest du genauso gemacht.« Gael zuckte nonchalant mit den Schultern.

»Du verdammter Drecksack!« Ronan machte Anstalten, Gael mit der linken Hand am Halsbündchen seines Pullis zu fassen und ihm mit der rechten Faust in den Magen zu boxen. Da sah er ein Messer aufblitzen. Die gut zehn Zentimeter lange Klinge war auf seinen Bauch gerichtet.

»Doucement, mein Freund. Noch ein Stückchen näher und du hast das Ding in den Eingeweiden stecken.«

Ronan schluckte. »Nimm das Messer weg.«

»Den Teufel werde ich tun.«

»Das wagst du nicht, mich hier vor allen abzuschlachten«, bluffte Ronan und wies mit dem Kinn auf die am Kai vertäuten Boote.

»Nein, nicht hier. Auf der Jolianna, wenn wir draußen sind. Und dann werfe ich dich den Fischen zum Fraß vor.«

»So wie du es mit Richard gemacht hast?«

Gaels Augen flackerten kurz, dann hatte er sich wieder im Griff. »Der glaubte wie du, Spielchen mit mir spielen zu können. Wollte mich austricksen und den ganzen Profit für sich allein einstreichen. Dabei habe ich ihm die Kunden vermittelt. Dafür gesorgt, dass die Lieferungen pünktlich bei ihm in den Fabriken ankamen. Und ihn nebenbei mit immer neuen Gespielinnen versorgt. Er hatte so einen Fetisch, trieb es am liebsten mit Schlitzaugenmädchen.«

Ronan spürte, wie ihm die Galle hochkam. Doch er wagte es nicht, sich zu rühren. Die Messerspitze bohrte sich mittig in seinen Bauchnabel. Er versuchte, durch Reden Zeit zu schinden. Bis endlich jemand auf seine missliche Lage aufmerksam werden und ihm zu Hilfe eilen würde. »Wollte Tangi auch alles für sich? Oder was hattest du an ihm auszusetzen? Ich habe gedacht, er sei einer deiner Freunde. Ihr habt doch zusammen gegen den Windpark gekämpft, oder?«

»Tangi war ein Trottel.« Gael zog eine verächtliche Grimasse. »Ein Träumer und Idealist, der eine bessere Welt schaffen wollte. Aber die Welt ist nicht gut. Hier ist es wie auf dem Meer, es gilt das Recht des Stärkeren.«

»Und du warst der Stärkere?«

»Ich musste es sein. Ich musste den Dummkopf loswerden, bevor er mich verpfiff.«

»Warum wollte er dich verpfeifen?« Obwohl Ronan der Schweiß in Strömen den Rücken hinunterlief, versuchte er, vor Gael eine coole Fassade aufrechtzuhalten. Den Redefluss nicht zu stoppen. Verdammt, irgendwann müsste einer der Fischer doch auf sie aufmerksam werden. An ihrer unnatürlichen Körperhaltung bemerken, dass etwas nicht stimmte. So lange musste er durchhalten, Gael und sein Messer durch Worte unter Kontrolle halten. »Was hatte Tangi gegen dich in der Hand?«

»Der Idiot ist mehr durch Zufall in die Sache reingeraten«, knurrte Gael. »Eine seiner Lieblingsbeschäftigungen war, sich entweder in den Dünen oder mit seinem Kajak auf die Lauer zu legen, um Umweltsünder auf frischer Tat zu ertappen. Bei so einer Aktion sind wir ihm ins Visier geraten. Er hat gesehen, wie wir die Scheißvietnamesen von einem von Richards Booten auf die Jolianna verfrachtet haben. Da hat er sich natürlich gewundert, was das soll. Warum wir Menschen statt Jakobsmuscheln oder Fische transportieren.«

»Wollte er etwa an dem Geschäft beteiligt werden?«

»Tangi?« In Gaels Stimme schwang Verachtung mit. »Tangi hielt sich für einen Edelmann. Er hat mir eine Frist gesetzt, innerhalb der ich mich selbst anzeigen und mein Gewissen erleichtern solle, hat er gesagt. Ich bin auf sein ›großzügiges‹ Angebot nicht eingegangen.« Gael verstärkte den Druck auf das Messer und fuhr fort: »Ich habe mir überlegt, wie ich ihn so schnell wie möglich loswerde. Ich hatte zuerst vor, mit der Jolianna voll Speed über ihn und sein Kajak drüberzufahren. Tangi wäre nicht der Erste gewesen, der von einer Schiffsschraube zerfetzt wird. Sie finden hier alle paar Monate Reste von Leuten, die auf solche Weise zu Tode gekommen sind. Flüchtlinge, die meinen, dass sie mal eben durch den Ärmelkanal schwimmen können. Oder unvorsichtige Freizeitsportler. Passiert öfter, als man denkt. Neulich erst wieder in der Bucht von Morieux, Teile eines Unterarms und eines Oberschenkels.«

»Ja, ich weiß.«

»Aber es wäre ziemlich aufwendig und für mich nicht ungefährlich gewesen. Da hatte Lona zum Glück die Idee mit der Spritze.«

»Lona war auch beteiligt?« Ronan glaubte seinen Ohren nicht zu trauen. Das engelhafte Wesen, von dem alle wegen seiner Selbstlosigkeit und Hilfsbereitschaft in den höchsten Tönen schwärmten, war Gaels Komplizin?

»Sie kommt an die Medikamente ran und kann mit Spritzen umgehen. Das hat sie bei dem Beerdigungsessen ja bewiesen.« Gael lachte gackernd. »Eine bessere Tarnung gab es für uns nicht. Sie hat die besorgte Freundin gemimt, sich rührend um Tangi gekümmert. Niemand hat mitbekommen, dass sie uns in Wirklichkeit ein leidiges Problem vom Hals geschafft hat.«

»Der perfekte Mord?«, fragte Ronan spöttisch.

»Lona und ich, wir sind füreinander geschaffen«, schwärmte Gael. »Sie will wie ich was aus ihrem Leben machen, will nicht für ewig hier in der Provinz versauern.«

Sollte ich es schaffen, mich von diesem verdammten Messer zu befreien, werde ich eigenhändig dafür sorgen, dass ihr beide im Gefängnis versauert. Von mir aus bis in alle Ewigkeit, dachte Ronan.

In dem Moment ließ einer der Kapitäne mit lautem Getöse seinen Bootsmotor an und brachte ihn auf Touren, wahrscheinlich, um ihn vor dem Ablegen noch einmal zu testen. Aus den Augenwinkeln sah Ronan etwas Schwarzes am Anfang des

Kais auftauchen. War das ein Motorrad? Etwa Filips Motorrad? Rede weiter, befahl er sich. Rede auf Gael ein, um ihn abzulenken.

»Hat sie deswegen auch Leon und Teofil ein tödliches Medikament gespritzt?«

»Mais non, das war ich. Lona wird schnell seekrank. Doch sie hat alles vorbereitet. Ich musste nur noch das ausführen, was sie mir vorher gezeigt hatte.«

Ronan wäre am liebsten vor Wut und Ekel explodiert, zwang sich aber zur Ruhe. Sein Bauchnabel brannte, als ob die Klinge die Haut schon angeritzt hätte. Er wollte nicht noch mehr Blessuren erleiden. Seinen Emotionen freien Lauf zu lassen, könnte für ihn tödlich enden. Besser war es, den Redefluss in Gang zu halten. »Gab es keinen anderen Ausweg? Ich meine, Teofil und Leon waren immerhin dein Vater und dein Bruder.«

»Ja, aber sie weigerten sich, die Familiengeschäfte in meinem Sinn zu erweitern, meine Entscheidungen mitzutragen. Außerdem war alles Leons Schuld. Hätte der nicht in den Bordpapieren auf der Jolianna herumgeschnüffelt, wären meine Nebengeschäfte nie aufgefallen. Dann hätte ich nicht nach einem Ausweg suchen müssen.« Gael schien ein paar Sekunden tief in Gedanken versunken. Schließlich fing er sich wieder. »Putain de merde, warum erzähle ich dir das alles?«

»Weil wir Kumpels sind«, sagte Ronan besänftigend. »Es tut gut, sich alles von der Seele zu reden.« In dem Moment hörte er den Motorradmotor aufheulen.

»Schluss damit«, zischte Gael. »Wir laufen jetzt schön sachte zurück zur Jolianna. Dort werde ich mich als großzügiger Boss erweisen und meiner Mannschaft freigeben. Weil du mir zur Hand gehen wirst. Und dann fahren wir raus. Nur wir beide. Ist das klar?«

Ronan nickte.

Gael zog die Klinge ein paar Zentimeter zurück. »Dreh dich um und geh langsam los. Keine unüberlegte Bewegung. Sonst hast du mein Messer im Rücken stecken.«

Ronan tat, wie ihm geheißen wurde. Da machte sich ein helles Röhren in seinen Ohren breit, als ob sich ein überdimensionierter Hornissenschwarm zum Angriff formierte.

Gael riss überrascht die Augen auf und sah etwas Schwarzes, Stromlinienförmiges auf sich zuschießen.

Die zwei Sekunden reichten aus. Mit einer flüssigen Bewegung kickte ihm Ronan das Messer aus der Hand und wich ein paar Schritte zurück. Er zog die Waffe. »Hoch mit deinen Pfoten. Schön hoch!«

Gael zögerte.

»Pfoten hoch!«, wiederholte Ronan.

Gael sah ihm direkt in die Augen. »Das bringst du nicht fertig, auf deinen Kumpel zu schießen.«

»Ich würde es nicht darauf ankommen lassen«, erwiderte Ronan. Doch seine Stimme klang weniger fest, als er es sich gewünscht hätte.

Gael bemerkte sein Zögern sofort und rannte los, in Richtung des Kaiendes.

»Bleib stehen oder ich schieße«, brüllte Ronan.

Gael wurde schneller. Nur noch wenige Meter und er hätte die Mauer und die zum Meer abfallenden Felsen erreicht. Ronan vermutete, dass Gael ins Wasser springen würde, um zu einem der im Hafen vertäuten Beiboote zu schwimmen und damit zu entkommen.

»Verdammt, bleib endlich stehen«, rief er nochmals. Sosehr er es auch wollte – er schaffte es nicht, den Abzug zu drücken. Er ließ die Waffe sinken.

In dem Augenblick nahm das Motorrad erneut an Fahrt auf, überholte Gael kurz vor dem Kaiende und stellte sich mit quietschenden Reifen quer. Gael kam ins Straucheln, fiel zu Boden. Ronan spurtete los und warf sich mit aller Macht auf ihn. Gael wehrte sich wie ein Berserker, doch zu dritt schafften sie es, ihn mit dem Gesicht nach unten auf den Asphalt zu drücken und dort festzuhalten. Zuckende Blaulichter tauchten auf der Zufahrt vom Hafen auf, kamen mit hoher Geschwindigkeit näher.

»Es ist vorbei«, sagte Ronan und sah mit Genugtuung, wie zwei Kollegen Gael Handschellen anlegten und ihn abführten.

Filip richtete sein Motorrad auf und beäugte den Lack. »Die paar Kratzer sind es mir wert, den Scheißkerl hinter Gittern zu wissen.«

Sophie hatte sich gegen die Mauer gelehnt und sah etwas grünlich im Gesicht aus.

»Alles in Ordnung?«, fragte Ronan besorgt.

»Alles bestens«, antwortete Sophie mit einem gequälten Lächeln. »Nur bestelle ich mir demnächst besser ein Taxi. So einen Höllenritt mache ich nie wieder mit.«

31. KAPITEL

Linh warf einen verzweifelten Blick auf die runde, altmodische Standuhr, die auf dem Hauptgang vor den Gleisen des Gare du Nord in Paris aufgestellt worden war. Am liebsten hätte sie die Zeiger angehalten. Nur noch sieben Minuten, dann würde Hungs Zug einfahren. Vielleicht zum letzten Mal vertiefte sie sich in sein Gesicht, auf dem sich die Strapazen der vergangenen Wochen abzeichneten, und versuchte, sich jede Einzelheit einzuprägen.

»Wir sehen uns wieder«, versprach Hung, der ihren Abschiedsschmerz bemerkte. Auch seine Augen waren feucht.

»Ja, ich komme dich in London besuchen«, sagte Linh, obwohl sie wusste, dass sie ihre Zusage nicht einhalten konnte.

Ihr klangen noch immer Denez' Worte im Ohr. Und auch die Polizei, von der sie mehrmals vernommen worden war, hatte sie eindringlich gewarnt. Eine Beamtin hatte sie nach der letzten Befragung zur Seite genommen und ihr geraten, ihr Auslandssemester in Brest umgehend abzubrechen und ihr Studium in Hanoi zu beenden. Nach einem Teil der Bandenmitglieder, die sie und die anderen Vietnamesen auf dem alten Fabrikgelände festgehalten hatten, wurde auch von Interpol mit Hochdruck gefahndet. Sollten sie herausbekommen, dass Linh nicht von Denez eliminiert worden war, würden sie sicherlich versuchen, sie nachträglich aus dem Weg zu räumen. Linh machte sich keine Illusionen: In naher Zukunft konnte sie nicht nach Frankreich zurückkehren. Vielleicht sogar nie mehr. Und auch von Hung hielt sie ab jetzt besser Abstand, um ihn nicht zu gefährden. Was die bevorstehende Trennung nicht einfacher gestaltete. Schon wieder war der Uhrzeiger zwei Striche vorwärtsgerückt.

»Du stellst mich deinen Verwandten vor und dann machen wir Abbey Road unsicher«, sagte Linh, um die Stimmung aufzulockern. Hung war ein ausgesprochener Beatlesfan.

»Und danach gehen wir essen«, spann Hung die Geschichte weiter.

»Aber keinen Fisch«, erwiderte Linh mit einem schiefen Grinsen. »Ich kann keinen Fisch mehr sehen.«

»Mein Bedarf an Fischkonserven ist auch für die nächsten 100 Jahre gedeckt.« Hung hatte Linh erzählt, dass ihm und seinen Landsleuten bereits zum Frühstück Fisch vorgesetzt worden war. Fisch, der aus der illegalen Produktionsstätte stammte, in der sie zwölf Stunden und mehr am Tag hatten schuften müssen. Um die Fälschungen herzustellen, die Linh während ihrer eigenen Gefangenschaft aufgefallen waren.

»Wir essen Hühnchen. Hühnchen, Gemüse und Reis«, sagte Linh und wischte sich eine Träne aus dem Augenwinkel. Noch drei Minuten.

»Meine Tanten und meine Onkel werden dich mögen.« Hungs Stimme klang rau.

Noch zwei Minuten. Linh warf sich in Hungs Arme und umklammerte ihn so fest, als ob sie ihn nie wieder loslassen wollte. »Vergiss mich nicht«, murmelte sie. »Und pass auf dich auf.«

»Du auch.«

Einen Moment verharrten sie schweigend. Eine Frauenstimme plärrte verzerrt durch die Lautsprecheranlage.

»Dein Zug«, sagte Linh und gab ihn frei.

Mit erkennbarem Widerwillen schulterte Hung seinen abgewetzten Rucksack. »Ich muss los.«

Linh nickte stumm, weil ihr Hals wie zugeschnürt war. Ein letztes Mal streichelte sie ihm über die schmalen Wangen, dann versetzte sie ihm einen Schubs. »Geh.«

Sie sah, wie er auf den Eurostar zueilte, den Türöffner betätigte und im Zuginneren verschwand.

»Bon voyage«, flüsterte sie, drehte sich abrupt um und machte sich in die entgegengesetzte Richtung auf. In 20 Minuten fuhr der Zug ab, der sie zum Flughafen Paris-Charles-de-Gaulle bringen würde. Und in anderthalb Tagen wäre sie spätestens zu Hause. In Sicherheit.

*

Sophie gähnte so herzhaft, dass ihr Kiefer knackte. Sie war hundemüde, aber überglücklich. Sie wollte nur noch ein paar Utensilien, die sie in Deutschland besorgt hatte, aus dem Kofferraum ihres schnuckeligen Gebrauchtwagens in die Küche tragen, dann wäre es Zeit fürs Bett. Und morgen brach endlich der erste Tag ihres neuen Lebens als geschiedene Frau an. Sophie konnte es kaum erwarten. Sie schnappte sich einen der Kartons und wäre um ein Haar mit Filip zusammengestoßen, der sich ihr energisch in den Weg stellte.

»Du kannst da nicht rein.«

»Wieso kann ich da nicht rein?« Sophie machte den Hals lang, um über Filips Schulter zu linsen. Waren etwa schon wieder Einbrecher unterwegs gewesen? Die dieses Mal nicht von Gael beauftragt worden waren? Der wartete in der Untersuchungshaft auf seine Verhandlung. Von der Seite drohte keine Gefahr mehr. Warum versperrte ihr Filip also den Zugang? »Ich muss aber in die Küche«, sagte sie mit Nachdruck.

Filip nahm ihr den Karton aus den Händen und stellte ihn zurück in den Kofferraum. »Später. Jetzt musst du erst was anderes.« Er löste den Seidenschal, den er um den Hals trug, und näherte sich damit Sophies Gesicht.

Sie machte entsetzt einen Rückwärtsschritt. »Was hast du vor?«

»Lass dich überraschen.«

»Non, non, non, auf solche Spielchen habe ich keine Lust.«

Sie hob abwehrend die Hände. »Einmal gefesselt auf der Îlot Saint-Michel zu liegen und hilflos das Wasser steigen zu sehen, das hat mir gereicht. Non merci.«

»Ich will dich nicht fesseln, sondern dir die Augen verbinden«, stellte Filip richtig.

»Weshalb?«

»Ist eine Überraschung.«

»Ich mag keine Überraschungen«, protestierte Sophie.

»Ach komm, die anderen haben sich so gefreut. Sie warten schon.«

»Okay, wenn es euch glücklich macht.« Sophie gab sich geschlagen und ließ zu, dass er ihr den Schal um den Kopf band.

»Siehst du was?« Filip wedelte mit der Hand vor Sophies Augen.

»Rien du tout, gar nichts.«

»Bon.« Filip legte seine Hand unter ihren Ellenbogen und führte sie aus dem Innenhof hinaus auf den Bürgersteig, wo er ihr den Schal abnahm. »Voilà.« Er wies auf die Vorderfront des Bistros.

»Oh, wir haben eine neue Markise«, freute sich Sophie. »In Dunkelblau, wie ich es mir gewünscht habe.«

»Das auch«, sagte Filip.

Da bemerkte sie die Aufschrift. In geschwungenen weißen Lettern stand auf der linken Seite »Bistro Restaurant«. Rechts stand ein Name. Ihr Name: »Chez Sophie«.

»Nein.« Sie schlug die Hand vor den Mund. In dem Moment knallte ein Champagnerkorken, und drei Sekunden später überreichte ihr Dafne ein Glas.

»Willkommen zu Hause. In deinem Reich.«

Sophie, die selten sprachlos war, fehlten die Worte. Doktor Bonnet hauchte ihr zwei Küsschen auf die Wangen und stieß mit ihr an. »Ich gehe davon aus, dass du zügig auf den ersten Stern im Guide Michelin hinarbeiten wirst.«

»Aber nur, wenn ich wie gehabt, für das Fleisch zuständig bin«, sagte Filip mit einem breiten Grinsen.

»Ich biete mich weiterhin selbstlos als Testesser an.« Auch Ronan war gekommen, um sie zu begrüßen.

Sophie nahm einen großen Schluck, weil ihre Kehle vor Rührung ganz trocken war. »Ach, ihr macht mich total verlegen. Damit habe ich nicht gerechnet.«

»Sonst wäre uns die Überraschung auch nicht so gut gelungen«, sagte Dafne zufrieden. »Ich habe nur eine Bitte für die zwei Monate, in denen ich mir eine Auszeit bei meiner Patentante in Kalifornien gönne.«

»Ja klar, ich mache alles, was du willst«, versprach Sophie überschwänglich.

»Stecke deine Nase bitte nicht mehr in ungelöste Kriminalfälle, sondern in deine Töpfe.« Dafne grinste. »Ich möchte nicht, dass wieder jemand mit der Bratpfanne über dich herfällt.«

»Es war genau umgekehrt«, stellte Sophie richtig. »Ich bin mit der Bratpfanne auf den Eindringling losgegangen.«

»Wie auch immer …« Dafne leerte ihr Glas. »Die Pfanne gehört auf den Herd und du davor.«

»Avec plaisir«, sagte Sophie und schaute hoch zum Abendhimmel. Sie war sich sicher, dass Mado ihr von dort oben zuzwinkerte.

»Wisst ihr was?« Sie wandte sich den Freunden zu. »Ich habe einen Mordshunger. Wie wäre es, wenn ich uns auf die Schnelle ein paar belegte Baguettes zubereiten würde? Es müssten noch eingelegte Artischocken, Walnusspaté, Algenbutter und jede Menge Käse im Kühlschrank sein.«

»Ich habe schon befürchtet, du fragst nie!« Ronan stiefelte durch die offene Bistrotür in Richtung Küche.

ANMERKUNGEN DER AUTORIN

Am 23. Oktober 2019 war ich gerade mit meinem Ehemann, den beiden Hunden und dem Wohnmobil in Nordfrankreich angekommen. Drei Wochen Urlaub in meinem Lieblingsreiseland lagen vor uns. Was für herrliche Aussichten!

In den Abendnachrichten fluteten Bilder die TV-Nachrichten, die sich tief in mein Gedächtnis eingegraben haben: In einem Industriegebiet im britischen Essex wurden in einem abgestellten Lkw 39 Leichen entdeckt. 31 Männer und 8 Frauen waren auf ihrem Weg von Nordfrankreich über den belgischen Hafen Zeebrugge nach Großbritannien qualvoll erstickt. Obwohl sie verzweifelt versucht hatten, den hermetisch versiegelten Container aufzubrechen oder per Handy Hilfe herbeizuholen, führte sie die Reise in den Tod. Bei 40 Grad Celsius Innentemperatur und konstant sinkendem Sauerstoffgehalt hatten sie keine Überlebenschance. Von der Polizei geborgene Audio- und Videodateien dokumentieren ihren Todeskampf.

Wer waren diese Menschen? Die Mehrheit stammte aus der vietnamesischen Provinz Hà Tĩnh oder der Nachbarprovinz. Sie waren auf der Suche nach einem besseren Leben, hofften darauf, in Großbritannien als Kellner, Putzkräfte, Maurer oder in einem Nagelstudio gutes Geld zu verdienen. Dafür nahmen sie nicht nur die Strapazen einer langen Reise auf sich, sondern verschuldeten sich teilweise hoch: Fast 15.000 Euro kassierten die bandenmäßig organisierten Schlepper pro Person. Ein profitables Geschäft. Dem zwar vonseiten der britischen Behörden u. a. mit dem Modern Slavery Act ein Riegel vorgeschoben werden soll, das aber weiterhin nicht aus der Welt ist. Auch heute findet noch Menschenschleuserei über den Ärmelkanal statt.

Eine andere Gruppe Verzweifelter versucht auf eigene Faust, den Ärmelkanal zu überqueren, meist mit Booten, die nicht seetüchtig sind. Die Dunkelziffer derer, die dabei ums Leben kommen, ist groß. Auch hier sieht es derzeit so aus, als ob das Elend und das Sterben in naher Zukunft nicht enden würden.

Beim Planen dieses Buches, in dem es vordergründig um die Geschehnisse in dem idyllischen nordbretonischen Hafenstädtchen Erquy geht, kamen mir die Bilder von 2019 wieder in den Kopf und ließen sich nicht mehr vertreiben. Daraus entstanden die fiktiven Figuren Linh und Hung, denen ich allerdings einen glücklicheren Ausgang ihrer Geschichte vergönnt habe. Mögen sie einen Anlass bieten, sich an all die zu erinnern, deren Reise kein gutes Ende nahm.

REZEPTE

Anbei eine kleine Rezeptauswahl aus Sophies Bistroküche. Alle Rezepte sind, sofern nicht anders angegeben, für 4 Personen ausgelegt. Bon appétit!

*

Mados gefüllte Jakobsmuscheln mit Blätterteigkruste

Für die Lauchfüllung:
2 Stangen Lauch
2 EL (fein gesalzene) Butter
50 ml Wasser
2 MSP frisch geriebene Muskatnuss
80 g Crème fraîche
1 TL fein gehackter Estragon
Meersalz
frisch gemahlener weißer Pfeffer

8 frische Jakobsmuscheln in der Schale
4 TL (fein gesalzene) Butter
1 fertige Blätterteigrolle (275 g) aus dem Kühlregal

Für die Füllung den Lauch der Länge nach halbieren, waschen, gut abtropfen lassen und in feine Scheiben schneiden.

Die Butter im Topf zerlassen, den Lauch hinzufügen und kurz bei hoher Temperatur anschwitzen.

Mit dem Wasser ablöschen und die Temperatur reduzieren.

Die Muskatnuss hinzufügen und den Lauch unter gelegentlichem Rühren weich schmoren.

Die Crème fraîche und den Estragon unterrühren und das Lauchgemüse nochmals 5 Minuten ziehen lassen.

Herzhaft mit Salz und Pfeffer abschmecken.

Mit einem langen stabilen Messer zwischen die beiden Schalenhälften der geschlossenen Jakobsmuscheln fahren und den Schließmuskel vorsichtig durchtrennen, wodurch sich die Muscheln aufklappen lassen.

Das weiße Muskelfleisch (Nüsschen) und den orangefarbenen Rogen (Corail) vorsichtig mit dem Messer von der Schale lösen.

Die dunklen Häute um das Nüsschen und den Corail sowie das helle Häutchen auf dem Nüsschen mit einem Messer entfernen.

Nüsschen und Corail mit Küchenpapier abtupfen.

Corail beiseitelegen.

Die Schalen von 4 Jakobsmuscheln kurz unter heißem Wasser reinigen und abtropfen lassen.

In die 4 gewölbten Schalen jeweils etwas vom Lauchgemüse geben.

Jeweils 2 Nüsschen auf das Lauchgemüse legen. Mit etwas Pfeffer würzen und jeweils 1 Teelöffel Butter auf die Nüsschen geben.

Die flachen Schalen auflegen und etwas andrücken.

Den Blätterteig entrollen und 4 Streifen (40 cm lang und 4 cm breit) abschneiden. (Die fertigen Blätterteigrollen aus dem Kühlregal haben i. d. R. eine Länge von 40 cm.)

Die Ränder der Muschelschalen mit jeweils einem Blätterteigstreifen verschließen. Die Überlängen abschneiden und diese vorn am »Scharnier« der Muscheln als zweite Lage anbringen. Den Teig gut an die Schalen andrücken.

Den Blätterteig mit etwas kaltem Wasser bestreichen.

Den Backofen auf 200°C vorheizen. Ein Backblech mit Backpapier auslegen, die Muscheln darauf verteilen und 12–15 Minuten backen, bis der Blätterteig goldbraun ist.

Mit den Resten des Lauchgemüses servieren.

Tipp:
Während die Muscheln im Backofen garen, etwas Butter in der Pfanne erhitzen und die Corails dazugeben. Bei hoher Temperatur auf beiden Seiten kurz anbraten. Mit Pfeffer und etwas Salz würzen und vorab mit etwas Petersilie überstreut servieren.

Sophies Nachhaltigkeitstipp:
Den Rest vom Blätterteig mit etwas geriebenem Comté oder anderem Hartkäse und Paprikapulver bestreuen. Den Blätterteig von der kurzen Seite her aufrollen, die Ränder leicht andrücken und in etwa 2 cm dicke Scheiben schneiden. Die Scheiben mit etwas Abstand auf das Backpapier mit den Muscheln geben, mit einer Gabel ein wenig flachdrücken und zusammen mit den Muscheln backen, bis sie leicht gebräunt sind.

*

Filips Miesmuscheln auf bretonische Art

2 kg Miesmuscheln
2 Schalotten
1–2 Knoblauchzehen
2 kleine Stangen Lauch
3–4 EL fein gesalzene Butter
500 ml Cidre brut (trocken)

2 EL frisch gepresster Zitronensaft
1 TL fein gehackter frischer Thymian (oder ½ TL getrockneter)
4–5 EL fein gehackte glatte Petersilie
Meersalz
frisch gemahlener schwarzer Pfeffer

Die Miesmuscheln in eine große Schüssel mit frischem kaltem Wasser geben und etwa 10 Minuten ruhen lassen. Sollten sie sehr verschmutzt oder noch sandig sein, mehrmals hintereinander im Wasserbad spülen. Muscheln mit beschädigter Schale aussortieren. Danach die Muscheln in ein Küchensieb geben und abtropfen lassen.

Die Schalotten fein würfeln und die Knoblauchzehen fein hacken. Den Lauch waschen, der Länge nach halbieren und in feine Scheiben schneiden. Alles in der heißen Butter anschwitzen, bis die Schalotten und der Knoblauch glasig sind und der Lauch weich ist.

Mit dem Cidre ablöschen, den Zitronensaft zugeben.

Die Miesmuscheln und den Thymian hinzufügen und kurz umrühren.

Alles einmal aufkochen lassen, dann die Temperatur deutlich reduzieren und etwa 15 Minuten köcheln lassen.

Vor dem Servieren die Petersilie unterrühren und das Muschelgericht herzhaft mit Salz und Pfeffer abschmecken.

Dazu Baguette und gesalzene Butter reichen.

Achtung:
Die Miesmuscheln öffnen sich während des Kochvorgangs, sodass man sie leicht aus der Schale entnehmen kann. Alle Muscheln, die sich während des Kochens nicht geöffnet haben, aussortieren und entsorgen.

*

Filips Sardinenrillette

2 Dosen in Öl eingelegte Sardinen (insgesamt 250 g)
2 kleine Schalotten
250 g cremiger Frischkäse
4–5 EL Schnittlauch in Röllchen
2 MSP fein abgeriebene Zitronenschale
1 EL frisch gepresster Zitronensaft
frisch gemahlener schwarzer Pfeffer
feines Meersalz

Die Sardinen mit dem Öl in eine kleine Schüssel geben und mit einer Gabel zermusen.

Die Schalotten sehr fein hacken.

Die Schalotten und den Frischkäse zu den Sardinen in die Schüssel geben und alles gut verrühren.

Den Schnittlauch, die Zitronenschale und den Zitronensaft unterrühren.

Herzhaft mit etwas Pfeffer und, falls notwendig, mit etwas Salz abschmecken.

Die Rillette eine halbe Stunde abgedeckt im Kühlschrank ziehen lassen.

Zum Servieren auf Baguettescheiben oder Toast streichen.

*

Sophies cremiges Meeresrillette

1 kleine Zwiebel
1 kleine Knoblauchzehe
2–3 EL Olivenöl oder Rapsöl
240–250 g gekochte weiße Riesenbohnen (aus Dose oder Glas)

125 g Räuchertofu
75–100 ml Milch
2–3 EL frisch gepresster Zitronensaft
2 EL fein gehackte glatte Petersilie
2 EL Schnittlauch in Röllchen
1–2 EL getrocknete Dulseflocken
1–2 Spritzer rote Pfeffersoße
feines Meersalz
frisch gemahlener weißer Pfeffer

Die Zwiebel und den Knoblauch fein hacken und im heißen Öl anschwitzen, bis sie glasig sind. Etwas abkühlen lassen.

Die Bohnen in ein Sieb geben, mit klarem Wasser abspülen und sehr gut abtropfen lassen.

Den Räuchertofu mit etwas Küchenpapier trocken tupfen und grob würfeln.

Die Bohnen und den Tofu mit der Milch und dem Zitronensaft in ein hohes Rührgefäß geben und mit dem Pürierstab fein pürieren. Sollte die Masse noch zu fest sein, etwas Milch hinzufügen und so lange pürieren, bis alles fein cremig ist.

Zwiebeln und Knoblauch, Kräuter, Dulseflocken und die Pfeffersoße unterrühren.

Die Rillette herzhaft mit Salz und Pfeffer abschmecken und vor dem Servieren eine halbe Stunde abgedeckt im Kühlschrank ziehen lassen.

Zu frischem Baguette, Crackern oder Buchweizenchips servieren. Dazu passen Cornichons und Kirschtomaten.

Tipp:
Dulse ist eine Rotalge, die in den kalten Küstengewässern des Pazifiks und Atlantiks vorkommt. In frischer Form erinnert sie von der Farbe her an Rotkohl, getrocknet ist sie bräunlich.

Dulse ist reich an Eiweiß, Mineralstoffen und Spurenelementen, besonders hoch ist ihr Gehalt an Magnesium, Kalzium, Phosphor, Jod, Zink und Vitamin A. Sie schmeckt würzig, verleiht vielen Gerichten einen maritimen Geschmack und ist in getrockneter Form das ganze Jahr über direkt in der Bretagne bei den producteurs (Algenfischern), aber auch in Bioläden, gut sortierten Supermärkten und im Versandhandel erhältlich.

*

Backofenkartoffeln mit Kari Gosse und Ziegenfrischkäse-Dip

Ziegenfrischkäse-Dip

1 Knoblauchzehe
300 g Ziegenfrischkäse
50–70 ml Milch
2 EL feines Rapsöl
½ Bund gemischte Gartenkräuter (z. B. Schnittlauch, Petersilie, Rosmarin, Thymian, Estragon)
feines Meersalz
frisch gemahlener schwarzer Pfeffer

Die Knoblauchzehe sehr fein hacken und mit dem Ziegenfrischkäse in eine kleine Schüssel geben.

Mit der Milch zu einer glatten Creme verrühren und das Rapsöl unterziehen. Sollte der Dip noch zu fest sein (es kommt auf die Konsistenz des Frischkäses an), noch etwas Milch hinzufügen.

Die Kräuter fein hacken und ebenfalls unterrühren.

Den Ziegenfrischkäse-Dip herzhaft mit Salz und Pfeffer abschmecken.

Vor dem Servieren abgedeckt im Kühlschrank mindestens 30 Minuten ziehen lassen.

Zu den Kartoffeln servieren.

Backofenkartoffeln mit Kari Gosse

2 kg rotschalige, mittelgroße Kartoffeln
Meersalz
4–5 EL feines Rapsöl (am besten mit Buttergeschmack)
½–1 TL Kari Gosse (Gewürzmischung)
3–4 EL fein gesalzene Butter
½ Bund glatte Petersilie

Die Kartoffeln unter fließendem Wasser abbürsten, dann der Länge nach halbieren und mit etwas Salz in einen großen Topf geben. So viel Wasser hinzufügen, dass sie fingerdick bedeckt sind.

Das Wasser zum Kochen bringen, dann die Temperatur reduzieren und die Kartoffeln 15 Minuten köcheln lassen.

In ein großes Sieb gießen und gut abtropfen lassen.

Die Kartoffeln in eine große Auflaufform geben, das Rapsöl hinzufügen und die Kartoffeln vorsichtig wenden, damit sie alle mit dem Öl benetzt sind.

Die Auflaufform in den nicht vorgeheizten Backofen stellen und die Temperatur auf 200°C einstellen.

Die Kartoffeln unter mehrmaligem Wenden backen, bis sie leicht gebräunt sind.

Mit dem Kari Gosse überstreuen, die Butter hinzufügen und vorsichtig vermischen.

Die Kartoffeln vor dem Servieren nochmals 5 Minuten in den Backofen geben.

Die Petersilie fein hacken und die Backofenkartoffeln damit überstreuen.

Tipp:
Kari Gosse ist eine ockergelbe bretonische Currygewürzmischung, die u. a. aus Ingwer, Kurkuma, Koriander, Piment, Zimt, Gewürznelken, Kardamom, Bockshornklee und Cayennepfeffer besteht. Kari Gosse kann in einigen bretonischen Apotheken im Département Morbihan (Südbretagne), in bretonischen Gewürzhandlungen und Biogeschäften sowie im Versandhandel bezogen werden.

Sollten Sie kein Kari Gosse zur Hand haben, können Sie anderes Currypulver verwenden.

*

Galettes bretonnes (Buchweizenpfannkuchen)

(für etwa 10 Galettes)

250 g Buchweizenmehl
1–2 TL feines Meersalz
2 Eier
500 ml Milch
Butter oder Öl für die Pfanne

Das Mehl mit dem Salz in einer Schüssel vermengen, in der Mitte des Mehls eine Mulde ausformen und die aufgeschlagenen Eier hineingeben.

Die Eier gut mit dem Mehl vermischen, dann nach und nach die Milch hinzugießen und weiterrühren, bis ein flüssiger, aber cremiger Teig entsteht.

Den Teig 1–2 Stunden abgedeckt im Kühlschrank ruhen lassen.

Ein wenig Butter in einer flachen (Crêpes-)Pfanne erhitzen und pro Galette etwa eine große Schöpfkelle Teig in die heiße Pfanne gießen.

Mit einem Teigschaber den Teig schnell als sehr dünne Schicht auf der heißen Fläche verteilen. Sobald der Teig stockt und auf der Unterseite etwas angebräunt ist (geht sehr schnell!), die Galette mit einem Pfannenwender umdrehen.

Die fertigen Galettes auf einen flachen Teller geben und warm halten.

Klassische Bistrofüllungen für Galettes bretonnes:

Nature

Eine fertige Galette in eine leicht gefettete Pfanne geben und mit 2–3 Esslöffeln fein gesalzener Butter bestreichen. Die Butter zum Schmelzen bringen, die Galette zusammenfalten und servieren.

Complète

Eine fertige Galette in eine leicht gefettete Pfanne geben. 4–6 Esslöffel geriebenen Gruyère oder Emmentaler in die Mitte der Galette streuen und 1 Scheibe Kochschinken darüberlegen. Vorsichtig 1 aufgeschlagenes Ei daraufgleiten lassen, mit etwas schwarzem Pfeffer würzen.

Die Ränder der Galette wie zu einem Paket hochschlagen. Bei knapp mittlerer Temperatur das Ei stocken und den Käse schmelzen lassen.

(Das Ei kann auch in einer separaten Pfanne gebraten werden, das Eigelb sollte aber auf jeden Fall noch leicht flüssig bleiben.)

Biquette

Eine fertige Galette in eine leicht gefettete Pfanne geben und 1 kleine, in Spalten geschnittene Tomate darauf verteilen. Mit

4 dünnen Scheiben von einer Ziegenkäserolle belegen und mit einem halben Teelöffel fein gehacktem frischen Thymian sowie schwarzem Pfeffer würzen. Den Ziegenkäse zum Schmelzen bringen, die Galette zusammenfalten und servieren.

*

Sophies Backofen-Galettes mit Honigapfelscheiben und Camembert

3 kleine Äpfel
2 EL fein gesalzene Butter
3 EL flüssiger Honig
1 TL getrockneter Thymian
frisch gemahlener schwarzer Pfeffer
4 fertig gebackene Galettes
Butter oder Öl für die Form
150 g reifer Camembert
50 g grob gehackte Walnusskerne
4 EL Schnittlauch in Röllchen

Die Äpfel vierteln, entkernen und in dünne Scheiben schneiden.

Die Butter in der Pfanne erhitzen, die Apfelscheiben darin von beiden Seiten anbraten.

Die Apfelscheiben mit Honig überträufeln, Thymian überstreuen und mit etwas Pfeffer würzen.

Die Apfelscheiben in der Mitte von 4 Galettes verteilen.

Die Galettes vorsichtig zusammenrollen und in eine gefettete Auflaufform geben.

Den Camembert fein würfeln und über die Galettes streuen.

Die Galettes im Backofen bei 200°C 12–15 Minuten überbacken, bis der Camembert leicht gebräunt ist.

In der Zwischenzeit die Pfanne säubern und die Walnüsse darin kurz anrösten.

Zum Servieren die Galettes mit den Walnüssen und dem Schnittlauch überstreuen.

*

Bretonischer Pflaumen-Eierkuchen (Far breton)

500 ml Wasser
2 TL schwarzer Tee
200 g Backpflaumen ohne Stein
6 EL Rum
4 Eier
100 g Zucker
200 g Weizenmehl Type 405 oder Dinkelmehl Type 630
500 ml Milch
Butter für die Form
4 EL gesiebter Puderzucker

Das Wasser zum Kochen bringen und den Tee aufgießen, 5 Minuten ziehen lassen.

Die Backpflaumen in eine Schüssel geben und mit dem Tee begießen, 30 Minuten ziehen lassen.

Anschließend die Pflaumen in einem Sieb gut abtropfen lassen. Zurück in die Schüssel füllen, mit Rum übergießen, kurz umrühren und abgedeckt mindestens 3 Stunden ziehen lassen.

Die Eier mit dem Zucker schaumig rühren, dann löffelweise das Mehl, danach die Milch hinzufügen, bis ein homogener, fast flüssiger Teig entsteht.

Ein Drittel des Teigs in eine gefettete Auflaufform oder

eine hohe Tarteform geben und im Backofen bei 200°C etwa 10 Minuten backen, bis sich der Teig etwas gefestigt hat.

Die Backpflaumen auf die Teigschicht legen und den Rest des Teigs darübergießen.

Bei 180°C etwa 50 Minuten backen, bis der Teig gestockt und die Oberfläche leicht gebräunt ist. Sollte die Oberfläche zu schnell braun werden, mit etwas Backpapier abdecken.

Den Far breton mit Puderzucker bestreuen und heiß oder lauwarm servieren.

Tipp:
Die Backpflaumen können auch am Vortag im Rum eingelegt werden und bis zur Weiterverwendung abgedeckt an einem kühlen Ort ziehen.

*

Bretonische Butterkekse
(Sablés bretons)

Für etwa 30 Stück:

500 g Weizenmehl Type 405 oder Dinkelmehl Type 630
1 MSP feines Meersalz
250 g weiche, fein gesalzene Butter
250 g Zucker
125 g blanchierte und gemahlene Mandeln
3 Eier
20 ml Rum
1 Eigelb
1 EL Wasser

Mehl und Salz in einer großen Schüssel vermengen. In die Mitte des Mehls eine Mulde drücken und die Butter, den Zucker, die gemahlenen Mandeln, die aufgeschlagenen Eier, den Rum und das Salz hineingeben.

Die Zutaten von der Mitte her zu einem glatten Teig verkneten. Falls der Teig noch zu hart sein sollte, ein wenig kaltes Wasser hinzufügen und nochmals kneten.

Den Teig zu einer Kugel formen, in Plastikfolie einschlagen und etwa 1 Stunde im Kühlschrank ruhen lassen.

Den Teig auf der bemehlten Arbeitsfläche dünn ausrollen und (z. B. mit einem umgestülpten schmalen Wasserglas) kleine runde Kekse ausstechen.

Die Kekse vorsichtig auf ein mit Backpapier ausgelegtes Backblech legen.

Mit den Zinken einer Gabel in jeden Keks ein rautenförmiges Muster einritzen.

Das Eigelb mit dem Wasser verquirlen und die Kekse damit bestreichen.

Die Kekse im vorgeheizten Backofen bei 180°C 15–20 Minuten backen, bis sie goldbraun sind.

Die Kekse halten sich in einer mit einem Deckel verschließbaren Metalldose lange frisch.

Alle Bücher von H. K. Anger:

Juristin Charlotte Knapp ermittelt:
1. Fall: Odenwaldglut
ISBN 978-3-8392-2453-3

2: Fall: Odenwaldjagd
ISBN 978-3-8392-2847-0

Bistroköchin Sophie Vidal ermittelt:
Ein Bistro in der Bretagne
ISBN 978-3-8392-0127-5